Jim Butcher
Wolfsjagd

AF177915

Jim Butcher

WOLFSJAGD

DIE DUNKLEN FÄLLE
DES HARRY DRESDEN

Roman

Deutsch von
Jürgen Langowski

blanvalet

Die Originalausgabe erschien 2001 unter dem Titel »Fool Moon (The
Dresden Files 2)« bei Penguin RoC, New York.

Penguin Random House Verlagsgruppe FSC® N001967

2. Auflage
Copyright der Originalausgabe © 2001 by Jim Butcher
Published by Arrangement with IMAGINARY EMPIRE LLC
Dieses Werk wurde vermittelt durch die Literarische Agentur Thomas
Schlück GmbH, 30161 Hannover.
Copyright der deutschsprachigen Ausgabe © 2022
by Blanvalet in der Penguin Random House Verlagsgruppe GmbH,
Neumarkter Straße 28, 81673 München
Redaktion: Peter Thannisch
Umschlaggestaltung und -motiv: www.buerosued.de
Illustrationen: © www.buerosued.de
HK · Herstellung: sam
Satz: Uhl + Massopust, Aalen
Druck und Bindung: GGP Media GmbH, Pößneck
Printed in Germany
ISBN 978-3-7341-6336-4
www.blanvalet.de

1. Kapitel

Normalerweise achte ich nicht weiter auf den Wechsel der Mondphasen. Daher wusste ich auch nicht, dass es eine Nacht vor Vollmond war, als sich im McAnally's eine junge Frau zu mir setzte und mich bat, ihr alles über eine Sache zu erzählen, die sie angeblich umbringen konnte.

»Nein«, erwiderte ich. »Kommt überhaupt nicht infrage.« Ich faltete den Zettel mit den drei konzentrischen Kreisen filigraner Symbole zusammen und schob ihn über die Tischplatte aus poliertem Eichenholz zurück.

Kim Delaney runzelte erbost die Stirn und strich sich eine glänzend schwarze Haarsträhne aus dem Gesicht. Die junge Frau war groß, wohlproportioniert und auf eine altmodische Art hübsch mit ihrer hellen, schönen Haut und den runden Wangen, die sich oft zu einem Lächeln verzogen. Im Augenblick allerdings lächelte sie nicht.

»Ach, nun kommen Sie schon, Harry«, sagte sie. »Es gibt außer Ihnen keinen anderen praktizierenden Berufsmagier in Chicago, niemand sonst kann mir helfen.« Sie beugte sich vor und sah mich eindringlich an. »Ich finde nirgends Hinweise auf diese Symbole. Niemand in den Zirkeln in der Umgebung scheint sie zu kennen. Sie sind der einzige echte Magier, von dem ich je gehört habe. Ich will doch nur wissen, was das hier zu bedeuten hat.«

»Nein«, erklärte ich ihr, »das wollen Sie nicht wissen. Es

ist besser, wenn Sie diese Kreise vergessen und sich mit etwas anderem beschäftigen.«

»Aber ...«

Mac platzierte zwei dampfende Teller auf die polierte, jedoch unebene Eichentheke. Dann stellte er noch zwei Flaschen seines selbstgebrauten Brown Ale daneben. Mir lief das Wasser im Mund zusammen.

Ein eher unbehagliches Geräusch war dagegen aus Richtung meines Magens zu vernehmen, der fast so leer war wie meine Brieftasche. Ich hätte es mir keinesfalls leisten können, an diesem Abend auszugehen, doch Kim hatte mich eingeladen, weil sie beim Essen mit mir reden wollte. Zudem genoss ich ihre Gesellschaft, und sie war eine ehemalige Schülerin von mir. Viel Geld hatte sie nicht, doch ich hatte sogar noch weniger als sie.

Trotz meines knurrenden Magens stand ich nicht sofort auf, um die Teller zu holen. (In McAnally's Pub gibt es keine Bedienung. Mac vertritt die Ansicht, wer nicht in der Lage sei, sich das Essen selbst zu holen, habe auch nichts bei ihm zu suchen.) Ich sah mich kurz um und betrachtete die ungemütliche Kombination von niedrigen Decken und träge rotierenden Ventilatoren, die dreizehn geschnitzten Holzsäulen, die dreizehn Fenster und die dreizehn Tische, die bewusst asymmetrisch aufgestellt sind, um die magischen Rückstände aufzulösen und zu verstreuen, die sich manchmal in der Nähe hungriger (sprich: wütender) Magier sammeln. Das McAnally's ist ein sicherer Zufluchtsort in einer Stadt, in der niemand sonst an Magie glaubt. Viele Berufskollegen kehren hier ein, um etwas zu essen.

»Hören Sie, Harry«, sagte Kim, »ich will doch nichts

Schlimmes damit anstellen. Ich verspreche es. Es geht mir nicht um eine Beschwörung oder einen Bann. Mein Interesse ist rein akademischer Natur. Eine Sache, über die ich mir schon länger Gedanken mache.«

Sie beugte sich vor, legte ihre Hand auf meine und blickte mir ins Gesicht, ohne mir in die Augen zu sehen. Diesen Trick beherrschen nur wenige derjenigen, die unsere Kunst nicht ausüben. Sie grinste und zeigte dabei ihre tiefen Grübchen.

Unterdessen knurrte schon wieder mein Magen, und ich blickte sehnsüchtig zum Essen auf der Theke. »Ganz sicher?«, fragte ich sie. »Sie wollen es nur wissen, weil Sie neugierig sind? Sie wollen es nicht für irgendwas benutzen?«

»Großes Ehrenwort«, bekräftigte sie.

Ich runzelte die Stirn. »Also, ich weiß nicht …«

»Nun hören Sie schon auf, Harry.« Sie lachte mich an. »Es ist doch wirklich keine große Sache. Wenn Sie es mir nicht sagen wollen, na schön. Ich bezahle trotzdem das Essen, denn ich weiß, dass Sie in letzter Zeit etwas knapp bei Kasse sind. Genauer gesagt seit dem letzten Frühjahr.«

Darauf schaute ich finster drein, aber es war ja nicht Kims Schuld. Sie konnte nichts dafür, dass Karrin Murphy, die Leiterin der Sonderermittlungseinheit beim Police Department von Chicago und meine wichtigste Auftraggeberin, mich seit mehr als einem Monat nicht mehr als Berater hinzugezogen hatte. In den letzten Jahren hatte ich den größten Teil meines Lebensunterhalts durch meine Tätigkeit als freier Mitarbeiter dieser Einheit bestritten. Doch nach dem Trubel im letzten Frühling, als ein Schwarzmagier gegen eine Verbrecherbande um die Kontrolle über den Drogenhandel in Chicago gekämpft hatte, waren die Aufträge von ihrer Seite nach und nach zurückgegangen – und damit auch mein Einkommen.

Mir war nicht klar, warum Murphy mich nicht mehr so oft hinzuzog. Natürlich hatte ich gewisse Vermutungen, hatte bisher allerdings noch keine Gelegenheit gefunden, genauer nachzufragen. Vielleicht hatte es auch gar nichts mit meinem Verhalten zu tun. Vielleicht lag es einfach daran, dass die Monster in Streik getreten waren. Klar, aber sicher doch.

Jedenfalls war ich ausgesprochen knapp bei Kasse und ernährte mich schon seit mehreren Wochen von billigen Nudeln und Suppe.

Die Steaks, die Mac gebraten hatte, rochen himmlisch, obwohl sie immer noch auf der anderen Seite des Raumes warteten. Wieder protestierte mein Magen und stieß ein steinzeitliches Knurren aus. Der Höhlenmensch in mir wollte endlich wieder die Zähne in verkohltes Fleisch schlagen.

Leider konnte ich nicht einfach losgehen und das Essen holen, ohne Kim die Informationen zu geben, die sie haben wollte. Nicht dass ich bei Abkommen stets ehrlich bin, aber Menschen habe ich noch nie übers Ohr gehauen, und ganz sicher niemanden, der zu mir aufschaut.

Manchmal hasse ich es, ein Gewissen und dazu ein ausgesprochen lästiges Ehrgefühl zu haben.

»Also schön, also schön«, seufzte ich. »Lassen Sie mich das Essen holen, dann erzähle ich Ihnen, was ich weiß.«

Kims runde Wangen bekamen wieder Grübchen. »Danke, Harry. Das bedeutet mir sehr viel.«

»Yeah, schon gut«, sagte ich und stand auf, um zwischen Säulen und Tischen hindurch zur Theke zu gehen.

An diesem Abend waren mehr Gäste im McAnally's als gewöhnlich. Mac lächelt nur selten, aber jetzt strahlte er eine gewisse Zufriedenheit aus und freute sich offensichtlich über den regen Zuspruch.

Ein wenig gereizt schnappte ich mir die Teller und die Flaschen. Es ist schwer, sich über den wachsenden Wohlstand eines Freundes zu freuen, wenn das eigene Geschäft gerade den Bach runtergeht.

So kehrte ich mit Ale, Steaks, Kartoffeln und grünen Bohnen zum Tisch zurück und setzte mich wieder. Eine Weile aßen wir schweigend – ich düster brütend, sie mit herzhaftem Appetit.

»Also«, sagte Kim schließlich. »Was können Sie mir darüber erzählen?« Sie deutete mit der Gabel auf den Zettel.

Ich schluckte einen Bissen herunter, trank einen Schluck vom süffigen Bier und nahm das Papier in die Hand. »Nun gut. Das hier ist eine Figur aus der Hohen Magie. Eigentlich sind es sogar drei, eine innerhalb der anderen. Es wirkt so ähnlich wie hintereinander aufgestellte Mauern. Erinnern Sie sich an das, was ich Ihnen über magische Kreise erzählt habe?«

Sie nickte. »Entweder der Kreis hält etwas draußen, oder er hält etwas drinnen. Bei magischen Energien oder Wesen aus dem Niemalsland wirkt das meistens, aber Menschen können die Kreise durchbrechen und zerstören.«

»Richtig«, bestätigte ich. »Diese Aufgabe erfüllt der äußerste der drei aus Symbolen bestehenden Ringe. Es ist eine Barriere gegen Geister und magische Kräfte. Diese Symbole – hier, hier und hier – sind die Schlüssel.« Ich deutete auf die betreffenden Kringel.

Kim nickte eifrig. »Den äußeren Kreis habe ich verstanden. Was ist mit dem nächsten?«

»Der zweite ist eher eine Barriere für Normalsterbliche. Allerdings bleibt er wirkungslos, solange Sie lediglich kreisförmig angeordnete Symbole benutzen. Sie brauchen noch etwas, Steine oder Edelsteine oder so, was zwischen den Symbolen ausgelegt wird.« Ich schob mir wieder einen Bissen Steak in den Mund.

Kim betrachtete mit gerunzelter Stirn erst das Blatt, dann wieder mich. »Wozu soll das gut sein?«

»Es ist eine unsichtbare Mauer«, erklärte ich ihr. »Fest wie aus Ziegelsteinen. Geister und Magie gelangen mühelos hindurch, aber Normalsterbliche hält sie auf. Ebenso einen Stein, den man wirft, oder eine Gewehrkugel oder sonst etwas, das rein physischer Natur ist.«

»Ich verstehe«, sagte sie aufgeregt. »So etwas wie ein Schutzschirm.«

Ich nickte. »Etwas in der Art.«

Ihre Wangen glühten vor Aufregung, und ihre Augen strahlten. »Ich wusste es doch. Und der letzte?«

Ich betrachtete den innersten Kreis und schüttelte den Kopf. »Das ist ein Fehler.«

»Was meinen Sie damit?«

»Ich meine, dass es keine Bedeutung hat, keinen Sinn ergibt. Sind Sie sicher, dass Sie es richtig übertragen haben?«

Kim machte eine empörte Miene. »Und ob. Ich hab genau aufgepasst.«

Nachdenklich sah ich sie einen Augenblick an. »Wenn ich die Symbole richtig deute, handelt es sich um eine dritte Mauer, um Wesen abzuhalten, die zugleich körperlich und nicht körperlich sind. Also weder Sterbliche noch Geister, sondern etwas dazwischen.«

Sie runzelte die Stirn. »Was sollen das für Wesen sein?«

»So etwas gibt es nicht«, behauptete ich schulterzuckend.

Das entsprach der offiziellen Version, denn der Weiße Rat der Magier duldete keine Diskussionen über Dämonen, die auf die Erde gerufen werden konnten, über Geistwesen, die jede beliebige Gestalt annehmen konnten. Normalerweise reichte ein einfacher magischer Kreis aus, um alle außer die mächtigsten Dämonen oder die Älteren Wesen aus den fernsten Regionen des Niemalslandes aufzuhalten. Dieser dritte Kreis aber war für Wesen gedacht, die nicht an solche Grenzen gebunden waren. Es handelte sich um einen Käfig für dämonische Halbgötter und Erzengel.

Kim kaufte mir meine Antwort nicht ab. »Ich verstehe das nicht, Harry. Warum sollte jemand einen Kreis zeichnen, um etwas zurückzuhalten, das es nicht gibt?«

Ich hob beschwichtigend die Hände. »Die Leute verhalten sich nicht immer vernünftig und logisch. Menschen sind eben so.«

Sie verdrehte die Augen. »Hören Sie auf, Harry. Ich bin kein kleines Kind mehr. Sie brauchen mich nicht zu beschützen.«

»Und Sie«, erklärte ich ihr, »Sie müssen nicht herausfinden, was für Wesen dieser dritte Kreis aufhalten soll. Sie *wollen* es nicht wissen, glauben Sie mir.«

Einen Augenblick lang funkelte sie mich finster an, dann trank sie einen Schluck Bier und zuckte mit den Schultern. »Na gut. Die Kreise müssen aktiviert werden, nicht wahr? Man muss wissen, wie man sie ... *einschaltet*, ähnlich wie bei einem Lichtschalter, oder?«

»So ähnlich, ja.«

»Wie aktiviert man diesen hier?«

Ich starrte sie lange an.

»Harry?«, fragte sie.

»Auch das müssen Sie nicht wissen. Nicht einmal aus rein akademischem Interesse. Keine Ahnung, was Sie vorhaben, Kim, aber lassen Sie es bleiben. Vergessen Sie's. Halten Sie sich einfach da raus, bevor Ihnen etwas zustößt.«

»Harry, ich will doch nicht ...«

»Sparen Sie sich das!«, unterbrach ich sie. »Das hier ist eine Art Tigerkäfig, Kim.« Ich tippte auf das Blatt. »Und den würden Sie nicht brauchen, wenn Sie nicht die Absicht hätten, einen Tiger zu fangen.«

Ihre Augen blitzten, und sie schob trotzig das Kinn vor. »Sie glauben, ich wär nicht stark genug.«

»Mit Stärke hat das nichts zu tun«, erwiderte ich. »Sie haben nicht die nötige Ausbildung. Sie verfügen nicht über das erforderliche Wissen. Ich würde von einem Erstklässler nicht verlangen, dass er eine Integralrechnung löst, und so ähnlich verhält es sich mit Ihnen und dem hier.« Ich beugte mich vor. »Sie wissen nicht genug, um solche Dinge handhaben zu können, Kim. Selbst wenn

Sie es wüssten, wenn Sie eine voll ausgebildete Magierin wären, würde ich Ihnen raten, es zu lassen. Wenn Sie bei dem hier Mist bauen, könnten Sie vielen Leuten wehtun.«

»*Falls* ich die Absicht hätte, es zu tun, wäre es sowieso meine Sache, Harry.« Ihre Augen funkelten vor Zorn. »Sie haben nicht das Recht, so etwas für mich zu entscheiden.«

»Nein«, erklärte ich ihr, »ich bin nur dafür verantwortlich, dass Sie die richtige Entscheidung treffen.«

Ich knüllte den Zettel zusammen und warf ihn auf den Boden.

Sie stach mit der Gabel wütend auf ihr Steak ein. Es war eine heftige, böse Geste.

»Hören Sie, Kim«, sagte ich, »lassen Sie sich Zeit. Wenn Sie älter sind und mehr Erfahrung haben …«

»Sie sind nicht viel älter als ich«, erklärte Kim.

Unbehaglich rutschte ich auf dem Stuhl hin und her. »Ich habe eine gründliche Ausbildung hinter mir, die ich früh begonnen habe.« Ich hatte keine Lust, über meine magischen Fähigkeiten zu sprechen, die größer waren, als sie es mir dem Alter und der Ausbildung nach zugetraut hätte. Ich versuchte, das Thema zu wechseln. »Wie läuft es denn mit der Spendensammlung?«

»Überhaupt nicht.« Sie lehnte sich müde zurück. »Ich bin es leid, den Leuten Geld aus der Tasche zu ziehen, um den Planeten zu retten, den sie vergiften, oder die Tiere zu schützen, die sie töten. Ich bin es leid, Briefe zu schreiben und für Anliegen zu demonstrieren, an die niemand mehr glaubt.« Sie rieb sich übers Gesicht. »Ich bin einfach nur müde.«

»Hören Sie, Kim, versuchen Sie doch, etwas Ruhe zu

finden. Und bitte, bitte, experimentieren Sie nicht mit diesem Kreis herum. Das müssen Sie mir versprechen.«

Sie warf ihre Serviette auf den Tisch, legte ein paar Geldscheine dazu und stand auf. »Lassen Sie's sich schmecken, Harry«, sagte sie. »Und vielen Dank für gar nichts.«

Auch ich stand auf. »Kim«, sagte ich, »jetzt warten Sie doch.«

Sie reagierte nicht, sondern stolzierte zur Tür. Ihr Rock pendelte im gleichen Rhythmus wie ihr langes Haar. Sie hatte eine beeindruckende Figur, wie eine antike Statue, und ich konnte fast körperlich spüren, welche Wut sie ausstrahlte. Sogar einer der Deckenventilatoren erbebte und begann zu qualmen, als sie darunter entlangging, dann blieb er stehen. Sie eilte die paar Stufen hinauf, verließ den Pub und knallte die Tür hinter sich zu. Einige Gäste sahen ihr nach, dann starrten sie mich neugierig an.

Frustriert setzte ich mich wieder. Verdammt auch. Kim gehörte zu der kleinen Gruppe von Leuten, die ich in der schwierigen Phase, wenn sie ihre angeborenen magischen Fähigkeiten entdecken, anleite. Es gab mir ein mieses Gefühl, ihr etwas zu verschweigen, aber sie spielte mit dem Feuer, und das durfte ich nicht zulassen. Ich war verpflichtet, sie davor zu beschützen, bis sie genug wusste, um selbst in der Lage zu sein, solche Gefahren zu erkennen.

Ganz zu schweigen davon, was der Weiße Rat dazu sagen würde, wenn ein Nichtmagier mit mächtigen Beschwörungsringen hantierte. Der Weiße Rat lässt bei solchen Dingen nichts anbrennen, sondern greift entschlossen ein, wobei ihm die Unversehrtheit und das Leben von Zivilisten nicht immer das wichtigste Anliegen sind.

Jedenfalls hatte ich mich korrekt verhalten. Es war besser, Kim derartige Informationen vorzuenthalten. Ich hatte sie vor einer Gefahr bewahrt, die sie nicht einmal ansatzweise begreifen konnte.

Ja, ich hatte richtig gehandelt, auch wenn sie darauf vertraut hatte, dass ich ihr Antworten gab wie früher, als ich ihr geholfen hatte, ihre bescheidenen magischen Fähigkeiten zu bändigen und zu kontrollieren. Sie hatte gehofft, ich könne sie durch die Dunkelheit lotsen.

Meine Entscheidung war jedoch richtig gewesen.

Verdammt.

Ich bekam Sodbrennen. Steak hin oder her, ich wollte Macs köstliches Gericht nicht mehr aufessen, weil ich das Gefühl hatte, es nicht verdient zu haben.

Während ich das Ale trank, wälzte ich düstere Gedanken. Irgendwann wurde die Tür wieder geöffnet, doch ich war viel zu sehr mit Trübsalblasen beschäftigt – dem liebsten Zeitvertreib aller Magier –, um darauf zu achten. Dann fiel ein Schatten auf meinen Tisch.

»Da sitzt er und schmollt«, sagte Murphy. Sie bückte sich, hob abwesend den zusammengeknüllten Zettel auf, den ich vorher weggeworfen hatte, und steckte ihn sich in die Manteltasche; offenbar konnte sie keinen Müll auf dem Boden liegen lassen. »Das sieht Ihnen ja gar nicht ähnlich, Harry.«

Ich schaute zu ihr auf, was nicht sonderlich schwierig war, denn Karrin Murphy maß kaum mehr als eins fünfundfünfzig. Sie hatte sich das vorher schulterlange blonde Haar erheblich kürzer schneiden lassen, vorn ein wenig länger als hinten. Dadurch sah sie ein bisschen aus wie ein Punk, doch mit den blauen Augen und der Stupsnase machte sie das noch attraktiver. Sie trug dem Wetter entsprechende Freizeitkleidung – dunkle Jeans, Flanellhemd, Wanderschuhe und eine dicke Holzfällerjacke. Die Polizeimarke hatte sie an den Gürtel gehakt.

Murphy war ausgesprochen niedlich für eine erwachsene Frau, die einen schwarzen Gürtel in Aikido besaß und bei der Polizei von Chicago mehrere Schießwettbewerbe gewonnen hatte. Doch sie war ein Profi, hatte hart gekämpft und sich bis zum Rang eines Lieutenant hochgearbeitet. Dabei hatte sie sich natürlich auch Feinde gemacht, und einer davon hatte dafür gesorgt, dass sie nicht lange danach zur Leiterin der Sondereinheit ernannt worden war.

»Hallo, Murphy«, antwortete ich und trank einen Schluck Bier. »Lange nicht gesehen.«

Sosehr ich mich auch bemühte, gleichmütig zu wirken, ihr entging sicher nicht, wie wütend ich war.

»Hören Sie, Harry …«

»Haben Sie den Leitartikel der *Tribune* gelesen? Den Bericht, in dem Sie kritisiert werden, weil Sie das Geld der Steuerzahler dafür verschwenden, ›einen Scharlatan namens Harry Dresden‹ zu beschäftigen? Sicher haben Sie den gelesen, denn seit er erschienen ist, hab ich nichts mehr von Ihnen gehört.«

Sie rieb sich den Nasenrücken. »Dafür habe ich jetzt keine Zeit.«

Das war mir herzlich gleichgültig. »Nicht dass ich Ihnen einen Vorwurf mache. Ich meine, es gibt ja nicht viele brave Steuerzahler in Chicago, die an Magie oder Zauberei glauben. Und nicht viele haben gesehen, was wir beide zu Gesicht bekommen haben. Sie wissen schon, als wir zusammengearbeitet haben. Als ich Ihnen das Leben gerettet habe.«

Sie kniff die Augen leicht zusammen. »Ich brauche Sie. Wir haben da einen Fall.«

»Sie brauchen mich? Wir haben seit mehr als einem Monat nicht mehr miteinander geredet, und auf einmal brauchen Sie mich? Ich habe ein Büro mit Telefon und allem, was dazugehört, Lieutenant. Sie müssen mich nicht hier beim Essen behelligen.«

»Ich werde den Täter bitten, sich beim nächsten Mord an die üblichen Bürozeiten zu halten«, entgegnete Murphy. »Aber jetzt brauche ich Sie erst einmal, um ihn aufzuspüren.«

Stirnrunzelnd richtete ich mich auf. »Es gab einen Mord? Etwas, das in meinen Bereich fällt?«

Murphy lächelte freudlos. »Ich hoffe, Sie haben nichts Wichtigeres vor.«

Ich biss die Zähne zusammen. »Nein, nichts Wichtigeres als das.« Ich stand auf.

»Schön«, sagte sie, drehte sich um und marschierte zum Ausgang. »Wollen wir dann?«

2. Kapitel

Murphy weigerte sich, in meinem alten blauen Käfer mitzufahren.

Eigentlich war der Wagen gar nicht blau. Oder besser, er war es nicht mehr. Eine Tür war einem grünen, die zweite einem weißen Ersatzteil gewichen, nachdem ein Wesen mit kräftigen Krallen die Vorgänger zerfetzt hatte. Die Kofferraumhaube war durch einen Brand verschandelt worden, also hatte Mike, mein Automechaniker, sie durch eine rote ersetzt. Wichtig ist nur, dass der Käfer läuft, wenngleich nicht sehr schnell, und dass ich mich in dem Auto wohlfühle. Mike hat mir mal erklärt, unter allen Fahrzeugen auf der Welt seien Käfer am leichtesten zu reparieren, also fahre ich einen, und Mike schafft es, den Wagen an acht oder neun von zehn Tagen am Laufen zu halten, was ich für phänomenal halte.

Moderne Technik versagt gewöhnlich, wenn ein Magier in der Nähe ist. Wir schalten das Licht ein, und genau in diesem Augenblick geht die Birne kaputt. Wir fahren an einer Straßenlaterne vorbei, und sie fängt an zu flackern und erlischt. Was schiefgehen kann, geht auch schief.

Daher hielt ich es nicht für sinnvoll, dass Murphy ihr eigenes Auto in Gefahr brachte, obwohl wir meins hätten nehmen können, aber sie meinte, das Risiko wolle sie eingehen.

Während sie ihren Saturn über den JFK-Expressway hinaus nach Rosemont lenkte, sagte sie kein Wort. Mit einem unguten Gefühl beobachtete ich sie. Sie hatte es eilig und wechselte manchmal einen Hauch zu knapp vor den anderen Wagen die Spur. Ich legte den Sicherheitsgurt an. Wenigstens waren wir nicht mit ihrem Motorrad unterwegs.

»Murph«, fragte ich schließlich, »wo brennt's denn?«

Sie sah mich von der Seite an. »Ich will Sie vor Ort haben, ehe alle möglichen anderen Leute dort auftauchen.«

»Die Presse?« Ich konnte mir den gehässigen Unterton nicht ganz verkneifen.

Sie zuckte mit den Schultern. »Wer auch immer.«

Darauf musterte ich sie fragend, doch sie schwieg sich aus. Typisch. Murphy redete nicht mehr viel mit mir. Den Rest der Fahrt war Sendepause, bis wir schließlich den JFK-Expressway verließen und auf den Parkplatz eines noch nicht fertiggestellten kleinen Einkaufszentrums fuhren. Dort stiegen wir aus.

Ein Düsenflugzeug flog in Richtung des nur wenige Kilometer weiter im Westen liegenden O'Hare International Airport niedrig über uns hinweg. Ich schaute blinzelnd hinauf, dann blickte ich zu Murphy hinüber, als ein uniformierter Polizist uns zu einem Gebäude führte, das mit Absperrband gesichert war. Licht gab es reichlich, der Mond strahlte silbern und war fast vollkommen rund. Im Gehen warf ich einen riesigen, schlaksigen Schatten. Mein Staubmantel flatterte mir um die Beine, und ich ragte neben Murphys viel kleinerem Schatten hoch auf.

»Murphy«, fragte ich, »sind wir hier nicht außerhalb von Chicago?«

»Ja«, antwortete sie knapp.

»Äh … dann sind wir doch auch nicht mehr in Ihrem Zuständigkeitsbereich, oder?«

»Die Leute hier sind froh, wenn sie etwas Hilfe bekommen, Dresden. Außerdem sind die letzten Morde in Chicago geschehen, deshalb interessieren wir uns auch hierfür. Ich hab schon mit den örtlichen Behörden gesprochen, das ist kein Problem.«

»Die letzten Morde?«, wiederholte ich. »Also gab's nicht nur diesen hier? Jetzt mal langsam, Murphy.«

Sie reagierte nicht, sondern führte mich in ein großes Gebäude, dessen Innenausbau noch nicht abgeschlossen war, auch wenn es von außen fertig zu sein schien. Einige Fenster waren allerdings noch mit Brettern zugenagelt. Das Firmenschild bemerkte ich erst, als wir schon dicht vor der Tür standen.

»Das Varsity?«, las ich. »Marcone hat den Laden doch im letzten Frühjahr abgefackelt.«

»Hm-hm«, machte Murphy. Sie sah mich über die Schulter an. »Er baut es woanders wieder auf.«

Chicagos größter Gangsterbaron, Gentleman Johnny Marcone, wusste auf den Straßen für Ordnung zu sorgen. Die eher unschönen Geschäfte wickelte er in der Stadt ab, seine legalen Aktivitäten hatte er draußen in den Vororten wie hier in Rosemont laufen. Nachdem ich ihn im vergangenen Frühjahr wegen einer tödlichen neuen Droge in seinem Club – der früheren Inkarnation des Varsity – zur Rede gestellt hatte, war das Lokal bis auf die Grundmauern niedergebrannt.

Nach all diesem Durcheinander machte das Gerücht die

Runde, der Drogendealer, den ich ausgeschaltet hatte, sei Marcones Feind gewesen, und ich hätte ihn auf Geheiß des Verbrecherkönigs erledigt. Ich hatte den Gerüchten nicht widersprochen. Marcone selbst hatte sie in die Welt gesetzt, um zwischen uns so eine Art Burgfrieden zu stiften.

Der Boden im Innern des Gebäudes war im Moment noch nackter, unebener Beton. Man hatte einige Halogenscheinwerfer aufgestellt, die den Raum mit grellem weißem Licht füllten. Überall lag Staub von den Rigipswänden, und es gab ein paar Klapptische mit dem Werkzeug der Bauarbeiter. Plastikeimer mit Farbe, Planen und ein Sack neuer Pinsel warteten in einer Ecke auf die Maler. Das Blut bemerkte ich erst, als Murphy mich mit gestrecktem Arm daran hinderte hineinzutreten.

»Wachen Sie auf, Dresden«, zischte sie.

Ich blieb stehen und sah mich um. Blut. Eine Menge Blut. Der See begann direkt vor meinen Füßen. Ein roter Ausläufer hatte die Form eines Armes, den ein Ertrinkender aus dem Wasser streckt.

Ich verfolgte den ausgedehnten Blutfleck bis zu einer größeren Lache, die vielleicht einen halben Zentimeter tief war. In der Mitte lag ein wirrer Haufen von zerfetzter Kleidung und Fleisch, bei dem es sich offenbar um die Leiche handelte.

Mein Magen rebellierte und wollte auf der Stelle das Steak entladen, das ich vorher gegessen hatte. Mit Mühe hielt ich es unten und umkreiste die Leiche mit ein wenig Abstand. Ich schätzte, dass es sich um einen etwa dreißigjährigen Mann handelte. Er war groß, hatte eine stachlige Kurzhaarfrisur und lag auf der Seite, das Gesicht von mir abgewandt. Die Arme hatte er zum Kopf gehoben, die Beine bis vor den Bauch angezogen. Eine kleine Automatik lag zwei oder drei Meter von ihm entfernt, hoffnungslos außer Reichweite des Opfers.

Ich ging herum, bis ich das Gesicht sehen konnte.

Was ihn auch getötet hatte, es war nichts Menschliches gewesen. Das Gesicht war nicht mehr vorhanden. Irgendetwas hatte ihm die Lippen abgerissen, ich konnte seine blutigen Zähne sehen. Auch die Nase war auf einer Seite zerfetzt, die Haut hing lose herab. Sein Kopf hatte Dellen, als wären seine Schläfen einem gewaltigen Druck ausgesetzt gewesen.

Die Augen waren verschwunden. Aus dem Kopf gerissen. Herausgefressen. Rings um die leeren Höhlen waren noch die gezackten Abdrücke von Reißzähnen zu sehen.

Ich holte tief Luft. Einmal. Und noch einmal. Es half nicht. Die Leiche stank widerlich wie eine Müllkippe, der üble Geruch stieg von den zermatschten Eingeweiden auf. Mein Magen wollte die Kehle hinauf und durch den Mund das Weite suchen.

Jacke und Hemd des Opfers waren auf den Unterarmen in blutige Streifen gerissen. Die Verletzungen dort waren entstanden, als er sich verteidigt hatte. Hände und Arme waren zu Brei zermalmt, Handteller und Finger nur noch unförmige Fleischklumpen. Der gekrümmte Körper verbarg den Bauch vor meinen Blicken, doch dort war das Blut herausgeschossen und hatte sich ausgebreitet, als wäre es aus einer umgekippten Flasche gelaufen. Der Gestank bestätigte, dass man ihn regelrecht ausgeweidet hatte.

Ich wandte mich ab und starrte vorerst nur den nackten Boden an.

»Harry?«, rief Murphy von der anderen Seite der Leiche her. Die Härte, die ich den ganzen Abend über in ihrer Stimme gehört hatte, war verschwunden. Sie hatte sich während meiner flüchtigen Untersuchung nicht von der Stelle gerührt.

»Ich erkenne ihn«, sagte ich. »Jedenfalls glaube ich's. Sie müssten natürlich noch die Zahnabdrücke vergleichen, um sicherzugehen.«

Ihre Antwort klang mehr als skeptisch. »Ja? Wer war er denn?«

»Seinen Namen weiß ich nicht. Ich hab ihn wegen seiner Frisur immer Stachelkopf genannt. Er war einer von Johnny Marcones Leibwächtern.«

Es verschlug Murphy vorübergehend die Sprache. Dann sagte sie, und dies sehr nachdrücklich: »Mist.«

»Was ist, Murph?« Nun sah ich sie wieder an, ohne dabei den zermatschten Körper allzu genau ins Auge zu fassen.

Ihr Gesicht wirkte besorgt, um meinetwillen, wie es mir schien, und ihr Blick war mitfühlend. Doch der Ausdruck verschwand so schnell, wie ein Schatten über den Boden zieht, und ihre Miene verriet nicht mehr, was in ihr vorging. Vermutlich hatte sie nicht erwartet, dass ich so bald wieder den Blick zu ihr heben würde. »Sehen Sie sich noch etwas um«, sagte sie. »Dann reden wir.«

»Worauf soll ich achten?«, fragte ich.

»Das werden Sie schon merken.« Beinahe flüsternd, als sollte ich es nicht hören, fügte sie hinzu: »Hoffentlich.«

Also machte ich mich wieder an die Arbeit und suchte den Raum ab. Auf einer Seite war ein Fenster geborsten, davor stand ein Metalltisch mit verdrehten, verbogenen Beinen. Ich ging hinüber.

Rings um den zusammengebrochenen Tisch lagen Glassplitter. Da sie sich im Innern des Gebäudes befanden, musste irgendetwas von draußen durchs Fenster eingedrungen sein. An mehreren Splittern klebte Blut. Ich hob eine größere Scherbe auf und betrachtete sie. Das Blut war dunkelrot und noch nicht völlig trocken. Ich zückte ein Taschentuch, wickelte die Scherbe ein und steckte sie in die Manteltasche.

Dann richtete ich mich wieder auf und lief umher, den Blick auf den Boden geheftet. An einer Stelle war der Staub fast vollständig fortgewischt, als hätte dort ein Kampf stattgefunden, bei dem jedoch kein Blut geflossen war. An einer anderen Stelle, die von den Halogenscheinwerfern nicht ganz erfasst wurde, fiel ein Streifen silbernes Mondlicht durch ein Fenster. Ich kniete davor nieder.

Mitten im Lichtfleck erkannte ich einen Pfotenabdruck im Staub, fast so groß wie meine ausgebreitete Hand. Die Punkte vor dem Abdruck verrieten, dass die Pfote mit starken Krallen, beinahe schon Klauen, bewehrt gewesen war.

Ich blickte durchs Fenster zur runden silbernen Scheibe des fast vollen Mondes hinauf.

»O verdammt«, schnaufte ich. »O verdammt.«

Murphy kam herüber, betrachtete mich schweigend und wartete. Ich leckte mir über die Lippen, stand auf und wandte mich an sie. »Sie haben ein Problem.«

»Was Sie nicht sagen! Erzählen Sie's mir, Dresden.«

Ich nickte und deutete zum Fenster. »Der Angreifer ist vermutlich dort reingekommen. Er ist auf das Opfer losgegangen, hat es überwältigt, entwaffnet und getötet. Das Blut am Fenster gehört dem Angreifer. Die beiden haben eine Weile gekämpft, vielleicht hier drüben im sauber gefegten Bereich, und dann wollte Marcones Mann zur Tür fliehen. Er hat's nicht geschafft und wurde vorher in Stücke gerissen.«

Ich richtete den Blick wieder auf Murphy und sah sie sehr ernst an. »Die anderen Morde, von denen Sie gesprochen haben, sind auf die gleiche Weise geschehen, nicht wahr? Wahrscheinlich vor vier Wochen beim letzten Vollmond.«

Murphy sah mich an, ohne mir in die Augen zu schauen, und nickte. »Ja, vor fast genau vier Wochen. Aber niemand hat an den Vollmond gedacht. Niemand außer mir.«

»Hm … dann sollten Sie sich auch das hier mal ansehen.« Ich führte sie zum Fenster und zeigte ihr den Pfotenabdruck im Staub. Sie starrte ihn schweigend an.

»Harry«, sagte sie nach einer kleinen Weile, »gibt es Werwölfe wirklich?« Sie strich sich eine Haarsträhne aus dem Gesicht, eine zarte und sehr verletzlich wirkende Geste. Dann verschränkte sie die Arme vor der Brust, als wäre ihr kalt.

Ich nickte. »Sie sind nicht so, wie man sie aus Filmen kennt, aber ja, es gibt sie. Und ich vermute, hier war einer zugange.«

Sie holte tief Luft. »Also gut. Na schön. Was können Sie mir sagen? Was muss ich wissen?«

Ich setzte zu einer Antwort an, kam aber nicht mehr

dazu, ihr etwas zu erzählen. Draußen waren Rufe zu hören, dann wurde die Vordertür des Gebäudes laut aufgerissen.

Murphy zuckte zusammen, dann wurde ihr Mund zu einem harten, schmalen Strich. Sie richtete sich auf und stemmte die Fäuste in die Hüften. »Verdammt auch«, sagte sie. »Wie kommen diese Idioten so schnell hierher?«

Ich machte einen Schritt nach vorn, um besser sehen zu können. Vier Leute in Anzügen kamen herein und schwärmten aus wie eine Militäreinheit. Der vorderste Mann war nicht ganz so groß wie ich, aber immer noch recht stattlich, schätzungsweise eins neunzig. Seine Haare waren pechschwarz, die Augen hellgrau wie der Rauch von einem Holzfeuer. Der dunkelgraue Anzug saß perfekt, und ich hatte den Eindruck, dass sich darunter ein durchtrainierter Körper verbarg, auch wenn der Mann offensichtlich die vierzig bereits überschritten hatte. Ein blaues Abzeichen mit den Buchstaben »FBI« in großen, aufdringlichen Lettern prangte an einem Jackenaufschlag.

»Sichert den Tatort«, befahl er mit tiefer Stimme. Er stand sichtlich unter Stress. »Lieutenant Murphy, was zum Teufel haben Sie an einem Tatort außerhalb Ihres Bezirks zu suchen?«

»Schön, Sie zu sehen, Agent Denton«, sagte Murphy tonlos. »Sie sind aber schnell.«

»Ich habe Ihnen gesagt, dass Sie sich aus diesem Fall heraushalten sollen«, erwiderte Denton ungehalten. Seine grauen Augen blitzten, und auf seiner Stirn pochte eine Ader. Dann fiel sein Blick auf mich. »Wer ist das?«

»Har…«, wollte ich sagen, doch Murphys Schnauben unterbrach mich.

»Niemand«, erwiderte sie. Mit einem scharfen Blick gab sie mir zu verstehen, dass ich den Mund halten sollte. Das machte mich erst recht wütend.

»Harry Dresden«, sagte ich laut und deutlich.

Murphy und ich wechselten einen Blick.

»Ah«, sagte Denton. »Der Scharlatan. Ich hab in der *Tribune* von Ihnen gelesen.« Er wandte sich wieder an Murphy. »Sie und Ihr medial begabter Freund werden uns jetzt bitte Platz machen. Wir haben hier Polizeiarbeit zu erledigen. Echte Polizeiarbeit. Dabei geht es um Fingerabdrücke, Fasern, Genmaterial – lauter alberne Dinge.«

Murphy und ich kniffen die Augen zusammen, doch falls unser doppeltes Starren Denton in irgendeiner Form beeindruckte, ließ er es sich nicht anmerken. Murphy und Denton lieferten sich einen kurzen, stummen Kampf, ihr Zorn gegen seine knallharte Kälte.

»Agent Benn!«, rief Denton.

Eine Frau, noch nicht ganz dreißig, mit einer schulterlangen Mähne, die vor der Zeit ergraut war, kam zu uns herüber, nachdem sie wie gebannt die Leiche angestarrt hatte. Sie hatte olivbraune Haut, dunkelgrüne Augen und einen schmalen, strengen Mund. Ihre Bewegungen waren kraftvoll und sinnlich zugleich und verrieten, dass sie gefährlich war und blitzschnell zuschlagen konnte, falls sie es für nötig hielt. Ihre Jacke war aufgeknöpft, und ich bemerkte die Schusswaffe, die sie im Schulterhalfter trug.

»Ja, Sir«, sagte Benn. Sie sprach sehr leise und fixierte einen Punkt irgendwo in der Mitte zwischen Murphy und mir, sodass sie uns beide beobachten konnte, ohne uns direkt anzusehen.

»Bitte begleiten Sie diese beiden *Zivilisten*«, Denton betonte das Wort, »nach draußen.«

Benn nickte knapp, sagte aber kein Wort. Sie wartete nur.

Ich wollte das Gebäude bereits verlassen, doch dann hielt ich inne. Murphy baute sich entschlossen vor Benn auf. Ich wusste, was das störrisch vorgeschobene Kinn zu bedeuten hatte. So sah sie aus, wenn sie in einem ihrer Aikido-Turniere hinten lag. Sie wollte kämpfen.

»Murphy«, bat ich sie leise, »können wir uns draußen unterhalten?«

»Einen Dreck können wir«, erwiderte Murphy. »Wer dieser Mörder auch ist, er hat im letzten Monat ein halbes Dutzend Leute umgebracht. Ich bin hier, weil ich den Kerl schnappen will, und die Polizei von Rosemont hat zugestimmt, dass ich hier ermitteln darf.« Murphy funkelte Benn an.

Die FBI-Agentin hatte, weil sie größer war, eine größere Reichweite und war erheblich stärker als Murphy. Benns Augen wurden schmal, ihre Schultern spannten sich.

»Haben Sie das schriftlich?«, wollte Denton wissen. Die Vene auf seiner Stirn pochte noch wilder. »Und sind Sie sicher, dass es für Sie keine Folgen hat, wenn ich die Angelegenheit Ihren Vorgesetzten melde, Lieutenant?«

»Übertreiben Sie's nicht, Denton«, fauchte Murphy. Ich zuckte zusammen.

»Hören Sie, Murphy.« Ich legte ihr eine Hand auf die Schulter. »Lassen Sie uns nach draußen gehen.« Ich drückte leicht zu.

Murphy wandte sich zu mir um, wagte einen kurzen

Blick in meine Augen, dann entspannte sie sich ein wenig, als wollte sie sich beruhigen, und ich atmete erleichtert aus. Ich wollte ganz sicher nicht, dass es hier zu Handgreiflichkeiten kam. Damit würden wir nichts erreichen.

»Schaffen Sie die beiden hier raus!«, befahl Denton, und seine Stimme hatte einen Unterton, der mir nicht gefiel.

Benn handelte ohne Vorwarnung. Sie bewegte sich schnell und entschlossen, machte einen Schritt auf Murphy zu und versetzte ihr einem Kampfsporthieb, den ich nicht kannte, gegen die Schläfe.

Doch Murphys abwehrende Hand war bereits vor ihrem Kopf, ehe der Schlag traf, dann drehte sie sich, zog Benn irgendwie von den Beinen und stieß sie kräftig gegen eine Wand.

Benns Gesichtsausdruck wechselte binnen einer halben Sekunde von erschrocken und überrascht zu wütend. Ihre Hand glitt unter die Jacke, verharrte dort einen Moment und setzte die Bewegung dann fort. Geübt zog sie ihre Waffe, und wie es schien, sogar ohne sonderliche Eile. Ihre grünen Augen funkelten böse.

Ich warf mich auf Murphy und stieß sie zu Boden, als der Schuss krachte. In dem halb fertiggestellten Restaurant klang er lauter als ein Donnerschlag. Übereinander landeten wir auf dem staubigen Boden.

»Benn!«, rief Denton. Ohne auf die Pistole zu achten, stürzte er zu ihr und stellte sich zwischen die bewaffnete Frau und uns. Leise und mit drängender Stimme redete er auf sie ein.

»Sie verdammtes Miststück!«, rief ich. »Was ist bloß in Sie gefahren?«

Die anderen beiden FBI-Agenten und einige Polizisten kamen von draußen herein. Murphy grunzte und versetzte mir mit dem Ellenbogen einen kräftigen Stoß in den Bauch. Ich grunzte ebenfalls und gab sie frei. Unverletzt standen wir auf.

»Verdammt, was ist hier passiert?«, wollte einer der Cops wissen, ein älterer Mann mit schütterem grauem Haar.

Kühl und ruhig wandte sich Denton an den Officer. »Unbeabsichtigte Schussabgabe. Es gab ein Missverständnis, und aus Agent Benns Waffe hat sich versehentlich ein Schuss gelöst.«

Der Beamte rieb sich den Schädel und sah Murphy an. »Ist das wahr, Lieutenant?«

»Ganz sicher nicht!«, rief ich und deutete auf Benn. »Diese verdammte …«

Murphy rammte mir noch einmal den Ellenbogen in den Bauch und funkelte mich an. »Ja, es ist wahr«, sagte sie, während ich mir den Bauch rieb. »Es war so, wie Agent Denton es geschildert hat. Es war ein Versehen.«

Ich starrte sie an. »Murph, das darf doch nicht wahr sein! Diese Frau …«

»… hat versehentlich einen Schuss abgegeben«, sagte Murphy mit harter Stimme. »So etwas kann jedem mal passieren.« Sie starrte den älteren Polizisten an, der freundlich zwinkerte und mit den Schultern zuckte.

Denton wandte sich wieder an uns und sah Murphy finster an. Dann nickte er. »Roger, George. Kümmert euch doch bitte um Lieutenant Murphy und begleitet sie zu ihrem Wagen.«

»Geht klar, Phil«, sagte ein dürrer Bursche mit rotem

Haar, großen Ohren und Sommersprossen. »Äh, Mr. Dresden, Lieutenant Murphy, sollten wir nicht nach draußen an die Luft gehen? Ich bin Roger Harris, dies ist Agent Wilson.«

Der zweite FBI-Agent, ein massiger, übergewichtiger Mann von Ende vierzig, dessen Haaransatz nach oben gewandert war und dessen Bauch über den Gürtel quoll, winkte uns nur, ihm zu folgen, und ging zur Tür.

Murphy starrte Denton noch einen Augenblick an, dann marschierte sie hinter dem bulligen Wilson her. Ich folgte ihr.

»Ich kann das alles nicht glauben. Sind Sie noch ganz bei Trost? Warum zum Teufel sagen Sie denen nicht, was die Frau getan hat?«, fragte ich Murphy leise.

»Dieses Miststück«, antwortete Murphy nicht ganz so leise. »Sie wollte mich umhauen.«

»Die wollte Sie *erschießen*, Murph«, erwiderte ich.

Murphy schnaufte mit zusammengebissenen Zähnen, ging aber weiter. Ich drehte mich noch einmal um. Der zerfetzte und zermatschte Körper wurde mit noch mehr Absperrband eingezäunt. Inzwischen waren auch die Jungs von der Spurensicherung eingetroffen und machten sich daran, den Raum zu untersuchen.

Denton kniete neben Agent Benn, die sich die Hände vors Gesicht geschlagen hatte und aussah, als würde sie weinen. Dabei beobachtete er mich ausdruckslos, doch der Blick seiner grauen Augen kam mir berechnend vor. Offenbar legte er mich in seinem inneren Register ab unter »groß, schlank, dunkles Haar, dunkle Augen, Adlernase, keine sichtbaren Narben«.

Ich starrte ihn ein paar Sekunden lang an und hatte eine Ahnung, eine deutliche Intuition. Ich war meiner Sache absolut sicher. Denton verheimlichte uns etwas. Er wusste Dinge, über die er nicht sprach. Fragen Sie mich nicht, woran ich das erkannte, aber irgendetwas in seinem Auftreten, die pochenden Adern auf seinen Schläfen oder die Art und Weise, wie er den Kopf hielt, gaben mir diesen Gedanken ein.

»Äh«, sagte der Bursche namens Harris. Ich blinzelte und drehte mich zu ihm um. Er hielt Murphy und mir die Tür auf, und wir gingen hinaus. »Haben Sie Nachsicht mit Deborah. Sie hat wirklich Stress wegen dieser Wolfsmorde. Die Ärmste hat im letzten Monat kaum geschlafen, sie kannte sogar eins der Opfer. Seitdem ist sie ziemlich durch den Wind.«

»Halt die Klappe, Harris!«, fuhr ihn der übergewichtige Wilson an. »Halt einfach die Klappe!« Er wandte sich an uns und sagte ruhig: »Machen Sie, dass Sie von hier verschwinden. Ich will Sie nicht mehr in einem Bezirk sehen, der Sie nichts angeht. Meinen Sie nicht, dass die bei der Dienstaufsicht schon genug zu tun haben?«

Damit drehte er sich um und kehrte ins Gebäude zurück.

Der rothaarige Bursche sah uns verlegen lächelnd an, dann eilte er dem übergewichtigen Agenten hinterher. Doch er warf mir noch einen nachdenklichen Blick zu, ehe er verschwand.

Die Tür fiel ins Schloss, und Murphy und ich standen draußen, ausgesperrt von den Ermittlungen und den Beweisen am Tatort.

Ich blickte zum fast vollen Mond hinauf. Werwölfe, die in halb fertigen Restaurants durch geschlossene Fenster hindurch Gangster anspringen. Eine zerfleischte Leiche in einer Blutlache auf dem Boden. FBI-Agenten drehen durch, ziehen ihre Waffe, um eine Polizistin umzulegen. Etwas Kung-Fu, etwas John Wayne, ein paar beiläufige Drohungen.

Alles in allem ein ganz normaler Arbeitstag, erklärte ich meinen bibbernden Nerven.

3. Kapitel

Mein Magen rebellierte immer noch vor Ekel über den makabren Anblick im Gebäude und vor Anspannung angesichts der Dinge, die hätten geschehen können. Eins meiner Ohren war taub von dem Schuss, ich zitterte am ganzen Körper, mein Adrenalinreservoir war erschöpft, und ich fühlte mich nur noch überdreht und ausgelaugt.

Vorsichtig, um mich nicht an der blutigen Scherbe zu schneiden, die ich in mein Taschentuch gewickelt hatte, schob ich die Hände in die Manteltaschen, hielt das Gesicht in den Wind und schloss die Augen.

Nur die Ruhe, Harry, sagte ich mir. *Entspann dich. Atme ein und aus und denke an nichts anderes. Siehst du? Du bist überhaupt nicht tot. Tote können nicht atmen. Du liegst nicht zerfetzt auf dem Boden. Du hast auch keine Einschusslöcher im Bauch. Du lebst noch, Murphy ist wohlauf, und du musst dir dieses augenlose Gesicht nicht mehr anschauen.*

Es nützte nichts. Immer noch sah ich den zerfetzten Körper vor mir, selbst mit geschlossenen Augen, und ich roch die abscheulich stinkenden Eingeweide. Ich erinnerte mich an das Blut, das auf dem staubigen Boden klebte und gerann, dazwischen kleine Brocken der Rigipswände. Ich schmeckte Galle im Hals und hatte Mühe, mich nicht zu übergeben.

Beinahe konnte ich Agent Benns Reaktion verstehen,

wenn sie tatsächlich mit einer Serie von Morden befasst war, die diesem hier ähnelten. So viel Blut kann man nicht lange und nicht oft ertragen.

Ich atmete bewusst tief ein und aus. Kühl und frisch wehte mir der Wind ins Gesicht, er roch schon deutlich nach dem bevorstehenden Herbst.

Die Oktoberabende in Chicago sind kühl und windig, aber ich mag sie trotzdem. In dieser Jahreszeit halte ich mich einfach am liebsten draußen auf.

Nach einer Weile beruhigte ich mich wieder. Murphy hatte anscheinend auf ähnliche Weise versucht, sich zu entspannen. Gleichzeitig setzten wir uns in Bewegung, um zum Auto zurückzukehren. Wir verstanden uns auch ohne Worte.

»Ich …«, begann Murphy, dann verstummte sie wieder. Ich sah sie nicht an und sprach auch nicht. »Es tut mir leid, Harry. Mir ist der Kragen geplatzt. Agent Denton ist ein Mistkerl, aber er macht seine Arbeit gut, und er hatte recht. Genau genommen war ich nicht befugt, mich am Tatort aufzuhalten. Ich wollte Sie da in nichts hineinziehen.«

Sie sperrte die Tür auf und stieg ein. Ich setzte mich auf den Beifahrersitz und nahm ihr die Schlüssel ab, als sie den Motor starten wollte. Sie fuhr zu mir herum und kniff die Augen zusammen.

Ich hielt die Schlüssel fest. »Bleiben Sie noch einen Augenblick sitzen, und entspannen Sie sich, Murph. Wir müssen reden.«

»Ich glaube nicht, dass das eine gute Idee ist, Harry«, sagte sie.

»Das ist nun der Dank dafür, dass ich Ihnen das Leben gerettet habe. Zweimal sogar. Sie zeigen mir die kalte Schulter.«

»Sie wissen doch, wie das läuft«, sagte sie finster. Aber dann lehnte sie sich zurück und schaute durch die Windschutzscheibe hinaus. Polizisten, Beamte von der Spurensicherung und FBI-Agenten liefen im Gebäude hin und her. Wir schwiegen eine Weile.

Das Seltsame war, dass die Probleme zwischen Murphy und mir die gleiche Ursache hatten wie die Probleme mit Kim Delaney zuvor. Murphy hatte damals einige Dinge in Erfahrung bringen wollen, um ihre Ermittlungen fortsetzen zu können. Ich hätte ihr die Informationen geben können, aber damit hätte ich sie in Gefahr gebracht. Ich hatte mich geweigert, ihr etwas zu verraten, und als ich die Spur auf eigene Faust bis zum Ende verfolgt hatte, war ein Gebäude niedergebrannt, und es hatte ein paar Tote gegeben. Die Beweise gegen mich hatten nicht ausgereicht, um Anklage zu erheben, und der Mörder, hinter dem wir her waren, hatte ein unrühmliches Ende gefunden. Murphy hatte mir jedoch nie verziehen, dass ich ihr etwas verschwiegen hatte.

In den folgenden Monaten hatte sie mich mehrmals in ihre Ermittlungen einbezogen, und ich hatte so gut wie möglich gearbeitet. Doch unser Verhältnis war deutlich abgekühlt und hatte sich seither aufs Berufliche beschränkt. Vielleicht war es an der Zeit, wieder eine Brücke zu schlagen.

»Schauen Sie, Murph, wir haben nie über das gesprochen, was im letzten Frühjahr passiert ist.«

»Wir haben auch nicht miteinander gesprochen, *während* es passiert ist.« Ihre Antwort war trocken wie Herbstlaub. »Warum sollten wir jetzt damit beginnen? Das war im letzten Frühling. Inzwischen ist es Oktober.«

»Nun seien Sie doch nicht so, Murphy. Ich hätte Ihnen gern mehr erzählt, aber ich konnte nicht.«

»Lassen Sie mich raten«, antwortete sie zuckersüß. »Die Katze hatte Ihr Telefon versteckt?«

»Sie wissen doch, dass ich nicht zu den Schurken gehörte. Das sollte Ihnen inzwischen klar sein. Herrgott noch mal, ich hab Kopf und Kragen riskiert, um Sie zu retten.«

Murphy schüttelte den Kopf und starrte stur geradeaus. »Das ist nicht das Entscheidende.«

»Nein? Was denn?«

»Dresden, das Entscheidende ist, dass Sie sich geweigert haben, mir Informationen zu geben, die ich brauchte, um meinen Job zu erledigen. Wenn ich Sie bei einer Ermittlung hinzuziehe, dann vertraue ich Ihnen. Ich vertraue nicht einfach so irgendeinem Menschen. Das habe ich noch nie getan.« Sie packte das Lenkrad so fest, dass ihre Knöchel weiß hervortraten. »Und jetzt noch weniger denn je.«

Ich zuckte zusammen. Das hatte gesessen. Noch schlimmer, sie hatte sogar recht. »Einige der Dinge, die ich wusste ... Es war gefährlich, Murph. Es hätte Sie umbringen können.«

Sie fixierte mich mit einem Blick ihrer blauen Augen. »Ich bin nicht Ihre Tochter, Dresden«, sagte sie leise und beherrscht. »Ich bin kein Porzellanpüppchen im Regal. Ich bin Polizistin. Ich jage Verbrecher und stecke sie ins

Kittchen, und wenn es darauf ankommt, fange ich mir die Kugel ein, damit sie nicht eine arme Hausfrau oder einen Steuerberater trifft.« Sie zog die Waffe aus dem Schulterhalfter, überprüfte das Magazin und dass sie gesichert war und steckte sie wieder weg. »Ich bin nicht auf Ihren Schutz angewiesen.«

»Moment mal, Murphy«, sagte ich hastig. »Ich will Sie nicht ärgern, ich bin Ihr Freund. Das war so, und daran hat sich nichts geändert.«

Sie blickte wieder nach draußen, als ein Beamter mit einer Taschenlampe am Auto vorbeikam und nach Spuren suchte. »Sie waren mein Freund, Dresden. Und jetzt …« Murphy schüttelte den Kopf und presste die Lippen zusammen. »Ich weiß es nicht mehr.«

Dazu fiel mir nichts weiter ein. Andererseits konnte ich es auch nicht einfach auf sich beruhen lassen. Trotz all der Zeit, die vergangen war, hatte ich noch nicht versucht, die Sachlage von ihrem Standpunkt aus zu betrachten.

Murphy war keine Magierin. Sie wusste so gut wie nichts über die Welt des Übernatürlichen. Jene Welt, die zu verbannen die große Religion der Wissenschaft seit der Renaissance nicht vermocht hatte. Manchen Dingen, die ihr womöglich begegneten, hatte Murphy nichts entgegenzusetzen – keine Waffe außer dem Wissen, das ich ihr geben konnte –, und im letzten Frühjahr hatte ich ihr diese Waffe vorenthalten und sie schutzlos und unvorbereitet im Stich gelassen. Es muss furchtbar für sie sein, sich täglich mit Dingen herumzuschlagen, die sie nicht versteht und bei denen die Gerichtsmediziner nur die Köpfe schütteln.

Für solche Fälle ist die Sondereinheit zuständig. Der

Bürgermeister von Chicago hat das Team eigens eingesetzt, damit es »ungewöhnlichen Verbrechen« nachgeht, die sich in der Stadt ereignen. Die Öffentlichkeit, die Kirchenvertreter und die Politiker, alle runzeln die Stirn, wenn die Rede auf die Magie kommt, auf das Übernatürliche, Vampire und Zauberer. Doch die Geschöpfe der Geisterwelt treiben sich Tag für Tag da draußen herum. Trolle wohnen unter Brücken, Feen rauben Kinder aus den Wiegen, Schreckgespenster und Kobolde aller Art gehen um. Sie terrorisieren und verletzen Menschen, und einige Statistiken, die ich zusammengestellt habe, weisen sogar darauf hin, dass es schlimmer und keineswegs besser wird. Irgendjemand muss dem Einhalt gebieten. In Chicago samt seiner weitläufigen Vororte ist dies Karrin Murphy mit ihrer Sondereinheit.

Sie bekleidet die Position inzwischen länger als irgendjemand vor ihr, weil sie für die Vorstellung offen ist, dass es mehr gibt, als in den Tageszeitung steht. Weil sie gelegentlich den einzigen frei praktizierenden Magier des Landes unter Vertrag nimmt.

Ich wusste nicht, was ich sagen sollte, deshalb bewegte sich mein Mund von selbst. »Karrin, es tut mir leid.«

Wir schwiegen eine halbe Ewigkeit.

Schließlich schauderte sie ein wenig und schüttelte den Kopf. »Na gut«, sagte sie, »aber wenn ich Sie in diesen Fall einbeziehe, Harry, dann müssen Sie es mir versprechen. Keine Geheimnisse dieses Mal. Auch nicht, um mich zu schützen. Aus keinem Grund.« Sie starrte zum Fenster hinaus. Der Mond und die fernen Straßenlaternen zeichneten ihr Gesicht etwas weicher, sanfter.

»Murphy«, sagte ich, »das kann ich nicht versprechen. Wie können Sie erwarten, dass ich …«

Wütend funkelte sie mich an und griff nach meiner Hand. Sie tat etwas mit einem Finger, was mir einen schmerzhaften Stich durch den Arm jagte, und ich riss instinktiv die Hand zurück und ließ den Schlüsselbund fallen.

Sie fing ihn auf und rammte einen Schlüssel ins Zündschloss. Ich zuckte zusammen und schüttelte einen Augenblick meine schmerzenden Finger.

»Also schön«, sagte ich. »Also schön, ich verspreche es. Keine Geheimnisse.«

Wieder sah sie mich an, sie schaute mir einen kleinen Moment in die Augen und wandte den Blick ab. Dann ließ sie den Wagen an und fuhr vom Parkplatz.

»Gut«, sagte sie. »Ich erzähle es Ihnen. Ich erzähle es Ihnen, weil ich jede Hilfe brauche, die ich nur bekommen kann. Denn wenn wir dieses Biest nicht bald erwischen, diesen Werwolf, dann haben wir im Handumdrehen noch einen Haufen Leichen.« Sie seufzte. »Außerdem werde ich meinen Job verlieren, wenn es uns nicht gelingt. Und Sie kommen vermutlich ins Gefängnis.«

4. Kapitel

»Ins Gefängnis?«, fragte ich. »Ins *Gefängnis*? Hatten Sie eigentlich die Absicht, mir das irgendwann mal mitzuteilen?«

Gereizt und finster starrte sie mich an. Die Scheinwerfer der entgegenkommenden Autos beleuchteten ihr Gesicht. »Sparen Sie sich das, Harry. Ich habe einen anstrengenden Monat hinter mir.«

Ein Dutzend Fragen lag mir auf der Zunge. Diejenige, die am Ende die Oberhand gewann, lautete: »Warum haben Sie mich nicht schon im letzten Monat bei den anderen Morden gerufen?«

Murphy richtete den Blick wieder auf die Straße. »Das wollte ich, glauben Sie mir. Aber ich konnte nicht. Die Dienstaufsicht hat mich wegen der Ereignisse in die Mangel genommen, die im letzten Frühjahr im Zusammenhang mit Marcone und Victor Sells vorgefallen sind. Irgendjemand ist auf die Idee gekommen, ich könnte mit Marcone unter einer Decke stecken. Ich hätte geholfen, einen seiner Konkurrenten zu ermorden und das Three-Eye-Drogenkartell auszuschalten.«

Ich bekam sofort Schuldgefühle. »Weil ich am Tatort war. Sie haben einen Haftbefehl für mich ausstellen und widerrufen lassen. Dann die Gerüchte, die über mich und Marcone in Umlauf sind, seit alles vorbei ist …«

Murphy presste die Lippen zusammen und nickte. »Ja.«

»Wenn Sie versucht hätten, es mir zu sagen, hätten Sie alles nur noch schlimmer gemacht.« Ich rieb mir die Stirn. Dann hätten die Leute, die Murphy unter die Lupe nahmen, natürlich auch mich genauer überprüft. Murphy hatte mich geschützt. Ich hatte keinen Gedanken darauf verschwendet, welche Wirkung diese Gerüchte, die Marcone gestreut hatte, auf Murphy haben konnten. *Sehr aufmerksam, Harry.*

»Sie sind echt nicht dumm, Dresden«, bestätigte sie. »Manchmal etwas naiv, aber nicht dumm. Die Dienstaufsicht konnte nicht alles aufdecken, aber es gibt genug Leute, die mich für korrupt halten, und dazu kommen noch diejenigen, die mich ohnehin noch nie leiden konnten. Wenn sie eine Gelegenheit bekommen, könnten sie es mir ziemlich schwer machen.«

»Deshalb wollten Sie auch Agent Benns Verhalten herunterspielen«, vermutete ich. »Sie wollen nicht auffallen.«

»Genau«, bestätigte Murphy. »Die Dienstaufsicht reißt mich in Stücke, wenn sie erfährt, dass ich die Vorschriften auch nur ein wenig großzügig auslege, ganz zu schweigen von meinem Ringkampf mit einer FBI-Agentin. Glauben Sie mir, Denton sieht vielleicht aus wie ein Mistkerl, aber er ist wenigstens nicht davon überzeugt, dass ich mir die Hände schmutzig gemacht habe. Er wird sich fair verhalten.«

»An dieser Stelle kommen wohl die Morde ins Spiel.«

Statt zu antworten, wechselte sie auf die rechte Spur und fuhr langsamer. Ich drehte mich halb zu ihr um und beobachtete sie. Dabei bemerkte ich die Scheinwerfer eines anderen Autos, das hinter uns quer über mehrere Spuren ebenfalls auf die Kriechspur zog.

Ich sagte nichts zu Murphy, behielt unseren Hintermann aber unauffällig im Auge.

»Genau«, sagte Murphy. »Die Wolfsmorde. Es hat letzten Monat in der Nacht vor Vollmond begonnen. Unten am Rainbow Beach wurden mehrere Leute beim Gruppensex zerfetzt. Zuerst haben es alle für den Angriff eines wilden Tiers gehalten. Bizarr, aber man weiß ja nie. Jedenfalls war es ziemlich verrückt, und deshalb haben sie mir die Ermittlungen übertragen.«

»Gut«, sagte ich. »Was ist danach passiert?«

»Am nächsten Abend traf es eine kleine alte Dame, die am Washington Park vorbeiging. Sie wurde auf die gleiche Weise getötet, und ab da war klar, dass irgendetwas faul war. Die Gerichtsmedizin hat nichts Brauchbares herausgefunden, deshalb habe ich das FBI eingeschaltet. Die haben Zugang zu Ressourcen, die mir nicht immer offenstehen. Hochmoderne Labors und so weiter.«

»Sie haben den Geist also selbst aus der Flasche gelassen«, warf ich ein.

»Gewissermaßen. Die Gerichtsmediziner vom FBI – dieser rothaarige Bursche ist einer von ihnen – haben Unregelmäßigkeiten bei den Zahnabdrücken der Angreifer festgestellt. Sie sagten, die Abdrücke passten nicht zu normalen Wölfen oder Hunden. Auch die Pfotenabdrücke waren merkwürdig und passten nicht zu richtigen Wölfen.« Sie schauderte ein wenig und fuhr fort: »An diesem Punkt fiel mir ein, dass es auch etwas ganz anderes sein könnte, verstehen Sie? Das FBI dachte, jemand wollte nur zur Ablenkung den Eindruck erwecken, es handele sich um Angriffe von Wölfen. Es dauerte nicht lange, bis irgendjemand den Täter als Wolfsmörder bezeichnete.«

Stirnrunzelnd nickte ich. Die Scheinwerfer waren immer noch hinter uns. »Nur so eine verrückte Idee: Haben Sie schon mal daran gedacht, ihnen reinen Wein einzuschenken? Ihnen zu sagen, dass wir es mit einem Werwolf zu tun haben?«

Murphy schnaubte. »Keine Chance. Das FBI stellt nur extrem konservative Leute ein. Menschen, die nicht an Geister und Kobolde und diesen Mist glauben, wegen dem ich Sie rufe. Sie behaupten, die Morde seien von den Angehörigen eines Kults oder einem Rudel Geisteskranker begangen worden. Die Täter hätten aus Wolfszähnen und Krallen Waffen hergestellt und symbolische Pfotenabdrücke hinterlassen. Das sei auch der Grund dafür, dass die Spuren und Abdrücke nicht zueinanderpassten. Ich habe Carmichael bei Ihnen anrufen lassen, Harry, aber Ihr Telefondienst sagte, Sie seien auf Dienstreise in Minnesota.«

»Ja, jemand hatte dort etwas in einem See gesehen«, bestätigte ich. »Was ist danach passiert?«

»Der Teufel war los. Drei Penner in Burnham Park am nächsten Abend. Sie waren allerdings nicht einfach nur tot, sondern sie sahen aus wie Hackfleisch. Schlimmer als der Kerl von heute Abend. In der letzten Vollmondnacht traf es einen alten Mann vor einem Schnapsladen. Am Abend danach wurden ein Geschäftsmann und sein Fahrer in ihrer Garage zerfleischt. Die Dienstaufsicht hat mir die ganze Zeit im Nacken gesessen und alles überwacht.« Sie schüttelte den Kopf und schnitt eine Grimasse.

»Die letzten Opfer fallen aus dem Rahmen, alle anderen wurden draußen und in Slumvierteln angegriffen. Ein Geschäftsmann in einer Garage, das passt nicht ins Muster.«

»Ja«, bestätigte Murphy. »James Harding III. Einer der letzten Großindustriellen. Er und John Marcone sind Geschäftspartner bei irgendwelchen Bauprojekten im Nordwesten.«

»Und heute Abend hatten wir ein weiteres Opfer mit Verbindungen zu Marcone.«

Murphy nickte. »Ich weiß nicht genau, was mir mehr Angst macht – die Vorstellung, es handele sich um Angriffe gewöhnlicher Tiere, dass es eine Gruppe von Irren mit Waffen aus Wolfszähnen ist oder dass wir es mit organisierten Werwölfen zu tun haben.« Sie lachte nervös. »Das klingt sogar in meinen Ohren verrückt. Ja, Euer Ehren, das Opfer wurde von einem Werwolf zerfleischt.«

»Lassen Sie mich raten – sobald der Mond wieder abnahm, wurde es ruhig.«

»Ja, niemand ist mehr gestorben. Bis heute Abend. Vor uns liegen noch vier weitere Nächte mit hellem Mondschein, falls die Täter genauso vorgehen wie beim letzten Mal.«

»Sind Sie sicher, dass es mehr als einer ist?«, fragte ich.

»Die Bisswunden oder die bissähnlichen Spuren stammen von mindestens drei verschiedenen … Waffen, wie Agent Denton meint. Den Leuten im Labor nach könnten es mehrere Täter sein, aber ganz sicher sind sie nicht.«

»Es sei denn, wir haben es mit echten Werwölfen zu tun. Dann gehört jeder Abdruck zu einem anderen Gebiss, weil ein ganzes Rudel unterwegs ist.«

Murphy nickte. »Das kann ich denen aber schlecht erzählen. Damit würde ich meiner Karriere den Todesstoß versetzen.«

»Also ist auch noch Ihr Job in Gefahr.«

Sie schnitt eine Grimasse. »Die brauchen nur noch einen einzigen Grund, um mich an die Luft zu setzen. Wenn ich die Täter nicht fasse, wer sie auch sind, bin ich für die Politiker der Sündenbock. Danach ist es kein Problem, mir etwas anzuhängen. Wahrscheinlich wollen sie dann auch noch Ihnen an den Kragen. Harry, wir müssen den oder die Mörder schnappen, sonst bin ich geliefert.«

»Haben Sie an einem der Tatorte Blut oder Haare entdeckt?«, fragte ich.

»So einige«, sagte Murphy.

»Und Speichel?«

Sie sah mich fragend an.

»Speichel. Den müsste man in Bisswunden eigentlich finden.«

Sie schüttelte den Kopf. »Falls sie so was entdeckt haben, haben sie es mir gegenüber nicht erwähnt. Die ganzen Spuren nützen uns ohnehin nicht viel, wenn wir keinen Verdächtigen haben, dem wir sie zuschreiben können.«

»Es nützt *Ihnen* nicht viel«, widersprach ich. »Irgendetwas hat Blut am Fenster hinterlassen, als es eingedrungen ist. Vielleicht führt das irgendwohin.«

Murphy nickte. »Das wäre schön. Okay, Harry. Jetzt wissen Sie, was los ist. Was können Sie mir über Werwölfe erzählen?«

Ich schürzte die Lippen und dachte nach. »Nicht viel. Ich habe mich nie sehr intensiv mit dem Thema beschäftigt. Vor allem kann ich Ihnen sagen, was sie alles *nicht* sind. Lassen Sie mir Zeit bis morgen früh, dann schreibe ich Ihnen einen umfassenden Bericht.« Ich sah aus dem Fenster, als Murphy den JFK-Expressway verließ. Der Wagen, von dem ich annahm, dass er uns folgte, benutzte dieselbe Ausfahrt.

Murphy runzelte die Stirn. »Morgen früh? Schaffen Sie das nicht eher?«

»Ich kann Ihnen den Bericht um acht auf den Tisch legen. Sogar noch früher, wenn Sie dem Nachtdienst sagen, dass sie mich reinlassen sollen.«

Murphy seufzte. »Okay, schön.«

Wir fuhren zum McAnally's zurück, wo sie neben meinem Käfer parkte. Hinter uns bog der Wagen, der uns gefolgt war, auf den Parkplatz ein.

»Mein Gott, Harry, ich kann nicht glauben, dass ich hier mit Ihnen sitze und darüber rede, dass in Chicago Leute von Werwölfen umgebracht werden.« Sie wandte sich zu mir um und musterte mich besorgt. »Sagen Sie mir, dass ich nicht verrückt werde.«

Ich stieg aus, beugte mich dann aber noch mal hinunter. »Ich glaube nicht, dass Sie verrückt werden, Murph. Ich weiß nicht, vielleicht hat das FBI ja recht. Vielleicht sind es keine Werwölfe. Manchmal passieren die verrücktesten Dinge.« Ich schenkte ihr ein kleines Lächeln, was sie mit einem leisen Schnauben quittierte.

»Ich bin vermutlich im Büro, Dresden«, sagte sie. »Legen Sie mir morgen früh den Bericht auf den Tisch.«

Damit fuhr sie vom Parkplatz und bog rasch auf die Straße ein.

Ich stieg nicht in den Käfer, sondern beobachtete das Auto, das uns bis hierher gefolgt war. Es kurvte am anderen Ende des Parkplatzes herum, näherte sich dann und fuhr an mir vorbei.

Die Fahrerin war eine bemerkenswert attraktive Frau mit dunkelbraunem Haar, das schon etwas grau war. Sie sah mich nicht an, als ihr Wagen an mir vorbeirollte.

Mit gerunzelter Stirn blickte ich ihr nach.

Sie verließ den Parkplatz, bog in die entgegengesetzte Richtung ab wie Murphy und verschwand.

War es wirklich der Wagen, der uns auf dem JFK-Expressway gefolgt war? Oder hatte ich es mir nur eingebildet? Mein Instinkt sagte mir, dass uns die Frau gefolgt war, aber andererseits hatte mich mein Instinkt auch schon getrogen.

Als ich im Käfer saß, dachte ich einen Moment nach. Ich hatte ein schlechtes Gewissen und war beunruhigt. Es war meine Schuld, dass Murphy all diesen Ärger bekommen hatte. Im letzten Frühling hatte ich sie in eine äußerst schwierige Situation gebracht, als ich mich geweigert hatte, ihr zu erzählen, was eigentlich passierte. Für den Druck, unter dem sie jetzt stand, war ich verantwortlich.

Frauen gegenüber habe ich eine sehr altmodische und chauvinistische Einstellung. Ich behandle sie gern wie Damen, halte ihnen die Tür auf, schenke ihnen Blumen, bezahle die Rechnung, wenn wir essen gehen, rücke ihnen den Stuhl zurecht und so weiter. Ich würde es ja gern als eine Art Ritterlichkeit bezeichnen, doch wie man es auch nannte, Murphy war eine Dame in Nöten, und da ich sie in diese Lage gebracht hatte, war es nur recht und billig, dass ich sie da auch wieder herausholte.

48

Das war allerdings nicht der einzige Grund dafür, dass ich der Mordserie Einhalt gebieten wollte. Stachelkopf derart zerfetzt zu sehen, hatte mir eine Heidenangst eingejagt. Ich zitterte immer noch ein wenig, es war eine simple, primitive Reaktion auf eine sehr urtümliche Angst. Der bloße Gedanke, dass mich irgendwelche wilden Tiere fraßen oder Wesen mit vielen scharfen Zähnen zerkauten, ließ mich die Knie bis an die Brust ziehen, was angesichts meiner Körpergröße und des begrenzten Platzes im Käfer eine höchst unelegante Übung war.

Stachelkopfs Leben hatte ein brutales Ende gefunden, wie man es sich schlimmer kaum vorstellen konnte. Vielleicht hatte es der Gangster verdient, vielleicht auch nicht.

Jedenfalls war er nur eines von mehreren Opfern, die von einem Wesen zerfetzt worden waren, auf das normale Menschen niemals stoßen sollten. Ich konnte da nicht tatenlos bleiben.

Ich bin Magier. Das bedeutet, dass ich über Macht verfüge, und Macht und Verantwortung gehen Hand in Hand. Ich habe die Verantwortung, die Kräfte zu nutzen, die mir gegeben sind, wo immer es nötig ist. Das FBI war in keiner Weise darauf vorbereitet, sich mit einem Rudel gefräßiger Werwölfe herumzuschlagen, die mitten in Chicago ihren Opfern auflauerten. Das war eher mein Metier.

Ganz langsam atmete ich aus und richtete mich wieder auf, wollte den Zündschlüssel aus der Manteltasche fischen und stieß auf die in mein weißes Taschentuch gewickelte Scherbe.

Vorsichtig packte ich sie aus und betrachtete das mit Blut verschmierte Stück Glas.

Blut hat eine ganz besondere Kraft. Ich konnte das Blut benutzen, um einen Spruch zu wirken, der mich zu der Person führte, die es vergossen hatte. So konnte ich den oder die Mörder noch an diesem Abend aufspüren, indem ich mich einfach von meiner Magie leiten ließ. Es musste allerdings sofort geschehen. Das Blut war fast trocken, und wenn es erst einmal eingetrocknet war, war es viel schwieriger, es zu benutzen.

Murphy würde furchtbar sauer sein, wenn sie erfuhr, dass ich ohne sie loszog. Sie würde annehmen, ich hätte von vornherein die Absicht gehabt, die Spur noch in der Nacht zu verfolgen, und hätte sie absichtlich ausgeschlossen. Doch wenn ich der Spur nicht folgte, würde ich die Gelegenheit verspielen, den Mörder zu identifizieren, bevor die nächste Nacht anbrach.

Ich brauchte nicht lange, um mich zu entscheiden. Letzten Endes war es wichtiger, Menschenleben zu retten, als zu verhindern, dass Murphy wütend auf mich war.

Also stieg ich aus dem Käfer aus und klappte die Kofferraumhaube hoch, um einige magische Utensilien hervorzuholen: meinen Sprengstock, den Ersatz für mein Schildarmband und einen weiteren Gegenstand, auf den kein Magier verzichten kann: meinen .38er Smith and Wesson Chiefs Special.

All diese Sachen legte ich vorne in den Wagen, dann wickelte ich die Scherbe mit dem verschmierten Blut aus dem Tuch.

Und dann begann ich mit dem magischen Ritual.

5. Kapitel

Ich holte das Stück Kreide heraus, das ich immer in der Manteltasche habe, und den runden Plastikkompass, der auf meinem Armaturenbrett klebt, und hockte mich auf den Boden. Mein Staubmantel bedeckte meine Beine und Füße, während ich mit der Kreide, so gut es ging, rings um mich einen Kreis auf den Asphalt zeichnete. Die Linie strahlte hell auf der dunklen Fläche und schien im Mondlicht fast von innen heraus zu leuchten.

Dann setzte ich etwas Willenskraft ein, eine Spur von Energie, um den Kreis zu schließen, und merkte sofort, wie die natürlichen magischen Kräfte der Luft gegen die von mir geschaffene Barriere stießen. Meine Nackenhaare sträubten sich. Schaudernd nahm ich die Scherbe mit dem rasch trocknenden Blutfleck und legte sie zwischen meinen Stiefeln auf den Boden.

Am Anfang sang ich eine kleine Anrufung aus sinnlosen Silben, entspannte mich und konzentrierte mich auf die Wirkung, die ich erzielen wollte. »*Interessari, interessarium*«, murmelte ich und berührte den Kompass mit dem feuchten Blut.

Die Energie schoss nur so aus mir heraus, wirbelte in dem von mir gezeichneten Kreis herum, der sie bündeln sollte, und stürzte unter einem deutlichen Flimmern von winzigen staubähnlichen Flocken in den Kompass.

Die Nadel bebte, drehte sich wild im Kreis und richtete sich auf das Blut, das auf der Scherbe klebte, als nähme ein Jagdhund Witterung auf. Dann drehte sie sich nach Südosten, pendelte noch ein wenig und zeigte schließlich stetig in diese Richtung.

Mit einem erwartungsvollen Grinsen zerstörte ich den Kreis mit dem Stiefel, gab die überschüssige, ungebundene Energie frei und kehrte mit dem Kompass zum Käfer zurück.

Die Nadel würde unbeirrt auf denjenigen zeigen, dessen Blut dies war. Erst beim Sonnenaufgang würden sich die einfachen magischen Energien auflösen, die ich für diesen Spruch benutzt hatte. Allerdings konnte mir der Kompass nicht den besten Weg zum Ziel weisen. Er hielt sich an die Luftlinie, also an die kürzeste Verbindung.

Der Verkehr in Chicago ist alles andere als übersichtlich und gemächlich. Da ich jedoch schon eine Weile in der Stadt lebte, hatte ich gelernt, mich durchzuschlagen.

Ich fuhr am Cook County Hospital, das im Grunde eine eigene Stadt innerhalb von Chicago ist, und am Douglas Park vorbei und anschließend auf der Kedzie weiter nach Süden. Die Kompassnadel drehte sich an der Fünfundfünfzigsten langsam nach Osten und zeigte zur University of Chicago und zum Lake Michigan.

Das ist keine besonders angenehme Gegend. Eigentlich ist es sogar eine ziemlich miese Gegend. Die Kriminalitätsrate ist recht hoch, und zahlreiche Gebäude sind heruntergewirtschaftet, stehen leer oder werden nur sporadisch genutzt. Viele Straßenlaternen sind kaputt, und nachts ist es hier dunkler als in anderen Vierteln. Für die dunklen Geschöpfe, die manchmal aus dem Niemalsland gekrochen kommen, um einen Abend in der Stadt zu verbringen, ist dies ein bevorzugtes Rückzugsgebiet. In manchen Nächten schlurfen die Trolle wie Straßenräuber durch die Gegend, und jeder Vampir, der neu in die Stadt kommt, landet auf der Suche nach Beute früher oder später in einer Gegend wie dieser, bis er mit Bianca oder den weniger bedeutenden Vampiren der Stadt Kontakt aufgenommen hat.

Als der Kompass direkt auf einen leer stehenden Supermarkt zeigte, hielt ich an und stellte den Motor ab. Der treue Käfer schüttelte sich und blieb knirschend stehen. Ich holte den Stadtplan aus dem Handschuhfach und orientierte mich. Washington Park und Burnham Park, wo sich im letzten Monat vier der Morde ereignet hatten, waren zu beiden Seiten meines Standortes weniger als eine Meile entfernt.

Ein kleiner Schauder lief mir über den Rücken. Das hier sah tatsächlich aus wie ein Ort, an dem ich Murphys Wolfsmörder finden konnte.

Ich stieg aus. In der rechten Hand hatte ich den Sprengstock, in der linken den Kompass, am Handgelenk baumelte das Schutzarmband. In der linken Manteltasche steckte mein Revolver, den ich jederzeit rasch ziehen konnte.

Bevor ich losging, holte ich noch einmal tief Luft, um meine Gedanken zu entwirren und mir zu überlegen, was ich eigentlich wollte.

Auf keinen Fall wollte ich den Mörder im Alleingang stellen, wer es auch war. Ich wollte ihn nur für Murphy ausfindig machen, dann sollte sie den Kerl beobachten lassen und hochnehmen, sobald er sich wieder hinauswagte.

Wenn ich ihn jetzt schnappte, konnte Murphy ihn nicht unter Anklage stellen und erklären, ein professioneller Magier habe es ihr eingeflüstert. Die Richter in der Stadt schätzen es nicht sehr, wenn die Cops ihnen solchen Unsinn erzählen.

Ich drehte den Sprengstock in den Fingern hin und her, grinste und marschierte los. Das war schon in Ordnung. Auf die Justiz bin ich nicht angewiesen, ich kenne meine Kräfte und weiß sie einzusetzen.

Die Schaufenster des ehemaligen Supermarkts waren vernagelt. Im Vorbeigehen ruckelte ich an den Spanplatten und entdeckte eine, die sich leicht nach innen klappen ließ. Ich blieb stehen und untersuchte sie genau, weil ich damit rechnete, dass sie durch eine provisorische »Alarmanlage« gesichert war.

Wie etwa die am unteren Rand quer gespannte Schnur mit den kleinen Glöckchen. Hätte ich die Holzplatte weiter nach innen gestoßen, dann hätte es geklimpert. So aber nahm ich die Schnur an einer Seite vom Nagel, ließ die Glocken vorsichtig sinken und stieg in den finsteren, verlassenen Laden.

Ich fühlte mich spontan an ein Skelett erinnert. Die Knochen – die Regale – standen noch da und bildeten lange Gänge, enthielten jedoch keine Waren mehr. Leere Halterungen für Leuchtstoffröhren hingen in Reihen an der Decke, auf dem Boden lagen die kleinen Glassplitter der zerstörten Röhren. Von der Straße drang ein wenig Licht herein, überwiegend Mondlicht, hinten im Laden war es heller.

Ich überprüfte den Kompass. Die Nadel deutete direkt

auf die Lichtquelle. Mit geschlossenen Augen lauschte ich. Lauschen ist gar nicht so schwer, aber die meisten Menschen wissen heute nicht mehr, wie es geht.

Ich hörte Stimmen, mindestens zwei, die gedämpft und eindringlich redeten.

In der Deckung der Einrichtung schlich ich weiter durch den Laden. Dann hielt ich den Atem an und spähte über die letzten Regale hinweg.

Um eine alte Grubenlampe hatten sich mehrere Menschen versammelt. Sie waren jung und von unterschiedlichem Körperbau, beide Geschlechter waren vertreten. Alle trugen schwarze Kleidung und Armbänder, die meisten hatten dunkle Lederjacken an. Einige hatten sich auch mit Ohr- und Nasenringen geschmückt, einer trug am Hals eine Tätowierung.

Wären sie groß und kräftig gewesen, hätten sie vielleicht einschüchternd gewirkt, doch das war nicht der Fall. Sie kamen mir eher vor wie Studenten oder schienen sogar noch jünger zu sein. Einige hatten Pickel und fettige Haare und Bärte, die noch nicht richtig sprossen, und dazu den schmächtigen Körperbau von Jugendlichen. Sie wirkten linkisch und unsicher.

Vier oder fünf hatten sich um einen stämmigen jungen Mann geschart, der nicht viel größer als eins sechzig sein konnte. Er trug eine dicke Brille, hatte Wurstfinger und sah aus, als würde er sich mit einem Taschenrechner wohler fühlen als mit den Stachelhandschuhen, die er trug.

Er hatte die Hände in die Hüften gestemmt und funkelte ein spindeldürres blondes Mädchen an, das ihn um mindestens einen Kopf überragte. Ihr schlanker Körper wirkte ungelenk, die Haare waren eine zerzauste Mähne. Das lange, traurige Gesicht hatte sie verärgert verzogen, ihre Augen funkelten vor mühsam beherrschter Wut.

Hinter ihr warteten weitere fünf oder sechs junge Leute, die alle offensichtlich unter großer Anspannung standen.

»Und ich sage euch«, knurrte der Bursche leise, »dass wir sofort losziehen sollten. Wir können es uns nicht erlauben zu ruhen, solange wir nicht alle gefunden und zerfetzt haben.«

Die Leute hinter ihm murmelten zustimmend.

»Verdammt, Billy«, sagte die Blonde. »Du und dein verdammtes Machogehabe. Wenn wir jetzt rausgehen, dann erwischen sie uns vielleicht.«

»Denk doch mal nach, Georgia«, fauchte Billy. »Glaubst du etwa, sie haben es nicht sowieso schon herausgefunden? Die würden uns in diesem Augenblick hochnehmen, wenn sie uns nur finden könnten.«

»*Sie* hat uns gesagt, wir sollten heute Nacht besser nicht noch einmal zuschlagen«, antwortete Georgia, »und deshalb werde ich keinen Finger rühren. Und wenn du es trotzdem versuchst, werde ich dir die Füße an die Ohren binden.«

Billy knurrte, er knurrte wirklich, auch wenn es gekünstelt und gezwungen klang, und machte einen Schritt nach vorn. »Glaubst du denn, du wirst mit mir fertig, du Miststück?«, fragte er. »Versuch's doch.«

Georgia kniff die Augen zusammen. »Ich habe mich nicht auf dieses Wolfsspiel eingelassen, um gegen hoffnungslose Nieten wie dich anzutreten, Billy. Zwing mich nicht, jetzt damit anzufangen.« Sie sah die jungen Leute, die hinter Billy standen, scharf an. »Ihr wisst, was *sie* uns gesagt hat. Wollt ihr tatsächlich gegen ihre Anweisungen verstoßen?«

»Hört zu, Alphas«, sagte Billy und wandte sich an die Leute hinter ihm, dann wieder an diejenigen, die seine Gegenspielerin unterstützten. »Ich habe euch die ganze Zeit angeführt. Ich habe gehalten, was ich versprochen habe. Wollt ihr mir etwa auf einmal euer Vertrauen entziehen?«

Ich sah noch eine Weile zu, dann senkte ich den Kopf und verbarg mich im Schatten. Beim heiligen Batman! Noch einmal überprüfte ich den Kompass, der schnurgerade auf den erleuchteten Bereich und die um die Laterne versammelten Leute zeigte. Waren das etwa die Mörder? Sie kamen mir eher vor wie eine Gruppe Computerfreaks, die sich für eine heiße Nacht verabredet hatten.

Immerhin war es ein Anfang. Ich musste mich nur noch zurückziehen und Murphy berichten, was ich entdeckt hatte. Vorher wollte ich allerdings noch eine Runde um das Gebäude drehen und herausfinden, ob die Mitglieder der Gruppe ihre Autos in der Nähe geparkt hatten, damit ich Murphy die Kennzeichen durchgeben konnte. Die Universität war ganz in der Nähe – vielleicht hatten einige von ihnen sogar Parkausweise.

»Was ist hier los?«, ließ sich auf einmal eine klare, energische Frauenstimme vernehmen.

Wieder spähte ich übers Regal. Eine Frau mit dunkler Hautfarbe, so groß wie das blonde Mädchen mit dem schmalen Gesicht, aber älter und kräftiger, die sich mit der Selbstsicherheit einer Raubkatze bewegte, war durch eine schwarze Tür eingetreten. Ihre braunen Haare waren grau durchsetzt, und ich erkannte in ihr sofort die Autofahrerin, die ich vor dem McAnally's gesehen hatte.

Mein Herzschlag beschleunigte sich. Also hatte sie tatsächlich Murphy und mich beschattet.

Sie starrte die jugendlichen Streithähne an. Ihre Augen waren bernsteinfarben und konnten mit viel gutem Willen als »irgendwie hellbraun« durchgehen. »Habe ich euch nicht oft genug ermahnt?«, sagte die Frau.

Billy und Georgia starrten betreten zu Boden, die anderen Anwesenden wirkten nicht minder verlegen. Wie eine Gruppe Kinder, die nach der Sperrstunde draußen erwischt worden waren.

»Dies ist kein Spiel. Irgendjemand ist mir hierher gefolgt. Sie sind uns auf den Fersen. Wenn ihr jetzt Fehler macht, werdet ihr mit dem Leben dafür bezahlen«, sagte die Frau, während sie zwischen den jungen Leuten hin und her stolzierte.

Ich überprüfte noch einmal den Kompass. Sobald sie lief, pendelte die Nadel hin und her und blieb immer auf sie ausgerichtet.

Ich beobachtete die Frau mit ihrer fast animalischen Vitalität, ihrer befehlsgewohnten Art und ihrer Willenskraft. Diese Frau, dachte ich, könnte eine Mörderin sein. Außerdem hatte sie bemerkt, dass sie verfolgt worden war. Wie? Wie, um alles in der Welt, hatte sie bemerkt, dass ich hinter ihr her war?

Wieder blickte ich aufgeregt zu der Frau hinüber und stellte fest, dass sie angestrengt in die dunklen Schatten rings um die Regale starrte, hinter denen ich mich versteckte. Einer ihrer Jünger wollte etwas sagen, doch sie unterbrach ihn mit erhobener Hand. Ihre Nasenflügel bebten, als sie tief einatmete und einen Schritt in meine Richtung machte. Ich hielt den Atem an und wagte nicht, mich wieder hinter die Regale zu ducken, weil ich fürchtete, mich durch eine hastige Bewegung zu verraten.

»Fasst euch bei den Händen«, fauchte die Frau. »Sofort!« Dann drehte sie sich zu der Grubenlampe um, die auf dem Boden stand, löschte sie, und es wurde völlig finster im Raum.

Es gab ein wirres Murmeln, dann ein herrisches Zischen von der Frau, schließlich wurde es still bis auf die Geräusche von Schuhen und Stiefeln, die über den Boden schlurften und sich nach hinten entfernten. Sie flohen.

Im Dunklen völlig blind, richtete ich mich auf und umrundete die Regale, um ihnen so schnell wie möglich zu folgen. Im Nachhinein muss ich zugeben, dass es kein sehr kluger Entschluss war, doch in diesem Augenblick kam es mir vor allem darauf an, sie nicht entwischen zu lassen. Der Spruch, den ich über meinen Kompass gewirkt hatte, würde nicht mehr lange halten. Ganz sicher nicht lange genug, um die Frau und ihr Rudel junger Leute noch einmal zu finden. Ich wollte ihnen nach draußen folgen und die Autokennzeichen oder sonst etwas notieren, das Murphy helfen würde, sie ausfindig zu machen, nachdem sie sich abgesetzt hatten.

Leider schätzte ich die Länge meiner Schritte falsch ein und prallte am Ende des Ganges gegen eine Wand. Ich stöhnte leise vor Schmerzen und versuchte mich zu orientieren. Während ich ihnen folgte, verbarg die Dunkelheit ebenso mich wie sie. Ich hätte Licht machen können, doch solange niemand etwas sehen konnte, würde auch niemand zu schießen beginnen, überlegte ich. Also huschte ich vorsichtig weiter, lauschte und folgte den Geräuschen.

Höchstens eine Sekunde vorher merkte ich auf. Krallen, die über die kalten Fliesen kratzten. Nur wenig später prallte unterhalb der Knie etwas Großes, Pelziges gegen meine Beine und riss mich um.

Ich schlug schwer auf den Boden, stieß einen Schrei aus, schwenkte den Sprengstock wie einen Baseballschläger und traf mit einem Knall etwas Hartes, Knochiges. Darauf hörte ich ein tiefes Knurren wie von einem Tier, und irgendetwas riss mir den Stock aus der Hand und schleuderte ihn fort. Mit hohlem Klappern fiel er auf den Kachelboden.

Ich ließ den Kompass fallen und tastete hektisch nach meinem Revolver, während ich wieder aufstand und mich weiter zurückzog. Dabei brüllte ich eine wortlose Herausforderung, um meine Angst zu überwinden.

Schließlich blieb ich einen Moment reglos stehen und starrte keuchend ins Leere, die schwere Waffe in der Hand. Vor Angst pochte mein Herz heftig, und wie immer folgte der Zorn unmittelbar auf die Furcht. Ich war wütend, weil jemand mich angegriffen hatte. Irgendwie hatte ich damit gerechnet, dass sie versuchen würden, mich aufzuhalten, doch was mich da im Dunklen knurrend angefallen hatte, war viel beängstigender, als ich vermutet hätte.

Als nach einer Minute nichts weiter geschehen und auch nichts zu hören war, griff ich unter mein Hemd und zog den silbernen Drudenfuß hervor, der meiner Mutter gehört hat. Es war ein fünfzackiger Stern, der aufrecht in einem Kreis stand – das alte Symbol der Ordnung und Symmetrie, des Gleichgewichts der Kräfte. Ich konzentrierte meine Willenskraft darauf, und sofort begann der Drudenfuß zu glühen. Er strahlte ein schwaches, sanftes Licht ab – nicht die grelle Helligkeit, die entsteht, wenn man seine Kraft gegen ein Wesen aus dem Niemalsland einsetzt, sondern gerade genug, um mich zu orientieren. In einem Kreis aus bläulich weißem Licht, das dem Mondlicht ähnelte, näherte ich mich dem hinteren Bereich des Supermarkts.

Natürlich war es eine Dummheit, einfach weiterzugehen, aber ich war wütend. Zornig genug, um durch den dunklen Raum zu trampeln, bis ich das dunkelblaue Rechteck einer offenen Tür sah.

Ich hielt darauf zu und stolperte unterwegs mehrmals über Dinge, die ich im Licht meines Amuletts nicht genau erkennen konnte, bis ich in einer Gasse hinter dem alten Gebäude herauskam. Tief atmete ich die frische Luft ein und konnte endlich wieder Umrisse und Farben erkennen.

Da prallte irgendetwas gegen meinen Rücken und warf mich zu Boden.

Der Kies stach mir durchs Hemd in die Rippen, meine Konzentration war dahin und mit ihr auch das Licht meines Amuletts.

Jemand presste etwas Hartes aus Metall gegen meinen Hinterkopf und ein Knie in mein Kreuz, und eine Frau knurrte: »Lassen Sie die Waffe fallen, sonst schieße ich Ihnen ein Loch in den Kopf.«

6. Kapitel

Nennen Sie mich feige, aber ich neige nicht unbedingt zu Trotzreaktionen, wenn man mir eine Kanone an den Kopf hält. Ich legte den .38er, den ich in der linken Hand hatte, vorsichtig weg und zog die Hand zurück.

»Hände hinter den Rücken, los!«, befahl die Frau.

Ich gehorchte, spürte gleich darauf kaltes Metall an den Handgelenken und hörte das Klicken, mit dem die Handschellen einrasteten.

Das Knie wurde von meinem Rücken genommen, und die Angreiferin drehte mich mit einem Bein herum, schaltete die Taschenlampe ein und leuchtete mir in die Augen.

»Harry?«, sagte sie.

Ich blinzelte ins Licht. Diese Stimme kannte ich. »Hallo, Murphy. Das wird bestimmt eine anregende Unterhaltung.«

»Sie Idiot!«, sagte Murphy hart. Sie war nur ein Schatten hinter der Taschenlampe, aber jetzt sah ich auch ihre Konturen. »Sie sind auf eine Spur gestoßen und haben sie einfach verfolgt, ohne mir Bescheid zu sagen.«

»Wer im Glashaus sitzt, Lieutenant«, sagte ich und richtete mich auf, so gut es mit hinter dem Rücken gefesselten Händen ging. »Ich hatte keine Zeit. Die Spur war heiß, und ich konnte nicht warten, weil ich sie sonst verloren hätte.«

Murphy grunzte. »Wie haben Sie dieses Haus entdeckt?«

»Ich bin Magier«, erklärte ich ihr und wackelte mit den Armen, so gut ich konnte.

»Magie, was sonst?« Murphy knurrte, bückte sich aber hinter mir und schloss die Handschellen wieder auf.

Ich rieb mir die befreiten Handgelenke. »Und Sie?«

»Ich bin Cop«, sagte sie. »Vom Tatort aus hat uns ein Auto bis zum McAnally's beschattet. Ich hab gewartet, bis es wegfuhr, und bin ihm hierher gefolgt.« Sie richtete sich wieder auf. »Sie waren dort drinnen. Ist jemand durch den vorderen Eingang entkommen?«

»Nein, ich glaube nicht. Ich konnte allerdings nichts sehen.«

»Verdammt«, sagte Murphy. Sie steckte die Waffe wieder in den Mantel. »Hinten sind sie auch nicht herausgekommen. Es muss einen Weg aufs Dach geben.« Sie stand auf, sah sich zwischen den dicht an dicht stehenden Gebäuden um und leuchtete mit der Taschenlampe die Dachkante ab. »Inzwischen sind sie über alle Berge.«

»Wie gewonnen, so zerronnen«, sagte ich.

»Sie können mich mal«, fauchte sie. Dann drehte sie sich um und wollte ins Gebäude.

Ich eilte ihr hinterher. »Wo wollen Sie hin?«

»Hinein. Eine Treppe suchen, eine Leiter, was auch immer.«

»Sie können die Gruppe nicht verfolgen«, sagte ich und schob mich neben sie, als sie das dunkle Gebäude betrat. »Sie können es nicht mit ihnen aufnehmen. Nicht wenn nur wir zwei hier sind.«

»Die Gruppe?«, fragte Murphy. »Ich habe nur eine Frau gesehen.« Sie blieb stehen und musterte mich.

So knapp wie möglich erklärte ich ihr, was geschehen war, seit wir uns auf dem Parkplatz verabschiedet hatten.

Murphy hörte zu. »Was hat das Ihrer Ansicht nach zu bedeuten?«, fragte sie, als ich geendet hatte.

»Wir sind auf Werwölfe gestoßen«, erklärte ich. »Die Frau, die dunkle Frau mit dem grau melierten Haar, sie war die Anführerin.«

»Morde in einer Gruppe?«, fragte Murphy.

»Ein Rudel«, korrigierte ich sie. »Aber ich bin mir nicht sicher, ob es wirklich die Mörder waren. Sie sind … Ich weiß nicht. Irgendwie nicht kaltschnäuzig genug. Nicht böse genug.«

Murphy machte kopfschüttelnd kehrt und ging zum Ausgang. »Können Sie mir eine gute Beschreibung von ihnen geben?«

Ich holte sie wieder ein. »So einigermaßen, glaube ich. Aber was wollen Sie damit?«

»Ich lasse nach der Frau fahnden, die wir gesehen haben, und Sie liefern uns eine Beschreibung der jungen Leute, die Sie belauscht haben.«

»Was wollen Sie damit? Haben Sie nicht das Kennzeichen des Wagens der Frau?«

»Das habe ich schon überprüft. Ein Mietwagen, vermutlich mit gefälschten Papieren gemietet.«

»Ich glaube, Sie haben hier die falschen Leute, Murph«, warnte ich sie. »Verzichten Sie lieber auf die Fahndung.«

»Jemand folgt mir von einem Tatort in die Stadt. Sie können bestätigen, dass es die Täterin von unserem Tatort ist. Zwar nicht vor Gericht, ich weiß, aber Sie sagen es, und das reicht mir. Der Rest ergibt sich dann durch die normalen Ermittlungen, sobald wir wissen, worauf wir achten müssen.«

Ich hob mahnend eine Hand. »Warten Sie, warten Sie. Mein Spruch hat mir nicht verraten, ob die Frau die Mörderin war. Ich weiß bis jetzt nur, dass wir am Tatort Blut von ihr gefunden haben.«

Murphy verschränkte die Arme vor der Brust und funkelte mich böse an. »Auf wessen Seite sind Sie eigentlich?«

»Sie verstehen das nicht, Murphy.« So langsam war ich auch leicht aufgebracht. »Sie können sich nicht einfach mit irgendwelchen Leuten anlegen, die im Gespensterland leben, wenn Sie nicht bereit sind, es auch gleich an Ort und Stelle bis zu Ende durchzufechten. Wenn Sie einem Rudel Werwölfe auf die Nerven gehen und die Polizei auf sie loslassen, kommt das einer Kriegserklärung gleich. In dem Fall sollten Sie auch bereit sein, wie im Krieg zu kämpfen.«

Murphy schob das Kinn vor. »Machen Sie sich meinetwegen keine Sorgen. Damit komme ich schon klar.«

»Ich sage nicht, dass Sie nicht damit zurechtkommen«, erwiderte ich. »Aber wer oder was auch immer Marcones Mann in dessen Club zerfetzt hat, es war mit Sicherheit nicht das Wesen, auf das ich da im Dunklen gestoßen bin.« Ich nickte zum Hauptraum des Supermarkts hinüber.

»Oh, yeah?«, sagte Murphy. »Warum nicht?«

»Es hätte mich töten können, das hat es aber nicht getan.«

»Glauben Sie nicht, dass Sie sich gegen einen Wolf wehren könnten, Harry?«

»Im Dunklen?«, fragte ich sie. »Murphy, Wölfe wurden

vor fast einem Jahrhundert im größten Teil der Vereinigten Staaten ausgerottet. Sie haben keine Vorstellung, nicht die geringste Ahnung, wie gefährlich diese Wesen sein können. Ein Wolf läuft schneller durch Chicago, als Sie mit dem Auto fahren können. Er kann mit einem Biss Ihren Oberschenkelknochen knacken. Ein Wolf wittert in völliger Dunkelheit Ihre Körperwärme, und er kann im Sternenlicht aus hundert Schritten Entfernung die Haare auf Ihrem Kopf zählen. Er hört aus dreißig oder vierzig Metern Entfernung Ihr Herz schlagen. Der Wolf, der da drin bei mir war, hätte mich mühelos töten können. Er hat es jedoch nicht getan. Er hat mich nur entwaffnet, obwohl ich ihn geschlagen hatte, und dann verschwand er.«

»Das hat nichts zu sagen«, meinte Murphy, doch sie betrachtete mit einem kleinen Schauder die Schatten, die uns umgaben. »Vielleicht hat der Mörder Sie erkannt. Vielleicht wollte er es nicht riskieren, einen Magier zu töten. Vielleicht, nur vielleicht, hat der Wolf Sie auch verschont, um Sie auf eine falsche Fährte zu locken. Womöglich hat er sich zurückgehalten, um Ihr Misstrauen zu zerstreuen – damit Sie genau das sagen, was Sie jetzt von sich geben.«

»Könnte sein«, räumte ich ein. »Aber ich glaube es nicht. Die jungen Leute, die ich gesehen habe …« Ich schüttelte den Kopf. »Schreiben Sie sie noch nicht zur Fahndung aus. Warten Sie, bis ich Ihnen weitere Informationen liefern kann. Hören Sie, Sie bezahlen mich doch, damit ich Sie berate. Ich bin Ihr Berater für das Übernatürliche. Ich bin der Experte, richtig? Hören Sie auf mich. Vertrauen Sie mir.«

Sie starrte zu mir hoch, musterte aufmerksam mein Gesicht und wandte sich rasch ab, als unsere Blicke sich trafen. Murphy kannte mich schon eine ganze Weile. Man schaut einem Magier nicht in die Augen, wenn man nicht einen verdammt guten Grund dafür hat. Magier sehen zu viel.

»Also gut«, gab sie schließlich nach. »Ich warte noch etwas – aber nur bis morgen früh, bis ich Ihren Bericht bekomme. Wenn Sie dann immer noch nichts vorzuweisen haben, werde ich mir die Leute vornehmen, die wir heute Abend gesehen haben.« Sie verzog den Mund zu einem grimmigen, kaum sichtbaren Grinsen. »Ich könnte sowieso kaum erklären, was ich da draußen in Rosemont an einem Tatort zu suchen hatte.« Das Grinsen verschwand, nur der Ingrimm blieb. »Aber Sie werden mir die Informationen liefern, Dresden. Umfassend und so früh wie möglich. Vermasseln Sie's nicht. Ich will den Mörder haben, bevor noch jemand stirbt.«

Ich nickte. »Morgen früh«, sagte ich. »Alles klar.«

Murphys Taschenlampe flackerte und ging aus, als der Glühfaden mit einem vernehmlichen Knacken brach.

Murphy seufzte in der Dunkelheit. »Wenn Sie in der Nähe sind, geht einfach alles kaputt. Manchmal, Harry«, sagte sie, »manchmal bin ich überhaupt nicht gern mit Ihnen unterwegs.«

7. Kapitel

Ich betrat meine Wohnung und stellte den Sprengstock, den ich zwischenzeitlich aus dem verlassenen Super-markt geborgen hatte, neben meinen Magierstab und den Schwertstock in die Ecke und verriegelte hinter mir die Tür. Es war eine einbruchsichere Tür mit Stahlrahmen, die ich hatte einsetzen lassen, nachdem sechs Monate zuvor ein Dämon in mein Apartment getrampelt war und alles in Trümmer gelegt hatte.

Meine Wohnung befindet sich im Keller eines riesigen alten Wohnhauses, das aus unerfindlichen Gründen sämt-liche Brände in Chicago überstanden hat. Es besteht fast völlig aus Holz, es kracht und stöhnt und gibt eine sanfte, beruhigende Melodie von sich, wenn der Wind weht, was in dieser Stadt fast ständig der Fall ist. Es ist ein Haus mit Geschichte, die Nachbarn sind ruhig, und die Miete ist er-schwinglich, wenngleich etwas höher, seit der Dämon die Wohnung verwüstet hat.

Aus Gründen, die inzwischen offensichtlich sein soll-ten, habe ich keine elektrischen Geräte in der Wohnung. Es gibt einen Kamin und eine Kochnische im Wohnzim-mer, dahinter liegen ein kleines Schlafzimmer und die Toi-lette. Dicht unter der Decke gibt es versenkte Fenster, eine der Wohnzimmerwände ist zugleich die Rückwand des Badezimmers.

Bei der Ausstattung ist mir das Material wichtiger als Farben. Auf dem nackten Steinboden liegen überall dicke Teppiche, stellenweise sogar mehrfach übereinander. Dämonensäure hatte den größten Teil meiner Einrichtung zerstört, und ich hatte mir aus einem Gebrauchtmöbellager Ersatz beschaffen müssen. Da ich Möbel aus altem Holz und mit weichem Stoff mag, hatte ich die Stücke entsprechend ausgesucht. Wandteppiche schmückten die Wände, es waren die ältesten, die ich hatte finden können, und verdeckten den nackten Stein. Im roten Feuerschein sahen die orangefarbenen, braunen und roten Behänge gar nicht so schlecht aus.

Ich ging zum Kamin und entfachte das Feuer. Der Oktober ist in Chicago kalt und windig, und auch in meiner feuchten kleinen Höhle ist es meist empfindlich kühl, wenn kein Feuer brennt.

Ich legte gerade ein paar Scheite nach, als Mister auftauchte, sich an meinem Bein rieb und freundlich schnurrte, während er meinen Gleichgewichtssinn nachhaltig störte.

»An Steaks kann man sich gewöhnen, was, Mister?« Ich kraulte die große graue Katze hinter den Ohren.

Mister ist größer als viele Hunde. Vielleicht war eine Wildkatze unter seinen Vorfahren. Eines Tages, da war er noch ganz jung, hatte ich ihn in der Mülltonne gefunden, worauf er mich prompt adoptiert hatte. Trotz meiner Widerstände hatte Mister sehr viel Nachsicht an den Tag gelegt, bis ich schließlich einsehen musste, dass ich als Mitglied seiner kleinen Familie anerkannt war und dank seiner großzügigen Erlaubnis in seiner Wohnung bleiben durfte. Katzen. So sind sie eben.

Ich brachte den Holzofen in Gang und kochte mir schnell ein paar Spaghetti, dazu gab es gegrilltes Huhn und Toast.

Mister teilte das Essen und wie üblich auch eine Dose Cola mit mir. Anschließend stellte ich das Geschirr zum Einweichen ins Waschbecken, ehe ich ins Schlafzimmer ging und mein Gewand anlegte.

Nun konnte der Zauber beginnen.

Hinten im Wohnzimmer zog ich den Teppich weg und legte die Falltür über der steilen Stufenleiter frei, die in den Keller führt, wo ich mein Labor untergebracht habe. Ich kletterte nach unten und leuchtete mit dem goldenen Schein einer Kerze das fröhliche Chaos aus, das in meinem Labor herrscht. Ringsherum standen Tische, der längste nahm fast die ganze Mitte des Raumes ein, sodass nur ein schmaler Gang blieb. Lediglich im hinteren Bereich des Labors war für meinen Beschwörungskreis eine größere Fläche völlig frei geblieben. Bücher, Notizblocks, kaputte Kugelschreiber, abgebrochene Bleistifte, Kisten, Plastikschachteln, alte Butterdosen, leere Marmeladengläser und Plastikbeutel lagen oder standen neben Behältern aller Größen und Formen herum und bargen Gewürze, seltene Steine, Knochen, Fell, Blut, diverse Reste, Schmuck und andere Zutaten, die ein Magier für seine Arbeiten und Forschungen so braucht.

Als ich unten ankam, musste ich über einen schiefen Stapel Comichefte steigen (bitte fragen Sie nicht), ehe ich die anderen Kerzen anzünden konnte, die in dem kalten Raum auf Tellern bereitlagen. Schließlich bückte ich mich, um den Kerosinofen anzuzünden, damit er die Kälte wenigstens teilweise vertrieb.

»Bob«, sagte ich. »Wach auf, du Schlafmütze!«

Auf einem Regal stand zwischen großen Stapeln mit gebundenen Büchern ein bleicher menschlicher Totenschädel mit leeren Augenhöhlen. In deren Tiefe flackerte ein orangefarbenes Licht, das immer stärker wurde, bis zwei helle, strahlende Punkte entstanden waren.

»Schlafmütze. Oh, das gefällt mir, Harry. Mit diesem Humor könntest du überall im Land bei der Müllabfuhr unterkommen.« Der Schädel sperrte den Mund auf und tat so, als würde er gähnen.

Bob, der Geist, der in ihm wohnte, ermüdete natürlich nicht auf die gleiche Weise wie ein Mensch.

Ich nahm es hin, dass er – sozusagen – mal wieder eine dicke Lippe riskierte. Bob hatte im Laufe von einem Dutzend Menschenleben für eine ganze Reihe Magier gearbeitet und wusste mehr über die Theorie und Praxis der Magie, als ich je lernen konnte.

»Was brauen wir heute?«, kicherte Bob. »Mal wieder einen Schlankheitstrank?«

»Hör mal, Bob. Das habe ich nur gemacht, um einen schwierigen Monat zu überbrücken. Irgendjemand muss doch hier die Miete bezahlen.«

»Willst du es nicht mal mit Brustvergrößerungen versuchen? Ich sag dir, damit kannst du garantiert Geld scheffeln.«

»Dazu ist die Magie nicht da, Bob. Wie ordinär willst du eigentlich noch werden?«

»Ach was«, sagte Bob mit flackernden Augen. »Schöne Brüste sind nicht ordinär, sondern ästhetisch. Du bist gar kein so übler Magier, Dresden. Du solltest dir mal überlegen, wie dankbar dir all die wohlgeformten Frauen sein würden.«

Ich schnaubte und räumte auf dem Tisch in der Mitte ein Plätzchen frei, indem ich die darauf liegenden Utensilien an einem Ende stapelte. »Weißt du, Bob, es gibt tatsächlich Leute, die nicht sexbesessen sind.«

Er schnaubte empört, was für einen Geist ohne Nase und Lippen gar nicht so einfach ist. »Es gibt auch Leute, die keinen echten, funktionierenden Körper mit fünf Sinnen haben, Harry. Wann hast du Susan das letzte Mal gesehen?«

»Weiß ich nicht«, gab ich zurück. »Vor ein paar Wochen. Wir haben beide viel zu tun.«

Bob seufzte schwer. »Eine wundervolle Frau, und du sitzt allein in deinem staubigen alten Labor herum und triffst schon wieder Vorbereitungen, um irgendwelche albernen Dinge zu tun.«

»Genau«, sagte ich. »Jetzt halt die Klappe, und lass uns arbeiten.«

Bob grummelte etwas Lateinisches und schüttelte sich einige Male, um den Staub vom Schädel zu entfernen. »Na gut, was weiß ich schon? Ich bin ja nur ein erbärmlicher kleiner Geist, was?«

»Mit einem fotografischen Gedächtnis, drei oder vier Jahrhunderten Erfahrung in der Forschung und einer schärferen Logik als jeder Computer, Bob.«

Er schien beinahe zu lächeln. »Dafür werde ich mir heute Abend besonders große Mühe geben, Harry. Vielleicht bist du ja doch kein Idiot.«

»Schön«, sagte ich. »Jetzt würde ich gern zwei Tränke

brauen, und außerdem möchte ich alles hören, was du über Werwölfe weißt.«

»Was für Tränke und welche Art von Werwölfen?«, fragte Bob sofort zurück.

Ich blinzelte verdutzt. »Gibt es etwa mehrere Arten?«

»Zur Hölle, Harry, wir haben hier unten mindestens drei Dutzend verschiedene Tränke gebraut, und ich verstehe gar nicht, wie du ...«

»Nein, nein, nein«, knurrte ich ihn an. »Werwölfe. Gibt es mehrere Arten?«

»Was? Mehrere Arten von was?« Bobs Kopf kippte leicht zur Seite, als hätte er eine unsichtbare Hand ans Ohr gelegt.

»Werwölfe, Werwölfe!«

»Werwölfe, Schmerwölfe«, erwiderte Bob feierlich, und auf einmal hatte er einen starken Akzent. »Schlemmerwölfe.«

Ich sah ihn fassungslos an. »Äh ... was redest du da?«

»Das war ein *Witz*, Harry. Bei den allmächtigen Sternen, bist du wirklich so dröge?«

Ich beäugte den grinsenden Schädel und knurrte frustriert. »Pass auf, gleich komm ich dir da hoch.«

»Schon gut, schon gut. Ist ja gut. Himmel, sind wir heute schlecht drauf.« Wieder gähnte Bob ausgiebig.

»Bob, ich arbeite an einem Mordfall und habe keine Zeit für solche Späße.«

»Mord. Die Angelegenheiten der Sterblichen sind schrecklich kompliziert. Im Niemalsland hört man nie etwas von Mordanklagen.«

»Das liegt daran, dass dort alles unsterblich ist, Bob.

Nun hör endlich auf mit dem Unfug und erzähl mir, was du über Werwölfe weißt. Falls es verschiedene Arten gibt, erkläre mir, wie sie sich unterscheiden.« Ich legte ein Notizbuch und einen neuen Bleistift bereit und holte saubere Becher, in denen ich über einer Alkoholflamme die benötigten Flüssigkeiten erhitzen konnte.

»Also gut«, sagte Bob. »Was weißt du bisher?«

»Über Werwölfe weiß ich gar nichts. Mein Lehrer hat nie mit mir darüber gesprochen.«

Bob stieß ein bellendes, kurzes Lachen aus. »Der alte Justin hatte sowieso nicht viel Ahnung. Er hat bekommen, was er verdiente, Harry, lass dir da vom Weißen Rat nichts vormachen.«

Ich hielt inne, einen Moment lang gelähmt von einem Wirrwarr verschiedener Gefühle, Zorn und Furcht, vor allem aber Bedauern. Ich schloss die Augen und sah ihn immer noch vor mir, meinen alten Lehrer, wie er in den Flammen starb, die ich im Zorn mittels meiner Willenskraft gerufen hatte. »Ich will nicht darüber reden.«

»Teufel, der Rat hat sogar deine Verurteilung ausgesetzt. Du warst ja bereits überführt. Übrigens, ich frage mich, was aus Elaine geworden ist. Die war wirklich ein süßes …«

»Werwölfe, Bob«, ermahnte ich ihn ruhig, aber dennoch wütend. Eine Hand tat mir weh, und jetzt erst bemerkte ich, dass ich sie so fest zur Faust geballt hatte, dass die Knöchel weiß hervortraten. Verärgert wandte ich mich zu Bob um.

»Also gut, schon gut. Werwölfe«, sagte er. »Ach … äh … was für Tränke willst du eigentlich brauen?«

»Ich brauche ein Stärkungsmittel. Einmal Nachtruhe aus der Dose. Außerdem etwas, damit Werwölfe mich nicht wittern können.« Ich langte nach dem Notizblock und dem Stift.

»Der erste ist schwierig. Da geht eigentlich nichts über einen geruhsamen Nachtschlaf. Wir könnten aber auch einen starken Kaffee kochen, das ist kein Problem.«

Doch dann gab er mir die Formel, die ich schnell mitschrieb. Dabei drückte ich viel zu fest auf und krakelte kantige Buchstaben, denn ich war immer noch aufgebracht, nachdem er meinen alten Meister erwähnt hatte. Auch der innere Aufruhr, den die Erinnerungen an Elaine ausgelöst hatten, würde sich vorläufig nicht legen.

Wir haben alle unsere Dämonen.

»Was ist mit dem zweiten Trank?«, fragte ich den Schädel.

»Das ist kaum möglich«, antwortete Bob. »Wölfe haben eine äußerst scharfe Wahrnehmung, und da wäre sehr viel nötig, um alle ihre Sinne zu täuschen. Du brauchst mindestens einen größeren Unsichtbarkeitsring, nicht bloß eine Tarnkappe oder so etwas.«

»Sehe ich aus wie ein Millionär? Das kann ich mir nicht leisten. Wie wäre es dann mit einem Trank, der mich wenigstens teilweise verdeckt?«

»Oh, ein Diffusionszauber? Sodass du ein unauffälliger Teil der Kulisse wirst? Etwas in der Art? Ich glaube, das wäre in diesem Fall das Beste. Damit du gar nicht erst bemerkt wirst.«

»Klar«, sagte ich. »Ich nehme, was ich kriegen kann.«

»Kein Problem«, versicherte Bob und ratterte die nächste

Formel herunter, die ich ebenfalls notierte. Vermutlich würde ich alle Zutaten in den unzähligen Behältern in meinen Regalen finden.

»Schön. Damit kann ich schon mal etwas anfangen. Was weißt du jetzt über Werwölfe, Bob?«

»Eine Menge. Ich war während der Inquisition in Frankreich.« Bobs Antwort klang trocken, was man aber angesichts der Umstände nicht anders erwarten konnte.

Ich begann mit dem ersten Trank, dem Aufputschmittel.

Jeder Zaubertrank besteht aus acht Teilen. Der erste ist immer die Trägerflüssigkeit, in welche die anderen Zutaten gemischt werden. Fünf Teile werden symbolisch mit jedem der fünf Sinne in Verbindung gebracht, außerdem kommen noch ein Teil fürs Bewusstsein und ein weiterer für den Geist hinzu. Die Trägerflüssigkeit für den Aufputschtrank war tatsächlich Kaffee, während es für den anderen Trank, der meine Witterung verdecken sollte, Wasser sein würde. Ich setzte beides zum Kochen auf.

»Waren damals viele Werwölfe unterwegs?«

»Machst du Witze?«, entgegnete Bob. »Das war ihre Blütezeit. Es gab alle Arten von Werwölfen, die du dir nur vorstellen kannst – Hexenwölfe, Werwölfe, Lykanthropen und Loup-Garous. Die ganze Bandbreite von wölfischen Theriomorphen, die du dir nur vorstellen kannst.«

»Terro-*was*?«, fragte ich nach.

»Theriomorphen«, erklärte Bob. »Alles, was zwischen menschlicher Gestalt und einem Tier wechseln kann. Werwölfe sind Theriomorphen. Ebenso Werbären, Wertiger, Werbüffel …«

»*Büffel?*«, staunte ich.

»Klar. Einige Schamanen der amerikanischen Ureinwohner konnten sich in Büffel verwandeln. Die meisten Magier entscheiden sich aber für Raubtiere, und bis vor kurzem waren Wölfe die gefährlichsten Raubtiere, die man sich in Europa vorstellen konnte.«

»Äh, okay«, sagte ich. »Es gibt also Unterschiede zwischen den einzelnen Werwolfarten?«

»Allerdings«, bestätigte Bob. »Es kommt vor allem darauf an, wie man die Gestalt wechselt und wie viel Menschlichkeit erhalten bleibt. Lass den Kaffee nicht überkochen.«

Etwas gereizt stellte ich die Flamme unter dem Becher kleiner. »Ist ja schon gut, ist ja schon gut. Also, wie wird man nun zum Wolf?«

»Der klassische Werwolf«, erklärte Bob, »ist einfach ein Mensch, der Magie benutzt, um sich in einen Wolf zu verwandeln.«

»Magie? Wie ein Magier?«

»Nein«, sagte Bob. »Na ja, irgendwie schon. Er ist im Grunde ein Magier, der nur einen einzigen Spruch beherrscht. Er weiß, wie er zum Wolf wird und wie er sich wieder zurückverwandeln kann. Die meisten Leute, die lernen, sich in Werwölfe zu verwandeln, sind anfangs nicht sehr gut, weil sie ihre gesamte Menschlichkeit behalten.«

»Was meinst du damit?«

»Nun, sie können zwar die Gestalt eines Wolfs annehmen, doch das ist nur der äußere Schein. Sie krempeln ihren physischen Körper um, aber ihr Geist bleibt, wie er ist. Sie können weiterhin vernünftig und logisch denken, und auch ihre Persönlichkeit verändert sich nicht – sie haben nicht die Instinkte und Reflexe eines Wolfs. Sie verhalten sich wie visuell orientierte Zweibeiner, nicht wie geruchsorientierte Vierbeiner. Sie müssen alles von Grund auf neu erlernen.«

»Warum sollte jemand überhaupt so etwas tun?«, fragte ich. »Sich in einen Wolf verwandeln, meine ich.«

»Du hast nie als Bauer im mittelalterlichen Frankreich gelebt, Harry«, erklärte Bob. »Das Leben war schwer für diese Menschen. Sie haben nie genug zu essen gehabt, keinen Schutz, keine Arzneien. Wenn du da die Möglichkeit gehabt hättest, dir einen Pelz zuzulegen und auf die Jagd zu gehen, hättest auch du diese Gelegenheit ergriffen.«

»Okay, ich glaube, das hab ich verstanden«, sagte ich. »Braucht man silberne Kugeln oder so was? Verwandelt man sich in einen Werwolf, wenn man gebissen wird?«

»Nein, diese Idee hat Hollywood bei den Vampiren entlehnt. Und silberne Kugeln braucht man nur in besonderen Fällen. Werwölfe sind genau wie gewöhnliche Wölfe. Du kannst sie mit den gleichen Waffen verletzen wie einen echten Wolf.«

»Das ist gut zu wissen«, sagte ich, während ich den Trank umrührte. »Was für andere Arten gibt es?«

»Es gibt noch eine weitere Art Werwolf – wenn ein *anderer* Magie einsetzt, um dich in einen Wolf zu verwandeln.«

Ich sah zu ihm hoch. »Leute verhexen? Das ist illegal, Bob. So wollen es die Gesetze der Magie. Wenn du jemand anders in ein Tier verwandelst, zerstörst du seine Persönlichkeit. Es ist nicht möglich, jemanden zu verwandeln, ohne sein Bewusstsein zu löschen. Das ist praktisch Mord.«

»Ja. Nett, was? Aber meist übersteht die Persönlichkeit die Verwandlung. Eine kleine Weile jedenfalls. Wer einen wirklich starken Willen hat, kann sogar mehrere Jahre an seinen menschlichen Erinnerungen festhalten. Aber früher oder später verschwinden sie unwiederbringlich, und du hast nichts als einen Wolf vor dir.«

Ich machte mir Notizen. »Also gut. Wie sonst kann ein Werwolf entstehen?«

»Damals in Frankreich bestand die beliebteste Methode darin, mit einem Dämon, einem Teufel oder einem mächtigen Zauberer einen Pakt zu schließen. Du bekommst einen Gürtel aus Wolfsfell, legst ihn an, sprichst die magischen Worte, und zack, bist du ein Wolf. Ein *Hexenwolf*!«

»Sind wir damit nicht wieder bei der ersten Sorte?«

»Nein, keineswegs. Du benutzt ja nicht deine eigene Magie, um ein Wolf zu werden, sondern die eines anderen.«

Ich runzelte die Stirn. »Dann wäre es die zweite Sorte.«

»Sei nicht so ein Holzkopf«, schalt Bob mich. »Es ist wieder etwas anderes, weil du einen Talisman benutzt. Manchmal ist es ein Ring oder ein Amulett, aber meist ist es ein Gürtel. Der Talisman bietet einem Geist voll bestialischer Wut einen Anker, einem hässlichen Wesen von der bösen Seite des Niemalslandes. Dieser Geist hüllt die menschliche Persönlichkeit ein, damit sie nicht zerstört wird.«

»Eine Art Isolierung«, sagte ich.

»Genau. Du behältst deinen Intellekt und deine Vernunft, aber der Geist kümmert sich um alles andere.«

»Kommt mir fast ein wenig zu leicht vor.«

»Oh, sicher«, meinte Bob, »es ist kinderleicht. Und wenn du einen Talisman benutzt, dann verlierst du jede menschliche Hemmung, und deine unbewussten Begierden kommen zum Vorschein. Der Talisman-Geist kontrolliert dabei die Bewegungen des Körpers. Sehr wirkungsvoll. Ein riesiger Wolf mit einer dem Menschen ebenbürtigen Intelligenz und der Wildheit eines Tiers.«

Ich suchte die anderen Zutaten zusammen, die ich für den Aufputschtrank brauchte: einen Frühstücksdonut für den Geschmack, einen Hahnenschrei für das Gehör, frische Seife für den Geruch, den Fetzen eines Waschlappens für den Tastsinn, einen Strahl Morgensonne fürs Auge, eine Aufgabenliste für das Bewusstsein und ein paar Takte fröhliche Musik für den Geist. Bald köchelte der Trank munter vor sich hin.

Bob sagte nichts, während ich die Zutaten mischte, und als ich fertig war, wandte ich mich wieder an ihn. »Ich glaube, die meisten Menschen haben nicht genug Kraft, um so einen Geist zu kontrollieren. Er würde ihre Handlungen beeinflussen und sie vielleicht sogar unter seine Kontrolle bringen, ihr Bewusstsein unterdrücken.«

»Gut möglich. Und?«

»Es kommt mir eher so vor, als würde man damit ein Ungeheuer erschaffen.«

»Es ist sehr wirkungsvoll«, sagte Bob. »Von Gut und Böse verstehe ich nichts. Darüber macht nur ihr Sterblichen euch Gedanken.«

»Wie hast du diesen Typus noch gleich genannt?«

»Hexenwolf«, wiederholte Bob und benutzte dabei das deutsche Wort. »Ein Zauberwolf. Die Kirche hat allen den Krieg erklärt, die sich in Hexenwölfe verwandeln, und unzählige Menschen auf dem Scheiterhaufen verbrannt.«

»Okay.« Ich schrieb weitere Informationen nieder, um den Bericht für Murphy zusammenzustellen. »Hexenwolf. Ich hab's. Was noch?«

»Lykanthropen«, sagte Bob.

»Ist das nicht eher ein psychologischer Zustand?«

»Man könnte sagen, dass es *auch* ein philosophischer Zustand ist«, erklärte Bob. »Aber zuerst war es eine Realität. Ein Lykanthrop ist ein natürlicher Kanal für einen Rachegeist. Ein Lykanthrop verwandelt sich in ein Untier, aber nur in seinem Kopf. Der Geist übernimmt die Kontrolle. Er beeinflusst das Denken und Handeln des Betreffenden und macht ihn aggressiver und stärker. Diese Wesen sind übrigens sehr widerstandsfähig gegenüber Schmerzen, Verletzungen und Krankheiten. Wunden heilen unglaublich schnell und so weiter.«

»Aber sie verwandeln sich nicht wirklich in Wölfe?«

»Der Kandidat hat hundert Punkte«, sagte Bob. »Sie bleiben ganz normale Menschen, sind jedoch ungeheuer brutal. Hast du schon mal von den nordischen Berserkern gehört? Ich glaube, die waren Lykanthropen. Übrigens werden Lykanthropen nicht erschaffen, sondern bereits so geboren.«

Ich rührte den Aufputschtrank um, damit er gleichmäßig siedete. »Wie hieß noch der Letzte? Loup-irgendwas?«

»Loup-Garou«, erklärte Bob. »Das war der Begriff, den Etienne, der Zauberer, benutzt hat, bevor sie ihn auf dem Scheiterhaufen verbrannt haben. Die Loup-Garous sind die großen Ungeheuer, Harry. Irgendjemand hat sie verflucht, damit sie zu wolfähnlichen Dämonen werden. Es geschieht meist bei Vollmond. Dieser Jemand muss sehr

mächtig sein. Ein wirklich guter Zauberer, ein Dämonen-
lord oder eine Elfenkönigin. Bei Vollmond verwandeln
sich die Opfer in Ungeheuer, ziehen durch die Gemeinde,
bringen Leute um und schlachten alle ab, die ihnen in die
Quere kommen, bis endlich der Mond unter- oder die
Sonne aufgeht.«

Mir rieselte ein kalter Schauer über den Rücken. »Was
zeichnet sie sonst noch aus?«

»Übernatürliche Geschwindigkeit und Kraft. Übernatürliche Wildheit. Sie erholen sich fast augenblicklich von
Verletzungen, falls man sie überhaupt verletzen kann. Sie
sind immun gegen Gift und jede Art von Magie, die auf ihr
Gehirn zielt. Echte Tötungsmaschinen.«

»Klingt wundervoll. Bisher hab ich noch nie von denen
gehört.«

»Es kommt nicht gerade häufig vor. Normalerweise be-
greift der verfluchte arme Hund genug, um sich selbst
irgendwo einzuschließen, oder er zieht sich einfach in die
Wildnis zurück. Die letzten größeren Zwischenfälle mit
einem Loup-Garou haben sich im sechzehnten Jahrhundert in der Gegend von Gevaudan in Frankreich ereignet.
Mehr als zweihundert Menschen sind ihm in etwas mehr
als einem Jahr zum Opfer gefallen.«

»Verdammter Mist«, sagte ich. »Wie haben sie das Biest
aufgehalten?«

»Sie haben es getötet«, sagte Bob. »Jetzt kommen endlich die silbernen Kugeln ins Spiel, Harry. Nur eine silberne Waffe kann einen Loup-Garou verletzen. Noch
schlimmer, das Silber muss von einem Familienmitglied
geerbt worden sein. Geerbte Silberkugeln.«

»Tatsächlich? Warum wirkt nicht auch normales Silber?«

»Ich stelle die Regeln der Magie nicht auf, Harry. Ich weiß nur, wie sie lauten. Vielleicht hat es etwas mit dem Element des Opferns zu tun.«

»Geerbtes Silber«, murmelte ich. »Tja, ich kann nur hoffen, dass es kein Loup-Garou ist.«

»Wäre es einer, dann wüsstest du es«, sagte Bob altklug. »Dann würden jedes Mal bei Vollmond in dieser Stadt ein Dutzend Menschen sterben.«

»Genau das ist derzeit der Fall.« Ich erzählte Bob von den Wolfsmorden und berichtete ihm alles, was Murphy mir gesagt hatte, während ich das nächste Gebräu ansetzte. Ins Wasser kamen die folgenden Zutaten: etwas Plastikfolie für die Augen, ein Stück glattes weißes Baumwolltuch für den Tastsinn, ein wenig Deodorant für den Geruch, Rauschen des Windes für das Gehör, ein altes Salatblatt für den Geschmack, schließlich noch ein unbeschriebenes Blatt Papier für das Bewusstsein und ein bisschen Kaufhausmusik für den Geist. Ausgesprochen langweilige Zutaten. Der Trank sah auch langweilig aus und roch völlig uninteressant. Perfekt.

»Eine Menge tote Leute«, meinte Bob. »Ich sag's dir, wenn mir etwas dazu einfällt. Ich wünschte nur, ich wüsste mehr.«

»Du musst mehr herausfinden. Geh raus und sieh dich um, ob du etwas über Werwölfe in Erfahrung bringen kannst.«

Bob schnaubte. »Pech gehabt, Harry. Ich bin ein Geist des Intellekts, kein Botenjunge.« Doch beim Wort »raus« hatten Bobs Augen geglüht.

»Ich besorge dir auch ein paar neue Liebesromane, Bob«, bot ich an.

Er klapperte ein paar Mal mit den Zähnen. »Gib mir vierundzwanzig Stunden.«

Ich schüttelte den Kopf. »Vergiss es. Als ich dich das letzte Mal rausgelassen habe, hast du dich drüben in Loyola in eine Party eingeschlichen und eine Orgie angezettelt.«

Bob schniefte. »Ich habe nichts getan, was die Leute nicht freiwillig tun wollten.«

»Die Leute haben dich aber nicht darum gebeten, ihre Körperchemie aufzumischen. Nein, Bob, kommt nicht infrage. Du hast deinen Spaß gehabt, und ich lasse dich vorläufig nicht wieder vor die Tür.«

»Ach, nun komm schon, Harry.«

»Nein«, sagte ich gelassen.

»Es wäre doch nur eine kleine nächtliche …«

»Nein«, sagte ich noch einmal.

Bob starrte mich böse an. »Neue Liebesromane. Nicht diese abgegriffenen alten Dinger. Ich will was von der Bestsellerliste.«

»Und ich will, dass du bis Sonnenaufgang zurückkehrst«, verlangte ich.

»Na gut«, fauchte Bob. »Ich kann gar nicht glauben, wie undankbar du nach allem bist, was ich für dich getan habe. Ich werde sehen, ob ich einen Namen herausfinde. Vielleicht stoße ich auf ein oder zwei Geister, die brauchbare Informationen haben.« Die orangefarbenen Lichter in den Augenhöhlen flackerten, dann strömte eine leuchtende Wolke aus dem Schädel, wehte die Leiter hinauf und verschwand.

Seufzend setzte ich den zweiten Trank auf. Die Gebräue mussten etwa ein bis zwei Stunden köcheln, ehe ich als Letztes die Magie hineingeben konnte.

Also ließ ich mich mit dem Notizblock nieder und schrieb meinen Bericht.

Ich musste Murphy helfen, den Mörder zu schnappen, wer es auch war, und andererseits jeden Ärger mit dem FBI vermeiden. Denn sonst würde sie ihren Job verlieren, und selbst wenn ich nicht ins Gefängnis kam, könnte ich meinen Lebensunterhalt nicht mehr bestreiten.

Zudem war einer von Johnny Marcones Männern getötet worden, und der würde das ganz bestimmt nicht einfach so hinnehmen. Ich war sicher, dass der Gangsterboss früher oder später in Erscheinung treten würde.

Von all dem abgesehen, trieb sich im Schutze der Dunkelheit irgendein Ungeheuer herum, das weder die Polizei noch das FBI aufhalten konnte. Damit blieb nur noch ich übrig, Harry Dresden, Ihr freundlicher Magier von nebenan. Ich war der Einzige, der jetzt noch etwas tun konnte, und wenn der Mörder herausfand, dass ich mich eingemischt hatte, würde er zweifellos als Nächstes auf mich losgehen, und meine Schwierigkeiten würden sich vervielfachen.

Hexenwölfe. Werwölfe. Lykanthropen. Loup-Garous. Was fällt denen denn noch alles ein?

8. Kapitel

Das Polizeipräsidium in der Innenstadt besteht aus einer weitläufigen Ansammlung von Gebäuden, die im Laufe der Jahre entstanden sind, wann immer die Bedürfnisse der Gesetzeshüter es erforderten. Sie passen alle irgendwie nicht zusammen, da sie in unterschiedlichen Baustilen errichtet sind, ergeben aber dennoch irgendwie ein zusammenhängendes Ganzes – so ähnlich wie die Polizei selbst.

Die Sondereinheit hat ihren Sitz in einem großen, heruntergekommenen Haus, einem betagten Kasten, der trotz seines Alters noch steht, auch wenn er grau vor Schmutz und voller Graffiti ist. Die Fenster und Türen sind mit Gittern gesichert, und er steht geduckt zwischen den erheblich höheren Gebäuden wie eine treue alte Bulldogge, die inmitten einer Horde aufsässiger Kinder vergeblich für Ruhe und Ordnung sorgen will.

Innen ist das Gebäude schlicht und sogar ein wenig schäbig, aber sie halten es sauber.

Das alte Schlachtross am Empfang beäugte mich, als ich das Revier betrat. Sein grauer Schnurrbart spannte sich über einem beeindruckenden Kinn.

»Hallo, Bill«, sagte ich und hob den Polsterumschlag hoch, den ich mir unter den Arm geklemmt hatte. »Ich hab was für Lieutenant Murphy von der Sondereinheit.«

»Dresden«, sagte er müde und deutete mit dem Daumen zur Treppe hinter ihm. Das war die Erlaubnis hinaufzugehen.

In der vergangenen Nacht hatte ich nicht viel Schlaf bekommen, aber ich hatte geduscht und etwas Anständiges angezogen, ausnahmsweise sogar einen sauberen Anzug statt des gewohnten Westernhemds und der Jeans. Auf den alten Staubmantel, unter dem mein Sprengstock an einer Schnur hing, hatte ich jedoch nicht verzichtet.

Immer zwei Stufen auf einmal nehmend, eilte ich hinauf. Unterwegs begegneten mir einige Cops, die mich erkannten. Einer oder zwei nickten sogar; ich glaubte allerdings, bei beiden eine gewisse Verunsicherung zu spüren. Anscheinend genoss ich derzeit bei den Ordnungshütern nicht den besten Ruf.

Die Polizei hält mich seit eh und je für einen Spinner – ein Verrückter, der behauptet, ein Zauberer zu sein. Allerdings war ich ein nützlicher Spinner, der brauchbare Informationen lieferte und der Polizei mit seinen angeblich »medialen Fähigkeiten« schon öfter geholfen hatte. Ich war daran gewöhnt, zu den Guten zu gehören, doch jetzt betrachteten mich die Cops mit neutralen, professionellen Blicken wie jeden potenziellen Verdächtigen und grüßten mich nicht mehr beiläufig wie einen Waffenbruder. Das war angesichts der Gerüchte, die mich mit Johnny Marcone in Verbindung gebracht hatten, nicht weiter erstaunlich, aber schön fand ich es nicht.

Ich murmelte vor mich hin und war tief in Gedanken versunken, und so prallte ich unversehens gegen eine große, gut aussehende Frau mit dunklem Haar und dunklen Augen, einem vollen Mund und langen Beinen. Sie trug einen braunen Rock und eine Jacke mit gestärkter weißer Bluse.

Die rabenschwarzen Augenbrauen zogen sich empört zusammen, bis sie zu mir aufschaute, dann strahlten ihre Augen in einer Art freundschaftlicher Habgier.

»Harry«, sagte sie, stellte sich auf die Zehenspitzen und hauchte mir einen Kuss auf die Wange. »Das ist aber schön, dass wir uns hier treffen.«

Ich räusperte mich. »Hallo, Susan«, begrüßte ich sie. »Hat es mit der landesweiten Kolumne geklappt?«

Sie schüttelte den Kopf. »Noch nicht, aber es besteht durchaus Hoffnung. Nach den Storys, die du mir im letzten Frühjahr vermittelt hast, nehmen mich die Leute allmählich etwas ernster.« Sie hielt inne und holte Luft, wobei sich ihr Busen auf höchst attraktive Weise hob und senkte. »Weißt du, Harry, wenn du wieder mit der Polizei zusammenarbeitest, könntest du mir doch vielleicht ein paar Hinweise geben, was da los ist ...«

Nun schüttelte ich den Kopf und gab mir Mühe, sie finster anzusehen. »Ich dachte, wir hätten uns geeinigt: Ich stecke meine Nase nicht in deinen Kram, und du steckst deine Nase nicht in meinen.«

Susan Rodriguez schaute lächelnd zu mir auf und legte mir einen Finger auf die Brust. »Das hat nur unsere Verabredungen betroffen, wenn wir zusammen ausgegangen sind, Harry.« Sie ließ ihren Blick über meinen Körper wandern. »Oder wenn wir Wichtigeres zu tun hatten, als auszugehen.«

»Tja, also, nach dem letzten Frühling ließ mich die Stadtverwaltung ungefähr zwei Tonnen Verschwiegenheitsverpflichtungen unterschreiben. Ich darf dir nichts über den Fall verraten.«

»Dann rede nicht über den Fall mit mir, Harry – aber wenn du beispielsweise eine gute Stelle auf der Straße erwähnen könntest, wo ich stehen und ein paar nette Bilder schießen kann, dann wäre ich sehr …«, sie reckte sich hoch und küsste meinen Hals, »sehr …«, ihre Lippen wanderten zu meinem Ohrläppchen, »sehr dankbar.«

Ich schluckte und räusperte mich. Dann wich ich einen Schritt in Richtung der Treppe zurück, schloss einen Moment die Augen und lauschte dem Donnern meines Herzens, das abrupt eingesetzt hatte. »Tut mir leid, aber das geht beim besten Willen nicht.«

»Ach Harry, nun sei nicht so ein Spielverderber.« Sie strich mir mit einer Hand übers Haar und lächelte, um mir zu zeigen, dass sie nicht böse war. »Aber wir müssen uns bald mal wieder treffen. Zum Abendessen? Was meinst du?«

»Klar«, sagte ich. »He, was treibt dich eigentlich so früh hierher?«

Sie legte den Kopf schief und musterte mich. »Wie wär's mit einem Tauschgeschäft? Ich zeig dir meins, du zeigst mir deins. Von mir aus auch ganz inoffiziell.«

Ich schnaubte. »Susan, lass gut sein, ja?«

Mit einem leisen Seufzen schüttelte sie den Kopf. »Ich ruf dich wegen des Abendessens an, ja?« Sie ging an mir vorbei die Treppe hinunter.

»Also gut, also gut«, sagte ich. »Ich bring einen Bericht über Werwölfe zu Murphy.«

»Werwölfe«, wiederholte sie mit glänzenden Augen. »Stecken die hinter den Wolfsmorden?«

Ich runzelte die Stirn. »Kein Kommentar. Außerdem dachte ich, das FBI hält die Sache unter Verschluss.«

»Ein Dutzend Morde kann man nicht so einfach unter den Teppich kehren«, erwiderte Susan verschlagen. »Ich behalte ständig die Leichenhallen der Stadt im Auge.«

»Wie romantisch! Na gut, du bist dran. Was hast du?«

»Ich wollte den Ermittler von der Dienstaufsicht ausquetschen. Es heißt, sie setzen Murphy unter Druck, um sie aus der Sondereinheit zu werfen.«

Ich schnitt eine Grimasse. »Das habe ich auch schon gehört. Aber was geht das dich und das *Arcane* an?«

»Wenn die erfolgreichste Ermittlerin in übernatürlichen Fällen am ausgestreckten Arm verhungern soll, geht mich das eine Menge an. Selbst wenn die Leute nicht daran glauben, Murphy tut viel Gutes. Wenn sie gefeuert wird, und ich kann nachweisen, dass die Zahl der geheimnisvollen Verbrechen und ungeklärten Todesfälle nach ihrem Ausscheiden ansteigt, bekomme ich die Leute vielleicht sogar dazu, auf Blätter wie das *Arcane* zu hören. Und auf Menschen wie dich.«

Ich schüttelte den Kopf. »Die Leute wollen nicht an Magie und an Wesen glauben, die im Dunklen umherschleichen. Sie sind glücklich und zufrieden und wollen nichts davon wissen.«

»Und wenn sie sterben, weil sie nichts wissen?«

Ich zuckte mit den Achseln. »An dieser Stelle kommen Murphy und ich ins Spiel.«

Susan beäugte mich zweifelnd. »Ich brauche nur etwas Handfestes, Harry. Einen Augenzeugenbericht, ein Foto. Was auch immer.«

»Etwas, was wirklich übernatürlich ist, kannst du nicht fotografieren«, erklärte ich ihr. »Die Energien in der Nähe dieser Erscheinungen bringen jede Kamera durcheinander. Außerdem sind die Dinge, mit denen ich mich derzeit beschäftige, zu gefährlich. Du könntest dabei verletzt werden.«

»Und wenn ich aus sicherer Entfernung fotografiere?«, drängelte sie. »Mit einem Teleobjektiv?«

»Nein, Susan, ich werde dir nichts erzählen. Es ist zu deinem wie zu meinem Besten.«

Sie presste die Lippen zusammen. »Na gut«, sagte sie unfreundlich und ging endgültig die Treppe hinunter.

Konsterniert schaute ich ihr hinterher. Anscheinend hatte ich es mir zur Gewohnheit gemacht, ständig irgendwelchen Leuten Informationen vorzuenthalten. Mein Job und meine Freiheit – und natürlich auch Murphys Job – standen bereits auf dem Spiel, und jetzt schien es sogar, als sei auch noch mein Liebesleben gefährdet oder jedenfalls das, was ich dafür hielt.

Ich brauchte einen Augenblick, um meine Gedanken und meine Gefühle für Susan zu ordnen, dann schrieb ich die Sache als hoffnungslos ab.

Susan war Reporterin beim *Arcane*, einem Käseblatt aus Chicago mit einer recht hohen Auflage. Normalerweise brachten sie Schlagzeilen über Elvis und JFK, die angeblich in Atlantic City ein Duett gesungen hatten, aber hin und wieder gelang es Susan, einen Bericht über die reale Welt des Übernatürlichen einzuschleusen. Die Welt, welche die Menschen im Namen der Wissenschaft verdrängt hatten. Susan war verdammt gut in ihrem Job.

Außerdem war sie bezaubernd, wundervoll, witzig und verteufelt sexy. Unsere Verabredungen endeten oft mit langen, leidenschaftlichen Abenden bei ihr oder bei mir. Es war eine eigenartige Beziehung, und keiner von uns hatte bisher versucht, sie näher zu definieren. Vielleicht hatten wir Angst, wir könnten es uns anders überlegen und der ganzen Sache ein Ende setzen, wenn wir zu lange darüber nachdachten.

Ich ging weiter die Treppe hinauf. In meinem müden Kopf herrschte ein einziges Durcheinander von blutbespritzten Leichen, wilden Untieren, wütenden ehemaligen Zauberlehrlingen und verführerischen dunklen Augen. Manchmal beeinflusst mein Beruf mein Liebesleben mehr, als mir lieb ist. Aber ein langweiliger Partner bin ich ganz bestimmt nicht.

Kurz bevor ich das Büro der Sondereinheit erreichte, schwang die Tür auf, und ich blieb abrupt stehen. Agent Denton vom FBI stand vor mir, groß und mit seinem grauen Anzug makellos gekleidet.

Auch er hielt inne, sah mich an und hielt die Tür mit einer Hand offen. Er hatte Ringe unter den grauen Augen, aber sie blickten dennoch berechnend und schätzten mich ein, während die pochenden Adern auf seiner Stirn verrieten, dass sein Blutdruck stieg. »Mister Dresden.« Er nickte mir zu.

»Agent Denton.« Ich blieb höflich und sogar freundlich. »Entschuldigen Sie mich, ich muss Lieutenant Murphy etwas bringen.«

Denton runzelte die Stirn und blickte noch einmal kurz ins Büro, ehe er ganz auf den Flur trat und hinter sich die

Tür zufallen ließ. »Es ist vielleicht gerade kein günstiger Augenblick, sie aufzusuchen, Mister Dresden.«

Ich sah auf die Wanduhr. Es war fünf vor acht. »Sie muss das möglichst früh bekommen.« Ich versuchte mich an ihm vorbeizuschieben.

Denton legte mir eine Hand auf die Brust, mehr nicht. Doch er war ungemein stark. Vielleicht war er etwas kleiner als ich, aber er hatte deutlich mehr Muskeln. Er sah mir nicht in die Augen, als er weitersprach. »Hören Sie, Dresden, was gestern Abend geschehen ist, war nicht erfreulich, aber glauben Sie mir, ich habe nichts gegen Lieutenant Murphy. Sie ist eine gute Polizistin, und sie macht nur ihre Arbeit. Allerdings muss sie sich genau wie jeder andere an die Regeln halten.«

»Ich werde daran denken.« Wieder wollte ich mich in Bewegung setzen.

Er nahm die Hand nicht weg. »Im Augenblick ist ein Beamter von der Dienstaufsicht bei ihr. Er hat bereits schlechte Laune, weil ihm irgendeine Reporterin auf die Nerven gegangen ist. Wollen Sie jetzt wirklich da hinein und dafür sorgen, dass er alle möglichen Fragen stellt?«

Mit gerunzelter Stirn starrte ich ihn an. Er nahm die Hand von meiner Brust. Vorerst blieb ich, wo ich war. »Wissen Sie von den internen Ermittlungen gegen sie?«

Denton zuckte mit den Schultern. »Das war nicht anders zu erwarten, wenn man es sich genau überlegt. Zu viel von dem, was in der letzten Zeit passiert ist, wirkt sehr seltsam.«

»Sie glauben doch nicht, dass ich ein echter Magier bin. Sie glauben nicht an das Übernatürliche.«

Denton rückte seinen Schlips zurecht. »Was ich glaube, spielt keine Rolle, Mister Dresden. Wichtig ist nur, dass ein großer Teil des Abschaums da draußen daran glaubt, denn es beeinflusst die Art und Weise, wie sie denken und handeln. Wenn ich Ihren Rat brauchte, um diesen Fall zu lösen, dann würde ich Sie in Anspruch nehmen, genau wie jeder andere vernünftige Polizist.« Er sah mich an und fügte hinzu: »Ich selbst halte Sie für etwas instabil oder vielmehr für einen sehr intelligenten Scharlatan. Ist übrigens nicht persönlich gemeint.«

»Schon gut«, sagte ich trocken. Ich nickte zur Tür hin. »Wie lange wird Murphy noch beschäftigt sein?«

Denton zuckte erneut mit den Schultern. »Wenn Sie möchten, kann ich ihr den Bericht hineinbringen und ihn ihr auf den Schreibtisch legen. Sie können sie anrufen. Eigentlich sollte es mir egal sein, aber ich hab nichts dagegen, einer guten Polizistin zu helfen.«

Ich dachte einen Moment darüber nach und gab ihm den Umschlag. »Vielen Dank, Agent Denton.«

»Nennen Sie mich Phil«, sagte er. Eine Sekunde lang lächelte er beinahe, doch dann nahm sein Gesicht wieder den gewohnten angespannten Ausdruck an. »Darf ich mal reinschauen?«

Ich nickte. »Hoffentlich mögen Sie Horrorstorys, Phil.«

Er holte den Schnellhefter aus dem Umschlag und überflog die erste Seite, ohne eine Miene zu verziehen. Dann musterte er mich. »Das ist nicht Ihr Ernst.«

Jetzt war es an mir, mit den Schultern zu zucken. »Ich hab Murphy schon öfter geholfen.«

Er las den Rest des Berichts durch, und ich konnte zusehen, wie seine Skepsis wuchs. »Ich … ich werde das Murphy geben, Mister Dresden«, sagte er, nickte mir noch einmal zu und wollte zurück ins Büro der Sondereinheit.

»Oh, he«, sagte ich beiläufig. »Phil.«

Er drehte sich um und zog die Augenbrauen hoch.

»Spielen wir nicht im gleichen Team? Wir suchen doch alle den Mörder, oder?«

Er nickte.

Ich nickte ebenfalls. »Was verschweigen Sie mir?«

Er starrte mich einige lange Sekunden an, dann blinzelte er. Die verzögerte Reaktion verriet ihn. »Ich verstehe nicht, was Sie meinen, Mister Dresden.«

»Und ob Sie das verstehen! Sie wissen etwas, das Sie mir nicht sagen wollen oder können. Ich glaube, Sie sollten jetzt ebenfalls die Karten auf den Tisch legen.«

Denton sah sich nervös auf dem Flur um und gab mir noch einmal die gleiche Antwort in genau dem gleichen Tonfall. »Ich verstehe nicht, was Sie meinen, Mister Dresden. Klar?«

Nichts war klar, aber das wollte ich ihn nicht merken lassen, und so nickte ich nur wieder. Denton nickte ebenfalls, drehte sich um und kehrte ins Büro der Sondereinheit zurück.

Mit gerunzelter Stirn dachte ich über Dentons verwirrendes Verhalten nach. Sein Gesichtsausdruck und seine Reaktion hatten mehr verraten als seine Worte, auch wenn ich nicht genau wusste, was es eigentlich war. Abgesehen von der blitzartigen Eingebung in der vergangenen Nacht, hatte ich Mühe, seine Mimik zu deuten. Manche Leute sind eben so. Sie schaffen es, Geheimnisse für sich zu behalten, weil sie nicht nur den Mund, sondern auch die Körpersprache und ihre Bewegungen unter Kontrolle haben.

Ich ging zum Münzfernsprecher im Eingangsbereich, steckte einen Quarter in den Schlitz und wählte Murphys Nummer.

»Murphy«, meldete sie sich.

»Denton liefert gerade meinen Bericht bei Ihnen ab. Ich wollte nicht einfach reinkommen, während die Dienstaufsicht bei Ihnen ist.«

Murphys Stimme klang ein wenig erleichtert. Nicht sehr, aber doch zu bemerken. »Danke. Ich verstehe.«

»Ist der Ermittler noch bei Ihnen?«

»Genau«, sagte Murphy neutral, höflich, professionell und desinteressiert. Auch sie versteht sich darauf, wenn nötig ein Pokergesicht aufzusetzen.

»Wenn Sie noch Fragen haben, erreichen Sie mich in meinem Büro«, sagte ich. »Nicht aufgeben, Murphy. Wir werden den Kerl schon festnageln.«

Ich hörte eine tiefere Stimme, die offenbar Denton gehörte, dann das Klatschen, mit dem der Umschlag auf Murphys Schreibtisch deponiert wurde. Murphy bedankte sich bei Denton und sprach dann wieder zu mir.

»Vielen Dank. Ich werde mich gleich darum kümmern.« Sie legte auf.

Ich bedauerte ein wenig, dass ich keine Gelegenheit bekommen hatte, mit ihr zu sprechen, und dass ich auf unser übliches Geplänkel verzichten musste. Es störte mich auch, dass ich nicht mehr so einfach in ihr Büro marschieren konnte. Mir war nicht wohl dabei, und ich stand unter Anspannung. Ich hasse solche Manöver, aber nun steckte ich mittendrin – solange ich noch irgendwie unter Verdacht stand, konnte ich Murphy schon durch meine bloße Anwesenheit in Schwierigkeiten bringen.

Gedankenverloren lief ich die Treppe hinunter und verließ das Revier, um auf dem Besucherparkplatz in meinen Käfer zu steigen.

Ich saß bereits hinterm Lenkrad und versuchte, den Motor zum Leben zu erwecken, als ich Schritte hörte. Ich blinzelte in die Morgensonne und erkannte den dürren jungen FBI-Agenten mit den roten Haaren, den ich am vergangenen Abend am Tatort in Rosemont gesehen hatte. Er sah sich nervös um und kniete sich neben mein Auto, damit er außer Sicht war.

»Hallo, Special Agent …?«

»Harris«, sagte er. »Roger Harris.«

»Schön«, sagte ich. »Kann ich Ihnen irgendwie helfen, Special Agent Harris?«

»Ich muss etwas wissen, Mister Dresden. Ich meine, ich wollte Sie schon gestern Abend fragen, das war jedoch nicht möglich. Aber jetzt möchte ich es gern wissen.« Wieder sah er sich nervös um wie ein Kaninchen, wenn der Fuchs in der Nähe herumschleicht. »Sind Sie tatsächlich ein echter Magier?«

»Das fragen mich viele Leute, Agent Harris«, antwortete ich. »Ich sage Ihnen, was ich allen Leuten sage. Stellen Sie mich auf die Probe, dann werden Sie es merken.«

Er nagte an der Unterlippe und starrte mich eine Weile an, bevor er unsicher nickte. »Also gut«, sagte er. »Also gut. Kann ich Sie anheuern?«

Überrascht zog ich die Augenbrauen hoch. »Mich anheuern? Wozu?«

»Ich glaube ... ich glaube, ich weiß etwas. Über die Wolfsmorde. Ich wollte Denton überreden, es zu überprüfen, doch er meinte, es gebe nicht genug Beweise. Wir bekämen nie die Genehmigung, sie überwachen zu lassen.«

»Wen denn?«, fragte ich vorsichtig. Ich hatte nicht die geringste Lust, in irgendwelche zwielichtigen Machenschaften hineingezogen zu werden. Andererseits konnte ich als unabhängiger Ermittler an Orten herumschnüffeln, an denen die Polizei sich nicht blicken lassen durfte. Wenn sich mir die Möglichkeit bot, für Murphy etwas herauszufinden oder gar den Mörder aufzustöbern und ihn ganz ohne Hilfe von der normalen Staatsgewalt vom Morden abzuhalten, durfte ich mir diese Gelegenheit nicht entgehen lassen.

»Es gibt eine Gang in Chicago«, begann Harris.

»Was Sie nicht sagen!« Ich tat überrascht.

Die Ironie entging dem Burschen völlig. »Sie nennen sich ›die Straßenwölfe‹. Sie haben einen ausgesprochen üblen Ruf, was in dieser Stadt etwas heißen will. Sie sind unheimlich. Nicht einmal die Verbrecher trauen sich in ihre Nähe. Angeblich verfügen sie über eigenartige Kräfte. Das Gebiet der Straßenwölfe ist unten an der Neunundvierzigsten.« Er starrte mich an.

»In der Nähe der Universität«, ergänzte ich. »In der Nähe der Parks, in denen sich im letzten Monat die Morde ereignet haben.«

Er nickte, eifrig wie ein Hündchen. »Genau. Da unten. Sehen Sie, wohin das führt?«

»Ich verstehe, mein Junge, ich verstehe.« Ich rieb mir die Augen. »Denton kann sich nicht einfach dort umsehen, deshalb hat er Sie geschickt, damit ich das erledige.«

Der Bursche errötete, er wurde knallrot, bis sogar die Sommersprossen verschwanden. »Ich ... äh ...«

»Keine Sorge«, beruhigte ich ihn. »Sie haben Ihre Sache gar nicht so schlecht gemacht, aber Sie müssen schon ein bisschen früher aufstehen und so weiter.«

Harris kaute wieder an der Unterlippe und nickte schließlich. »Nun ja ... Werden Sie es tun?«

Ich seufzte. »Sie dürfen wohl nicht so weit gehen und mir offiziell ein Honorar zahlen?« Eigentlich war es keine Frage.

»Also, nein. Offiziell sind Sie als Berater eine fragwürdige Quelle.«

Ich nickte. »Das dachte ich mir.«

»Werden Sie es tun, Mister Dresden? Ja?«

Ich bereute meine Antwort schon, ehe ich sie ausgesprochen hatte. »Na schön«, sagte ich. »Ich werde die Angelegenheit überprüfen. Aber sagen Sie Denton, dass ich als Gegenleistung alle Informationen haben will, die das FBI oder die Polizei von Chicago über mich gesammelt hat.«

Harris wechselte von Rot auf Käsebleich. »Ich soll für Sie die Akten kopieren?«

»Yeah«, sagte ich. »Nach dem Freedom of Information Act steht mir die Auskunft sowieso zu. Ich will mir nur die Zeit und das Porto sparen. Haben wir nun eine Abmachung oder nicht?«

»O mein Gott! Denton wird mich umbringen, wenn er's

herausfindet. Er mag es nicht, wenn man die Regeln allzu großzügig auslegt.« Er nagte wieder an der Unterlippe, bis ich dachte, sie würde abfallen.

»Meinen Sie so etwas wie jetzt, wenn er Sie zu mir schickt?« Ich zuckte die Schultern. »Geschieht euch recht, mein Junge. Das ist mein Preis. Sie finden meine Nummer im Telefonbuch, falls Sie es sich noch anders überlegen.« Ich startete den Käfer, der wie üblich klapperte und spuckte, ehe er rundlief.

»Also gut«, sagte er. »Abgemacht.« Er gab mir die Hand.

Ich schüttelte sie und besiegelte damit die Abmachung, hatte dabei aber ein ungutes Gefühl. Harris entfernte sich so schnell wie möglich vom Käfer und sah sich dabei ständig nervös um.

Das war dumm, Harry, sagte ich zu mir selbst. *Du solltest dir nicht noch mehr Schwierigkeiten aufhalsen, als du sowieso schon hast.*

Damit hatte ich natürlich recht. Andererseits konnte ich auch einiges gewinnen. Möglicherweise fand ich die Mörder und hielt sie auf, und vielleicht bekam ich auch heraus, warum die Cops meinetwegen so verstimmt waren. Möglicherweise konnte ich sogar mit Murphy alles wieder ins Lot bringen. Am Ende fand ich womöglich einen Weg, sie aus ihren Schwierigkeiten rauszuhauen.

Lass den Kopf nicht hängen, Harry, sagte ich mir. *Du wirst nur ein bisschen in der Höhle einer Motorradgang herumschnüffeln. Du fragst sie einfach, ob sie in der letzten Zeit ein paar Leute umgebracht haben. Was kann dabei schon passieren?*

9. Kapitel

Einen Block von der Neunundvierzigsten entfernt gab es eine heruntergekommene Werkstatt, wie man sie in den Problemvierteln aller großen Städte findet. Die Leichtbauhalle ruhte auf Stahlträgern, die im Regen und im Dunst des Sees verrostet waren. Rote Rinnsale waren an den Eisenwänden heruntergelaufen und hatten sich auf den Gehwegen in unregelmäßigen Pfützen gesammelt. Neben der Werkstatt befand sich ein freies Grundstück, auf der anderen Seite war ein Laden, vermutlich eine Art Pfandleihe, in der die Gangster ihre überzähligen Pistolen und Messer versetzten, wenn sie knapp bei Kasse waren. Über der Tür der Werkstatt hing ein abgeblättertes, windschiefes Schild mit der Aufschrift FULL MOON GARAGE. Ich lenkte den Käfer auf den mit Kies bestreuten Parkplatz und hielt ein paar Schritte vor dem Gebäude an.

»Vollmondwerkstatt, das passt ja wohl«, murmelte ich und stellte den Motor ab, und ein bisher unbekanntes Stöhnen übertönte dabei das gewohnte Scheppern.

Ich stieg aus, warf einen Blick zu der Halle und machte mich auf den Weg. Meinen Revolver hatte ich nicht dabei, dafür aber meinen Sprengstock, mein Schildarmband und einen Ring an der rechten Hand, in dem so viel Energie gespeichert war, wie jemand, der doppelt so groß war wie ich, mit einem Faustschlag aufbieten konnte.

Ich war nicht sicher, was mich drinnen erwartete, falls überhaupt jemand da war. Die Gruppe, die ich am Vorabend zusammen mit der dunkelhaarigen Frau beobachtet hatte, diese etwas schrägen jungen Leute waren wohl kaum fähig, anderen Kriminellen Angst und Schrecken einzujagen, wie es den Straßenwölfen offensichtlich gelungen war. Vielleicht gab es da aber eine Verbindung. Vielleicht hatte die dunkelhaarige Frau mit beiden zu tun, mit den Straßenwölfen und mit den Jugendlichen. Wie hatte der stämmige Bursche namens Billy sie genannt? Die *Alphas*.

Aber was genau waren die Alphas? Motorradschläger in Ausbildung? Das kam sogar mir lächerlich vor. Wenn diese jungen Leute nun jedoch Lykanthropen waren, von denen Bob mir erzählt hatte … Wenn sie als Jugendgruppe der Straßenwölfe irgendwie ausgebildet wurden, bis sie echte Werwölfe werden konnten … Immer vorausgesetzt, die Straßenwölfe waren auch selbst Lykanthropen oder Werwölfe. Manchmal ist eine Motorradgang eben doch nur eine Motorradgang.

Alles in allem konnte ich nur hoffen, das Gebäude leer vorzufinden und auf niemanden zu stoßen, mit dem ich mich herumschlagen musste, ob es nun Werwölfe oder andere Kreaturen waren. Ich wollte einfach nur ein bisschen herumschnüffeln und etwas Belastendes finden, das ich Murphy und Denton vorlegen konnte, damit sie einen Anhaltspunkt für ihre Ermittlungen bekamen.

Neben den beiden großen Rolltoren der Werkstatt gab es eine normale Tür. Die Tore waren geschlossen, also versuchte ich mein Glück an der Tür, die sich mühelos öffnen ließ.

Ich trat ein. Fenster gab es nicht, das einzige Licht fiel durch die offene Tür hinter mir herein.

»Hallo?«, rief ich in die Dunkelheit. Ich wollte mich umsehen, konnte aber außer unscharfen Schatten und Umrissen nichts erkennen – möglicherweise ein Auto mit hochgeklappter Motorhaube und einige rollbare Werkzeugschränke. Auf einer Seite bemerkte ich die stumpfe Reflexion einer Glasscheibe, die vermutlich zum Büro gehörte. Ich trat zur Seite und wartete blinzelnd, bis sich meine Augen an die Lichtverhältnisse gewöhnt hatten.

Ein leises Geräusch, ein verstohlenes Rascheln von Kleidern.

Verdammt! Ich schob eine Hand unter den Mantel, packte den Sprengstock und lauschte. Aus mehreren Richtungen hörte ich Atemgeräusche. Etwas scharrte über den Boden. Schuhe auf Beton.

»Ich bin kein Cop!«, rief ich in die Dunkelheit, weil ich das Gefühl hatte, es könnte ihnen wichtig sein. »Ich heiße Harry Dresden. Ich will nur mit den Straßenwölfen reden!«

Es wurde totenstill im Raum. Keine Bewegung, kein Atemzug. Nichts.

Innerlich bereitete ich mich darauf vor, jederzeit wegzulaufen, und wartete angespannt.

»Nehmen Sie die Hand aus der Jacke«, sagte eine Männerstimme. »Und halten Sie Ihre Hände so, dass ich sie sehen kann. Wir haben von Ihnen gehört, Magier. Wir kennen Sie und wissen, dass Sie mit den Cops zusammenarbeiten.«

»Da hinkt ihr aber den Gerüchten hinterher«, sagte ich

trocken. »Inzwischen bin ich ganz dicke mit Johnny Marcone. Wusstet ihr das nicht?«

Irgendwo im Dunklen schnaubte jemand. »Ach was, das ist bloß Johnny Marcones Version. Wir wissen, woran wir mit Ihnen sind, Magier.«

Bei Gott, ich wünschte, die Polizei wäre so helle wie diese Früchtchen. »Ich hab auch über euch einige Dinge gehört«, entgegnete ich. »Das meiste klang nicht sehr nett. Man könnte sogar behaupten, es klang ein bisschen verrückt.«

Ein heiseres Lachen. »Wissen Sie, was man über Sie erzählt, Dresden? Und halten Sie Ihre Hände so, dass ich sie sehen kann. Sofort!« Dazu ertönte das unverkennbare Klicken eines Revolvers, der gespannt wird.

Ich schluckte und nahm die Finger langsam vom Sprengstock, dann streckte ich die Hände betont friedfertig vor und zeigte ihm, dass sie leer waren. Gleichzeitig aktivierte ich mein Schildarmband und legte die schützenden Energien um mich.

»Na gut«, sagte ich. »Kommen Sie jetzt raus, damit ich Sie sehen kann.«

»Sie geben hier keine Befehle«, knurrte die Männerstimme, »sondern ich!«

Ich presste die Lippen zusammen und schnaufte. »Ich will nur mit Ihnen reden.«

»Worüber?«, fragte die Stimme.

Jetzt musste ich mir etwas Glaubwürdiges einfallen lassen. Leider bin ich kein guter Lügner. Also sagte ich ihnen die Wahrheit. »Ein paar Tote im letzten Monat. Noch mehr Leichen gestern Abend.«

Die Stimme ließ sich Zeit mit der Antwort. Ich leckte mir über die Lippen und sprach weiter.

»Es gab falsche Wolfsspuren an den Tatorten. Die FBI-Beamten glauben, jemand habe eine Waffe aus Wolfszähnen benutzt, um die Opfer zu verstümmeln. Sie wissen nicht zufällig etwas darüber?«

Ringsherum entstand ein aufgeregtes, leises Gemurmel. Es waren sicher ein Dutzend, vielleicht mehr. Auf einmal hatte ich ein flaues Gefühl im Magen. Wenn diese Leute hier die Täter waren, wenn sie für die Morde des vergangenen Monats verantwortlich waren, dann steckte ich in großen Schwierigkeiten.

Und wenn sie echte Werwölfe waren und sich verwandeln konnten, dann würden sie über mich herfallen, bevor ich den Raum verlassen hatte. Ich war so gut wie tot, ob ich nun das Schildarmband hatte oder nicht.

Tapfer schluckte ich meine Panik herunter und beherrschte mich, sonst hätte ich mich einfach umgedreht und wäre zur Tür gerannt.

»Tötet ihn«, sagte jemand aus der Dunkelheit. Es kam von links, eine Frauenstimme mit einem tiefen, knurrenden Unterton.

Fast wie ein Heulen klangen ringsherum die Antworten: »Tötet ihn, tötet ihn, tötet ihn!«

Meine Augen gewöhnten sich allmählich an das schwache Licht, und endlich konnte ich sie erkennen. Umrisse von Menschen, die unruhig hin und her wanderten. Ihre Augen glühten wie Hundeaugen im Scheinwerferlicht. Mehrere Männer und Frauen, deren Alter ich allerdings nicht bestimmen konnte, umkreisten mich. Mit

Decken und Kissen hatten sie sich Schlafplätze auf dem Boden eingerichtet, die sie beim Aufstehen durcheinandergebracht hatten.

Die Frauenstimme, die ich gehört hatte, sang nun: »Tötet ihn, tötet ihn, tötet ihn«, und die anderen stimmten ein.

Die Luft war zum Schneiden dick und erfüllt von einer Energie, die ich noch nie gespürt hatte. Während sie sangen, nahm die Kraft zu – eine wilde, rohe Energie.

Direkt vor mir, keine fünf Meter entfernt, stand ein großer Mann mit einem Gewehr. »Hört auf!«, knurrte er und drehte sich zu den anderen um. Ich konnte sehen, wie sein Körper auf die ansteigende Energie reagierte, die auf einen Ausbruch zusteuerte. »Kämpft dagegen an. Kontrolliert es, verdammt! Ihr könnt das hier nicht machen, sonst haben wir die Cops am Hals!«

Als er den Kopf drehte, sprang ich zur Tür, hielt die linke Handfläche auf den Anführer mit der Schrotflinte gerichtet und verstärkte meinen Schild, so weit es nur ging.

Meine Bewegung löste bei den anderen im Raum ein wildes Heulen aus. Als hätten sie nur ein einziges Bewusstsein, wollten sie alle gleichzeitig auf mich losgehen.

Die Schrotflinte knallte und spuckte einen weißen Lichtblitz. Für einen Moment sah ich einen Kreis von halb bekleideten oder nackten Männern und Frauen, die auf mich zurannten, die Gesichter zu wutentbrannten Fratzen verzerrt.

Die Kugel prallte gegen meinen Schild, doch es reichte nicht ganz, um ihn zu zerstören, aber das Armband erwärmte sich, und ich krachte mit der Schulter hart gegen die Wand.

Durch den Aufprall verlor ich das Gleichgewicht und stolperte.

Einer der Männer, ein vierschrötiger Kerl mit Schultern, die von Tätowierungen bedeckt waren, schob sich zwischen mich und die Tür. Ich rannte auf ihn zu, und er breitete die Arme aus, um mich zu fangen. Offenbar nahm er an, ich wollte an ihm vorbeilaufen.

Stattdessen knallte ich ihm, so fest ich konnte, die Faust auf die Nase. Eigentlich habe ich keine große Schlagkraft, doch als ich die in dem Ring gespeicherte kinetische Energie freisetzte, verwandelte sich meine Faust in eine Dampframme aus Fleisch und Knochen und quetschte die Nase des Mannes platt. Blut spritzte, er flog zwei Meter durch die Luft und landete auf dem Rücken.

Im Nu war ich draußen und spürte die willkommene Wärme der Sonne im Rücken. Ich raste zum Käfer und war dank meiner langen Beine gleich dort.

»Halt, halt!«, rief der Anführer.

Ich warf einen raschen Blick über die Schulter zurück und sah einen älteren Mann mit fettigem, teilweise ergrautem Haar. Er blieb, nach innen gewandt, in der Tür stehen, hielt das Gewehr quer vor seinem Bauch und stieß die Leute zurück, die an ihm vorbeiwollten.

Ich sprang in den Käfer und rammte den Schlüssel ins Zündschloss.

Der Wagen jaulte und knirschte, sprang aber nicht an. Verdammt!

Mit zitternden Händen versuchte ich es weiter und setzte jeden Trick ein, den ich kannte, um den Motor zum Leben zu erwecken, während ich zugleich die Tür im Auge behielt. Der Anführer der Straßenwölfe stand immer noch dort und versuchte, seine wild gewordene Meute im Zaum zu halten. Mit der Schrotflinte prügelte er sie wie aufsässige Hunde, ich sah die Muskeln auf seinem Rücken und den Schultern hervortreten.

»Parker!«, schrie eine von ihnen. Es war die Frau, die den Mordgesang angestimmt hatte. »Lass mich durch!«

Ohne zu zögern, schlug er sie mit dem Kolben der Schrotflinte nieder.

Anschließend drehte Parker sich zu mir um, und unsere Blicke trafen sich. Einen Moment lang schwankte alles, dann war ich an seinen Augen vorbei und erkannte, was hinter ihnen lag.

Wut übermannte mich. Nackte Gier nach Fleisch, nach der Jagd. Ich wollte rennen und töten. Unbesiegbar und unüberwindlich war ich. Ich spürte die Kraft in Armen und Händen, die rohen Energien der Wildnis durchströmten mich und schärften meine Sinne, bis sie empfindlich waren wie die eines wilden Tiers.

Ich spürte seine Emotionen, als wären es meine eigenen. Unbändige Wut hinter starren Mauern – wie das Meer, das an einen Wellenbrecher schlägt. Diese Wut richtete sich gegen mich, Harry Dresden. Gegen den Mann, der in sein Revier eingedrungen war und seine Autorität herausgefordert hatte, der seine Leute verrückt gemacht und in Gefahr gebracht hatte.

Er war der Anführer der Lykanthropen, die sich »die Straßenwölfe« nannten, dieser Männer und Frauen mit dem Bewusstsein von wilden Tieren, und er wurde allmählich alt, er war nicht mehr so stark wie früher. Andere wie die Frau, die gerufen hatte, stellten zunehmend seine Autorität infrage. Die heutigen Ereignisse konnten ihn die Führerschaft kosten, und das würde er nicht überleben.

Wenn Parker leben wollte, musste ich sterben. Er musste mich töten, und er musste es allein tun, um dem Rudel seine Stärke zu beweisen. Nur das hatte ihn daran gehindert, mir gleich an Ort und Stelle an die Gurgel zu gehen.

Noch schlimmer, er hatte keine Ahnung von den Morden im letzten Monat.

Kurz darauf war der Augenblick vorbei und der Seelenblick vorüber. Parker stand da wie vor den Kopf geschlagen. Er hatte mich auf ungefähr die gleiche Weise wahrgenommen wie ich ihn. Keine Ahnung, was er gesehen hatte, als er in meine Seele schaute. Ich wollte gar nicht wissen, was da unten verborgen war.

Ich erholte mich schneller als er und fummelte wieder mit dem Zündschlüssel herum. Der Käfer erwachte hustend zum Leben, und ich fuhr vom Parkplatz auf die Straße, machte einige wilde Schlenker und beschleunigte, um so schnell wie möglich wieder in die Stadt zu fahren.

Den ganzen Weg über zitterte ich und zog die Schultern vor Angst so hoch, dass ich beinahe schon meine Schlüsselbeine knacken hörte. Ständig hatte ich den heulenden Singsang im Ohr: »Tötet ihn, tötet ihn!«

Diese Wesen in der Werkstatt waren keine Menschen gewesen. Sie sahen zwar so aus, aber sie waren keine Menschen. Ich hatte eine Heidenangst vor ihnen.

Als ich an einer Kreuzung warten musste, wurde ich auf einmal wütend und schlug mit der Hand aufs Lenkrad. »Das war dumm, Harry«, schalt ich mich. »Wie konntest du nur so blöd sein? Warum, zum Teufel, bist du da einfach so reinspaziert? Ist dir klar, dass diese bescheuerten Neandertaler drauf und dran waren, dich in Stücke zu reißen?«

Ich starrte empört aus dem Seitenfenster, und mein Blick traf zufällig eine ältere Dame in einem schicken Kostüm, die mich anstarrte, als sei ich ein randalierender Irrer. So sah ich vermutlich auch aus.

Ich riss mich zusammen und sah wieder weg, holte tief Luft und versuchte mich zu beruhigen. Ein paar Blocks weiter konnte ich wieder klar denken.

Parker und die Straßenwölfe waren also nicht für die Morde im letzten Monat verantwortlich. Das machte sie aber nicht weniger gefährlich. Sie waren Lykanthropen. Die Sorte, von der Bob mir erzählt hatte, und jetzt verstand ich, warum sie so gefürchtet waren. Menschen mit der Seele von Tieren, besessen von einer so großen Wildheit, dass sie sich in etwas Unmenschliches verwandelten, ohne auch nur eine Zelle ihres Körpers zu verändern.

Sie lebten im Rudel, Parker war ihr Anführer. Ich hatte durch mein trotteliges Verhalten seine Dominanz untergraben, und jetzt konnte er es sich nicht erlauben, mich am Leben zu lassen, wenn er selbst überleben wollte. Also musste ich mich darauf gefasst machen, dass von nun an jemand hinter mir her war, der mich töten wollte. Nicht nur das, all dieser Ärger war völlig umsonst gewesen, weil ich immer noch keine Spur hatte, die zum wahren Verantwortlichen für die Wolfsmorde führte.

Vielleicht war es an der Zeit, eine Weile aus der Stadt zu verschwinden.

Etwa einen Block lang dachte ich über diese Möglichkeit nach, dann schüttelte ich den Kopf. Ich würde nicht weglaufen. Ich hatte mir diesen Ärger eingebrockt, und ich würde aus eigener Kraft wieder herauskommen. Ich wollte bleiben und Murphy helfen, den Mörder zu finden. Ich musste dafür sorgen, dass beim nächsten Vollmond nicht noch mehr Menschen starben. Wenn Parker mich umbringen wollte, na gut – dann würde er eben feststellen, dass es gar nicht so einfach ist, einen ausgebildeten Magier umzulegen.

Grimmig packte ich das Lenkrad. Wenn es hart auf hart kam, würde ich ihn töten. Ich wusste, dass ich dazu in der Lage war. Genau genommen waren Parker und seine Lykanthropen wohl keine Menschen. Das erste Gebot der Magie – du sollst nicht töten – galt daher nicht zwangsläufig auch für sie. Wahrscheinlich konnte ich mich vor dem Weißen Rat darauf berufen, falls ich tödliche Magie gegen sie einsetzte.

Vor mir selbst konnte ich mich allerdings nicht so leicht herausreden. Dem Selbsthass konnte ich nicht entrinnen, wenn ich ein Werkzeug, das aus der Essenz des Lebens, aus seiner Grundenergie bestand, dazu einsetzte, das Leben anderer Geschöpfe zu beenden. Die Magie war mehr als nur eine Energiequelle wie Elektrizität oder Öl. Sie war eine Kraft, und sie war sogar mehr als das. Die Magie war der tiefste, mächtigste Kern der Natur, sie lag im menschlichen Herzen und in der Seele. Im Vergleich zu ihrer reinen Form setzte ich sie auf ungeschickte und unbeholfene Weise ein.

Im ersten Kichern eines Babys liegt mehr Magie, als jeder Magier in einem Unwetter beschwören kann, lassen Sie sich da nichts vormachen. Die Magie kommt aus dem, was in einem jeden von uns ist. Sie ist ein Teil von uns selbst. Man kann keinen Spruch wirken, an den man nicht glaubt.

Ich wollte nicht glauben, dass das Töten tief in mir angelegt war. Ich wollte nicht über den Teil von mir nachdenken, dem es eine düstere Freude bereitete, all die Macht zusammenzuraffen und zu tun, was ihm beliebte, und der sich einen Dreck um alles andere scherte. Auch im Hass, im Zorn, in Lust und Selbstsucht lag Kraft. Ich wusste, dass es einen Schatten in meiner Seele gab, der es genießen würde, die Magie zum Töten einzusetzen – um anschließend nach immer mehr zu gieren. Das war die Schwarze Magie, die sehr leicht einzusetzen war. Es war einfach, und es machte Spaß. So einfach wie das Spiel mit Legosteinen.

Ich stellte den Käfer vor meinem Büro ab und rieb mir die Augen. Ich wollte niemanden töten, aber Parker und seine Bande ließen mir vielleicht keine Wahl. Möglicherweise musste ich sogar mehrere von ihnen umbringen, wenn ich weiterleben wollte.

Einstweilen wollte ich nicht weiter darüber nachdenken, was für ein Mensch ich danach wäre. Diese Brücke konnte ich immer noch niederreißen, nachdem ich sie überschritten hatte.

Ich wollte ins Büro hoch und den Tag am Schreibtisch verbringen, auf Murphys Anruf warten und ihr so gut wie möglich helfen. Außerdem wollte ich Augen und Ohren offen halten, falls Parker oder einer aus seinem Rudel mir folgte. Viel mehr konnte ich nicht tun, und das war verteufelt frustrierend.

Also ging ich hoch ins Büro, schloss auf und schaltete das Licht ein.

Gentleman Johnny Marcone saß, gekleidet in einem dunkelblauen Geschäftsanzug, hinter meinem Schreibtisch, und hinter ihm stand der muskulöse Mr. Hendricks.

Marcone lächelte mich an, doch das Lächeln erreichte nicht seine Augen. »Ah, Mister Dresden. Wie schön. Wir müssen uns dringend unterhalten.«

10. Kapitel

Marcones Augen hatten die Farbe alter, verblichener Dollarnoten. Seine Haut war wettergegerbt und braun wie bei jemandem, der sich oft im Freien aufhält. Die Fältchen in den Augenwinkeln und um den Mund hätten zu einem Mann gehören können, der oft lächelte, doch Marcone lächelte selten.

Der Gangsterboss saß gemütlich auf meinem Stuhl – auf *meinem* Stuhl, wohlgemerkt – und betrachtete mich mit professioneller Gelassenheit.

Mr. Hendricks, der hinter ihm wachte, sah aus wie ein Football-Verteidiger, dessen Intelligenz nicht für die Profiliga gereicht hatte. Sein Nacken hatte den gleichen Umfang wie meine Hüfte, und seine Hände waren groß genug, um mühelos mein Gesicht zu bedecken – und stark genug, um es zu zerquetschen. Das rote Haar war militärisch kurz geschnitten, den schlecht sitzenden Anzug trug er wie der Hulk kurz vor der Verwandlung. Seine Pistole konnte ich nicht sehen, aber unbewaffnet war er sicher nicht.

Ich blieb in der Tür stehen und starrte den ungebetenen Gast eine Weile an, doch mein Blick beunruhigte ihn nicht. Marcone kannte ihn bereits und hatte mich dabei sogar besser kennengelernt als ich ihn.

»Verlassen Sie sofort mein Büro«, sagte ich, als ich eintrat und die Tür hinter mir schloss.

»Aber, aber, Mister Dresden«, erwiderte Marcone mit väterlich-vorwurfsvollem Unterton. »Spricht man so mit einem Geschäftspartner?«

Ich sah ihn finster an. »Wir sind keine Geschäftspartner. Sie sind ein Verbrecher – der schlimmste, den es in der Stadt gibt. Eines Tages werden die Cops Sie festnageln, aber niemand kann mich zwingen, Sie bis dahin in meinem Büro zu ertragen. Und jetzt verschwinden Sie.«

»Die Polizei«, sagte Marcone eine Spur weniger väterlich, »würde besser funktionieren, wenn sie als private Agentur und nicht als öffentliche Institution geführt würde. Bessere Bezahlung, bessere Sozialleistungen ...«

»Und leichter zu bestechen, zu korrumpieren und zu manipulieren«, fiel ich ihm ins Wort.

Marcone lächelte.

Ich zog den Mantel aus und warf ihn neben der Tür über einen Tisch, auf dem verschiedene Broschüren ausgelegt waren: »Hexen und du«, »Wollen Sie zaubern? Fragen Sie mich!« Dann nahm ich den Sprengstock aus der Schlinge und legte ihn vor mir auf den Schreibtisch.

Nicht ohne eine gewisse Befriedigung sah ich Hendricks zusammenzucken, als er den Stock wiedererkannte. Er konnte sich erinnern, was ich im letzten Frühling damit im Varsity angestellt hatte.

Ich schaute auf. »Sind Sie immer noch da?«

Marcone faltete die Hände vor dem Bauch. »Ich möchte Ihnen ein Angebot machen, Mister Dresden.«

»Abgelehnt«, antwortete ich.

Marcone kicherte. »Ich denke, Sie sollten es sich wenigstens anhören.«

Ich sah ihm in die Augen und lächelte leicht. »Nein. Verschwinden Sie.«

Sein väterliches Gehabe verschwand, und die Augen wirkten plötzlich kalt. »Ich habe weder die Zeit noch die Geduld, mich mit Ihrem kindischen Verhalten herumzuschlagen, Mister Dresden. Menschen sterben. Sie arbeiten an dem Fall. Ich habe Informationen darüber, die ich Ihnen geben werde. Dafür verlange ich eine Gegenleistung.«

Ich hielt den Atem an, starrte ihn wieder einige lange Sekunden an und sagte: »Also gut. Nennen Sie mir den Preis.«

Marcone hob eine Hand, und Hendricks gab ihm eine Mappe, die Marcone auf meinen zerkratzten alten Holzschreibtisch legte und öffnete. »Dies ist ein Arbeitsvertrag, Mister Dresden. Sie werden als Berater für meine Firma arbeiten und für meine persönliche Sicherheit zuständig sein. Die Bedingungen sind recht großzügig. Sie können Ihre Arbeitszeit frei bestimmen, es dürfen aber nicht weniger als fünf Stunden im Monat sein. Die Höhe Ihres Gehalts können Sie selbst eintragen. Ich möchte unserer Arbeitsbeziehung lediglich eine formelle Grundlage geben.«

Ich ging zu meinem Schreibtisch. Hendricks rührte sich ein wenig, als würde er sich bereit machen, mich über die Tischplatte hinweg anzuspringen. Ich achtete nicht weiter auf ihn, sondern nahm die Mappe und las den Vertrag durch. Zwar bin ich kein Jurist, aber solche Formalitäten sind mir keineswegs fremd.

Marcone zeigte sich äußerst großzügig. Er bot mir einen

Traumjob an, der mich zu praktisch nichts verpflichtete und mir so viel Geld einbrachte, wie ich wollte. Es gab sogar eine Klausel, die besagte, ungesetzliche Handlungen würden weder von mir erwartet, noch würde man mich dazu auffordern.

Mit so einem Einkommen im Rücken konnte ich mir ein erheblich besseres Leben erlauben. Ich musste nicht mehr um jeden Dollar kämpfen und mir nicht mehr für paranoide Irre die Beine ausreißen. Das hieß auch keine Nachforschungen mehr über die besessene Kuh irgendeiner Großtante. Ich konnte endlich mal wieder etwas lesen und die magischen Forschungen durchführen, die ich schon seit Jahren unbedingt beginnen wollte. Ich würde nicht ewig leben, und jede Stunde, die ich damit verbrachte, in Joliet UFOs zu suchen, konnte ich nicht mit den Dingen füllen, die mir wirklich wichtig waren.

Ein verdammt verlockendes Angebot.

Ein sehr komfortabler Käfig.

»Halten Sie mich für einen Vollidioten?« Ich warf die Mappe auf den Schreibtisch zurück.

Marcone zog die Augenbrauen hoch und öffnete den Mund. »Geht es um die Stunden? Soll ich das Minimum auf eine Stunde pro Woche senken? Pro Monat?«

»Es geht nicht um die Arbeitszeit«, sagte ich.

Er spreizte die Finger. »Worum denn dann?«

»Es geht um die Gesellschaft. Es geht darum, dass ein Dealer und Mörder keinen Anspruch auf meine Loyalität hat. Die Art und Weise, wie Sie Ihr Geld verdienen, gefällt mir nicht. Da klebt Blut dran.«

Marcones kalte Augen verengten sich wieder ein wenig.

»Denken Sie gut nach, Mister Dresden. Ich werde das Angebot nicht wiederholen.«

»Jetzt werde *ich* Ihnen mal ein Angebot machen, John«, entgegnete ich, und sein Mundwinkel zuckte leicht, als ich seinen Vornamen benutzte. »Sie sagen mir, was Sie wissen, und ich werde mich nach Kräften bemühen, den Mörder zu schnappen, bevor er *Sie* erwischt.«

»Wie kommen Sie auf die Idee, dass ich mir Sorgen mache, Mister Dresden?« Er schaffte es sogar, seine Antwort ein wenig höhnisch klingen zu lassen.

Ich zuckte mit den Schultern. »Im letzten Monat wurden einer Ihrer Geschäftspartner und sein Leibwächter zerfleischt. Gestern Abend wurde einer Ihrer Männer in Stücke gerissen. Auf einmal kriechen Sie unter Ihrem Stein hervor und bieten mir Informationen an, damit ich den Mörder schnappe, und setzen mich unter Druck, damit ich Ihr Beschützer werde.« Ich beugte mich vor, stützte die Ellenbogen auf den Schreibtisch und senkte den Kopf, bis meine Augen nur noch eine Handbreit vor seinen entfernt waren. »Haben Sie Angst, John?«

Wieder zuckte es in seinem Gesicht, und ich konnte seine Lüge förmlich riechen. »Natürlich nicht, Mister Dresden. Aber Sie kommen im Leben zu nichts, wenn Sie Leuten wie mir auf die Nerven gehen.«

»Erfolgreich ist man nur, wenn man über Leichen geht, nicht wahr?«

Marcone hieb mit der flachen Hand auf den Schreibtisch und straffte sich. Ich richtete mich zusammen mit ihm auf, gerade weit genug, um ihn zu überragen, ohne den Blickkontakt zu unterbrechen. »Ich bin Geschäftsmann, Mister Dresden. Möchten Sie lieber die Anarchie auf den Straßen ausbrechen sehen? Kriege zwischen rivalisierenden Verbrecherbaronen? Ich bringe Ordnung in dieses Chaos.«

»Nein, Sie gestalten das Chaos nur effizienter und organisieren es besser«, entgegnete ich. »Sie können es mit netten Worten belegen, wie Sie wollen, das ändert nichts daran, dass Sie ein Verbrecher sind, ein gewissenloser Totschläger, der eingesperrt gehört. Nicht mehr und nicht weniger.«

Marcones normalerweise unveränderliche Miene wurde bleich. Er biss die Zähne zusammen und suchte nach den passenden Worten. Ich setzte ihm zu, wie es kaum jemand wagte, weil meine eigene Wut mit einer Leidenschaft aus mir hervorbrach, die ich nicht länger beherrschen konnte. Ich kleidete alle Frustrationen und Ängste der letzten Zeit in giftige Worte und schleuderte sie ihm entgegen wie eine Handvoll Müll.

»Was geht da draußen um, John? Was könnte das wohl sein? Haben Sie Ihren Mann mit der Stachelfrisur gesehen? Haben Sie gesehen, wie sie ihm das Gesicht zerfetzt haben? Wie sie ihm den Bauch aufgeschlitzt haben? Ich habe es gesehen. Ich konnte riechen, was er zu Abend gegessen hatte. Können Sie sich gar nicht vorstellen, dass so etwas bald auch Ihnen passiert, John?«

»Nennen Sie mich nicht so«, sagte Marcone. Seine Stimme war so ruhig und kalt, dass ich auf der Stelle innehielt. »Wenn wir in der Öffentlichkeit wären, Mister Dresden, würde ich Sie jetzt umbringen lassen, weil Sie auf diese Weise mit mir geredet haben.«

»Wenn wir in der Öffentlichkeit wären«, erwiderte ich, »dann würden Sie es vielleicht *versuchen*.« Ich richtete mich zu voller Größe auf, sah ihn von oben herab an und ignorierte Hendricks' Drohgebärden. »Und jetzt machen Sie, dass Sie aus meinem Büro kommen.«

Marcone rückte seine Jacke und seine Krawatte zurecht. »Ich nehme an, Mister Dresden, dass Sie Ihre Ermittlungen für die Polizei fortsetzen werden.«

»Selbstverständlich.«

Marcone ging um meinen Schreibtisch herum, an mir vorbei und zur Tür, und Hendricks folgte ihm wie ein Schatten, riesig und stumm. »Dann muss ich wohl in meinem eigenen Interesse Ihr Angebot annehmen und die Ermittlungen unterstützen, so gut ich kann. Schlagen Sie den Namen Harley MacFinn nach. Erkundigen Sie sich nach dem Projekt Nordwestpassage. Sehen Sie, wohin Sie das führt.« Er öffnete die Tür.

»Warum sollte ich Ihnen glauben?«, fragte ich ihn.

Er erwiderte meinen Blick. »Sie haben in die tiefsten Tiefen meiner Seele geblickt, Mister Dresden. Sie kennen mich so genau und auf eine so intime Weise, dass man es kaum beschreiben kann. Auf die gleiche Weise kenne ich Sie. Sie sollten wissen, dass ich die allerbesten Gründe habe, Ihnen zu helfen, und dass meine Informationen zuverlässig sind.« Wieder ein eiskaltes Lächeln. »Ebenso wissen Sie, dass es unklug war, mich zu Ihrem Feind zu machen. Es hätte nicht so weit kommen müssen.«

Ich kniff die Augen zusammen. »Wenn Sie mich wirklich so gut kennen, dann müssten Sie wissen, dass es gar nicht anders geschehen konnte.«

Er schürzte die Lippen, versuchte aber nicht, mir zu widersprechen. »Schade«, sagte er. »Wirklich schade.« Dann ging er.

Hendricks starrte mich noch einmal böse aus seinen kleinen, stechenden Augen an, dann war auch er verschwunden. Hinter ihnen fiel die Tür ins Schloss.

Zitternd atmete ich tief aus und lehnte mich an den Schreibtisch. Ich schlug die Hände vors Gesicht und bemerkte, dass auch sie zitterten. Mir war das Ausmaß meiner Abscheu vor Marcone und dem, was er repräsentierte, bisher noch nicht richtig bewusst geworden. Ich hatte nicht erkannt, wie sehr es mich störte, dass man meinen Namen mit seinem in Verbindung brachte. Mir war nicht bewusst gewesen, wie stark mein Bedürfnis war, mich auf den Mann zu stürzen und ihm die Faust auf die Nase zu schlagen.

Einige Minuten blieb ich so stehen und wartete, bis sich mein jagendes Herz beruhigt hatte und mein Atem wieder normal ging. Marcone hätte mich töten lassen können. Er hätte mich von Hendricks in Stücke reißen oder erschießen lassen können. Doch er hatte es nicht getan. Das war nicht Marcones Stil. Er konnte mich in diesem Augenblick nicht umlegen, nachdem er in der Unterwelt das Gerücht hatte verbreiten lassen, er hätte mit mir eine Art Bündnis geschlossen. Er musste es auf indirektem, unauffälligem Weg tun.

Ich dachte über seine Worte nach und überlegte, was ich davon halten sollte. Offenbar schwebte er in Gefahr. Irgendetwas hatte ihm Angst eingejagt. Etwas, was er nicht verstand und von dem er nicht wusste, wie er es bekämpfen konnte. Deshalb wollte er mich anheuern. Als Magier kann ich das Unbekannte packen und in etwas verwandeln, was sich messen lässt. Ich ziehe den Mantel des Schreckens von den Dingen und versetze die Menschen irgendwie in die Lage, mit ihnen umzugehen.

Marcone wollte mich in der Nähe wissen, damit ich ihm beistehen konnte und damit er keine Angst mehr vor den Dingen haben musste, die im Dunklen lauerten.

Zur Hölle, das war nur menschlich!

Ich zuckte zusammen. Eigentlich wollte ich den Mann hassen, aber Abscheu und vielleicht Zorn waren alles, was ich aufbieten konnte. Zu viel von dem, was er gesagt hatte, entsprach der Wahrheit. Marcone war ein Geschäftsmann. Er hatte die Gewalt auf den Straßen eingedämmt – und gleichzeitig die Profite der Kriminellen in der Stadt vervielfacht. Er hatte das Fleisch der Stadt beschützt und ihr dabei das Blut ausgesaugt und ihre Seele vergiftet.

Nein, das änderte nichts. Überhaupt nichts.

Die Gewissheit aber, dass dieser Mann, den ich kannte – dieses Raubtier mit der Seele eines Tigers, dieser gewohnheitsmäßige Mörder –, dass dieser Mann sich vor dem fürchtete, was ich bekämpfen wollte, das machte auch mir eine Heidenangst und schüchterte mich ein wie noch nie.

Natürlich konnte auch das nichts ändern. Es ist kein Problem, wenn man sich fürchtet. Man darf sich dadurch nur nicht von der Arbeit abhalten lassen.

Also setzte ich mich an den Schreibtisch, schob die Gedanken an Blut, Reißzähne und qualvolle Tode beiseite und begann, mich mit Harley MacFinn und dem Projekt Nordwestpassage zu befassen.

11. Kapitel

Der im Beschwörungskreis eingesperrte Dämon kreischte, schlug mit den Krabbenscheren gegen die unsichtbare Barriere und rammte sie mit seinem Chitinpanzer, um aus der Gefangenschaft zu entkommen. Es gelang ihm nicht. Ich konzentrierte meine Willenskraft auf den Kreis und hinderte den Dämon daran, aus ihm auszubrechen.

»Bist du nun zufrieden, Chauncy?«, fragte ich ihn.

Der Dämon richtete seinen entsetzlichen Körper zu seiner vollen Größe auf und sagte mit perfektem Oxford-Akzent: »In der Tat. Gewiss verstehst du, dass ich die Form zu wahren habe.« Dann zog er eine völlig unpassende Nickelbrille unter dem Panzer hervor und setzte sie auf die wie ein Schnabel vorstehende Nase. »Hast du Fragen?«

Erleichtert seufzte ich und setzte mich auf die Kante meines Arbeitstischs im Labor.

Ich hatte meine Sachen aus der Nähe des Beschwörungsringes im Boden entfernt. Wenn ich die Leiter hinaufsteigen und das Labor verlassen wollte, musste ich alles noch einmal umschichten, aber ich wollte jedes Risiko vermeiden. Ganz egal wie gut Chaunzaggoroth und ich uns inzwischen durch die gemeinsame Arbeit kannten, es besteht immer die Gefahr, dass ich bei der Beschwörung einen Fehler mache. Es gibt gewisse protokollarische Gepflogenheiten, an die sich dämonische Wesen zu halten haben, und eine davon besagt, dass sie jedem sterblichen Magier, der sie anruft, Widerstand leisten müssen. Eine weitere verlangt, dass sie ihr Bestes geben, um dem Leben des betreffenden Magiers ein vorzeitiges Ende zu setzen, falls es ihnen gelingen sollte, aus der Gefangenschaft des Kreises zu entkommen.

Alles in allem war es erheblich einfacher und sicherer, Informationen von Elfen und Elementargeistern zu erpressen, doch leider hatten Bobs Nachforschungen bei den ortsansässigen Geistern nichts Brauchbares ergeben. Sie waren nicht immer auf dem neuesten Stand hinsichtlich der Entwicklungen in der Stadt, und Bob steckte inzwischen wieder in seinem Schädel – völlig erschöpft und unfähig, auch nur das Geringste beizutragen.

Also hatte ich mich an die Bewohner der Unterwelt um Hilfe gewandt. Die wissen ganz genau, ob man brav oder böse ist, und lassen Knecht Ruprecht in dieser Beziehung wie einen blutigen Anfänger aussehen.

»Ich brauche Informationen über einen Mann namens Harley MacFinn, Chauncy. Und über eine Sache, an der er gearbeitet hat und die ›Projekt Nordwestpassage‹ hieß.«

Chauncy klackerte nachdenklich mit den Scheren. »Ich verstehe. Angenommen, ich habe diese Informationen, wie viel wären sie dir wert?«

»Nicht so viel wie meine Seele«, schnaubte ich. »Also fang damit gar nicht erst an. Innerhalb einiger Tage könnte ich es auch selbst herausfinden.«

Chauncy legte den Kopf schief wie ein Vogel. »Ah. Aber du hast es eilig, nicht wahr? Komm schon, Harry Dresden. So ohne Weiteres rufst du mich nicht. Die Gefahr, die von mir und von deinem Weißen Rat ausgeht, ist viel zu groß.«

Finster starrte ich ihn an. »Genau genommen breche ich kein Gesetz der Magie. Ich beraube dich nicht deines Willens, also verstoße ich auch nicht gegen das Vierte Gesetz. Du wirst nicht freigelassen, daher verstoße ich auch nicht gegen das Siebte Gebot. Der Rat kann mich mal.«

Die Knochenwülste über Chauncys Augen zuckten. »Das ist eine recht drastische Darstellung deines Standpunkts, ist aber hoffentlich nicht der Ausdruck eines Begehrens.«

»Das siehst du ganz richtig.«

Chauncy rückte die Brille auf seiner Nase zurecht. »Moralisch und ethisch betrachtet, ist dein Standpunkt allerdings durchaus zweifelhaft, Harry Dresden. Ich staune, dass du nicht längst beim Rat in Ungnade gefallen bist. Obwohl, wenn man darüber nachdenkt, bist du das, oder? Die meisten Ratsmitglieder würden einfach wegschauen, falls ihre Aufpasser auf die Idee kämen, dich zu töten, nachdem du vorsätzlich einen Dämon in diese Welt geholt hast, und zwar nicht nur einmal, sondern gleich ein halbes Dutzend Mal. Dein Verhalten passt viel besser zu vielen meiner Brüder in der Unterwelt ...«

»Daher sollte ich mich auf deine Seite schlagen, mich der dunklen Macht unterwerfen und so weiter und so fort«, beendete ich seufzend seinen Gedankengang. »Bei den Toren der Hölle, Chauncy. Warum versuchst du nur immer wieder, mich für das Dunkle Reich zu rekrutieren?«

Chauncy hob die breiten Schultern. »Ich muss zugeben, dass ich großes Ansehen genießen würde, wenn es mir gelänge, eine Seele deines Kalibers zum Eintritt in unsere Kader zu bewegen. Außerdem würde mich das von gewissen lästigen Pflichten entbinden, denen gegenüber sogar die äußerst unbequemen Besuche in deiner Welt vergleichsweise angenehm erscheinen.«

»Tja, du wirst jedenfalls meine Seele heute nicht bekommen«, erklärte ich ihm. »Also mach mir jetzt endlich ein vernünftiges Angebot, sonst beenden wir die Verhandlungen, und ich schicke dich auf der Stelle wieder zurück.«

Der Dämon schauderte. »Ja, nun gut. Wir wollen es nicht überstürzen, Harry Dresden. Ich habe die Informationen, die du brauchst. Außerdem habe ich noch weitere Informationen, an die du jetzt nicht denkst, die dich aber sehr interessieren dürften und die meiner Ansicht nach sogar helfen könnten, dein Leben und das anderer Menschen zu erhalten. Angesichts dessen glaube ich nicht, dass mein Preis überhöht ist: Ich wünsche einen weiteren deiner Namen zu erfahren.«

Ich runzelte die Stirn. Der Dämon kannte bereits zwei meiner Namen. Wenn er meinen vollen Namen aus meinem eigenen Munde hörte, konnte er ihn für vielfältige magische Zwecke gegen mich einsetzen. Das allein störte mich noch nicht besonders, da Dämonen und ihresgleichen grundsätzlich große Schwierigkeiten haben, aus dem Niemalsland, aus der Geisterwelt jenseits unserer physischen Welt, mittels Magie auf uns zuzugreifen.

Chaunzaggoroth war jedoch eine beliebte Informationsquelle unter den Magiern, die sich an die Unterwelt wandten. Viel größere Sorgen bereitete mir daher die Gefahr, dass einer von ihnen meinen Namen erfahren könnte.

Chauncy hatte recht – es gab eine Menge Leute im Weißen Rat, die mich am liebsten tot gesehen hätten. Wenn einer von ihnen meinen vollen Namen kannte, bestand die Möglichkeit, dass er ihn gegen mich einsetzte – entweder um mich zu töten oder um mich mit magischen Mitteln zu etwas zu zwingen, das eindeutig gegen eins der Sieben Gesetze verstieß. Und dann würden sie mich hinrichten.

Andererseits hatte mich Chauncy noch nie angelogen. Wenn er behauptete, über Informationen zu verfügen, die einigen Leuten das Leben retten konnten, dann traf das sicherlich zu. Mann, vielleicht wusste er sogar, wer der Mörder war, auch wenn Dämonen nicht unbedingt sehr klare Vorstellungen von der Identität eines Menschen haben.

So beschloss ich, das Risiko einzugehen.

»Abgemacht«, sagte ich. »Alle wichtigen Informationen, die mit meinen Nachforschungen zu tun haben, im Austausch gegen einen weiteren meiner Namen.«

Chauncy nickte knapp. »Abgemacht.«

»Also gut. Dann hätte ich gern die Informationen über MacFinn und das Projekt Nordwestpassage.«

»Schön«, willigte Chauncy ein. »Harley MacFinn ist der Erbe eines beachtlichen Vermögens, das zu Beginn des zwanzigsten Jahrhunderts durch Kohlenbergbau und die Eisenbahn entstanden ist. Er zählt zu den zehn reichsten Männern in dem Land, das man die Vereinigten Staaten nennt. Seine Lieblingsfarbe ist Rot, seine Schuhgröße …«

»Wir können die unwichtigen Details beiseitelassen«, bat ich. »Also nichts über sein Lieblingsessen und seine Schulprobleme.« Ich zückte mein Notizbuch und schrieb einige Stichwörter auf.

»Wie du willst«, gab Chauncy nach. »In den letzten Jahren hat er sich vor allem um das Projekt Nordwestpassage gekümmert. Ausgehend von den Rocky Mountains bis hin zum amerikanischen Südwesten und im Nordwesten bis hinauf nach Kanada kaufen sie große Stücke Land, um ein riesiges zusammenhängendes Schutzgebiet für Zugvögel und die nordamerikanischen Wildtiere zu schaffen.«

»Will er sich etwa in den Rocky Mountains einen privaten Spielplatz einrichten?«, platzte ich heraus.

»Nein, Harry Dresden. Er will Land kaufen, das nicht bereits der Regierung gehört, um es ihr unter der Voraussetzung zu schenken, dass die Regierung verspricht, es in das Projekt Nordwestpassage einzugliedern. Dabei genießt er beachtliche Unterstützung von Umweltschutzorganisationen aus dem ganzen Land, und falls er das Gelände bekommt, würden ihm auch einige Politiker in der Hauptstadt unter die Arme greifen.«

»Mann«, sagte ich ehrlich beeindruckt. »Das heißt also, er genießt eine Menge Zuspruch. Aber wer will ihn aufhalten?«

»Die Industriellen, die in Richtung Nordwesten expandieren möchten.«

»Lass mich raten – James Harding III. war einer von ihnen.« Ich notierte den Namen bereits.

»Woher weißt du das?«, fragte Chauncy.

»Er und sein Leibwächter wurden im letzten Monat von einem Werwolf getötet, außerdem sind mehrere andere Leute gestorben.«

Chauncy strahlte. »Du bist ein kluger Mann, Harry

Dresden. Ja, James Douglas Harding III. war sehr daran interessiert, MacFinns Landkäufe zu verhindern. Er kam eigens nach Chicago, um mit MacFinn zu verhandeln, starb jedoch, bevor sie sich einigen konnten.«

Ich schloss einen Moment die Augen und dachte nach. »Okay, Harding kommt in die Stadt, um mit MacFinn zu sprechen. Harding steckt mit Marcone unter einer Decke, also war Marcone vielleicht der Gastgeber für die Gespräche. Harding und sein Leibwächter dienen einem Werwolf als Frühstück. Also ... also ist MacFinn der fragliche Werwolf?«

Chauncy lächelte, was ein recht beunruhigender Anblick war. »MacFinn gehört einer alten Familie an, die von einer Insel namens Irland stammt. Seine Familie hat eine bemerkenswerte Geschichte. Irgendwann in grauer Vorzeit hat ein Mann namens St. Patrick, so besagen es die Legenden, seine Vorfahren dazu verdammt, sich bei jedem Vollmond in blutrünstige Bestien zu verwandeln. Zu diesem Fluch gab es zwei Zusätze. Erstens soll der Fluch erblich sein und mit jeder neuen Generation auf einen anderen Nachkommen übergehen. Zweitens soll die verfluchte Familie niemals aussterben, sondern überdauern bis zum Ende aller Tage.«

Ich schrieb alles auf. »So etwas soll ein katholischer Heiliger getan haben?«

Chauncy gab einen missbilligenden Laut von sich. »Ich bin nicht für die Typen verantwortlich, die von der Gegenseite eingesetzt werden, Magier. So wenig wie für die Taktik, die sie anwenden.«

»Angesichts der Quelle werde ich das mal als Vorurteil

einordnen. Deine Leute haben tausendfach Schlimmeres getan.«

»Das ist zwar wahr«, räumte Chauncy ein, »aber wir sind wenigstens ehrlich und sagen offen, wer wir sind und was wir wollen.«

Ich schnaubte. »Na gut. Jetzt kann ich manches besser verstehen. MacFinn ist ein Loup-Garou, ein legendäres Ungeheuer. Er versucht, in seiner Freizeit Gutes zu tun, und legt einen großen Park für die wilden Tiere an, aber Harding kommt ihm in die Quere. Daraufhin streift Mac-Finn durch die Gemeinde und bringt ihn um.« Ich runzelte die Stirn. »Allerdings wurde Harding im vergangenen Monat als Letzter ermordet. Man hätte doch meinen können, dass Harding der Erste gewesen wäre, wenn MacFinn es auf ihn abgesehen hatte.« Ich sah Chauncy an. »Ist Mac-Finn ein Mörder?«

»Natürlich ist MacFinn ein Mörder«, sagte Chauncy, »aber unter den Menschen ist er nur einer von vielen und nicht einmal der schrecklichste.«

»Hat er Marcones Leibwächter getötet? Und all die anderen Menschen im letzten Monat?«

»In dieser Hinsicht sind meine Informationen unzuverlässig, Harry Dresden«, sagte Chauncy. »Um den Preis eines weiteren Namens könnte ich vielleicht einen meiner Brüder fragen und dir eine präzisere Antwort geben.«

Ich sah ihn finster an. »Kommt nicht infrage. Weißt du, wer die anderen Leute im letzten Monat ermordet hat?«

»Ja, weiß ich«, sagte Chauncy. »Mord ist eine der größten Sünden, und bei Sünden sehen wir immer besonders aufmerksam hin.«

Neugierig beugte ich mich vor. »Wer war es?«

Chauncy lachte, es war ein knirschendes Geräusch. »Also wirklich, Harry Dresden. Zuerst einmal dreht sich unsere Abmachung nur um Informationen über MacFinn und das Projekt Nordwestpassage. Zweitens dürfte ich dir die Antwort auf eine so direkte Frage gar nicht geben, wie du genau weißt. Ich kann mich nicht beliebig weit in die Angelegenheiten der Sterblichen einmischen.«

Ich stieß ein frustriertes Schnaufen aus. »Ja, ja, also gut, Chauncy. Was kannst du mir sonst noch sagen?«

»Nur so viel, dass Harley MacFinn sich morgen Abend mit John Marcone treffen will, um die Gespräche fortzusetzen.«

»Warte mal. Ist Marcone jetzt etwa der Hauptgegner des Projekts?«

»Genau«, bestätigte Chauncy. »Er hat nach Hardings Tod die Kontrolle über die meisten gemeinsamen Geschäfte übernommen.«

»Dann … dann hatte Marcone ein ausgezeichnetes Motiv, um Harding umbringen zu lassen. Er erweitert sein Finanzimperium und bringt sich in eine Position, um MacFinn so viel Geld wie nur irgend möglich abzuknöpfen.«

Chauncy rückte erneut seine Nickelbrille zurecht. »Deine Überlegungen klingen nicht unvernünftig.«

Ich tippte mit dem Stift aufs Notizbuch und las noch einmal durch, was ich notiert hatte. »Ja, aber das erklärt noch nicht, warum all die anderen Menschen getötet wurden, und es verrät auch nicht, wer es überhaupt war. Es sei denn, Marcone hat ein Rudel Werwölfe in der Hinterhand.« Ich nagte an der Unterlippe und dachte über die

Begegnung in der Full Moon Garage, Vollmondwerkstatt nach. »Oder Straßenwölfe.«

»Gibt es sonst noch etwas?«, fragte Chauncy mit ausgesuchter Höflichkeit.

»Ja«, sagte ich. »Wo finde ich MacFinn?«

»Acht-achtundachtzig Ralston Place.«

Ich notierte die Adresse. »Das ist doch hier in Chicago, in Gold Coast.«

»Wo, denkst du, wohnt ein Milliardär, wenn er nach Chicago kommt, Harry Dresden? Nun, es scheint mir, als hätte ich alle meine Pflichten erfüllt. Ich erwarte jetzt meine Entlohnung.« Unruhig lief Chauncy im Beschwörungskreis hin und her. Der Aufenthalt auf der Erde setzte ihm sichtlich zu.

Ich nickte. »Mein Name«, sagte ich, »lautet Harry Blackstone Dresden.« Den Vornamen »Copperfield« ließ ich natürlich aus, den Rest betonte ich wie gewohnt.

»Harry. Blackstone. Dresden.« Chauncy wiederholte es gewissenhaft. »Harry wie Harry Houdini? Blackstone wie der Bühnenkünstler?«

Ich nickte. »Mein Dad trat lange Jahre als Zauberer auf. Er gab mir die Namen seiner Helden. Ich glaube, wenn meine Mutter meine Geburt überlebt hätte, dann hätte sie ihn dafür geohrfeigt.« Ich machte mir noch ein paar Notizen und hielt einige Gedanken fest, bevor ich sie wieder vergaß.

»Ja, wirklich«, stimmte Chauncy zu. »Deine Mutter war eine sehr energische, eigensinnige Frau. Es hat uns alle sehr traurig gestimmt, sie zu verlieren.«

Verblüfft blinzelte ich und ließ vor Schreck den Bleistift fallen. Ich starrte den Dämon einen Moment lang an. »Du … du kanntest meine Mutter? Du kanntest Margaret Gwendolyn Dresden?«

Emotionslos erwiderte Chauncy meinen Blick. »Viele in der Unterwelt waren … sie waren mit ihr gut bekannt, Harry Blackstone Dresden, wenngleich unter anderem Namen. Ihr Kommen wurde mit großer Vorfreude erwartet, doch am Ende verlor der Dunkle Prinz sie doch noch.«

»Was meinst du damit? Was redest du da?«

Chauncys Augen funkelten gierig. »Weißt du etwa nichts über die Vergangenheit deiner Mutter, Dresden? Eine Schande, dass wir dieses Gespräch nicht früher geführt haben. Du hättest es in unsere Abmachung aufnehmen können. Wenn du allerdings bereit bist, mir noch einen weiteren Namen zu nennen, um alles über die Vergangenheit deiner Mutter zu erfahren, über ihre …«, man hörte ihm die Abscheu an, »… über ihre Erlösung und über den unnatürlichen Tod deiner Eltern, dann können wir uns sicher irgendwie einigen.«

Ich knirschte frustriert mit den Zähnen, mein Herz hämmerte zum Zerspringen. Die dunkle Vergangenheit meiner Mutter? Ich hatte geahnt, dass sie eine Magierin gewesen war, hatte mir jedoch nie Gewissheit verschaffen können. Unnatürlicher Tod meiner Eltern? Mein Vater war, als ich noch ein Kind war, im Schlaf an einem Aneurysma gestorben, meine Mutter bei meiner Geburt.

Oder doch nicht?

Heiße Wissbegierde erfüllte mich, das Kribbeln begann in meinem Bauch und breitete sich schließlich in meinem ganzen Körper aus. Ich wollte wissen, wer meine Mutter gewesen war und was sie gewusst hatte. Sie hatte mir ihren silbernen Drudenfuß hinterlassen, doch ich hatte nicht die geringste Ahnung, was für ein Mensch sie gewesen war. Ich wusste nur das, was mein sanfter, viel zu großzügiger Vater mir vor seinem Tod erzählt hatte. Wie waren meine Eltern gewesen? Wie und woran waren sie gestorben? Hatten sie Feinde gehabt, die ihnen dort draußen irgendwo aufgelauert hatten? Und wenn ja, hatte ich diese Feinde etwa geerbt?

Die dunkle Vergangenheit meiner Mutter. Erklärte dies meine eigene Faszination für die finsteren Kräfte, meinen manchmal laxen Umgang mit den Regeln des Weißen Rates, wann immer ich dessen Mitglieder für dumm oder unbequem hielt?

Ich schaute zu dem Dämon auf und kam mir vor wie ein Idiot. Er hatte mich reingelegt. Er hatte von Anfang an die Absicht gehabt, mich mit dieser Information zu ködern. Er wollte meinen vollen Namen erfahren und, wenn er konnte, sogar noch mehr.

»Ich kann sie dir zeigen, wie sie wirklich sind, Harry Blackstone Dresden«, versicherte Chaunzaggoroth mir mit zuckersüßer Stimme. »Du hast noch nie das Gesicht deiner Mutter gesehen. Ich kann es dir zeigen. Du hast noch nie ihre Stimme gehört. Ich kann sie dich hören lassen. Du weißt nicht, was für Menschen deine Eltern waren oder ob du vielleicht irgendwo noch andere Verwandte hast. Angehörige, Harry Blackstone Dresden. Blutsverwandte. So gequält und einsam wie du …«

Ich starrte die garstige Gestalt des Dämons an und lauschte seinen süßen, einlullenden Worten. Angehörige. War es allen Ernstes möglich, dass ich irgendwo Verwandte hatte? Tanten? Onkel? Cousins? Meinesgleichen vielleicht, die sich in den Geheimgesellschaften der Magier herumtrieben und sich vor den Blicken der Sterblichen verbargen?

»Der Preis ist vergleichsweise niedrig. Wozu brauchst du noch deine unsterbliche Seele, wenn dein Körper sie nicht mehr benötigt? Was schadet es schon, mir noch einen einzigen Namen zu nennen? Solche Informationen sind selbst für jemanden wie mich nicht so einfach zu beschaffen. Vielleicht bekommst du nie wieder die Gelegenheit, das alles zu erfahren.«

Der Dämon presste die Scheren gegen die Barriere des Beschwörungskreises, und sein Schnabel zitterte vor Gier.

»Vergiss es«, sagte ich leise. »Kommt nicht infrage.«

Chaunzaggoroth riss das Maul auf. »Aber, Harry Blackstone Dresden …«, begann er.

Mir wurde erst bewusst, dass ich schrie, als ich ihn zusammenzucken sah. »Ich sagte, vergiss es! Glaubst du, ich bin ein Volltrottel, den du so einfach übertölpeln kannst, du Höllenvieh? Nimm, was du dir verdient hast, und verschwinde, und schätz dich glücklich, dass ich dir nicht vorher die Knochen aus dem Leib reiße oder dir deinen Schnabel in den Boden ramme.«

Chaunzaggoroths Augen blitzten wütend, er warf sich abermals gegen die Barriere und heulte vor Blutdurst und Zorn.

Ich streckte die Hand aus und knurrte: »O nein, das lässt du mal schön bleiben, du schleimiges kleines Miststück!«

Der Dämon lehnte sich gegen meinen Willen auf, doch

obwohl mir der Schweiß auf der Stirn stand, behielt ich die Oberhand.

Chaunzaggoroth schrumpfte und heulte dabei all seine Frustration und seinen Zorn heraus. »Wir beobachten dich, Magier!«, kreischte er. »Du bewegst dich im Schatten, und eines Nachts wirst du stolpern und stürzen. Und dann werden wir da sein. Wir warten nur darauf, dich zu uns herabzuholen. Am Ende wirst du uns gehören!«

So ging es noch eine Weile weiter, bis er bloß noch die Größe einer Nadelspitze hatte und mit einer kleinen Verpuffung verschwand.

Ich ließ die Hand sinken, den Kopf hängen und atmete schwer. Erneut zitterte ich am ganzen Körper, was nicht nur an der Kälte in meinem Labor lag. Ich hatte Chaunzaggoroth völlig falsch eingeschätzt, hatte ihn für eine halbwegs zuverlässige, wenn auch gefährliche Informationsquelle gehalten und angenommen, dass er fair handelte und Abmachungen einhielt. Doch der Zorn, die Wut und die frustrierte Bosheit, die in seinem letzten Angebot und den letzten Worten zum Ausdruck gekommen waren, hatten mir sein wahres Gesicht gezeigt. Er hatte mich angelogen und mich über seine wahre Natur getäuscht, hatte mit mir gespielt, als wäre ich ein Trottel, und dann darauf gewartet, dass ich den Köder schluckte. Ich war tatsächlich ein ausgemachter Idiot.

Oben klingelte das Telefon. Mit einem Ruck setzte ich mich in Bewegung, schob die verschiedenen Stapel zur Seite, zwängte mich an ihnen vorbei oder stieg darüber hinweg und stürzte zur Trittleiter, die in meine Wohnung hinaufführte. Eilig kletterte ich hinauf, den Notizblock in der Hand, und schaffte es, beim fünften Schellen abzuheben.

In meiner Wohnung war es mittlerweile dunkel. Während meines Stelldicheins mit dem Dämon war die Nacht angebrochen.

»Dresden«, schnaufte ich.

»Harry«, sagte Murphy mit schwacher Stimme. »Wir haben schon wieder einen.«

»Verdammter Mist. Ich komme. Geben Sie mir die Adresse.« Ich legte das Notizbuch ab und hielt den Stift bereit.

Murphys Stimme klang, als würde sie gerade aus einer Betäubung erwachen. »Acht-achtundachtzig Ralston Place. Oben in Gold Coast.«

Erschrocken starrte ich die Adresse an, die längst in meinem Notizbuch stand. Die Adresse, die mir der Dämon genannt hatte.

»Harry?«, sagte Murphy. »Hören Sie?«

»Ich hab's gehört«, sagte ich. »Ich komme, Murph.«

Dann legte ich auf und eilte in die helle Vollmondnacht hinaus.

12. Kapitel

Acht-achtundachtzig Ralston war ein Stadthaus in Gold Coast, dem reichsten Viertel Chicagos. Es stand auf einem eigenen kleinen Grundstück und war von Bäumen umgeben, die das Gebäude fast gänzlich vor fremden Blicken abschirmten. Hohe Hecken, die ringsherum den kleinen Garten begrenzten, verstärkten den Schutz.

Ich lenkte meinen Käfer auf die mit weißem Kies ausgestreute Zufahrt und parkte hinter der kleinen Flotte von Streifen- und Krankenwagen.

Die kreisenden Blaulichter hatten inzwischen beinahe eine beruhigende Wirkung auf mich. Ich hatte sie schon so oft gesehen, dass ich mich in ihrer Nähe auf eine seltsame Art heimisch fühlte.

Murphy hatte mich früh gerufen – der Van der Spurensicherung war noch nicht da, bis jetzt waren nur einige Officers anwesend, die das Haus mit gelbem Absperrband sicherten.

Wieder mit Jeans, Hemd und Stiefeln bekleidet, stieg ich aus. Der alte schwarze Staubmantel flatterte mir um die Waden, denn ein scharfer, kalter Wind wehte. Der Mond stand hoch am Himmel, gerade eben sichtbar hinter dem Dunst der Stadt. Unvermittelt lief es mir kalt über den Rücken, und ich blieb unwillkürlich stehen und betrachtete die Reihen der dezent beleuchteten Heckenskulpturen, die Blumenbeete und die Büsche in der Umgebung. Auf einmal war ich völlig sicher, dass dort jemand in der Dunkelheit lauerte. Ich spürte die Augen auf mir ruhen.

Langsam sah ich mich um und ließ den Blick schweifen. Entdecken konnte ich nichts, aber ich hätte schwören können, dass da draußen jemand war.

Nach einem Moment verschwand das Gefühl, beobachtet zu werden, und ich schauderte wieder. Ich steckte die Hände in die Hosentaschen und lief rasch zum Haus.

»Dresden!«, rief jemand. Ich schaute auf und sah Carmichael die Vordertreppe herunterkommen.

Carmichael war Murphys rechte Hand bei der Sondereinheit. Er war kleiner, dicker und schlampiger als der Durchschnitt und hatte winzige Schweinsäuglein. Carmichael war ein Skeptiker und Zweifler, aber ein Cop mit einem rasiermesserscharfen Verstand. Wie üblich prangten Suppenflecken auf seinem alten Schlips und den Hemdsärmeln.

»Das wird aber auch Zeit. Mein Gott, Dresden«, begrüßte er mich, als er am Fuß der Treppe angelangt war. Er wischte sich mit einer Hand den Schweiß aus dem Gesicht.

Mit gerunzelter Stirn blickte ich auf ihn herab, als wir wieder hochgingen. »Ich glaube, das ist die freundlichste Begrüßung, die ich je von Ihnen gehört habe«, sagte ich. »Haben Sie Ihre Ansicht geändert? Bin ich auf einmal kein Scharlatan mehr?«

Carmichael schüttelte den Kopf. »Nein. Ich glaube immer noch, dass Sie mit Ihrem Magierzeugs ein fauler Kunde sind. Aber bei Gott, es gibt Zeiten, da wünschte ich, Sie wären es nicht.«

»Man kann nie wissen«, entgegnete ich trocken. »Wo steckt Murphy?«

»Drinnen.« Carmichaels Mund zuckte angewidert. »Gehen Sie die Treppe rauf. Dem Kerl gehört das ganze Haus. Murphy meint, Sie wissen vielleicht etwas. Ich soll hier unten bleiben und die Leute vom FBI aufhalten, wenn sie auftauchen.«

Ich sah ihn an. »Macht sie sich immer noch Sorgen, vor der Dienstaufsicht schlecht dazustehen?«

Carmichael schnitt eine Grimasse. »Diese Idioten würden Murphy in Stücke reißen, wenn sich das FBI von ihr vor den Kopf gestoßen fühlt. Allmächtiger, manchmal wird mir schon übel, wenn ich nur an diese Bürokratie denke.«

Ich nickte und ging die Treppe hoch.

»He, Dresden«, sagte Carmichael.

Ich sah mich über die Schulter um und rechnete schon mit den üblichen Verhöhnungen und Beleidigungen. Er musterte mich mit glänzenden, kleinen Augen. »Man hört so einiges über Sie und John Marcone. Was ist da los?«

Ich schüttelte den Kopf. »Nichts ist da los. Er ist ein verdammter Gauner.«

Carmichael betrachtete mich genau, dann nickte er. »Sie sind kein besonders guter Lügner, Dresden. Ich denke nicht, dass Sie mir so was verkaufen könnten, ohne mit der Wimper zu zucken. Daher will ich Ihnen mal glauben.«

»Aber wenn ich sage, ich sei ein Magier, dann glauben Sie's nicht?«, fragte ich.

Carmichael wandte sich grinsend ab. »Sehe ich aus wie ein Volltrottel? Hm? Ach, sagen Sie's nicht und machen

Sie, dass Sie raufkommen. Ich werd hier Krach schlagen, sobald Denton mit seiner Bagage eintrifft.«

Ich drehte mich ebenfalls um und sah Murphy am oberen Treppenabsatz stehen. Ihre Ohrringe schienen kaum mehr zu sein als kleine silberne Knöpfe, die ich nie bemerkt hatte, als ihr Haar noch lang gewesen war. Murphy hatte niedliche Ohrläppchen. Hätte ich das laut gesagt, hätte sie mich allerdings umgebracht.

»Na endlich, Dresden! Kommen Sie rauf!« Ihre Stimme klang hart und zornig.

Sie verschwand nach drinnen, und ich eilte hinauf, immer zwei Stufen auf einmal nehmend, um ihr zu folgen.

Drinnen war alles hell erleuchtet, und es roch schwach nach Blut. Blut hat einen süßlichen metallischen Geruch. Wenn man es riecht, sträuben sich einem die Nackenhaare, und genau das passierte mir. Es gab noch einen anderen Geruch, vielleicht Weihrauch oder so, und ich nahm den frischen Duft des Windes wahr.

Oben gingen wir einen kurzen Gang entlang, dann folgte ich Murphy in einen Raum, bei dem es sich offenbar um das Schlafzimmer handelte. Dort entdeckte ich die Quelle aller Gerüche.

Im Schlafzimmer gab es keine Möbel, dabei war es riesig. So groß, dass man bei dem Gedanken zusammenzuckte, von hier aus nachts auf die Toilette zu müssen. Es gab auch keinen Teppich und keinerlei Wandschmuck. Die Scheibe in dem riesigen Fenster fehlte, der Oktoberwind wehte ungehindert herein. Dahinter strahlte der Vollmond wie auf einem gerahmten Gemälde.

Dafür gab es jede Menge Blut im Zimmer, in Tropfen

versprüht und an die Wand gespritzt. Die roten Fußabdrücke eines Tiers, das ein großer Wolf gewesen sein könnte, führten in gerader Linie zum zerstörten Fenster.

Mitten im Raum befanden sich die Überreste eines großen Beschwörungskreises. Die drei Ringe mit Symbolen waren sorgfältig mit weißer Kreide auf den Holzboden gemalt, zwischen den Symbolen des zweiten Rings waren einige brennende Weihrauchstäbchen verteilt.

Was von Kim Delaney noch übrig war, lag nackt und ausgestreckt anderthalb Meter neben dem Kreis. Der schockierte und überraschte Gesichtsausdruck hatte sich auch mit Einsetzen der Totenstarre nicht verändert. Ihre dunklen, früher einmal funkelnden Augen starrten leer in Richtung Decke, ihre Lippen waren leicht geöffnet, als hätte sie gerade eine Entschuldigung formulieren wollen.

Unter ihrem Kinn fehlte ein großes, rundes Stück Fleisch. Kehlkopf und Speiseröhre waren verschwunden, blutiges rotes Fleisch war zum Vorschein gekommen – zerfetzte Arterien und abgerissene Muskelstränge, bleiche Knochen am Grund der Wunde. Den ganzen Körper hinunter zogen sich Risswunden. Ihre Haut war aufgerissen wie eine Vakuumtüte und überall voller Blut.

Irgendwo in meinem Kopf machte es klick. Irgendjemand legte einen Schalter um, der meine Emotionen ausknipste und mich mit einer Dunstglocke umgab, durch die diese Realität nicht zu mir vordringen konnte. Unmöglich, dass ich so etwas sah. Es konnte einfach nicht wahr sein. Es musste irgendein Trick sein. Gleich würde die angeblich Tote zu kichern beginnen, weil sie ihre Belustigung über den Scherz nicht mehr unterdrücken konnte.

Ich wartete. Niemand begann zu kichern. Ich strich mir über die Stirn und bemerkte den kalten Schweiß. Meine Finger zitterten.

Immer noch voller Zorn sagte Murphy: »Anscheinend hat der Weihrauch den Feueralarm auf dem Flur ausgelöst. Als die Feuerwehr kam, hat niemand geöffnet, deshalb sind sie in das Haus eingedrungen. Sie haben sie hier gefunden, der Körper war noch warm. Das war gegen zwanzig Uhr.«

Zwanzig Uhr. Als ich gerade mit dem Dämon gesprochen hatte. Bei Mondaufgang?

Murphy schloss hinter mir die Tür des Schlafzimmers. Ich drehte mich zu ihr um, mit dem Rücken zu der grässlichen Leiche. Ihr Blick verriet, wie wütend sie war.

»Ich vermute, er war einer dieser Loup-Garous, die Sie in Ihrem Bericht erwähnt haben. Wahrscheinlich Harley MacFinn, der Besitzer des Hauses. Das Mädchen versucht, das Ungeheuer im magischen Kreis zu halten, richtig? Etwas geht schief, MacFinn wird wild und bricht aus dem Kreis aus, massakriert sie und verschwindet.«

»Hm-hm«, brummte ich, ohne mich noch einmal zu Kims Leiche umzudrehen, »klingt einleuchtend.«

Dann erzählte ich ihr, was ich von dem Dämon über Harley MacFinn, das Projekt Nordwestpassage und Marcones gegensätzliche geschäftliche Interessen erfahren hatte.

Murphy hörte schweigend zu. Als ich geendet hatte, nickte sie und ging zur Tür. »Mitkommen«, sagte sie knapp.

Ich folgte ihr auf dem Fuße, und sie führte mich den Flur hinunter in ein weiteres Schlafzimmer, das ordentlich möbliert und schön eingerichtet war.

»Kommen Sie her.« Sie winkte mich zu einer Kommode und reichte mir das gerahmte Foto eines äußerst gut aussehenden Mannes in mittleren Jahren mit stark gebräunter Haut. Er lächelte.

Neben ihm war die Frau mit den Bernsteinaugen zu sehen, die ich im leer stehenden Supermarkt zusammen mit den Alphas beobachtet hatte. Auch sie lächelte. Ihre Zähne waren strahlend weiß und makellos gerade.

Ich biss mir auf die Unterlippe und versuchte, meine Gedanken zu ordnen.

»Das ist Harley MacFinn«, erklärte Murphy. »Entspricht dem Foto auf seinem Führerschein. Die Frau neben ihm konnte ich bisher noch nicht identifizieren.« Kritisch musterte sie mich. »Allerdings passt die Beschreibung der Frau, die Sie in dem Supermarkt gesehen haben, auf sie. Außerdem ist sie uns vom Tatort in Rosemont aus gefolgt. Das ist sie doch?«

»Ja, das ist sie.«

Murphy nickte, nahm mir das Bild ab und stellte es auf die Kommode zurück. »Mitkommen«, sagte sie noch einmal und marschierte hinaus.

Ich starrte ihr nach. Was war nur los mit ihr? War ihr der Tatort derart auf den Magen geschlagen? Auf einmal passten viel zu viele Dinge zusammen, und in meinem Kopf drehte sich alles.

»Murph, warten Sie. So warten Sie doch einen Augenblick. Was ist hier eigentlich los?«

Sie antwortete nicht, sondern blickte nur kurz über die Schulter zu mir zurück und ging weiter. Ich beeilte mich, um sie einzuholen.

Über eine schmale Wendeltreppe, die anscheinend Dienstboten vorbehalten war, stiegen wir in den Keller hinunter. Sie führte mich zur Rückwand eines Lagerraums und stieß eine schwere Stahltür auf.

Dahinter befand sich ein kleiner, leerer Raum mit nackten Betonwänden, einen zweiten Ausgang gab es nicht.

Mitten im Raum befand sich ein weiterer dreifacher Beschwörungskreis. Die Symbole bestanden allerdings aus Silber und waren in den Betonboden eingelassen. Kurze Stäbe, die aussahen wie eine Mischung aus Silber und Obsidian, waren im zweiten Ring verteilt und erzeugten, wenn der Kreis aktiv war, eine mächtige Barriere.

Doch die Symbole waren zerstört, zerrissen, zerbrochen. Mehrere des inneren Ringes waren aus dem Boden gerissen worden und fehlten, auch einige Stäbe. In dieser Form funktionierte der Kreis nicht und war wertlos – doch solange er intakt war, hätte er ausgereicht, um Harley Mac-Finn aufzuhalten, wenn er seine Tiergestalt annahm.

Der Raum war offenbar ein Gefängnis, das er für sich selbst erschaffen hatte.

Irgendjemand hatte jedoch den Kreis absichtlich zerstört und das Gefängnis nutzlos gemacht.

Auf einmal verstand ich Kim Delaneys Bitte. Offenbar hatte sie Harley MacFinn gekannt, vielleicht durch ihre Tätigkeit als Umweltschutzaktivistin. Sie hatte von seinem Fluch erfahren und ihm helfen wollen. Nach der Abfuhr durch mich hatte sie wohl versucht, den großen Beschwörungskreis im Schlafzimmer nachzubilden, um MacFinn festzuhalten, sobald der Mond aufging. Ich hatte sie gewarnt, und sie war tatsächlich gescheitert. Sie hatte nicht das notwendige Wissen gehabt, um zu verstehen, wie eine solche Konstruktion aufgebaut ist, und deshalb hatte sie keinen funktionierenden Kreis schaffen können.

MacFinn hatte sie umgebracht. Kim war tot, weil ich mich geweigert hatte, ihr mein Wissen zur Verfügung zu stellen. Weil ich mich geweigert hatte, ihr zu helfen. Ich war mir meines Wissens und meiner Weisheit so sicher gewesen – ihr diese Geheimnisse zu verschweigen, war die Reaktion eines besorgten, vernünftigen Erwachsenen gewesen, der mit einem übereifrigen Kind sprach. Ich konnte kaum glauben, wie überheblich ich gewesen war und mit welcher Selbstherrlichkeit ich sie zum Tode verurteilt hatte.

Ich begann heftig zu zittern, weil viel zu viele Dinge auf mich einstürzten. Mein Herz raste, irgendwo in meinem Innern spürte ich den Druck, der Schalter in meinem Kopf wackelte und war drauf und dran, wieder umzuspringen und eine Flut von Ärger, Zorn, Bedauern und Selbsthass über mich hereinbrechen zu lassen. Ich atmete tief durch und schloss die Augen. So weit durfte es nicht kommen.

Schließlich öffnete ich die Augen wieder und sah Murphy an. Bei Gott, ich musste mit ihr reden. Ich brauchte einen Freund. Jemanden, der zuhörte und mir sagte, dass alles wieder gut werden würde, ob es nun die Wahrheit war oder nicht. Ich brauchte jemanden, dem ich mich anvertrauen konnte, weil ich kurz davor stand zu platzen.

Mit kaltem, zornigem Blick sah sie mich an.

»Karrin«, flüsterte ich.

Sie zog einen zerknüllten Zettel aus der Tasche, faltete ihn auseinander und hielt ihn mir unter die Nase, damit ich Kim Delaneys anmutige Handschrift sehen konnte – den Entwurf des Beschwörungskreises, den sie mir im McAnally's gezeigt hatte. Die Zeichnung, über die ich Kim nichts hatte sagen wollen. Die Zeichnung, die ich zusammengeknüllt und auf den Boden geworfen hatte, wo Murphy sie aufgehoben hatte, weil sie eigentlich nur den Müll anderer Leute hatte wegräumen wollen.

Jetzt war mir auch klar, warum Murphy mich so zornig anfunkelte.

Ich starrte die Zeichnung an. »Karrin«, sagte ich noch einmal. »Bei den Sternen am Himmel, Sie müssen mir zuhören.« Mit zitternden Fingern nahm ich ihr die Zeichnung ab.

»Harry«, sagte sie ganz ruhig, »Sie sind ein verlogener Drecksack.«

Beim letzten Wort knallte sie mir die Faust in die Magengrube, und ich krümmte mich.

Dadurch kam mein Kopf in ihre Reichweite, und der nächste Schlag traf mich rechts am Kinn. Ich ging zu Boden wie ein Haufen pappige Nudeln.

Ich bemerkte kaum, dass sie mir die Zeichnung wieder abnahm. Dann bog sie mir die Arme hinter den Rücken und ließ die Handschellen um meine Handgelenke einrasten.

»Sie haben es mir versprochen«, sagte sie, und sie war fuchsteufelswild. »Sie haben es versprochen! Keine Geheimnisse! Sie haben mich die ganze Zeit angelogen. Sie haben mich die ganze Zeit zum Narren gehalten. Verdammt, Dresden, Sie haben mit dieser Sache hier zu tun, und Menschen sterben!«

»Murph«, stammelte ich, »warten Sie.«

Sie packte mich am Haar, riss mir den Kopf zurück und verpasste mir einen weiteren Kinnhaken.

Ihre Berserkerwut verlieh ihr ungeahnte Kräfte. In meinem Schädel drehte sich alles, und mir wurde mehrere Sekunden lang schwarz vor Augen.

»Kein Gerede mehr. Keine Lügen mehr«, hörte ich sie sagen. Sie zerrte mich auf die Beine, stieß mich mit Gesicht und Brust gegen die Wand und durchsuchte mich nach Waffen. »Keine Menschen mehr, die zu Hackfleisch verarbeitet werden. Sie haben das Recht zu schweigen. Alles, was Sie von jetzt an sagen, kann und wird vor Gericht gegen Sie verwendet werden …«

Sie nahm mir den Sprengstock ab. Mein Schildarmband. Den Energiering. Sogar mein Stück Kreide. Sie sprach mit harter, kalter und professioneller Stimme und klärte mich über meine Rechte auf.

Ich schloss die Augen und lehnte mich an die Wand, die weicher war als Murphys Stimme. Ich wehrte mich nicht und versuchte auch nicht, mich zu rechtfertigen. Was hätte das schon genützt?

13. Kapitel

Mit auf dem Rücken gefesselten Händen eine Treppe hinabzusteigen, ist erheblich schwieriger, als man denkt. Ob es Ihnen bewusst ist oder nicht, Sie setzen die Arme ein, um das Gleichgewicht zu halten.

Nachdem Murphy mir meine Sachen abgenommen hatte, schob sie mich erst die schmale Dienstbotentreppe hinauf und dann die Vordertreppe von MacFinns Haus wieder hinunter, mitten durch eine Herde gaffender Cops. Mein Gleichgewichtssinn war erheblich gestört.

Als wir unten ankamen, hörte ich aufgeregte Stimmen. »Was tue ich denn Ihrer Ansicht nach?«, fragte Carmichael. »Hören Sie, ich mache hier doch nur meinen Job. Mein Boss sagt, dass niemand da reindarf, also geht niemand da rein. Muss ich Ihnen das jetzt noch einmal vorbuchstabieren, oder wie seh ich das?«

Denton hatte sich vor Carmichael aufgebaut, die Adern auf seiner Stirn pochten heftig, und seine drei Kollegen warteten hinter ihm. »Sie behindern einen Bundesagenten bei der Ausübung seiner Pflichten«, knurrte Denton. »Aus dem Weg, Detective Carmichael. Oder soll ich dafür sorgen, dass die Dienstaufsicht nicht nur Ihre Vorgesetzte, sondern auch Sie unter die Lupe nimmt?«

»Schon gut, Ron«, schaltete sich Murphy ein. »Ich bin sowieso gerade fertig.«

Carmichael schaute zu mir auf, starrte mich an und wollte offenbar etwas sagen. Auch Denton und seine Leute machten erstaunte Gesichter. Denton schien überrascht, schob seine Emotionen aber rasch beiseite. Roger, der rothaarige Bursche, der für Denton arbeitete, starrte mich unverhohlen und entgeistert an. Benn, die am vergangenen Abend Murphy angegriffen hatte, betrachtete mich eher gelangweilt, während der übergewichtige Wilson zufrieden grunzte.

»Lieutenant«, sagte Carmichael, »sind Sie sicher?«

»Er hatte gestern Abend eine Auseinandersetzung mit dem letzten Mordopfer. Ich kann ihn mit mindestens einem Bewohner des Hauses in Verbindung bringen und außerdem mit einigen ... Dekorationen im Haus. Ich nehme ihn wegen Strafvereitelung und Mordverdachts in Gewahrsam. Stecken Sie ihn ins Auto, Carmichael, und dann sehen Sie zu, dass Sie nach oben kommen.« Mit einem Stoß beförderte Murphy mich zu Carmichael. Ich stolperte, er fing mich auf.

»Also los, Denton«, sagte Murphy. Sie drehte sich um und stolzierte davon. Der FBI Special Agent warf mir einen ausdruckslosen Blick zu, winkte seinen Kollegen und folgte Murphy ins Haus.

Carmichael schüttelte den Kopf und führte mich zu einem Streifenwagen. »Verdammt, Dresden, da war ich schon fast bereit, meine Meinung über Sie zu ändern. Aber ich bin ja nur ein dummer Handlanger.« Er öffnete die hintere Wagentür und legte mir eine Hand auf den Kopf, um mich hineinzuschieben, ohne dass ich mir den Schädel stieß. »Mein Gott, was ist nur mit Ihrem Kinn passiert?«

Ich setzte mich in den Fond des Wagens, starrte geradeaus und schenkte mir die Antwort.

Carmichael sah mich einen Augenblick an. »Also, wir lassen Sie in die Stadt fahren, sobald der Tatort gesichert ist. Dann können Sie mit Ihrem Anwalt Kontakt aufnehmen.«

Ich starrte weiter geradeaus, ohne ihm zu antworten.

Carmichael betrachtete mich noch eine Weile, schließlich richtete er sich auf und warf die Wagentür zu.

Schon öfter im Leben habe ich mich mies gefühlt und Dinge erlebt, die mich fertiggemacht haben, bis ich am Boden gekrochen bin und gewünscht habe, ich wäre tot. Ungefähr so erging es mir auch in diesem Augenblick. Der Grund war nicht, dass ich den Mörder nicht ausfindig gemacht hatte, und ich war auch schon früher verprügelt worden und hatte Kinnhaken eingesteckt. Dennoch hatte ich mich jedes Mal aufgerappelt und in die nächste Runde gestürzt. Ich weiß, wie man sich mit dem Schlag abrollt. Was mir dagegen zusetzte, war das Gefühl, eine Freundin verraten zu haben.

Ich hatte Murphy versprochen, ihr nichts zu verschweigen – und im Grunde hatte ich ihr auch nichts verschwiegen. Genau genommen. Allerdings war ich dumm gewesen. Ich hätte mir das alles viel schneller zusammenreimen müssen, mein Instinkt hätte es mir sagen müssen. Vielleicht konnte ich als Entschuldigung vorbringen, dass ich abgelenkt war, weil man mir in der Vollmondwerkstatt beinahe ein Loch in den Kopf geschossen hatte. Auch der Seelenblick mit dem Anführer der Straßenwölfe hatte mich aufgewühlt. Und natürlich das Wissen, dass er mich töten wollte.

Das reichte jedoch alles nicht aus, um die Sache mit Murphy wieder in Ordnung zu bringen. Schwer zu sagen, ob das überhaupt noch möglich war. Ich fühlte mich einsam und war zutiefst frustriert. Es ging mir echt mies.

Gleich darauf wurde alles noch viel schlimmer, als ich durchs Autofenster zum Vollmond hinaufschaute und etwas begriff, was ich schon eine Stunde vorher hätte begreifen müssen.

MacFinn konnte unmöglich allein für alle Morde des vergangenen Monats verantwortlich sein. Zwei Morde waren in den Nächten vor und nach Vollmond verübt worden. Wenn MacFinns Fluch darin bestand, sich bei Vollmond in ein rasendes Ungeheuer zu verwandeln, konnte er nicht die Opfer des letzten Monats oder in der vergangenen Nacht Stachelkopf im Varsity ermordet haben.

Das führte mich sofort zu der Frage: Wer hatte die Morde dann begangen?

Wenn die dunkelhaarige Frau, die Anführerin der Alphas, tatsächlich mit MacFinn in Verbindung stand, hatte sie dann vielleicht damit zu tun? In dem leer stehenden Supermarkt hatte mich eine Art Wolf angegriffen. War sie es gewesen? Oder einer der Alphas? Vielleicht erklärte das, wie die anderen Morde geschehen waren.

Warum hatte mich der Mörder dann nicht einfach erledigt, als ich hilflos im Dunkeln herumgetappt war?

Fragen ohne Ende, aber keine Antworten.

Nicht dass mir das jetzt noch wichtig war. Eine nette, ruhige Gefängniszelle war eigentlich gar nicht so schlecht, wenn ich recht darüber nachdachte. Im Gefängnis war ich jedenfalls vor den Kriminellen sicher – vorausgesetzt, ich wurde nicht zusammen mit einem vierhundert Pfund schweren Gangster eingesperrt, der sich gern auf die eine oder andere Weise an seinen Zellengenossen verging.

Plötzlich machte sich ein eigenartiges Gefühl in mir breit, das meine Gedankengänge völlig aus der Bahn warf. Wieder sträubten sich mir die Nackenhaare. Irgendjemand beobachtete mich.

Ich sah mich um. Es war niemand in der Nähe, alle Cops waren im Haus, ich saß mit gefesselten Händen hinten im Streifenwagen. Ich war hilflos und allein, und auf einmal wurde mir bewusst, dass Harley MacFinn immer noch aufgespürt und festgenommen werden musste. Er trieb sich da draußen herum und konnte nicht anders, als alle Menschen zu zerfetzen, denen er begegnete.

Ich dachte an Stachelkopfs zerfleischte Leiche. An die arme Kim Delaney, die da oben im Haus in ihrem eigenen Blut lag. Binnen weniger Sekunden fügte ich die erheblich schrecklicheren Bilder von einem halben Dutzend weiteren Opfern hinzu, eine blutige Szene nach der anderen.

Mir brach der kalte Schweiß aus, und ich sah aus dem anderen Fenster.

Direkt vor mir lauerten zwei strahlende, raubtierhafte bernsteingelbe Augen.

Ich zuckte zusammen und hob die Beine, um zuzutreten, sobald die Bestie durchs Fenster des Streifenwagens hereinzustürzen versuchte.

Doch dann ging die Tür auf, und die dunkelhaarige Frau mit den Bernsteinaugen, die ich in dem Supermarkt gesehen hatte, sagte: »Bleiben Sie ruhig, Mister Dresden, sonst kann ich Sie nicht retten.«

Über meine angezogenen Knie hinweg starrte ich sie fassungslos an. »Hä?«

»Ich will Sie retten, Mister Dresden. Steigen Sie aus, und folgen Sie mir. Und zwar schnell, ehe die Cops zurückkommen.« Sie schielte an mir vorbei zum Haus hinüber. »Viel Zeit haben wir nicht.«

»Sind Sie verrückt?«, fragte ich. »Ich weiß nicht mal, wer Sie sind.«

»Ich bin Harley MacFinns Verlobte«, erklärte sie, »Tera West.«

Ich schüttelte den Kopf. »Ich kann hier nicht weg. Damit würde ich mir mehr Ärger einhandeln, als Sie sich vorstellen können.«

Ihre Bernsteinaugen funkelten. »Sie sind der Einzige, der meinen Verlobten aufhalten kann, Mister Dresden. Aber das geht nicht, wenn Sie im Gefängnis sitzen.«

»Ich bin nicht Superman«, fauchte ich sie an. »Ich bin freiberuflicher Berater, aber ich glaube nicht, dass ich der Stadt hierfür eine Rechnung schicken kann.«

Tera West grinste breit. »Falls es Ihnen um Geld geht, kann ich Ihnen versichern, dass dies das geringste Problem ist, Mister Dresden. Die Zeit drängt. Kommen Sie nun mit oder nicht?«

Ich betrachtete ihr Gesicht. Sie hatte klare, starke Gesichtszüge, die eher außergewöhnlich als attraktiv waren. Um die Augen hatte sie Krähenfüße, aber das war das einzige Anzeichen des Alters, das ich erkennen konnte. Auf der Stirn, knapp unter dem Haaransatz, hatte sie eine lange, schmale, blau angelaufene Prellung.

»Sie«, sagte ich. »Sie haben mich im Supermarkt angegriffen. Ich habe Sie geschlagen, und Sie haben mir den Stock weggenommen.«

Sie funkelte mich an. »Ja.«

»Sie sind eine Werwölfin.«

»Und Sie«, erwiderte sie, »sind ein Magier. Wir haben keine Zeit.« Sie hockte sich hin und starrte an mir vorbei.

Ich folgte ihrem Blick und sah Denton und seine Truppe, in eine hitzige Diskussion vertieft, aus dem Haus kommen.

»Ihre Freundin«, fuhr sie fort, »die Polizistin – sie steht kurz davor, meinen Verlobten zu finden. Wollen Sie wirklich, dass sie auf ihn trifft? Ist sie auf das vorbereitet, was sie vorfinden wird? Soll sie sterben wie die anderen?«

Verdammt! Dieses Miststück hatte recht. Ich war weit und breit als Einziger fähig, MacFinn aufzuhalten. Falls Murphy ihn vor mir aufspüren sollte, würden noch mehr Leute sterben. Als Detective war sie fantastisch, und allmählich gewöhnte sie sich auch an übernatürliche Dinge, aber ein durchgedrehter Werwolf überstieg ihre Fähigkeiten.

Ich wandte mich wieder an Tera. »Sie werden mich zu MacFinn bringen, wenn ich mitgehe.«

Sie wollte sich gerade umdrehen und hielt mitten in der Bewegung inne. »Falls ich das kann. In der Morgendämmerung. Falls Sie glauben, Sie können den Kreis schaffen und ihn festhalten, wenn der Mond wieder aufgeht. Falls Sie ihm helfen können.«

Ich nickte knapp, die Entscheidung war gefallen. »Das kann ich, und das will ich.«

»Die Frau, diese Kim Delaney, sagte das Gleiche«, erwiderte Tera West und drehte sich auf dem Absatz um. In gebückter Haltung entfernte sie sich.

Ich rollte mich vom Rücksitz und folgte Tera West ins Gebüsch und in die Schatten am Haus, fort von den Streifenwagen und Lichtern.

Irgendjemand stieß hinter mir einen überraschten Schrei aus, dann rief jemand: »Halt!«

Ich richtete mich auf und lief los, so schnell ich konnte, um dem Blickfeld möglicher Schützen zu entkommen.

Anscheinend war dieser Ruf die einzige Warnung, die ich bekommen sollte. Hinter mir erklangen Schüsse, während ich rannte, und dicht vor mir spritzte Erde hoch, als die Kugeln einschlugen. Ohne dabei langsamer zu werden, zog ich den Kopf ein und duckte mich, so gut es ging.

Ich war vielleicht fünf Schritte von den schützenden Schatten hinter der Hecke entfernt, als irgendetwas von hinten gegen meine Schulter prallte und mich durch die Hecke bis auf die andere Seite warf.

Ich fiel hin, rollte mich ab und kam torkelnd wieder auf die Beine. Ein kreischender Schmerz breitete sich in meiner Schulter aus, und vor mir drehte sich alles. Ich streckte eine Hand aus, um mich abzustützen, als ich stürzte. Zu spät fiel mir ein, dass meine Handgelenke noch hinter dem Rücken in den Handschellen steckten, da prallte ich bereits auf den Boden, das Gras drückte gegen meine Wange.

»Er ist getroffen, er ist getroffen!«, rief eine kalte Frauenstimme – Agent Benn, nahm ich an. »Holt ihn!«

Ich hörte niemanden kommen, aber auf einmal riss mich jemand am Mantel hoch. Teras Hand schob sich unter meine Jacke und drückte gegen den tauben Bereich meines Arms.

»Die Blutung ist nicht stark«, sagte Tera ruhig. »Sie haben

einen Schuss in die Schulter bekommen, nicht ins Bein. Laufen Sie, oder sterben Sie!«

Dann drehte sie sich um und verschwand im Gebüsch.

Eine schöne Ermutigung war das – aber ich hatte eine dunkle Ahnung, dass ich mich schon in wenigen Minuten sehr viel schlechter fühlen konnte. Also schluckte ich den üblen Geschmack der Angst hinunter und humpelte, so gut es ging, hinter Tera West her.

Nun begann in dem kleinen Garten ein munteres Versteckspiel im Schatten – Tera und ich gegen die Agenten, die uns verfolgten. Tera bewegte sich lautlos wie ein Gespenst, lief geschmeidig durch die Schatten und das silberne Mondlicht. Immer wieder zog sie sich dabei in die Hecken zurück und bog alle paar Schritte nach links oder rechts ab. Sie nahm keine Rücksicht auf mich, und ich war völlig sicher, dass MacFinns Verlobte nicht stehen bleiben und auf mich warten würde, sollte ich stürzen. Sie würde mich zurücklassen, falls ich ihr Tempo nicht halten konnte.

Eine Weile gelang mir das jedoch. Es war gar nicht so schwer. Zwar war ich außer Atem und etwas behindert durch die Handschellen, aber es war fast so, als wäre ich nicht angeschossen worden. Abgesehen nur von dem warmen Rinnsal, das ich auf den Rippen und dem Bauch spürte. Alles Endorphine – was für ein Rausch!

Unsere Verfolger stürzten sich ins Gewirr der Hecken, Büsche und Statuen, doch meine Führerin schien über eine geradezu unheimliche Geschicklichkeit zu verfügen, ihnen auszuweichen. Sie blieb in den dunkelsten Teilen des Gartens und sah sich immer wieder nach mir um, ob ich ihr noch folgte.

Ich war nicht sicher, wie viel Zeit auf diese Weise verstrich und wie lange wir durch den Garten huschten, während unsere Verfolger versuchten, eine organisierte Jagd auf die Beine zu stellen und dabei gleichzeitig möglichst leise zu sein, doch sehr lange kann es nicht gewesen sein. Ich habe irgendwo gelesen, dass der erste Schock nach einer Schussverletzung schon nach wenigen Augenblicken vorbei ist, außerdem war ich nicht sonderlich gut in Form. Jedenfalls hätte ich nicht lange mit Tera West mithalten können. Sie war wirklich sehr flink und wendig.

Meine Schulter pochte doppelt so schnell wie mein schwer arbeitendes Herz, als wir hinter der letzten Hecke dicht bei der Straße auftauchten. Vor uns erhob sich nur noch der zweieinhalb Meter hohe gusseiserne Zaun, der das Grundstück umgab. Ich hielt schlitternd an und prallte schnaufend gegen die Eisenstäbe.

Tera sah sich über die Schulter um, und ihre Bernsteinaugen funkelten dabei im Mondlicht. Sie atmete lautlos durch die Nase. Die Rennerei in gebückter Haltung hatte sie offenbar nicht im Mindesten angestrengt.

»Ich kann nicht über den Zaun klettern«, sagte ich. Die Schmerzen in der Schulter erwachten gerade wieder, es fühlte sich an wie ein Wadenkrampf, nur an der falschen Stelle. »Das geht nicht. Schon gar nicht mit den Handschellen.«

Tera nickte. »Ich hebe Sie hoch!«

Ich starrte sie durch den Schleier meiner Schmerzen an, dann seufzte ich. »Sie sollten sich beeilen. Ich werde gleich ohnmächtig.«

Sie schritt sofort zur Tat. »Lehnen Sie sich an den Zaun,

und bleiben Sie stocksteif stehen.« Danach packte sie meine Fußgelenke. Ich bemühte mich, ihren Anweisungen zu folgen, und sie hob mich an und schnaufte vor Anstrengung.

· Im ersten Augenblick passierte überhaupt nichts. Dann drückte sie mich ganz langsam hoch, während meine unverletzte Schulter gegen das kühle Metall gepresst blieb. Sie schob meine Fußgelenke am Zaun hinauf, bis ich in der Hüfte abknickte und einen Moment mit den Beinen ruderte – dann stürzte ich wenig anmutig auf der anderen Seite auf den Boden.

Ich schlug schwer auf und hatte das Gefühl, in meiner Schulter wäre eine Atombombe explodiert. Weißes Feuer, sengende Hitze.

Ich holte Luft und versuchte, nicht zu schreien, aber irgendwie kam wohl doch ein Laut über meine Lippen. Hinter mir rief jemand, und die Stimmen näherten sich uns.

Tera schnitt eine Grimasse und drehte sich zu den Stimmen um.

»Los doch«, keuchte ich. »Klettern Sie rüber, und dann lassen Sie uns verschwinden.«

Sie schüttelte den Kopf. »Keine Zeit. Sie sind gleich hier.«

Ich knirschte mit den Zähnen und stand auf. Sie hatte recht. Die Stimmen waren schon viel zu nahe. Irgendjemand, vermutlich wieder Benn, rief herüber, wir sollten uns nicht bewegen. Wenn Tera jetzt über den Zaun geklettert wäre, hätte sie ein perfektes Ziel abgegeben. Unsere Verfolger waren schon viel zu nahe. Tera konnte nicht mehr entkommen, und dann hatte auch ich keine Chance. Sie würden mich schnappen, und ich hätte mehr Ärger denn je. Außerdem würde MacFinn weiter umgehen, und es wäre niemand mehr da, der ihn aufhalten konnte.

Blinzelnd vertrieb ich den Schweiß aus meinen Augen und kniete nieder, während mein Blut auf den Gehweg tropfte. Kleine Dampfwolken stiegen auf, als es den kalten Beton berührte.

Ich holte tief Luft und bündelte meine restliche Willenskraft, zog die Schmerzen, meine Angst und meine Frustration zusammen und packte alles in eine kleine, feste Energiekugel.

»*Ventas veloche*«, murmelte ich. »*Ubrium, ubrium.*« Ich wiederholte die Worte in einem atemlosen Singsang und krümmte dabei die Finger.

Die Dampfwolken, die von meinem Blut aufstiegen, wurden dicker und sammelten sich zu dichten Dunst- und Nebelschwaden. Im Garten, auf dem Weg, den wir eingeschlagen hatten, und überall, wo ich bereits Blut verloren hatte, stieg ebenfalls Nebel auf. Ein paar Sekunden lang war er nicht der Rede wert – niedrig und am Boden wabernd –, aber dann explodierte der Nebel förmlich und wallte in mächtigen Schwaden hoch, bis er das ganze Grundstück einhüllte, während die Energie aus mir herausströmte.

Schließlich konnte ich auch Tera nicht mehr sehen, dafür hörte ich die verwirrten und konsternierten Rufe der Beamten, die uns verfolgten.

Überwältigt von Schmerzen und Müdigkeit, fiel ich auf die Seite.

Ich hörte ein Rascheln, Metall klirrte leise, und dann landete Tera West mit einem dumpfen Laut direkt neben mir, unsichtbar im Nebel, obwohl sie nur ein paar Schritte entfernt war. Sie kam zu mir, und jetzt sah ich auch ihren Gesichtsausdruck. Sie hatte erstaunt die Augen aufgerissen – die erste Gefühlsregung, die ich überhaupt bei ihr wahrnahm.

»Magier«, flüsterte sie.

»Beschreien Sie's nicht«, murmelte ich. Dann wurde es schwarz um mich.

14. Kapitel

An einem dunklen, warmen Ort erwachte ich wieder. Ich öffnete die Augen und stellte fest, dass es nicht richtig dunkel war, nur dämmrig.

Ich befand mich in einem schlichten Hotelzimmer und lag in einem Doppelbett auf dem Rücken. Jalousien waren hinabgelassen, aber die billigen Schienen hatten in der Mitte nachgegeben und ließen Licht von draußen herein. Ich hatte das Gefühl, schon eine ganze Weile dort zu liegen. Ein tiefer Atemzug weckte einen dumpfen, pochenden Schmerz in meiner Schulter. Ich stöhnte, bevor ich daran denken konnte, dass es vielleicht besser war, mich still zu verhalten. Ich bin bestimmt kein Weichei, es tat einfach schrecklich weh. Meine Kehle war ausgedörrt, meine Lippen rissig.

Ich drehte den Kopf, und sofort tat mir das Kinn weh, wo Murphy mich geschlagen hatte. Meine linke Schulter war mit einem dicken weißen Verband bedeckt, der fest verklebt war. Bis auf die Blutungen, die unter dem Verband durchsickerten, sah es sauber und ordentlich aus. Nebenbei bemerkte ich, dass ich nackt war, und die Liste der Kandidaten, die mich ausgezogen haben konnten, war schrecklich kurz.

Auf dem Nachttisch neben meinem Bett lag eine Menge Kram herum. Ein Buch mit dem Titel »SAS Überlebenshandbuch« war auf einer Seite aufgeschlagen, auf der mit Schwarz-Weiß-Bildern verschiedene Verbandtechniken beschrieben waren. Daneben entdeckte ich leere Pappschachteln, in denen sich, den Aufschriften nach, Verbandmull, Klebeband und ähnliche Dinge befunden hatten. Eine braune Flasche Peroxid lag neben einer Metallsäge mit stumpfer Klinge. Vor dem Bett stand eine verschlossene Papiertüte auf dem Boden.

Ich hob die rechte Hand, um mir den schmerzenden Kopf zu reiben, und am Handgelenk hing noch ein Ring von Murphys Handschellen mit einem Teil der Kette. Anscheinend hatte sie jemand mit der Metallsäge durchtrennt. Der zweite Ring umschloss mein linkes Handgelenk, ich konnte den dumpfen Druck am Unterarm spüren.

Obwohl ich mich bemühte, mich so wenig wie möglich zu bewegen, ließen die Schmerzen nicht nach. Einige Minuten später gelangte ich zu der Schlussfolgerung, dass sich daran vorläufig nichts ändern würde, egal was ich tat, und so richtete ich mich auf. Sehr langsam. Eigentlich war es gar nicht so schwer, nur meine Beine zitterten ein wenig. Ich schaffte es bis ins Bad, erleichterte mich und spritzte mir mit der rechten Hand Wasser ins Gesicht.

Dieses Mal überraschte sie mich nicht. Ich hörte ihre Bewegungen in der dunklen hinteren Ecke des Zimmers, schaute auf und sah Tera Wests Bernsteinaugen im Spiegel.

»Sagen Sie mir nicht, ich hätte gestern Abend Glück gehabt.«

Sie verzog keine Miene, als hätte sie die Anspielung nicht verstanden. Sie trug dieselbe Kleidung wie am vergangenen Abend und hatte die gleiche entspannte Haltung.

»Sie hatten sogar großes Glück«, erklärte sie mir. »Die Kugel hat den Muskel durchschlagen, doch den Knochen und die Arterie verfehlt. Sie werden es überleben.«

Ich sah sie finster an. »Besonders glücklich fühle ich mich nicht.«

Tera zuckte mit den Achseln. »Schmerzen muss man ertragen. Sie gehen irgendwann vorbei. Oder auch nicht.« Ich bemerkte, wie sie meinen Rücken betrachtete, ihr Blick wanderte langsam nach unten. »Sie sind recht gut in Form. Sie müssten es aushalten können.«

Unwillkürlich errötete ich und tastete nach einem Handtuch, das ich mir ungeschickt um die Hüften schlang. »Haben Sie mich verbunden? Und ... äh ...« Ich machte eine unbestimmte Geste mit den Fingern, die das Handtuch hielten, das meine Blöße bedeckte.

Sie nickte. »Ja, das habe ich. Außerdem habe ich Ihnen Kleidung besorgt, die nicht mit Blut verschmiert ist. Sie müssen sich anziehen, damit wir meinem Verlobten helfen können.«

Ich drehte mich zu ihr um und versuchte, böse dreinzuschauen, so gut es mir eben gelingen wollte. Sie verzog keine Miene. »Wie spät ist es?«

»Später Nachmittag. Die Sonne wird bald untergehen, und kurz danach geht der Mond auf. Wir dürfen keine Zeit verlieren, wenn wir vor der Verwandlung bei ihm eintreffen wollen.«

»Wissen Sie, wo er ist?«

Wieder zuckte sie mit den Achseln. »Ich kenne ihn.«

Seufzend schob ich mich an ihr vorbei. In der Papiertüte neben dem Bett steckten eine riesige purpurfarbene Trainingshose und ein weißes T-Shirt mit aufgedruckter amerikanischer Flagge. Darunter stand in Metallicfarbe: INVESTIEREN SIE IN AMERIKA – KAUFEN SIE EINEN ABGEORDNETEN. Über die Hose rümpfte ich die Nase, aber das Shirt gefiel mir. Unbeholfen zog ich mich an und riss die Preisschilder ab.

»Wo sind wir hier?«, fragte ich.

»In einem Motel in East Chicago.«

Ich nickte. »Wie haben Sie bezahlt?«

»Bar. MacFinn sagte mir, die Polizei könne Zahlungen mit Kreditkarte zurückverfolgen.«

»Ja, das können sie.« Ich rieb mir mit der Hand über den Kopf und ging noch einmal zum Spiegel, um mich zu betrachten. Das Gehen fiel mir jetzt etwas leichter. Die Schmerzen hatten nicht nachgelassen, aber ich gewöhnte mich allmählich daran. »Haben Sie vielleicht Ibuprofen oder so was?«

»Drogen«, erwiderte sie. »Nein.« Sie nahm die Schlüssel eines Leihwagens in die Hand und wollte zur Tür.

»Moment«, sagte ich.

Sie drehte sich um, ihre Augen wurden schmal. »Wir gehen jetzt.«

»Wir gehen nicht«, erwiderte ich, »solange ich nicht einige Antworten bekommen habe.«

Sie legte die Stirn in Falten und sah mich böse an. Dann drehte sie sich um und verließ das Zimmer. Dabei drang eine Flut orangefarbenes Sonnenlicht herein, bevor die Tür hinter ihr zuknallte.

Einen Moment lang starrte ich die Tür an, dann setzte ich mich aufs Bett und wartete.

Etwa drei Minuten vergingen, bis sie wieder auftauchte. »Jetzt«, sagte sie. »Jetzt gehen wir.«

Ich schüttelte den Kopf. »Ich sagte Ihnen schon, dass wir *nicht* gehen, solange ich keine Antworten bekommen habe.«

»MacFinn wird Ihre Fragen beantworten«, erklärte mir Tera. »Sie müssen sofort hier verschwinden.«

Ich schnaubte und verschränkte die Arme vor der Brust. Meine Schulter reagierte darauf mit heißem Feuer, und ich schwankte vor Schmerzen, daher ließ ich den linken Arm schnell wieder sinken. Den rechten Arm hielt ich weiter vor meine Brust, aber für sich allein wirkte er nicht so gut. »Wo ist MacFinn? Warum hat er Marcones Geschäftspartner und dessen Leibwächter getötet? Er hat sie doch getötet, oder?«

»Sie werden dieses Zimmer jetzt sofort …«, setzte Tera an.

»Wer sind Sie? Warum haben Sie den ersten Kreis zerstört? Den Kreis im Keller? Woher kannten Sie Kim Delaney?«

Tera West knurrte und packte mich am T-Shirt. »Sie werden dieses Zimmer auf der Stelle verlassen«, sagte sie und sah mir in die Augen.

»Warum sollte ich?«, knurrte ich zurück und wandte diesmal nicht den Blick ab. Ich starrte ihr in die schimmernden Bernsteinaugen und machte mich auf den Ruck gefasst, den ich jedes Mal spürte, wenn ich jemandem in die Seele schaute.

Nichts geschah.

Ungläubig sperrte ich den Mund auf. Ich starrte sie weiter an, und sie blinzelte nicht und wandte den Blick nicht ab – aber es kam auch nicht zu dem Seelenblick, auf den ich gefasst gewesen war. Ich schauderte. Was hatte das zu bedeuten? Warum klappte es diesmal nicht? Es gab nur zwei Arten von Geschöpfen, denen ich länger als ein oder zwei Sekunden in die Augen sehen konnte – einerseits die Menschen, mit denen ich diesen Austausch bereits erlebt hatte, und andererseits nichtmenschliche Wesen aus dem Niemalsland.

Ich hatte noch nie in Tera Wests Seele geblickt. Das wusste ich genau, weil man so etwas nicht vergisst. Somit blieb nur die andere Möglichkeit.

Wer sie auch war und *was* sie auch war, Tera West war kein Mensch.

»Wir werden jetzt gehen«, knurrte sie.

Mein Trotz und meine Verdrossenheit gewannen die Oberhand. »Warum sollte ich?«

»Weil ich die Polizei angerufen und Bescheid gesagt habe, dass Sie hier sind, sich eigenartig benehmen, gefährlich sind und eine Waffe haben. Die Cops werden jeden Augenblick eintreffen, und sie dürften sich angesichts der jüngsten Todesfälle bedroht fühlen. Sie werden vermutlich lieber sofort auf Sie schießen, statt irgendein Risiko einzugehen.« Sie ließ mein T-Shirt los, versetzte mir einen leichten Stoß und stolzierte hinaus.

Fünf Sekunden lang blieb ich auf dem Bett sitzen. Dann stand ich auf und humpelte ihr hinterher. Unterwegs schnappte ich mir noch meinen Mantel, der über einen Stuhl gehängt war.

Im linken Oberarm klafften Löcher, eines vorne und eines hinten. Das verkrustete Blut war auf dem schwarzen Segeltuch kaum zu sehen. Das Teil war widerlich, aber es war mein Mantel. Die Stiefel und Socken, die ich am vergangenen Abend getragen hatte, lagen dicht daneben. Auch sie schnappte ich mir.

Ich trat hinaus in die Nachmittagssonne. Auf den Straßen und Highways würden sich bald Pendler auf dem Heimweg drängen. Tera hatte einen verbeulten alten Wagen gemietet – offenbar war sie so klug gewesen, sich an einen unabhängigen Anbieter und nicht an eine der großen Ketten zu wenden. Das würde die Suche verzögern, wenn die Polizei systematisch alle Autovermietungen abklapperte und nach jemandem suchte, auf den ihre Beschreibung passte. Sie begannen immer mit den größten Firmen.

Ich beobachtete Tera, als sie einstieg. Sie war groß und schlank und trotz der harten Gesichtszüge attraktiv. Ihre Augen waren ständig in Bewegung – nicht vor Nervosität, sondern mit der kühlen Präzision eines Raubtiers, das sich ununterbrochen über die Umgebung Gewissheit verschafft. Ihre Hände waren vernarbt, sie hatte lange, kräftige Finger. Die Beule am Kopf, die ich ihr am Vorabend verpasst hatte (nein, vor zwei Tagen; ich hatte ja einen Tag schlafend im Motelzimmer verbracht), musste höllisch wehtun, was sie aber nicht weiter zu stören schien.

Wir fuhren aus der Stadt in Richtung East Chicago, einem entfernten Vorort am Südrand des Lake Michigan. Schließlich bog sie in eine ruhige Nebenstraße, wo ein Schild den Weg zum Wolf Lake Park wies.

Tera West machte mich nervös. Sie war aus dem Nichts aufgetaucht und hatte mich vom Rücksitz eines Streifenwagens gerettet. Was führte sie im Schilde? Wollte sie wirklich nur verhindern, dass ihr Verlobter abermals seinem Familienfluch zum Opfer fiel? Oder arbeiteten die beiden zusammen, um alle aus dem Weg zu räumen, die den magischen Kreis wieder aufbauen wollten, der MacFinn festhalten und unschädlich machen konnte? Da sie sich an mich gewandt hatten, nachdem Kim Delaney gestorben war, lag dies durchaus im Bereich des Möglichen.

Andererseits passte es nicht zu einer Reihe anderer Dinge. Falls MacFinn wirklich ein Loup-Garou war, verwandelte er sich nur in Vollmondnächten in einen Werwolf. Mindestens ein halbes Dutzend Leute waren bei zunehmendem Mond getötet worden, also vor Vollmond oder als der Mond nach drei Vollmondnächten bereits wieder abnehmend war.

Außerdem war Tera West keine Werwölfin im üblichen Sinne. Ein Werwolf ist ein Mensch, der sich in einen Wolf verwandelt. Sie hatte mir in die Augen geschaut und war nicht in den Seelenblick hineingezogen worden. Sie war eindeutig *kein* Mensch.

Ob sie eine Art Gestaltwandlerin aus dem Niemalsland war? MacFinns Komplizin, die in den übrigen Nächten tötete, um den Verdacht von ihm abzulenken? Eine Art Wesen, die mir noch unbekannt war? Meine paranormale Ausbildung hatte überwiegend auf westeuropäischen Quellen beruht. Ich hätte wirklich mehr über den Glauben der amerikanischen Ureinwohner, über südamerikanische Gespenster und Geister, afrikanische Legenden

169

und ostasiatische Folklore lesen sollen. Aber für diese Art von Reue war es nun zu spät.

Falls Tera West ein Ungeheuer war, das mich umbringen wollte, hätte sie das längst tun können. Und sie hätte sich sicher die Mühe gespart, meine Schusswunde zu säubern und zu verbinden.

Andererseits warf das die Frage auf, was sie denn nun eigentlich wollte.

Diese Frage führte zu vielen weiteren. Wer waren die Jugendlichen, die ich mit ihr zusammen im Supermarkt beobachtet hatte? Was tat sie mit ihnen? Hatte sie eine Art Kultzirkel von Jüngern aufgebaut, wie es Vampire manchmal taten? Oder steckte etwas ganz anderes dahinter?

Tera bog in einen schmalen Schotterweg ein und lenkte den Wagen nach einem halben Kilometer zwischen einige Büsche. »Steigen Sie aus«, sagte sie. »Er muss hier irgendwo sein.«

Glücklicherweise war die holprige Autofahrt endlich zu Ende, die Sonne stand noch ein gutes Stück über dem Horizont, und der Mond würde frühestens eine Stunde nach Sonnenuntergang aufgehen. Ich unterdrückte die Schmerzen und stieg aus, um ihr in den Wald zu folgen.

Unter den alten Eichen und Platanen war es dunkel und still. Ein ganzes Stück entfernt zwitscherten Vögel, während sie tapfer auf den letzten vom Sonnenlicht berührten Zweigen ausharrten. Der Wind strich seufzend durch den Wald, zupfte goldene, orangefarbene und rostrote Blätter in allen Schattierungen von den Bäumen und reicherte mit ihnen den dicken, knisternden Teppich auf dem Waldboden an.

Unsere Schritte hallten weit, als wir durchs Laub stapf-
ten. Im kühlen Wind war ich dankbar, dass ich den Mantel
mitgenommen hatte.

Ich beobachtete die sonst so stille Tera. Sie bewegte sich
völlig übertrieben beim Laufen und stampfte bei jedem
Schritt fest auf, als wollte sie möglichst viel Lärm verursachen. Ab und zu trat sie absichtlich auf einen Ast, der
mit einem trockenen Knacken brach. Ich war zu müde, um
diese Übungen nachzuahmen.

Ich lief einfach durch den Wald und machte dabei ganz
von selbst mehr Lärm als sie. Wer sagt denn, dass ich
immer alles falsch mache?

Wir waren kaum mehr als ein paar hundert Meter gelaufen, als Tera abrupt anhielt, in die Hocke ging und sich
hektisch umsah. Ein pfeifender Laut ertönte, dann richtete sich ein gebogener Schössling abrupt wieder auf, eine
Schlinge zog sich um Teras Fußgelenke zusammen, und
das Seil zerrte sie über den mit Steinen und Blättern be-
deckten Waldboden.

Sie stieß einen überraschten Schrei aus.

Ich sah ihr erstaunt hinterher, dann auf einmal erhob
sich etwas aus den Blättern wie Hamlets toter Vater aus
dem Bühnenboden. Doch statt sein Schicksal zu beklagen
und mir aufzutragen, ihn zu rächen, versetzte er mir einen
Kinnhaken – natürlich auf die Seite, die sowieso schon
einen dunkelblauen Flecke hatte. Benommen ging ich zu
Boden.

Ich landete aber glücklicherweise auf der unverletzten
Seite und rollte mich ab, als ein mit Schlamm besprizter
nackter Fuß nach meinem Kopf treten wollte. Ich packte

ihn und zog eher verzweifelt als kraftvoll daran, und sofort ging derjenige, zu dem der Fuß gehörte, neben mir zu Boden.

Dabei klatschte er jedoch die Hände auf den Boden, als er aufkam, ganz ähnlich wie Murphy, wenn sie beim Kampfsport das Fallen übt. Während ich mich auf Händen und Knien hochdrückte, rollte er sich ab, dann schlang er mir einen harten, starken Unterarm um die Kehle, presste mir die zweite Hand in den Nacken und drückte mir die Luft ab.

»Hab ich dich, hab ich dich«, knurrte er.

Ich wehrte mich, doch er war größer und stärker als ich. Er hatte mich am Wickel, und er war in den letzten fünfzehn Stunden längst nicht so oft angeschossen oder zusammengeschlagen worden wie ich.

Ich hatte keine Chance.

15. Kapitel

Ich wurde von einem tobenden, halb nackten Irren mitten im Wald gewürgt, während irgendwo in der Nähe eine Werwölfin in einer Seilschlinge hing. Meine Schusswunde tat höllisch weh, doch ich habe schon üblere Tage erlebt. Das ist das Schöne, wenn man ein Magier ist. Ich kann mir jederzeit ganz aufrichtig sagen, dass alles noch viel schlimmer sein könnte.

Da es offenbar zwecklos war, mich allein mit meinen Körperkräften gegen den Mann zu wehren, der mich erwürgen wollte, packte ich sein Handgelenk und bereitete mich darauf vor, etwas Dummes zu tun.

Magie ist eine Art Energie. Sie wird durch menschliche Gedanken und Emotionen und durch die Fantasie geprägt. Gedanken bestimmen die Gestalt, und Worte helfen, diese Gedanken zu definieren. Deshalb benutzen Magier normalerweise Worte, um ihre Sprüche zu wirken. Die Worte stellen eine Art Isolierung dar, während die Energie der Magie durchs Bewusstsein eines Magiers schießt.

Wenn man Worte benutzt, die sehr vertraut und den Gedanken so nahe sind, dass man Mühe hat, zwischen Gedanken und Worten zu unterscheiden, dann ist diese Isolierung sehr dünn. Deshalb benutzen die meisten Magier Worte aus alten Sprachen, die sie nicht sehr gut beherrschen, oder sie erfinden sogar bedeutungslose Worte, die sie mit bestimmten Wirkungen in Verbindung bringen. Auf diese Weise legt sich ein Magier eine zusätzliche Abschirmung gegen die magischen Energien zu, die durch ihn fließen.

Man kann aber auch ohne Worte und ohne Isolierung Sprüche wirken, wenn man keine Angst davor hat, dass es etwas wehtut.

Ich sammelte also meine Willenskraft, meine Erschöpfung und meine Angst und bündelte sie in dem Punkt, den ich anvisierte. Alles verschwamm vor meinen Augen, und ich sah nur noch Farbflecken. Der Mann, der auf mir hockte, knurrte und grollte und gab sinnlose Laute von sich. Etwas Speichel oder Schaum tropfte auf meine Wange. Trockene Blätter und Laub drückten von der anderen Seite gegen mein Gesicht. Allmählich wurde mir schwarz vor Augen.

Doch ich biss die Zähne zusammen und setzte meine Willenskraft schlagartig frei.

Zwei Dinge geschahen gleichzeitig. Zuerst einmal zuckte mir ein Gedanke, gleißend hell und schmerzhaft, durch den Kopf. Farben tanzten vor meinen Augen, und meine Ohren nahmen Geräusche wahr, die es nicht gab. Unzählige Sinneseindrücke brachen über mich herein: der stechende Geruch der Erde und des trockenen Laubs, das wellenförmige Kratzen eines Tausendfüßlers auf dem Unterarm, warmes Sonnenlicht auf dem Kopf und Dutzende andere, die ich nicht einordnen konnte – Empfindungen, die keine Grundlage in der Realität hatten. All dies waren Nebeneffekte der Energie, die mir durch den Kopf raste.

Außerdem kam es zu einem Ausbruch der Elektrizität,

die ich aus der Luft ringsherum gesammelt und in die Finger gelenkt hatte, mit denen ich das Handgelenk meines Angreifers festhielt. Der Stromstoß schoss durch seinen Arm in seinen Körper. Er verkrampfte sich, verlor die Kontrolle über seine Muskeln und flog dank seiner heftigen Reaktion von mir herunter. Mit allen Gliedern rudernd und sich windend, landete er mit dem Rücken im Laub, das Gesicht vor Schreck und Furcht verzerrt.

Ich atmete schnaufend ein, war halb betäubt und zitterte, doch ich rappelte mich auf und ließ mich gegen einen Baum fallen. Dort sackte ich gleich wieder zusammen und beobachtete meinen Angreifer, dessen Zuckungen nun einer Betäubung und Lähmung wichen. Schließlich starrte er mit offenem Mund und schwer keuchend zum Himmel hinauf.

Ich betrachtete den Mann etwas genauer. Er war groß, mindestens so groß wie ich, und gut doppelt so breit. Er trug nur eine kurze Jeans, die ihm nicht sonderlich passte. Insgesamt konnte man sein Aussehen als »überwältigend männlich« beschreiben. Behaarte Brust und Muskeln wie ein Profiringer. Doch Haare und Bart waren ergraut, und er hatte Falten, hatte also offenbar die besten Jahre bereits hinter sich. Seine Augen waren leuchtend grün, wild und gehetzt und noch immer auf den Himmel geheftet. Voll schrecklichem Wissen. Es war nicht leicht, mit so einem Fluch zu leben.

Ich hörte ein Kratzen und einen gedämpften Aufprall, und als ich aufschaute, bemerkte ich MacFinns leere Schlinge. Das Seil pendelte hin und her. Im Laub regte sich etwas, dann schälten sich Tera Wests lange Gliedmaßen und ihre Funktionskleidung heraus. Sie stand auf und eilte sofort zu MacFinn hinüber.

»MacFinn!«, sagte sie. »MacFinn! Sie haben ihn umgebracht!«, fauchte sie und sah mich wutentbrannt mit ihren bernsteingelben Augen an.

Ich hätte schwören können, dass ihr Gesicht sich allmählich verwandelte und dass ihre entblößten Zähne zu Reißzähnen heranwuchsen. Vielleicht war es aber auch nur die Nachwirkung der Magie auf meine Wahrnehmung oder eine primitive Reaktion der reptilischen Hirnregionen, als Tera sich aufrichtete und heulend auf mich losging. Mordlust blitzte in ihren Augen auf.

Ich hatte mich nicht zweimal niederschlagen und anschießen und fast erwürgen lassen, damit mich jetzt eine übergeschnappte Bestie umlegen konnte. Trotz meiner Benommenheit sammelte ich noch einmal meine Willenskraft, streckte der angreifenden Frau meine gesunde Hand entgegen und ließ sie rasch kreisen.

»*Vento giostrus!*«, röhrte ich.

Der Wind heulte von den Bäumen herab und kreiste wütend um sich selbst, wirbelte Laub, Stöcke und kleine Steine empor. Der Miniaturzyklon riss die mich angreifende Tera hoch und schleuderte sie mehr als fünf Meter durch die Luft, bis sie in den Zweigen einer Kiefer landete. Außerdem ließ er eine Wolke von Steinen und kleinen Trümmern herunterprasseln, vor denen ich mich hinter einem Baum in Sicherheit brachte.

Wie peinlich! Das war dann doch etwas mehr Wind, als ich geplant hatte. Das ist nun mal die Gefahr bei solchen Anrufungen, bei diesen spontanen Hauruck-Zaubereien.

Manchmal sind sie schwer zu kontrollieren. Eigentlich hatte ich Tera nur um die eigene Achse drehen und auf den Hintern setzen wollen.

Stattdessen hämmerten mehrere Felsbrocken gegen den Stamm, sausten vorbei und knallten ringsherum mit ohrenbetäubendem Lärm gegen andere Bäume. Der Wind rüttelte an ihnen, riss Äste los und wirbelte eine halbe Tonne Dreck und Laub in die Luft.

Nach etwa einer halben Minute legte sich der Wind wieder, und ich saß hustend und spuckend im Staub. Vorsichtig schielte ich um den Stamm der Kiefer herum.

Die Bäume hatten im Umkreis von fünfzehn Metern ihre Herbstfarben verloren. Nur kahle Äste waren zurückgeblieben. Auch brüchige oder ausgetrocknete Rinde hatte der Zyklon abgeschält, und darunter kamen nun die bleichen, glänzenden Kerne der Stämme zum Vorschein. Das Laub war vom Boden verschwunden, zusammen mit einer oder zwei Handbreit Humus.

MacFinn richtete sich auf. Anscheinend hatte er sich von dem Schlag, den ich ihm versetzt hatte, erholt. Sein Gesicht war bleich, und er schaute ziemlich benommen drein. Seine Brust hob und senkte sich bebend und unregelmäßig.

Es raschelte, und ich sah Tera West aus den Ästen der Kiefer stolpern. Sie landete unsanft auf dem Boden, blieb einen Augenblick sitzen, hustete und starrte mit offenem Mund in die Runde. Dann erblickte sie mich und rutschte eilig ein Stück zurück.

»Sehen Sie?«, keuchte ich, während ich die Hand hob und auf MacFinn deutete. »Er atmet noch. Das wird schon wieder.«

Nach dem schmerzhaften, nicht abgeschirmten magischen Angriff auf MacFinn schwirrte mir der Kopf. Ich nahm den starken Duft von Wildblumen und stehendem Wasser wahr und hatte das Gefühl, die Schuppen einer Schlange würden über meine Hände gleiten, während irgendein glitzerndes, fliegendes Wesen mit Facettenaugen am Rande meines Gesichtsfeldes schwebte und sofort verschwand, sobald ich es betrachten wollte.

Ich versuchte, alles aus meinen Gedanken zu verbannen und zu ignorieren, was ich nicht verstand, doch es war schwierig, die falschen Eindrücke von den richtigen zu unterscheiden.

Tera stand auf und stolperte zu dem daliegenden Mann, kniete sich neben ihn und nahm ihn in die Arme.

Ich schloss unterdessen die Augen und hielt keuchend inne, bis das Schwindelgefühl nachließ. Das einzig Beständige inmitten der Verwirrung waren die Schmerzen. Schmerzen in der Schulter, im Hals, am Kinn. Sie gaben mir eine stabile Grundlage. Ein Ort, der konstant blieb, auch wenn es für mich nicht angenehm war. Daran hielt ich mich fest, darauf konzentrierte ich mich, bis die Benommenheit schwand.

Als die Schmerzen voll einsetzten, war ich nicht mehr so sicher, ob ich die Benommenheit wirklich abschütteln wollte. Dennoch öffnete ich die Augen.

MacFinn hatte nun auch Tera umarmt, und sie küsste ihn, als wollte sie ihn mit Haut und Haaren verschlingen. Ich kam mir vor wie ein Voyeur.

»Ähm«, sagte ich. »Könnten wir hier vielleicht verschwinden?«

Widerstrebend lösten die beiden sich voneinander, und Tera stützte MacFinn, bis er sich zu seiner ganzen beeindruckenden Größe aufgerichtet hatte. Neben ihm wirkte sie wie ein kleines Mädchen, doch als er stand, stützte er sich auf sie. Dann betrachtete er mich, und ich wich seinen Blicken aus. Ich wollte nicht sehen, was in ihm lebte.

»Kim ist tot«, sagte MacFinn.

Es war keine Frage. Ich nickte trotzdem. »Ja, seit gestern Abend.«

Der große Mann schloss schaudernd die Augen. »Verdammt«, flüsterte er. »Verdammt noch mal.«

»Du konntest nichts dagegen tun«, sagte Tera leise. »Sie kannte die Gefahr.«

»Sie müssen Harry Dresden sein«, sagte MacFinn. Er betrachtete die Verbrennungen am Handgelenk, wo meine Magie ihn getroffen hatte. »Tut mir leid. Ich habe nicht gesehen, dass Tera bei Ihnen war. Ich wusste nicht, wer Sie sind.«

Ich zuckte mit den Schultern. »Schon gut. Aber können wir jetzt bitte hier verschwinden? Es fehlt noch, dass irgendein Jogger oder Radfahrer vorbeikommt und uns der Polizei meldet.«

MacFinn nickte. »Also gut, lassen Sie uns gehen.«

Tera warf mir einen letzten besorgten Blick zu und drehte sich zusammen mit MacFinn um.

Wir gingen tiefer in den Wald, sie stützte ihn, und ich folgte den beiden.

MacFinns Lager war unter einer überhängenden Böschung verborgen. Die Wurzeln der alten Bäume droben bildeten einen dichten Vorhang und hielten die Erde an

Ort und Stelle, sonst wäre der Hang einfach abgerutscht. Weiter hinten, im Schutz der Höhle, brannte ein kleines Feuer, das von draußen kaum zu sehen war.

MacFinn ging direkt zu dem Feuer und ließ sich davor nieder. Wenn es dämmerte, musste diese geschützte Zuflucht bereits in tiefer Dunkelheit liegen. Bis jetzt war sie lediglich schattig und vor Wind geschützt. Das Feuer wärmte die Höhle sogar und machte sie recht heimelig. Ich hatte nicht das Gefühl, zwanzig Kilometer von der drittgrößten Stadt des Landes entfernt zu sein.

Tera setzte sich neben MacFinn. Sie war unruhig.

Ich blieb stehen, obwohl mein pochender Arm den dringenden Wunsch in mir weckte, mich irgendwo ins Bett zu legen, statt in einem kleinen Urwald herumzulungern.

»Also gut, MacFinn«, begann ich. »Sie benötigen meine Hilfe. Ich dagegen will verhindern, dass noch mehr Leute sterben. Aber vorher brauche ich etwas von Ihnen.«

Mit grünen Augen sah er nachdenklich zu mir hoch. »Ich bin kaum in der Position, Bedingungen zu stellen, Mister Dresden. Ich werde Ihnen geben, was Sie verlangen.«

Ich nickte. »Ich will Antworten. Ich habe ungefähr eine Million Fragen.«

»In weniger als zwei Stunden wird es dunkel, und der Mond geht höchstens eine Stunde später auf. Wir haben keine Zeit für Fragen.«

»Wir haben reichlich Zeit«, versicherte ich ihm. »Warum sind Sie hierher geflohen?«

»Ich bin heute Morgen ein paar Kilometer entfernt wieder zu mir gekommen«, erklärte MacFinn. Er wandte den

Blick ab und starrte ins Feuer. »Ich habe für alle Fälle über die Stadt verteilt mehrere Verstecke angelegt. Dies ist eines davon, ein älteres. Die Feuchtigkeit hatte jedoch die hier gelagerte Kleidung zerstört, und ich hatte nur noch das hier.« Er deutete auf die kurzen Jeans.

»Wissen Sie, was Sie getan haben?« Meine Worte klangen scharf, aber wenigstens hatte ich nicht gefragt: *Erinnern Sie sich, wie Sie Kim Delaney ermordet haben?* Wer sagt, ich könnte nicht diplomatisch sein?

MacFinn schauderte. »Bruchstückhaft«, sagte er und sah mich wieder an. »Ich schwöre Ihnen, ich wollte ihr nichts tun.«

»Warum ist sie dann tot?«, gab ich tonlos und wie unbeteiligt zurück.

Tera funkelte mich böse an, aber ich beobachtete Mac-Finns Reaktion.

»Der Fluch«, erklärte er leise. »Wenn es geschieht, wenn ich mich verändere … Waren Sie jemals wütend, Mister Dresden? So wütend, dass Sie jegliche Selbstbeherrschung verloren haben? Bis Ihnen nichts anderes mehr wichtig war, außer Ihre Wut herauszulassen?«

»Einmal«, sagte ich.

»Vielleicht können Sie es dann zumindest teilweise nachvollziehen. Es überkommt mich, und es bleibt nichts außer dem Wunsch, jemanden zu verletzen. Die Wut herauszulassen. Ich habe Kim zu erklären versucht, dass der Kreis nicht wirkte und dass sie verschwinden sollte, aber sie hat nicht auf mich gehört.« Seine Stimme klang ehrlich frustriert, und er ballte unwillkürlich die Hände zu Fäusten. »Sie wollte einfach nicht hören.«

Ich starrte MacFinn lange an, und ich glaubte ihm, dass er nicht viel Kontrolle, wenn überhaupt, über seine Handlungen hatte, nachdem er sich verwandelt hatte. Allerdings fiel mir ein, dass er möglicherweise, bevor er die Kontrolle verlor, seine finstere Seite auf die richtige Fährte bringen konnte, falls er tatsächlich jemanden töten wollte. Kurze Anmerkung für mich selbst: Nimm MacFinn niemals die Vorfahrt!

»Warum sind Sie hierhergekommen? Warum ausgerechnet in den Wolf Lake Park? Warum haben Sie nicht ein anderes Versteck ausgesucht?«

Er grinste unsicher und starrte ins Feuer. »Wohin sollte ein Werwolf sonst flüchten, Mister Dresden?«

»An einen weniger offensichtlichen Ort.«

MacFinn schüttelte den Kopf. »Das FBI glaubt nicht an Werwölfe. Der Name des Waldes wird ihnen nichts sagen.«

»Mag sein«, räumte ich ein. »Allerdings werden Sie jetzt von Leuten gesucht, die klüger sind als das FBI. Ich glaube, wir sollten hier möglichst rasch verschwinden.«

MacFinn starrte mich an, dann blickte er sich um, als würde er auf Verfolger lauschen. »Vielleicht haben Sie recht«, gab er schließlich zu. »Aber ich gehe erst, wenn mir nicht mehr schwindlig ist. Sie sehen übrigens auch nicht besonders gut aus.«

»Ich werd's überleben«, sagte ich. »Na gut, woher kannten Sie Kim Delaney? Ich nehme an, es hat mit ihren Umweltschutzaktivitäten zu tun.«

MacFinn wurde bleich, als ich ihren Namen nannte, dann nickte er. »Richtig. Vor einem Jahr haben wir dann von ihren besonderen Fähigkeiten erfahren. Kim erzählte uns, Sie hätten ihr geholfen, ihre Fähigkeiten zu beherrschen. Indirekt hatte sie mich bereits beim Projekt Nordwestpassage unterstützt. Im letzten Monat bat ich sie schließlich um Hilfe.«

»Warum?«

MacFinn warf Tera einen besorgten Blick zu, ehe er sich wieder an mich wandte. »Irgendjemand hat meinen Kreis zerstört.«

Ich ging in die Hocke und legte den schmerzenden Arm auf die Knie. »Jemand hat Ihren Kreis gebrochen? Den im Keller?«

»Ja«, bestätigte MacFinn. »Ich weiß nicht, wer es war. Ich bin nicht oft zu Hause. Als wir im letzten Monat vor Mondaufgang den Keller betraten, war der Ring zerstört worden.«

»Daraufhin haben Sie Kim gebeten, ihn wieder in Ordnung zu bringen?«

MacFinn schloss die Augen und nickte. »Sie sagte, sie sei dazu fähig. Sie wollte einen neuen Kreis einrichten, der mich davon abhielt ...« Er ließ den Satz unvollendet.

»Haben Sie sich nicht im letzten Monat mit Marcones Geschäftspartner getroffen, um über das Projekt zu verhandeln?«

»Ich habe ihn nicht umgebracht«, erklärte MacFinn sofort. »Er ist in der Nacht nach Vollmond gestorben. Zu diesem Zeitpunkt hätte ich mich gar nicht verwandeln und ihn damit auch nicht umbringen können. In den anderen beiden Nächten habe ich dafür gesorgt, dass ich von anderen Menschen weit entfernt war. Auch da habe ich niemanden umgebracht. Ich war allein.«

»Ihre Verlobte hätte die Morde begehen können«, sagte ich mit einem raschen Blick auf Tera West. Sie erwiderte den Blick, bevor sie die Augen niederschlug.

»Das hat sie sicher nicht getan«, behauptete MacFinn gelassen.

»Gehen wir etwas weiter zurück. Irgendjemand hat Ihren Kreis zerstört. Dieser Jemand muss von Ihrem Fluch gewusst haben, und er hatte offenbar die Möglichkeit, in Ihr Haus einzudringen. Die Frage ist also, wer dazu fähig ist und aus welchem Grund er es getan haben könnte.«

MacFinn schüttelte den Kopf. »Das weiß ich nicht. Ich habe nicht viel Kontakt zum Übernatürlichen, Mister Dresden. Ich halte mich da sehr bedeckt. Außer ihr kenne ich niemanden, der sich verwandeln könnte.« Er nahm Teras Hand.

Ein Verdacht keimte in mir auf, der Gedanke an einen dunklen, bösen Ort. Ich beobachtete Tera, während ich mit MacFinn sprach. »Wollen Sie meine Theorie hören?« Ich wartete nicht auf seine Antwort. »Angenommen, Sie sagen die Wahrheit, dann muss im letzten Monat jemand anders die Morde vor der Vollmondnacht begangen haben. Einige Gangster aus der Stadt. Danach haben die Kerle Ihren Kreis zerstört und dafür gesorgt, dass Sie in den nächsten drei Nächten durchgedreht sind.«

»Warum sollten sie das tun?«, fragte MacFinn.

»Um Sie reinzulegen. Die bringen ein paar Leute um, vielleicht einfach nur so, vielleicht auch aus einem guten Grund, und schieben Ihnen die Schuld in die Schuhe. Jemand wie ich oder der Weiße Rat geht der Sache nach und stößt auf Sie. Sie sind bekannt wie ein Verbrecher mit einem Vorstrafenregister. Findet man Sie – bildlich gesprochen – mit dem blutigen Messer in der Hand bei der Leiche, werden Sie auf dem Scheiterhaufen verbrannt – und das wiederum im wahrsten Sinne des Wortes.«

MacFinn betrachtete mich eine Weile. »Sie meinen aber, es könnte noch einen anderen Grund geben.«

»Vielleicht sind Sie wirklich der Mörder und wollten nur den Eindruck erwecken, jemand anders wollte Sie mir und dem Rat als Täter präsentieren. Die Polizei kann Ihnen im normalen Rechtssystem sowieso nichts nachweisen, und mithilfe dieser Täuschung stehen Sie auch bei der übernatürlichen Gemeinschaft sauber da. Also stöhnen Sie, verstellen sich und sagen: ›Ich armer Kerl, ich bin nur ein armer, mit einem Fluch belegter Kerl.‹ Unterdessen sterben jede Menge Leute. Alles Menschen, die Ihnen bei der Verwirklichung des Projekts Nordwestpassage im Weg waren.«

MacFinn bleckte die Zähne. »Glauben Sie nicht, die Welt wäre ohne Typen wie Marcone und seine Speichellecker besser dran?«

»Speichellecker, das ist ein treffendes Wort«, sagte ich ruhig. »Aber das interessiert mich im Augenblick nicht, MacFinn. Männer wie Marcone kennen die Risiken und entscheiden selbst, wie weit sie gehen wollen. Mich beunruhigt vielmehr, dass eine ganze Reihe anderer Menschen sterben, die es wirklich nicht verdient haben.«

»Warum sollte ich Unschuldige umbringen?«, fragte MacFinn. Seine Stimme klang jetzt gepresst, offenbar hatte ich einen wunden Punkt getroffen.

»Unschuldige wie Kim?«, fragte ich. Ich bin Magier, kein Heiliger. Ich darf auch mal nachtragend sein.

MacFinn senkte den Blick.

»Vielleicht ist das alles nur ein Täuschungsmanöver. Vielleicht können Sie wirklich nichts dagegen tun. Vielleicht sind Sie tatsächlich nur ein armer Kerl, der unter einem Fluch leidet, und irgendjemand benutzt Sie wie eine Marionette. Im Augenblick kann ich das nicht entscheiden.«

»Angenommen, ich lüge nicht«, knirschte MacFinn, »wer hätte dann ein Interesse daran, mich ans Messer zu liefern?«

Ich schüttelte den Kopf. »Das ist die große Frage. Ich würde sagen, es war Johnny Marcone. Er kann nur profitieren, wenn Sie sich nicht mehr gegen seine geschäftlichen Interessen im Nordwesten stellen. Soweit ich weiß, bedeutet die Nordwestpassage das Aus für eine ganze Reihe industrieller Vorhaben in dieser Gegend.«

MacFinn nickte grimmig. »So ist es.«

»Damit hat er ein gutes Motiv. Aber woher weiß er von Ihrem Fluch? Und wie hat er es geschafft, den Kreis zu zerstören? Das sieht ihm nicht ähnlich. Er würde dafür sorgen, dass Ihre Bremsen versagen oder dass Sie in einer dunklen Nebenstraße unversehens auf einige starke Männer treffen. Das entspricht ihm eher.« Ich hob die Augenbrauen. »Wer sonst könnte so etwas tun? Fällt Ihnen jemand ein?«

MacFinn schüttelte den Kopf. »Ich hatte immer Glück. Ich konnte mich zurückhalten und mich selbst einsperren. Oder ich bin weit weggegangen, hinaus in die Wildnis, wo mich niemand finden konnte, damit niemand sterben musste, wenn ich mich verwandelt habe.«

»Deshalb setzen Sie sich für die Nordwestpassage ein«, mutmaßte ich. »Ein Ort, an dem Sie sicher sind, wenn der Vollmond aufgeht. Ein riesiges Gebiet, in dem es keine Menschen gibt.«

MacFinn warf einen Seitenblick auf Tera, die stur geradeaus schaute. »Das ist richtig, auch wenn es noch einige andere Gründe gibt.« Er biss die Zähne zusammen und sah wieder ins Feuer. »Sie wissen nicht, wie das ist, Mister Dresden. Wenn Sie sich selbst und so etwas ertragen müssen.«

Ich rieb mir mit der unverletzten Hand über den Mund und das Kinn. Ich hätte mich mal wieder rasieren sollen. Während ich nachdachte, betrachtete ich MacFinn und Tera.

Sagte MacFinn mir die Wahrheit? War er nur ein Opfer? Wurde er nur von einem bisher unbekannten Schurken benutzt, der immer noch frei herumlief? Oder log er mich an?

Wenn er log, wenn er all dies geplant hatte, welchen Sinn hätte es dann, mich hier herauszulocken? Womöglich hatte er mich umbringen und damit den einzigen Magier beseitigen wollen, der fähig war, seine finstere Seite zu bändigen. Genau das hätte er ja auch getan, wenn ich nicht die Kraft aufgebracht hätte, ihn mit einem magischen Elektroschock zu betäuben. Aber war das plausibel? Was würde er gewinnen, wenn er mich erledigte, da ich ihm ja nicht von vornherein im Weg gestanden hatte?

Vorsicht, Harry. Übertreib's nicht mit deiner Paranoia. Nicht jeder schmiedet Ränke, beteiligt sich an Verschwörungen und lügt.

Auf einmal entwickelte sich vor meinem inneren Auge ein hässliches Szenario. Was, wenn seine liebe, süße Verlobte genug von ihm hatte? Wenn sie die Morde vor und nach dem Vollmond begangen und anschließend ihren Liebsten als Schuldigen hingestellt hatte? So konnte sie auf einen Schlag MacFinn und Marcones Partner loswerden.

Damit wären nur noch sie und Marcone am Leben. Marcone hatte vielleicht von Tera erfahren, was mit MacFinn los war, und von ihr konnte er auch gehört haben, dass der Kreis nicht mehr benutzbar war. Tera war jedenfalls kein Mensch. Sie war irgendetwas anderes, vielleicht ein Wesen aus dem Niemalsland. Wer konnte schon sagen, was in ihr vorging?

Dann war da noch die Gruppe der Jugendlichen, die sich anscheinend Tera untergeordnet hatten. Wie passten sie hier hinein? Zu welchem Zweck brauchte sie diese Leute?

Ich wagte einen Schuss ins Blaue. »Wie geht es eigentlich Georgia und Billy, Tera?«, fragte ich beiläufig.

Sie blinzelte, bewegte mehrmals den Mund, ohne ein Wort hervorzubringen, und antwortete schließlich: »Gut. Es geht ihnen gut.«

Ihre Lippen wurden schmal. Offenbar behagte ihr die Wendung nicht, die das Gespräch genommen hatte.

Unterdessen beobachtete ich MacFinn. Er schien verwirrt, blickte unbehaglich zwischen Tera und mir hin und her. Er wusste nicht, was ich damit meinte, und sie wollte MacFinn nicht offenbaren, was sie in ihrer Freizeit trieb.

Aha, meine kleine Gestaltwandlerin. Haben wir etwa Geheimnisse?

Ich wollte gerade nachhaken, als MacFinn und Tera gleichzeitig aufmerkten und nach draußen starrten. Ein paar Sekunden lang glotzte ich sie an wie ein Trottel, vollauf mit meinen eigenen Gedanken beschäftigt, da ich noch immer über mögliche Lügen und andere Dinge nachdachte. Dann schob ich alles beiseite und lauschte.

»Ihr beiden geht da lang«, sagte Murphy irgendwo ein Stück unter uns. »Ron, nehmen Sie Ihre drei Männer und schwärmen Sie aus, bis wir auf einer Linie mit den FBI-Beamten sind. Danach wenden wir uns bergauf nach Westen.«

»Mein Gott, Murphy«, sagte Carmichael. »Wir sind dem FBI nichts schuldig. Wenn sie rechtzeitig gekommen wären, dann wären wir schon vor Stunden hier draußen gewesen. Hätten wir nicht die Meldung über diese West in dem Motel bekommen, wären wir immer noch nicht hier.«

»Sparen Sie sich das, Carmichael«, knurrte Murphy. »Die Fotos von MacFinn und der Frau sind vervielfältigt, und Sie wissen, wie Dresden aussieht. Schwärmen Sie aus, und schnappen Sie die Leute.«

»Sie wissen nicht einmal, ob sie überhaupt hier sind«, protestierte Carmichael.

»Ich wette mit Ihnen Sex gegen Donuts, dass sie hier sind, Carmichael«, sagte Murphy, und ihre Stimme troff vor süßem Gift. »Das sollte Ihnen beweisen, wie sicher ich bin.«

Carmichael murmelte etwas, dann befahl er seinen Männern unwirsch, sich zu verteilen, wie Murphy es wollte.

»Verdammt«, knurrte Finn, »woher wissen die, dass ich hier bin?«

»Wo sonst sollte sich ein Werwolf verstecken?« Den Seitenhieb konnte ich mir nicht verkneifen. »Verdammt, wie kommen wir hier wieder raus?«

»Wind«, sagte Tera. Sie und MacFinn standen auf. »Oder Nebel. Können Sie das noch einmal tun?«

Ich schnitt eine Grimasse und schüttelte den Kopf. »Ich glaube nicht, ich bin viel zu erschöpft. Wahrscheinlich würde ich einen Fehler machen, und dabei könnte jemand zu Schaden kommen.«

»Wenn Sie es nicht tun«, sagte Tera, »werden wir alle geschnappt oder getötet.«

»Sie können nicht jedes Problem mit Magie lösen«, fauchte ich.

»Da hat er recht«, stimmte MacFinn leise zu. »Wir teilen uns auf. Wer zuerst entdeckt wird, macht möglichst viel Lärm und wehrt sich, damit die anderen eine Chance haben zu fliehen.«

»Nein«, widersprach ich. »MacFinn, Sie müssen bei mir bleiben. Wenn nötig kann ich einen Kreis aus Stöcken und Erde konstruieren, aber wenn ich nicht da bin, kann ich Sie auch nicht festsetzen, sobald der Fluch heute Nacht aktiv wird.«

MacFinn bleckte wieder die Zähne. »Wir haben keine Zeit zu streiten, Mister Dresden!«

»Nein, die haben wir nicht«, stimmte Tera zu. Dann rannte sie wie der Blitz los.

MacFinn stieß einen halblauten Fluch aus und wollte sie packen, verfehlte sie jedoch.

Tera lief hinaus in den Wald und hielt sich schräg zum Hang, um ungesehen an unseren Häschern vorbeizukommen. Schon nach wenigen Schritten wurde sie bemerkt, drei oder vier Männer begannen zu rufen.

»Miststück!«, fluchte MacFinn und wollte ihr folgen. Doch ich packte ihn am Arm und krallte ihm fest genug die Finger in den Muskel, um ihn aufzuhalten. Wütend starrte er mich mit seinen grünen Augen an.

»Aufteilen«, sagte ich und sah mich um. »Wenn wir Glück haben, bemerken sie nicht einmal, dass wir hier waren.«

»Aber Tera …«

»Sie weiß, was sie tut. Wenn die Polizei uns schnappt, haben Sie heute Nacht keine Möglichkeit, sich zurückzuhalten. Wir müssen jetzt verschwinden. Wir treffen uns an der nächsten Tankstelle. Einverstanden?«

Über uns hörten wir Männer rennen, dann einen Warnruf, schließlich einen Schuss. Ich hoffte, dass Agent Benn nicht in der Nähe war.

MacFinn biss wieder die Zähne zusammen, dann rannte er schräg den Hang hinauf.

Wieder ertönten Rufe, weitere Schüsse fielen, dann hörte ich einen kurzen, scharfen Schmerzensschrei.

Nennen Sie mich verrückt, aber diese Laute und dazu die vielen anderen Dinge, die an diesem Tag geschehen waren, all das war einfach zu viel für mich.

Ich drehte mich um, presste meinen verletzten Arm an den Körper und lief den Hügel hinauf. Dabei hielt ich den Kopf gesenkt und passte auf, wohin ich trat. Nur ab und zu schaute ich hoch, damit ich nicht gegen einen Baum rannte.

16. Kapitel

Erschöpft verließ ich den Park, und an der ersten Tankstelle blieb ich stehen, um die Stiefel auszuziehen. So alt und bequem sie waren, die Cowboystiefel waren kaum geeignet für einen Geländelauf. Hinter den Münzfernsprechern, wo ich von der Straße aus nicht zu sehen war, setzte ich mich auf den Boden und lehnte mich an die Wand. Mein ganzer Körper pochte vor Schmerzen, beruhigte sich aber nach und nach so wie mein Herzschlag und mein Atem.

Ich ließ MacFinn eine Stunde Zeit, doch er kam nicht. Niemand kam.

Schließlich wurde ich unruhig. Ob sie MacFinn und Tera West geschnappt hatten? Murphys Cops sahen nicht danach aus, aber sie waren zäh und klug. Völlig ausgeschlossen war es also nicht.

Ich wühlte in den Manteltaschen herum, bis ich genug Kleingeld für einen Anruf zusammenhatte, dann machte ich mich auf den Weg zu den Telefonen.

»Redaktion *Arcane*, Rodriguez«, meldete sich Susan. Ihre Stimme klang müde und gestresst.

»Hi, Susan«, sagte ich. Es stach in meiner Schulter, und ich zog den Mantel etwas enger um mich, denn ein kalter Wind trieb graue Wolken heran, und die Hose und das T-Shirt, die Tera West mir gegeben hatte, reichten nicht aus, um die Kälte abzuhalten.

»Harry?«, sagte sie ungläubig. »Mein Gott! Wo steckst du? Die Polizei sucht dich. Ich bekomme dauernd Anrufe, es geht angeblich um einen Mordfall.«

»Das ist ein Missverständnis.« Die Schmerzen wurden schlimmer, als die Kälte sich ausbreitete.

»Du klingst schrecklich«, sagte Susan. »Alles in Ordnung?«

»Kannst du mir helfen?«

Schweigen am anderen Ende. »Ich weiß nicht, Harry. Ich weiß nicht, was da im Gange ist, und ich will keinen Ärger.«

»Ich könnte es dir erklären. Aber es ist eine lange Geschichte.« Manchmal erschreckt es mich, wie leicht man Menschen dazu bringen kann, das zu tun, was man will, sobald man sie ein bisschen kennt. »Gewalttaten, Mord, Blut, Ungeheuer. Ich erzähle dir die ganze Story, wenn du mich abholst.«

»Du Schweinehund«, schnaufte sie, aber ich hörte, dass sie dabei lächelte. »Ich hätte dich sowieso abgeholt.«

»Klar doch«, sagte ich, und jetzt musste auch ich lächeln.

Ich nannte ihr die Adresse der Tankstelle und hoffte, dass das FBI noch keine Zeit gehabt hatte, Susans Telefon anzuzapfen.

»Ich brauche eine halbe Stunde«, sagte Susan. »Vielleicht länger, je nach Verkehr.«

Ich schielte zum Himmel, der rasch dunkler wurde. »Wir haben aber nicht viel Zeit. Beeil dich.«

»Pass auf dich auf, Harry«, sagte sie besorgt, dann legte sie auf.

Ich hängte den Hörer ein.

Es gefiel mir nicht, Susan in die Sache hineinzuziehen. Irgendwie fand ich es gemein. Das alte Problem mit meiner Ritterlichkeit. Ich mochte es eben nicht, wenn eine Frau mir zu Hilfe kam und mich beschützte, und natürlich wollte ich Susan auch nicht in Gefahr bringen. Immerhin stand ich unter Mordverdacht, und die Polizei suchte mich. Susan konnte eine Menge Ärger bekommen und wegen Beihilfe oder so belangt werden.

Andererseits blieb mir kaum etwas anderes übrig. Geld für ein Taxi hatte ich nicht, falls ich hier, so weit außerhalb, überhaupt eines auftreiben konnte. Ein Auto hatte ich auch nicht, und ich war nicht gut genug in Form, um die Strecke laufen zu können. Meine Kontaktpersonen, nämlich MacFinn und Tera West, waren verschwunden. Ich brauchte Hilfe, und außer Susan fiel mir sonst niemand ein, dem ich vertrauen konnte.

Falls eine Story dabei heraussprang, würde sie sich sogar in die Hölle wagen. Diese Schwäche hatte ich ausgenutzt, um sie zu bewegen, mir zu helfen. Es gefiel mir nicht, ich hätte mehr von mir erwartet.

In der Kälte zog ich schaudernd den Kopf ein, und während ich wartete, hörte ich hinter der Tankstelle etwas scharren. Ich merkte auf. Die Geräusche wiederholten sich. Es waren drei kurze Bewegungen. Ein Signal.

Vorsichtig ging ich hinten um das Gebäude herum und stellte mich innerlich darauf ein, sofort kehrtzumachen und wegzulaufen, falls es nötig werden sollte.

Tera West hockte zwischen mehreren leeren Kartons, die nach Bier rochen, und der Mülltonne. Sie war nackt, ihr Haar war zerzaust, Blätter und kleine Aststücke hatten sich darin verfangen. Ihre Bernsteinaugen wirkten sogar noch fremder und wilder als sonst.

Sie stand auf und kam zu mir. Die Kälte machte ihr anscheinend nichts aus, sie bewegte sich mit der Anmut eines Raubtiers, und ich konnte nicht anders, als ihre Beine und Hüften anzustarren, obwohl ich völlig zerschunden, übermüdet und niedergeschlagen war.

»Magier«, begrüßte sie mich. »Geben Sie mir den Mantel.«

Meine Schulter kreischte vor Schmerzen, als ich ihrer Bitte nachkam und den Mantel auszog. Tera zog ihn an und knöpfte ihn zu. Die Ärmel waren zu lang, aber ansonsten bedeckte er ihren schlanken, kräftigen Körper recht gut. Ich bedauerte beinahe, dass ich ihn dabeigehabt hatte.

»Was ist passiert?«, fragte ich.

Sie schüttelte den Kopf. »Die Polizei weiß nicht, wie der Hase läuft und wie man jemanden jagt. Einer hat mich gepackt. Er musste wieder loslassen.« Sie sah sich besorgt um und fuhr sich mit den Fingern durch die Haare, um die Blätter und Holzstücke auszukämmen. »Nachdem ich sie von Ihnen und MacFinn fortgelockt hatte, habe ich mich verwandelt und bin zum Lager zurückgelaufen. Von dort aus bin ich MacFinns Spur gefolgt.«

»Wo ist er?«

Sie bleckte die Zähne. »Die Bundespolizei hat ihn erwischt, sie haben ihn abgeführt.«

»Wissen Sie, wohin sie ihn gesteckt haben?«

»Zu einem Auto«, antwortete sie.

»Nein«, erwiderte ich frustriert, »wohin ist das Auto gefahren?«

Sie schüttelte den Kopf. »In die Stadt«, sagte ich. »Murphy will ihn im Hauptrevier einsperren. Verdammt, die Zellen sind im gleichen Stockwerk wie die Sondereinheit.«

Tera zuckte mit den Achseln, ihre Miene war versteinert. »Wenn Sie meinen.«

»Wir haben nicht viel Zeit«, sagte ich.

»Wozu? Wir können nichts mehr tun. MacFinn wird sich verwandeln, sobald der Mond aufgeht. Murphy und die Polizisten werden sterben.«

»Ich muss zum Revier, bevor es dazu kommt.«

Tera musterte mich mit zusammengekniffenen Augen. »Die Polizei sucht Sie auch, Magier. Wenn Sie dorthin gehen, werden Sie ebenfalls eingesperrt. Man wird Ihnen nicht erlauben, MacFinn zu sehen.«

»Ich hatte nicht die Absicht, um Erlaubnis zu bitten«, sagte ich. »Allerdings glaube ich, dass ich auch so hineinkomme. Ich muss nur vorher in meine Wohnung.«

»Ihre Wohnung wird sicher überwacht«, wandte Tera ein. »Die Polizei wartet schon auf Sie. Außerdem haben wir kein Auto und kein Geld. Wie wollen Sie Chicago erreichen, bevor der Mond aufgeht? Wir können nichts mehr tun, Magier.«

Vor der Tankstelle hörte ich Reifen knirschen. Ich spähte um die Ecke. Susans Wagen rollte geradeaus. Die ersten Regentropfen fielen und malten beim Aufprall kleine Kreise auf die Windschutzscheibe ihres Ford Taurus.

Trotzig raffte ich mich auf. »Da ist unsere Mitfahrgelegenheit«, sagte ich. »Mitkommen.«

Es gefiel mir, so barsch mit Tera umzuspringen, und sie

starrte mich verwundert an. Ich kehrte ihr den Rücken und marschierte zum Auto.

Susan beugte sich herüber und öffnete mir die Beifahrertür, blinzelte und sah mich überrascht an. Dann blinzelte sie gleich noch einmal, als Tera mich überholte, den Beifahrersitz nach vorn klappte und sich auf die Rückbank niederließ, wobei einen Moment lang ihre langen, schlanken Beine zu sehen waren. Sie betrachtete Susan mit undurchdringlichem, leicht abwesendem Blick.

Ich schob den Sitz zurück und stieg ein. Es fiel mir schwer, die Tür zu schließen, und ich gab unwillkürlich einen leisen, gequälten Laut von mir.

Susan starrte mich an, dann auf meinen Arm. Ich folgte ihrem Blick. Der Verband und teilweise auch das T-Shirt waren durchgeblutet.

»Lieber Gott«, keuchte Susan. »Was ist passiert?«

»Ich wurde angeschossen«, sagte ich.

»Tut das nicht weh?«, stammelte Susan entsetzt.

»Ist diese Frau immer so dumm?«, fragte Tera.

Ich zuckte zusammen. Susan drehte sich um und starrte Tera böse an.

»Es tut weh«, bestätigte ich. »Susan, bring uns bitte zu meiner Wohnung, aber halt dort nicht an. Fahr langsam daran vorbei. Unterwegs erkläre ich dir alles.«

Susan warf einen letzten skeptischen Blick nach hinten, musterte meinen durchlöcherten Mantel und Teras nackte Beine. »Ich hoffe, es wird eine gute Geschichte, Dresden.«

Dann setzte sie den Wagen in Bewegung und fuhr eilig in die Stadt.

Ich wäre am liebsten eingeschlafen, zwang mich aber,

Susan den größten Teil der Dinge zu erzählen, die in den letzten Tagen geschehen waren, wobei ich allerdings den Weißen Rat, Dämonen und ähnliche Einzelheiten unterschlug.

Susan lauschte beim Fahren, fragte mehrmals nach und stürzte sich voller Freude auf die Informationen über das Projekt Nordwestpassage und Johnny Marcones Verwicklungen in Geschäfte, die dadurch gefährdet waren. Inzwischen fiel der Regen als gleichmäßiger grauer Schleier, und sie musste die Scheibenwischer einschalten.

»Dann musst du jetzt an MacFinn herankommen«, sagte Susan, als ich geendet hatte, »bevor der Mond aufgeht und er sich verwandelt.«

»Du hast es erfasst«, bestätigte ich.

»Warum rufst du nicht einfach Murphy an und erzählst ihr alles?«

Ich schüttelte den Kopf. »Murphy wird nicht in der Stimmung sein, mir zuzuhören. Immerhin hat sie mich festgenommen, und ich bin geflohen. Sie würde mich einbuchten, bevor ich Abrakadabra sagen kann.«

»Aber es regnet doch«, protestierte Susan. »Heute Nacht ist der Mond überhaupt nicht zu sehen. Wird das nicht MacFinns Verwandlung verhindern?«

Ich dachte darüber nach und sah Tera fragend an. Sie betrachtete durchs Seitenfenster die Gebäude, die draußen vorbeiflogen, und die Straßenlaternen, die flackernd zum Leben erwachten. Ohne mich anzuschauen, schüttelte sie den Kopf.

»Leider nein«, erklärte ich Susan. »Und bei dieser Wolkendecke kann ich nicht einmal erkennen, ob die Sonne schon untergegangen ist und wie viel Zeit wir bis zum Mondaufgang noch haben.«

Susan schnaufte vernehmlich. »Wie willst du zu Mac-Finn gelangen?«

»Ich habe ein paar nützliche Dinge in meiner Wohnung«, sagte ich. »Fahr dran vorbei, damit wir sehen, ob das Haus beobachtet wird.«

Susan bog in meine Straße ein, der Wagen rollte langsam durch den Regen. Stoisch ließ das alte Gebäude den Guss über sich ergehen, in den Regenrohren gurgelte das Wasser. Die Straßenlaternen bekamen einen silbrigen Heiligenschein.

Ein Stück vom Gebäude entfernt parkte eine schlichte braune Limousine, in der sich zwei Schatten abzeichneten, als Susan vorbeifuhr.

»Das sind sie«, sagte ich. »Ich hab einen aus Murphys Einheit erkannt.«

Susan bog um die Ecke und stellte ihren Wagen am Straßenrand ab. »Gibt es eine Möglichkeit, heimlich ins Haus zu gelangen? Eine Hintertür?«

Ich schüttelte den Kopf. »Nein. Es gibt nur eine Tür, und man kann von draußen sogar die Fenster sehen. Die Polizei muss ein paar Minuten abgelenkt werden.«

»Ein Ablenkungsmanöver?«, schaltete sich Tera ein. »Das übernehme ich.«

Ich sah mich über die Schulter zu ihr um. »Keine Gewalttaten, bitte.«

Sie legte den Kopf schief, ohne ihren Gesichtsausdruck zu verändern. »Na schön«, sagte sie. »Für MacFinn werde ich tun, was Sie sagen. Lassen Sie mich raus.«

Einen Augenblick starrte ich ihre unergründlichen Augen an und suchte nach Anzeichen von Verrat oder Täuschung. Was, wenn Tera die Mörderin war? Sie wusste über MacFinn Bescheid und war fähig, sich auf die eine oder andere Weise zu verwandeln. Sie hätte die Morde im vergangenen Monat ebenso wie den vor zwei Nächten verüben können.

Aber wenn dies zutraf, warum war sie dann anscheinend bereit, sich für MacFinn zu opfern, damit ich mit ihm fliehen konnte? Warum war sie überhaupt zu mir gekommen?

Andererseits, wenn man es aus einem anderen Blickwinkel betrachtete – MacFinn war geschnappt worden, und mit ihren Einwänden an der Tankstelle hatte sie mich vielleicht davon abbringen wollen, ihm zu helfen. Was, wenn sie nun versuchte, MacFinn und mich gleichzeitig zu erledigen, indem sie auch mich den Gesetzeshütern auslieferte?

In meinem Kopf drehte sich alles vor Schmerzen und Müdigkeit. *Du bist paranoid, Harry*, sagte ich mir. *Irgendjemandem musst du jetzt vertrauen, sonst dreht MacFinn heute Nacht durch, und Murphy und eine Menge andere gute Menschen müssen sterben.*

Ich hatte keine Wahl.

Also öffnete ich die Tür, und wir stiegen beide aus. »Was haben Sie vor?«, fragte ich Tera.

Statt zu antworten, streifte die Frau mit den Bernsteinaugen meinen Mantel ab und gab ihn mir. Nackt stand sie im Regen vor mir. »Betrachten Sie meinen Körper gern?«, wollte sie wissen.

»Pass bloß auf, was du jetzt sagst, Kerl«, grollte Susan.

Ich hustete, warf einen Blick zu ihr hinüber und bemühte mich, die nackte Frau zu übersehen. »Ja, Tera. Ich denke, das wird funktionieren.«

»Warten Sie zwanzig lange Atemzüge«, sagte sie. Es klang beinahe belustigt. »Holen Sie mich dann am anderen Ende des Blocks wieder ab.«

Damit drehte sie sich um und lief geschmeidig und nackt durch die Dunkelheit zwischen den Laternen. Mit gerunzelter Stirn sah ich ihr einen Moment hinterher, bevor ich meinen Mantel wieder anzog.

»Du musst nicht so grimmig dreinschauen«, sagte Susan. »Ist sie in dieser Story für das Allzumenschliche zuständig?«

Ich beugte mich zu Susan hinunter, um ihr in die Augen zu sehen.

»Ich glaube nicht, dass sie menschlich ist«, erklärte ich und richtete mich wieder auf, um die Straße hinunterzugehen.

Ich bewegte mich langsam und ließ die von Tera vorgegebene Spanne verstreichen, ehe ich um die Ecke bog. Dann ging ich schneller, wie jemand, der dem Regen entkommen und eilig nach Hause will, die Hände in die Taschen geschoben und den Kopf gesenkt.

Kurz vor meiner Wohnung überquerte ich die Straße und warf einen Blick zur Limousine.

Die Cops achteten nicht auf mich. Sie starrten den Lichtkegel der Laterne an, wo Tera zu einer Musik, die niemand außer ihr hören konnte, einen anmutigen Tanz aufführte. Ihre Bewegungen hatten etwas sehr Sinnliches, eine starke sexuelle Ausstrahlung, voller lockender Weiblichkeit. Sie bog den Rücken durch, drehte sich, reckte die Brüste in den kalten Regen. Ihre Haut schimmerte feucht und glänzte im Laternenlicht.

Auf der anderen Seite stolperte ich über den Bordstein und eilte mit knallrotem Gesicht die Stufen zu meiner Wohnung hinunter. Ich sperrte auf, trat ein und schloss die Tür hinter mir.

Drinnen verzichtete ich darauf, Kerzen anzuzünden, und verließ mich allein auf mein Gedächtnis.

Die beiden Tränke standen in den Trinkflaschen aus Plastik auf der Anrichte bereit, wo ich sie zurückgelassen hatte. Ich hob den schwarzen Nylonrucksack auf und steckte sie hinein. Dann ging ich ins Bad und schnappte mir den blauen Overall mit dem kleinen roten Flicken auf der Brusttasche, auf dem in Großbuchstaben der Name MIKE stand. Mein Automechaniker hatte den Overall bei der letzten Reparatur meines Wagens versehentlich im Kofferraum liegen lassen.

Außerdem nahm ich eine Baseballmütze, einen Erste-Hilfe-Kasten, eine Rolle Klebeband, eine Schachtel Kreide, sieben glatte Steine aus der Sammlung im Wandschrank, ein weißes T-Shirt, ein Paar Jeans und eine große Flasche Schmerzmittel mit.

Dann verschloss ich den Rucksack und ging wieder hinaus. Im letzten Augenblick dachte ich noch daran, meinen Magierstab aus der Ecke neben der Tür mitzunehmen.

Irgendetwas huschte an meinen Beinen vorbei hinaus in die Nacht. Vor Schreck wäre ich fast bis unter die Decke gesprungen.

Mister hielt über der Treppe inne und sah auf mich herab, seine Katzenaugen blickten ebenso rätselhaft wie gereizt, bevor er in der Dunkelheit verschwand.

Ich murmelte eine Verwünschung und sperrte hinter mir ab, dann stieg ich langsam die Treppe hoch. Mein Herz pochte viel zu heftig, als dass ich hätte Erleichterung verspüren können.

Tera hockte mittlerweile im Lichtkegel hinter der Limousine auf Händen und Knien. Das feuchte Haar klebte im Gesicht, sie hatte den Mund leicht geöffnet und sah die beiden Polizisten in Zivil an, die inzwischen ausgestiegen waren und aus mehreren Schritten Entfernung mit ihr sprachen. Ihre Brust hob und senkte sich schwer, aber nachdem ich sie bereits in Aktion gesehen hatte, war mir klar, dass es nicht an der Anstrengung vom Tanzen lag. Trotzdem, es sah apart aus. Die Polizisten starrten sie jedenfalls wie gebannt an.

Ich hielt den Stab und den Rucksack fest und lief die Straße hinunter. Nicht lange, und ich hatte Susans Wagen erreicht.

Sie wendete sofort und fuhr kommentarlos um den Block herum. Susan hatte noch nicht richtig gebremst, da tauchte Tera auch schon zwischen zwei Gebäuden auf und lief zu uns herüber. Ich stieg schnell aus und ließ sie auf den Rücksitz klettern. Wieder im Wagen reichte ich ihr die frische Kleidung nach hinten, die sie kommentarlos anzog.

»Es hat funktioniert«, sagte ich. »Wir haben es geschafft.«

»Natürlich hat es funktioniert«, sagte Tera. »Männer sind dumm. Sie starren alles an, was weiblich und nackt ist.«

»Da hat sie allerdings recht«, sagte Susan halblaut und fuhr wieder an. »Oh, darüber werden wir noch reden, Mister. Nächster Halt ist die Sondereinheit.«

Vor dem alten Hauptrevier in der Stadt zog ich mir die Baseballmütze tief in die Augen und kippte den Diffusionstrank hinunter. Er schmeckte nach überhaupt nichts und gluckerte und sprudelte in meinem Bauch.

Ich wartete einige Sekunden, bis der Trank wirkte, und fasste den Magierstab fester. Er steckte zwar in einem Putzeimer mit Rädern, sah aber trotzdem nicht unbedingt aus wie der Griff eines Wischmopps. Außerdem war mir der dunkelblaue Overall viel zu klein. Als Hausmeister ging ich eigentlich nicht durch.

An dieser Stelle kam die Magie ins Spiel. Falls der Trank funktionierte, verschmolz ich für einen unbefangenen Beobachter mit meiner Umgebung und wurde zu einem Teil der Kulisse, den man keines zweiten Blickes würdigt. Solange mich niemand genauer ansah, würde der Trank verhindern, dass mich überhaupt jemand bemerkte. So käme ich an MacFinn heran und könnte den Sperrkreis um ihn einrichten, damit er nach der Verwandlung nicht Amok lief.

Falls der Trank aber nicht richtig wirkte, landete ich möglicherweise für ein paar Jahre in einer Gefängniszelle – vorausgesetzt, der verwandelte MacFinn riss mich nicht vorher in Stücke.

Ich kämpfte gegen die Schmerzen in meiner Schulter und das nervöse Kribbeln im Magen an. Inzwischen hatte ich einen neuen Verband bekommen, ein Schmerzmittel genommen und war so gut erholt, wie es nur ging, ohne den Trank zu mir zu nehmen, den ich eigens zu diesem Zweck gebraut hatte.

Wäre es möglich gewesen, beide Tränke gleichzeitig einzunehmen, ohne dass mir dabei speiübel wurde, hätte ich auch den Aufputschtrank gekippt. Ohne den Diffusionstrank konnte ich jedoch nicht zu MacFinn gelangen.

Die Wirkung setzte ein.

Eine Art graues Gefühl überkam mich, und ich stellte erschrocken fest, dass ich nur noch in Schwarz-Weiß sehen konnte. Ich fühlte mich lustlos, mir war alles gleichgültig, ich wollte mich einfach nur irgendwo hinsetzen und dem Lauf der Welt zuschauen. Gleichzeitig sträubten sich mir alle Nackenhaare, als die Magie im Trank ihre Wirkung entfaltete.

Ich holte tief Luft, stieg mit meinem Eimer und dem falschen Mopp die Treppe hinauf und betrat das Gebäude.

Überall waberten und schwankten Schatten auf eine eigenartige Weise, alles grau, schwarz und weiß. Ich kam mir vor wie ein Komparse in »Casablanca« oder »Der Malteser Falke«.

Eine alte Matrone im Rang eines Sergeant saß am Empfang und blätterte in einer Illustrierten. Auch sie war ein Schwarz-Weiß-Porträt. Eine Sekunde lang schaute sie zu mir auf, und ihre Uniform, ihre Wangen und ihre Augen bekamen etwas Farbe. Beiläufig musterte sie mich, schniefte und konzentrierte sich wieder auf die Zeitschrift. Als ihre Aufmerksamkeit nachließ, verblassten auch die Farben wieder. Meine Wahrnehmung veränderte sich zusammen mit ihrer Aufmerksamkeit.

Ich gestattete mir ein triumphierendes Lächeln. Der Trank wirkte, und ich hätte fast einen kleinen Freudentanz aufgeführt. Manchmal ist das Leben dank Magie wirklich einfach. Vor Freude über den Erfolg hörten beinahe sogar die Schmerzen auf. Ich musste unbedingt Bob erzählen, wie sehr mir die Effizienz seines Tranks gefallen hatte.

Mit gesenktem Kopf lief ich an der Matrone am Empfang vorbei. Für sie war ich nur ein Hausmeister, der die Wache putzte. Ich nahm den Eimer und meinen falschen Mopp mit nach oben zu den Arrestzellen und den Büros der Sondereinheit im fünften Stock. Ein Cop, der mir auf der Treppe entgegenkam, sah mich nicht einmal an, und seine Uniform und seine Haut blieben völlig farblos. Ich wurde zuversichtlicher und bewegte mich schneller. Ich war so gut wie unsichtbar.

Jetzt musste ich nur noch MacFinn finden, irgendwie zu ihm in die Zelle gelangen und Murphy und die anderen Polizisten vor dem Monster retten, in sich das MacFinn verwandeln konnte, bevor sie mich verhafteten.

Die Zeit wurde knapp.

17. Kapitel

Haben Sie sich schon einmal gewünscht, Sie hätten einen Almanach?

An diesem Abend wünschte ich es mir. Ich hatte keine Ahnung, zu welcher Zeit der Mond aufgehen sollte, und ich hatte auch nicht gerade die Zeit gehabt, in die Bibliothek oder in die nächste Buchhandlung zu laufen. Es musste ungefähr eine Stunde nach Sonnenuntergang so weit sein, aber die dicke Wolkenschicht versperrte den Blick auf die Sonne, und ich konnte es nicht genau erkennen. Blieben mir noch zwanzig Minuten? Zehn? Eine Stunde?

Oder war es sogar schon zu spät?

Als ich die Treppe hochstieg, musste ich daran denken, wie es wäre, mit MacFinn im Gebäude allein zu sein, nachdem er sich verwandelt hatte. Ich hatte keine Vorstellung von seinen Fähigkeiten, aber nach Kims zerfleischtem Körper zu urteilen, war ihm einiges zuzutrauen. Bob hatte gesagt, ein Loup-Garou sei schnell, stark und im Grunde immun gegenüber magischen Einflüssen. Was konnte ich gegen so ein Wesen ausrichten?

Ich konnte nur beten, dass ich den Kreis um MacFinn einrichten konnte, ehe ich gezwungen war, es auf die unangenehmste Art herauszufinden. Ich überprüfte noch einmal den Eimer und vergewisserte mich, dass ich auch die Kreide und die Steine dabeihatte, mit denen ich den größeren Kreis um MacFinn anlegen wollte. Er muss nicht unbedingt aus Silber und Gold und was weiß ich nicht allem sein. Vor allem kommt es darauf an, zu verstehen, wie die Konstruktion die Kräfte kanalisiert, die zum Einsatz kommen. Wenn Sie das wissen, können Sie den Kreis auch aus weniger edlem Material errichten. Die größten Magier brauchen kaum mehr als Kreide, Tafelsalz und einen Holzlöffel, um äußerst bemerkenswerte Dinge zu vollbringen.

Meine Gedanken liefen völlig durcheinander, die Panik ließ meinen Verstand herumspringen wie ein verschrecktes Eichhörnchen. Das war schlecht. Ich musste konzentriert und zielstrebig handeln.

Ich beschleunigte meine Schritte und stieg, so schnell ich es wagte, die Treppe bis zum fünften Stock hoch. Die Tür zum Büro der Sondereinheit lag etwa drei Meter den Gang hinunter, die Arrestzellen befanden sich ein Stück weiter hinter einer Ecke. Ich ging los.

»Was meinen Sie damit, dass Sie ihn nicht finden können?«, hörte ich Murphy fragen, als ich an der Bürotür vorbeikam.

»Genau das, was ich sagte. Die Männer vor seiner Wohnung berichten, sie hätten das Haus genau im Auge behalten, aber er sei offenbar unbemerkt hinein- und wieder hinausgegangen.« Carmichaels Stimme klang müde und frustriert.

Murphy schnaubte. »Mein Gott, Carmichael. Muss Dresden geradewegs in unser Büro spaziert kommen, damit Sie ihn finden?«

Ich huschte an der Tür vorbei und den Flur hinunter. So verlockend es war, eine Unterhaltung zu belauschen, in der es um mich ging, ich hatte nicht die Zeit dazu. Ich rollte meinen wackelnden, quietschenden Eimer den Flur hinunter und bewegte mich inzwischen beinahe schon im Dauerlauf.

Wie erwartet war der Zugang zu den Arrestzellen gesichert. Eine Gittertür, die mit einem Summer geöffnet wurde, versperrte jedem den Weg, der hier keine Zugangsberechtigung hatte. Dahinter befand sich eine Art Vorraum. Zwei Holzstühle standen dort vor einem Schalter, der mit schusssicherem Glas versehen war. Hinter der Scheibe saß der Wärter am Schreibtisch. Der Mann hatte Ringe unter den Augen und war zu Tode gelangweilt. Ging man an der Kabine des Wärters vorbei, gelangte man zu einer weiteren Tür, diesmal aus Stahl, in die ein winziges Fenster eingelassen war. Dahinter wiederum befand sich der Zellentrakt. Auch diese Tür konnte der Wärter von seinem Schreibtisch aus steuern.

Mit gesenktem Kopf ging ich zur ersten versperrten Tür und klopfte an das Gitter. Als nichts geschah, klopfte ich noch einmal und dachte, es sei doch eine nette Ironie des Schicksals, wenn der Diffusionstrank, der mir den Weg ins Gebäude geebnet hatte, auch dafür sorgte, dass der Wärter mich nicht bemerkte und ich nicht hineinkam.

Wieder klopfte ich ans Gitter, dieses Mal erheblich lauter mit dem Stiel meines falschen Wischmopps.

Ich musste tatsächlich recht laut hämmern, bis er endlich von seiner Zeitschrift aufschaute und mich ansah. Seine Farben wirbelten ein wenig durcheinander und wurden etwas lebhafter, bis er wieder grau wurde. Mit gerunzelter Stirn sah er mich an, blickte auf einen Wandkalender und drückte auf den Knopf.

Es summte, und ich stieß die Gittertür mit dem Eimer auf, den ich mit gesenktem Kopf hineinrollte. »Du bist diese Woche aber früh dran«, sagte der Wärter, der die Nase schon wieder in die Zeitschrift gesteckt hatte.

»Bin am Freitag nicht da, deshalb erledige ich das jetzt schon.« Ich bemühte mich, so neutral und langweilig wie möglich zu sprechen. Zu meiner Überraschung gelang es mir mühelos. Normalerweise bin ich kein guter Lügner oder Schauspieler, also half mir der Trank auch auf diese subtile und indirekte Weise. Eins muss ich Bob lassen – er ist zwar eine wahre Nervensäge, aber auch ein Meister seines Fachs.

»Ist ja auch egal. Hier unterschreiben«, sagte der Wärter und schob mir durch einen Schlitz unter der Plexiglasscheibe ein Klemmbrett und einen Stift herüber. Dann blätterte er eine Seite seiner Zeitschrift um, und mein Blick fiel auf eine sportliche junge Frau, die mit einem ähnlich gebauten jungen Mann etwas anatomisch schwer Vorstellbares tat.

Ich zögerte. Wie sollte ich unterschreiben? Bobs Trank war gut, aber er würde keine Unterschrift verändern, nachdem sie auf dem Papier stand. Ich blickte zur inneren Tür, dann zu der Wanduhr. Zum Teufel damit. Ich hatte keine Zeit, mich lange aufzuhalten. Also kritzelte ich etwas Unleserliches auf den Kontrollzettel.

»Hat's heute Ärger gegeben?«, fragte ich.

Der Wärter schnaubte und drehte die Zeitschrift um

neunzig Grad. »Nur so ein reicher Kerl, den sie vor einer Weile gebracht haben. Er hat eine Weile rumgebrüllt, aber jetzt hält er die Klappe. Hat wohl gedauert, bis er von dem runterkam, was er geschluckt hatte.« Er nahm das Klemmbrett, schaute kurz darauf und hängte es neben einer Reihe von Monitoren an einen Haken.

Ich beugte mich zu den Monitoren hinüber und ließ den Blick darüber wandern. Anscheinend waren alle Zellen mit Kameras ausgerüstet, denn sämtliche Bildschirme zeigten die gleiche Umgebung, in der nur die Schauspieler jedes Mal wechselten – eine kleine Zelle, vielleicht drei mal drei Meter groß, eine Wand vergittert, die andern drei aus fugenlosem Beton, eine Koje, eine Toilette, eine Tür.

Zwei Drittel der Monitore trugen in der rechten unteren Ecke einen Streifen Klebeband, auf denen mit schwarzem Textmarker Namen wie HANSON oder WASHINGTON notiert waren. Hastig überflog ich die Aufschriften, bis ich den Namen MACFINN entdeckte, und betrachtete den zugehörigen Monitor. Das Bild war verschwommen, mit Schnee und Geflimmer, aber ich konnte dennoch erkennen, was passiert war.

Die Zelle war leer. Zementstaub wehte hoch. Die Wand mit den Gitterstäben fehlte, anscheinend aus der Verankerung gerissen. Auf dem Zellenboden sah ich noch die Fetzen von MacFinns kurzer Jeans liegen.

»Bei den Toren der Hölle«, fluchte ich leise.

Auf einem anderen Monitor, gleich neben MacFinns Bildschirm, bemerkte ich eine schnelle Bewegung. MATSON stand auf dem Klebeband, und auf dem Bildschirm sah ich einen ausgehungerten jungen Mann in einem weißen Unterhemd und Jeans, der sich mit dem Rücken zur Zellenwand auf der Pritsche zusammengerollt hatte. Sein Mund stand offen, und seine Brust bewegte sich heftig, als würde er schreien, doch durch die dicke Sicherheitstür und die Betonwände konnte ich nichts hören.

Es folgte wieder eine rasche Bewegung, und ein riesiger behaarter Körper schob sich vor die Kamera. Matson hob die dürren Arme, um sich zu schützen, während sich der massige Körper durch die sich dabei verbiegenden Gitterstäbe zwängte wie ein großer Hund, der sich von einem vermoderten Zaun nicht aufhalten lässt.

Auf dem Bildschirm waren Schnee und heftige Bewegungen zu sehen, dann regnete etwas Schwarzes auf die grauen Wände und den Boden der Zelle nieder, als hätte jemand eine Colaflasche geschüttelt, um den Inhalt zu verspritzen. Danach verschwand die riesige Gestalt wieder und ließ eine zerfetzte, bebende Masse Fleisch und einen Haufen blutgetränkter Kleidung zurück. Matson starrte ein letztes Mal zur Kamera hoch, seine sterbenden Augen sahen mich flehend an, dann zuckte er noch einmal und war tot.

Der ganze Vorfall hatte höchstens drei oder vier Sekunden gedauert.

Mit einer Art kranker Faszination betrachtete ich auch die anderen Überwachungsmonitore. Die Gefangenen drängten sich schreiend an die Gitter und versuchten, irgendetwas zu erkennen. Offenbar konnten sie nicht viel sehen, sondern nur hören. Den verwandelten MacFinn würden sie erst zu Gesicht bekommen, wenn er direkt vor den Gitterstäben ihrer Zelle auftauchte.

Eine Übelkeit erregende, lähmende Furcht ergriff Besitz von mir und verschlug mir die Sprache. Das Wesen hatte die Gitterstäbe der Zelle zerfetzt, als bestünden sie aus billigem Plastik, und es hatte gnadenlos getötet. Ich starrte Matsons leere Augen an, den blutigen Brei, der sein Bauch gewesen war, die abgerissenen Fleischfetzen und die Knochen, die zu seinem rechten Arm und seinem rechten Bein gehört hatten.

Bei den Sternen am Himmel, Harry, sagte ich mir. *Was, zum Teufel, hast du in einem Gebäude zu suchen, in dem sich so etwas herumtreibt?*

Auf einem anderen Monitor wiederholte sich, was ich Sekunden vorher bereits beobachtet hatte. Ein älterer Schwarzer namens CLEMENT ging vor der Kreatur kreischend zu Boden und starb. Dieser Anblick löste in mir irgendeine urtümliche, archaische Furcht aus, die tief einprogrammiert war – die Angst, in meinem Versteck erwischt zu werden, die Angst, in einem winzigen Raum festzusitzen, aus dem es kein Entrinnen gab, während irgendein Wesen mit Reißzähnen und mächtigen Kiefern anrückte, um mich zu zerfleischen. Dieser primitive, archaische Teil in mir kreischte, stammelte und brüllte meine Vernunft an, sofort kehrtzumachen, mich umzudrehen und zu fliehen, und zwar möglichst schnell und möglichst weit.

Aber ich konnte die Sache nicht einfach so auf sich beruhen lassen. Ich musste etwas unternehmen.

»Sehen Sie, da!«, sagte ich und deutete auf den Bildschirm. Mein Finger zitterte, und meine Stimme war nicht mehr als ein Hauch. Ich versuchte es noch einmal, deutete auf die Monitore und rief: »Sehen Sie doch!«

Der Wärter schaute zu mir auf, legte den Kopf schief und runzelte die Stirn. Sein Gesicht bekam etwas Farbe, aber das war jetzt egal.

Ich zeigte unverwandt nach oben und versuchte, noch näher heranzukommen. »Schauen Sie doch, sehen Sie auf die Bildschirme, Mann!«

Inzwischen kreischte ich fast vor Panik. Ich beugte mich, so weit ich konnte, zu den Monitoren hinüber.

Natürlich hätte ich es vorher wissen sollen. Ein Magier und Technik, das passt einfach nicht zusammen – besonders wenn dem Magier das Herz hüpft wie ein Springball und sein Gedärm vor Angst schlottert. Die Monitore zeigten überwiegend Blitze und Schnee, vereinzelt wurden noch ein paar flackernde Bilder sichtbar.

»Was, zum Teufel, ist bloß mit den Dingern los?«, jammerte der Wärter. »Diese verdammten Kameras sind doch dauernd kaputt. Ich schwöre, sie sind das Geld nicht wert, das die Reparatur kostet.«

Aufgeregt wich ich zurück. »Sie sterben«, sagte ich. »Bei Gott, Sie müssen die Männer dort rauslassen!«

Der Mann nickte. »Hm-hm. Was du nicht sagst. Das zeigt mal wieder, wie schlau die Stadtverwaltung ist, was?« Ich starrte ihn eine Sekunde an, als er ebenso höflich wie gelangweilt lächelte. Ich sah ihn wieder in Schwarz-Weiß, er hielt mich für einen uninteressanten alten Hausmeister. Der Trank hatte meine Worte verwandelt, sodass der Wächter sie kommentarlos akzeptierte und sofort wieder vergaß. Eine nichtssagende alltägliche Unterhaltung, wie man sie ständig mit irgendwelchen Leuten führt. Der Trank war fantastisch. Viel zu gut.

»Sehen Sie doch, die Monitore!«, kreischte ich voller Frustration und Angst. »Er bringt sie um!«

»Die Monitore werden dich nicht davon abhalten, deinen Job zu tun«, versicherte mir der Wärter. »Ich schließ dir auf.« Irgendwo hinter der Plexiglasscheibe drückte er auf einen Knopf, woraufhin die Sicherheitstür, die in den Zellentrakt führte, summte, klickte und eine Handbreit aufsprang.

Jetzt drangen Schreie aus den Zellen – schrille Laute, panisch und erschrocken, die man einer menschlichen Kehle kaum zutrauen mochte. Dann ertönte ein entsetzliches Knacken, überbeanspruchtes Metall knirschte, einer der Schreie steigerte sich noch und brach abrupt ab. Danach waren nur noch verschiedene gedämpfte Geräusche zu hören – ein Reißen und Knacken und Knirschen, eine Art Gurgeln und einige dumpfe Aufschläge. Schließlich wurde es still, und ein riesiges Wesen mit einem mächtigen Oberkörper knurrte keine drei Meter jenseits der Sicherheitstür.

Ich warf einen Blick zu dem Wärter hinüber, der aufgestanden war und sich seine Waffe geschnappt hatte. Er kam hinter dem Schalter hervor und öffnete die Tür zum Vorzimmer, um der Sache auf den Grund zu gehen.

»Nein!«, schrie ich ihn an und warf mich gegen die Sicherheitstür.

Ich spürte eher, als dass ich sah, wie sich auf der anderen Seite etwas näherte und zum Ausgang wollte. Ich hörte den Atem, ich spürte die Bewegungen des mächtigen Körpers in der Luft, warf mich gegen die Tür und drückte sie just in dem Moment zu, als sich eine riesige Pranke durch den Spalt schob.

Die Kante der Stahltür traf die Pranke – nicht ganz Pfote und nicht ganz Hand, sondern irgendetwas dazwischen mit großen schwarzen Krallen. Außerdem war die Pranke feucht vor dunklem Blut.

Ich hörte das Untier auf der anderen Seite der Tür, höchstens zehn Zentimeter von mir entfernt, so wütend und hasserfüllt schnauben, dass schon die bloßen Laute in den Ohren schmerzten.

Dann drückte es gegen die Tür.

Obwohl ich mich mit aller Kraft dagegenstemmte, rutschten meine Füße erst zögernd, dann immer schneller über den gefliesten Boden, und es schob mich einen halben Meter zurück. Die Pranke drehte sich, die Krallen gruben sich in den Stahl. Es knackte laut, als das Biest die Tür packte und wütend hin- und herbewegte.

»Hilfe!«, rief ich dem Wachmann zu, während ich mich bemühte, die Tür zuzuhalten. Der blinzelte einen Moment, dann wurde er zum Farbbild.

»Sie!«, sagte er. »Mein Gott! Was ist denn hier los?«

»Helfen Sie mir, die Tür zu schließen, sonst sind wir beide gleich tot!«, fauchte ich und drückte mit dem letzten bisschen Kraft, das ich aufbieten konnte.

Auf der anderen Seite erinnerte sich der Loup-Garou unterdessen, wie schwer er war, und warf sich mit seinem ganzen Gewicht gegen die Tür, gerade als der Wärter herbeistürmte, um mir zu helfen.

Die Tür sprang mit einem Knall auf, und ich flog durch die Luft wie eine Marionette, vorbei am Wächter, der in Richtung seiner Wachstube stolperte und kurz davor stürzte.

Ich prallte mit dem Rücken gegen die versperrte Gittertür, die auf den Flur führte, was meine verletzte Schulter mit einem heißen, stechenden Schmerz quittierte.

Ein Knurren, und dann kam das Wesen, das einmal Harley MacFinn gewesen war, heraus. Der Loup-Garou war in dem Sinne ein Wolf, wie ein Flugsaurier ein Vogel ist – das Design war ähnlich, doch die Gestalt unterschied sich beträchtlich. Das Biest war in den Schultern gut anderthalb Meter hoch und breiter als ein Wolf – als würde ein Wolf durch fünfhundert zusätzliche Pfund Muskeln belastet. Das Fell war zottelig, pechschwarz und matt, wenn man von den Stellen absah, an denen frisches Blut klebte. Die fransigen Ohren waren aufgestellt und nach vorn gerichtet. Das Maul des Wesens war unnatürlich groß, und es hatte prächtige Zähne.

MacFinns funkelnde Augen waren einfarbig grau, und die Blutflecken waren unter dem Einfluss des Diffusionstranks schwarz. Die Gliedmaßen passten nicht zum Körperbau, auch wenn ich nicht sagen konnte, ob sie zu lang oder zu kurz waren. Jedenfalls wirkten sie irgendwie verkehrt. Alles an dem Untier war verkehrt. Es strahlte eine ungeheure Bösartigkeit, großen Hass und unendliche Wut aus, und seine übernatürliche Aura ließ meine Zähne klappern und mir die Haare zu Berge stehen.

Als der Loup-Garou durch die Tür kam, glitt sein einfarbiger Blick über mich hinweg, er wandte sich mit gespenstischer Eleganz zu dem Wärter um und stürzte sich auf ihn.

Der Mann hatte Glück. Er schaute auf, sah das Wesen auf sich zustürzen und brachte sich mit einer raschen Bewegung vor dem bissigen Schrecken in Sicherheit. Dank seiner spontanen Reaktion konnte er weit genug ausweichen und dem Loup-Garou entkommen. Er duckte sich hinter die Theke und verschwand aus meinem Sichtfeld.

Der Loup-Garou machte Anstalten, dem Wachmann zu folgen, wurde aber langsamer, weil er sich durch die Tür der Wachstube zwängen musste. Dabei wölbte sich die Theke in den Raum hinein.

Mit seiner Dienstwaffe in der Hand kam der Wärter wieder zum Vorschein, stellte sich in vorbildlicher Haltung auf und jagte dem Loup-Garou in einer Zeitspanne von höchstens drei Sekunden ein ganzes Magazin in den Schädel. Die Schüsse klangen in dem kleinen Vorraum wie Donnerschläge und übertönten die Schreie der Gefangenen, die noch hinter Gittern saßen.

Das Ungeheuer ging weiter auf den Mann los. Die Kugeln störten es nicht mehr, als hätte eine Fliege die Stirn eines Berufsringers gerammt.

Ich erhob mich, als der Wächter laut »Nein, nein, nein, neiiiien!« schrie. Dann fiel das Biest mit blitzenden Klauen und Reißzähnen über ihn her.

Der Wärter wollte sich umdrehen und fliehen, obwohl es keinen Fluchtweg gab, während das Biest den Mann mit dem Maul im Kreuz packte.

Blut spritzte. Der Wärter schrie und tastete hektisch nach der Konsole, doch der Loup-Garou schüttelte energisch den Kopf, riss den Mann weg und schleuderte ihn hinter der Theke auf den Boden.

Ich sah den Wärter nicht sterben, dafür aber, wie das Blut über die eingezogenen, knorrigen Schultern des Loup-

Garou hinweg an die Wände und bis zur Decke spritzte. Dankbar registrierte ich, dass sich die Glasscheiben undurchsichtig rot färbten.

Irgendwann, als ein lähmender Schmerz in meiner Brust pochte und die verängstigten Gefangenen schrien und kreischten, Gott oder Allah möge sie retten, bemerkte ich, dass ein neues Geräusch den Tumult bereicherte. Der Wächter hatte offenbar noch Alarm auslösen können, als er zu seiner Konsole gekrochen war, und jetzt heulte die Sirene, als ginge die Welt unter. Gleich würden von überall her Cops gerannt kommen, und eine der Ersten würde Murphy sein.

Der Loup-Garou war noch immer damit beschäftigt, den Wärter zu zerfleischen. Ich hoffte um seinetwillen, dass der Mann nicht mehr lebte. Die beste Lösung für mich bestand nun darin, in den Zellenblock zu verschwinden, hinter mir die Sicherheitstür zu schließen und zu hoffen, dass das Untier sich anderswo im Gebäude umtat. Im Zellenblock hätte ich ausreichend Zeit, eine Barriere zu errichten, um zu verhindern, dass das Ungeheuer durch die Tür oder die Wände brach und auf mich und die anderen Gefangenen losging. Dort konnte ich mich einbunkern und auf den Morgen warten und würde auf diese Weise mit ziemlicher Sicherheit die Nacht überleben. Es wäre klug, genau dies zu tun. Es wäre klug, weil ich überleben würde.

Stattdessen drehte ich mich zu meinem Stab um, der sich auf der anderen Seite des kleinen Raumes befand, und streckte die Hand aus.

»*Vento servitas!*«, zischte ich und konzentrierte meine Willenskraft.

Abrupt entstand ein Luftstrom, der den Stab zu mir beförderte und gleichzeitig die Tür zum Zellentrakt verschloss. So hatten die wehrlosen Gefangenen wenigstens ein Mindestmaß an Schutz. Mit ausgestreckter Hand fing ich den Stab in der Luft und drehte mich zu dem Gitter um, das mich und den Loup-Garou im Vorzimmer einsperrte.

Ich steckte den Stab zwischen die Stangen und stemmte mich dagegen, als wollte ich sie aufbrechen. Wären nur Muskeln und Holz im Spiel gewesen, wäre das alte Eschenholz zerborsten. Doch der Stab eines Magiers ist ein Werkzeug, das ihm hilft, seine Kräfte zu bündeln, zu manipulieren und nach seinem Willen zu lenken. So richtete ich neben meiner Körperkraft zugleich auch meine Willenskraft und meine Konzentration auf den Stab und vervielfachte die Hebelwirkung, die ich auf die Stahlstangen ausübte.

»Forzare«, zischte ich. »Forzare!«

Das Metall dehnte sich und gab nach.

Hinter mir stolperte der Loup-Garou herum. Ich hörte Glas brechen und riskierte einen kurzen Blick über die Schulter. Der oberflächliche Schutz, den mir der Trank gegeben hatte, schwand abrupt, Farben überfluteten mein Gesichtsfeld. Die schwarze Schnauze färbte sich zu einem verschmierten Rot und Dunkelbraun, dazwischen waren feuchte hellrote Flecken. Die Reißzähne schimmerten wie blutiges Elfenbein, die Augen waren strahlend hellgrün.

Mühelos durchdrang sein wilder Blick die Täuschung des Diffusionstranks und richtete sich mit einer Mordlust auf mich, dass mein ganzer Körper instinktiv zu kreischen schien, weil der Tod nahe war, weil er mir an die

Kehle gehen und mir die Eingeweide aus dem Bauch reißen wollte.

»*Forzare!*«, rief ich und hebelte den Stab mit aller Kraft zwischen die Gitterstäbe.

Die Stangen gaben in der Mitte nach und eröffneten mir einen Fluchtweg, der etwa einen halben Meter breit und doppelt so hoch war.

Unterdessen explodierte die Theke, durch die der Loup-Garou einfach durchmarschierte. Mit erheblich mehr Anmut, als ich ohne Panik hätte aufbieten können, hechtete ich durch die Lücke. Es sah aus, als hätte mich der Luftschwall vor dem anrückenden Untier hindurchgeweht.

Plötzlich packte etwas meinen linken Fuß, und ich verlor jedes Gefühl darin.

Abrupt stürzte ich auf den Boden und kam hart genug mit dem Kinn auf, um mir die Zunge an der Seite blutig zu beißen. Ich sah mich über die Schulter um.

Der Loup-Garou hatte mit dem Maul einen meiner Stiefel gepackt und seinen breiten Kopf durch die Öffnung in den Gitterstäben gesteckt. Dann war er hängen geblieben. Er ruckte vor und zurück, doch seine Pfoten waren blutverschmiert, und er rutschte auf den Bodenfliesen herum, ohne Halt zu finden. Ob er nun unglaubliche Kräfte besaß oder nicht, er fand keinen Ansatzpunkt, um die Stäbe zu zerbrechen.

Ich gab einstweilen verzweifelte Laute von mir wie ein Tier in der Falle, wehrte mich panisch und wand mich auf dem Boden. Die Sirene heulte noch immer entsetzlich laut, doch dazwischen hörte ich Rufe und eilige Schritte. Von den Verankerungen der Gitterstäbe rieselte Staub herab.

Der Loup-Garou riss sie trotz seines schlechten Standes aus dem Boden und der Decke.

Während ich mein Bein hin und her wand, gingen mir schreckliche Bilder durch den Kopf, wie ich den Fuß verlieren würde.

Unvermittelt rutschte ich auf dem Boden mehrere Meter weiter. Ich betrachtete mein Bein und die blutverschmierte Socke, ehe ich mich aufrichtete und meinen Stab holte.

Hinter mir heulte der Loup-Garou frustriert auf und warf sich hin und her. Anscheinend hatte er inzwischen genügend Blut von seinen Pfoten gekratzt, denn nun brach er binnen zwei Sekunden durch die Wand und setzte mir nach.

Ich hob den Stab und drehte mich der Bestie entgegen, stemmte die Füße fest auf den Boden und hielt den Eschenstab vor mir hoch.

»Tornarius!«, donnerte ich und stieß den Stab nach oben, als sich das mächtige, schwere Tier auf mich stürzen wollte.

Ich wollte die Kraft des Loup-Garou auf ihn selbst zurückwerfen – Kraft gleich Masse mal Beschleunigung und so weiter –, hatte jedoch die Stärke dieses Untiers gehörig unterschätzt. Der Spruch überstieg meine Kräfte, und es traf uns beide gleichermaßen hart.

Das Wesen prallte in der Luft gegen eine massive Barriere, die seine Bewegung aufhob und es zu Boden warf.

Ungefähr die gleiche Kraft wirkte auch auf mich, doch ich hatte schätzungsweise nur ein Fünftel der Masse des Loup-Garou. Ich flog durch die Luft wie ein Stück Popcorn in einer Bö und landete unmittelbar vor der Biegung des Ganges, hinter der die Tür der Sondereinheit lag.

Ich überschlug mich und rutschte dann gegen die Wand. In dem Durcheinander verlor ich meinen Stab.

Im Liegen beobachtete ich, wie sich der Loup-Garou wieder aufrappelte, die brennenden Augen auf mich richtete und den Flur herunterstürzte. Ich hatte so große Schmerzen, dass ich nur noch die Schönheit und Geschwindigkeit seiner Bewegungen bewundern konnte, die wilde, unirdische Anmut seines Angriffs. Er war ein perfekter Jäger, ein perfekter Killer, schnell und stark, erbarmungslos und tödlich. Kein Wunder, dass ich den Kampf mit einem so prächtigen Wesen verloren hatte.

Ich starb nicht gern, aber wenigstens würde ich nicht von einem miesen kleinen Troll oder einem heulenden, verängstigten Vampir erledigt werden.

Vermutlich zum letzten Mal im Leben holte ich tief Luft und sah dem heranstürmenden Loup-Garou in die Augen.

Deshalb nahm ich auch deutlich wahr, dass Murphy mit kristallblauen Augen auf mich herabschaute und mühelos die Nachwirkungen des Tranks durchdrang. Sie musterte mich finster, dann stellte sie sich zwischen mir und dem heranstürmenden Ungeheuer in Schussposition und hob die Waffe in dem aussichtslosen Versuch, mich zu beschützen.

»Murphy!«, schrie ich.

Da stürzte sich das Biest auch schon auf uns.

18. Kapitel

Ich versuchte, meinen betäubten Körper zu einer Reaktion zu bewegen, wollte aufstehen und das letzte bisschen Magie abfeuern, das mir noch zur Verfügung stand, um Murphy zu beschützen, ganz egal welche Konsequenzen es hatte.

Es gelang mir nicht.

Viel schneller, als ich es bei einem so riesigen Untier erwartet hätte, stürzte der Loup-Garou den Gang herunter. Seine Krallen bohrten sich in die Bodenfliesen, als bestünden sie aus weichem Lehm. Rings um das Biest wackelten die Wände, als reichte seine bloße Gegenwart schon aus, um die reale Welt erbeben zu lassen. Speichel, mit Blut vermischt, tropfte aus seinem schäumenden Maul, und in den grünen Augen loderte eine höllische Wut.

Murphy, die sich zu ihrer vollen Größe von etwas mehr als anderthalb Metern aufgerichtet hatte, war kleiner als der Loup-Garou, die Augen der beiden waren auf gleicher Höhe. Sie hatte wieder Jeans und Wanderschuhe angezogen, dazu ein Flanellhemd, dessen Ärmel bis zu den Ellenbogen hochgekrempelt waren, und ein Halstuch. Makeup und Schmuck trug sie nicht, ihre Ohrläppchen wirkten ohne Ohrringe seltsam nackt und verletzlich.

Eine Strähne ihrer wilden Kurzhaarfrisur fiel ihr in die Augen, und während sie die Waffe hob, schob sie die Unterlippe vor, schnaufte und blies die Strähne weg. Als der Loup-Garou noch etwa zehn Meter entfernt war, begann sie zu schießen. Es war sinnlos. Das Biest hatte gerade vorher ohne sichtbare Wirkung mehrere Kugeln in den Kopf bekommen.

In diesem Augenblick bemerkte ich drei Dinge.

Erstens benutzte Murphy nicht den gewohnten großkalibrigen Colt Halbautomatik. Ihre Waffe war kleiner und schmaler und mit einem Zielvisier ausgestattet.

Zweitens erklang beim Abfeuern eher ein helles »Peng-peng« statt des dumpfen »Wumm-wumm«.

Drittens floss Blut, als die erste Kugel die Brust des Loup-Garou traf.

Das Ungeheuer hielt tatsächlich inne und bäumte sich auf, als sei es überrascht.

Die nächsten beiden Kugeln verletzten ein Vorderbein, das einknickte und sein Gewicht nicht mehr tragen wollte. Das Untier knurrte und rollte sich ab, dann senkte es den Kopf und brach einfach durch die Wand in den dahinterliegenden Raum durch.

Murphy und ich standen auf dem Flur in einer Staubwolke. Im Hintergrund heulte immer noch der Alarm. Sie hockte sich neben mich. »Dabei habe ich Tante Edna gesagt, diese Ohrringe könnte ich im Leben nicht gebrauchen«, murmelte sie. »Mein Gott, Dresden, Sie sind ja voller Blut. Wie schlimm ist es?« Sie schob die Hand durch einen riesigen Riss des blauen Overalls, den ich noch gar nicht bemerkt hatte, und tastete meine Brust und die Schultern auf Blutungen ab. »Übrigens, Sie sind verhaftet.«

»Geht schon, geht schon«, keuchte ich, als ich wieder

atmen konnte. »Was, zum Teufel, ist hier eigentlich passiert? Und wie haben Sie das gemacht?«

Murphy stand wieder auf, hob die Waffe und marschierte zum Loch, das der Loup-Garou in die Wand gerissen hatte. Wir konnten ein Krachen, ein dumpfes Poltern und ein böses Knurren auf der anderen Seite hören. »Sie haben das Recht zu schweigen … Was glauben Sie denn, was passiert ist, Sie Trottel? Ich hab Ihren Bericht gelesen. Für die Schießwettbewerbe stelle ich meine Patronen selbst her, und gestern Abend habe ich ein paar silberne Kugeln gegossen. Leider nur Zweiundzwanziger, deshalb muss ich ihm eine ins Auge verpassen, um ihn zu erledigen. Falls das überhaupt reicht.«

»Zweiundzwanziger?« Ich klagte immer noch atemlos. »Hätten Sie keine Achtunddreißiger oder Vierundvierziger herstellen können?«

»Jetzt jammern Sie auch noch«, knurrte Murphy. »Sie haben das Recht auf einen Anwalt Ihrer Wahl … Für meine Dienstwaffe gieße ich keine Patronen, und ich hatte sowieso nicht genug Silber. Seien Sie froh, dass wir überhaupt ein paar davon haben.«

Mühsam kam ich auf die Beine und lehnte mich neben dem gezackten Loch an die Wand. Ich hörte Leute rennen, die sich uns näherten. »Ich kann nicht glauben, dass Sie mich *verhaften*. Was ist hinter der Wand?«

»Die Ablage. Das Archiv.« Murphy richtete die Wettkampfpistole auf das Loch. »Ein paar große alte Aktenschränke und Computer. Alle, die dort arbeiten, sind schon vor ein paar Stunden nach Hause gegangen. Wie reagiert das Biest auf Tränengas?«

»Sprühen Sie was rein, dann sage ich es Ihnen«, murmelte ich, was Murphy mit einem ungnädigen Blick quittierte.

»Halten Sie sich einfach zurück, Dresden, bis ich Sie an irgendeinem sicheren Ort einlochen kann und einen Arzt auftreibe, der sich um Sie kümmert.«

»Murph, überlegen Sie doch mal, was Sie da reden. Wir sind hier in einem Gebäude, in dem eines der bösartigsten Wesen herumläuft, die es gibt, und Sie versuchen immer noch, mich zu verhaften. Fällt Ihnen wirklich nichts Besseres ein?«

»Die Suppe haben Sie sich selbst eingebrockt, Sie Trottel. Jetzt löffeln Sie sie auch aus.« Murphy hob die Stimme, ohne den Blick von dem Loch in der Wand abzuwenden. »Carmichael! Hierher! Postieren Sie vier Leute am Ausgang des Archivs, die anderen kommen zu mir rüber. Rudolph, gehen Sie runter, und bringen Sie Dresden ins Büro, der stört hier nur.« Sie warf einen Blick auf meine Handgelenke, an denen noch die Reste der Handschellen baumelten, die sie mir am vergangenen Abend angelegt hatte. »Meine Güte, Dresden«, fügte sie murmelnd hinzu, »müssen Sie denn wirklich ständig meine Handschellen kaputt machen?«

Mehrere Polizisten, hauptsächlich Zivilbeamte von der Sondereinheit, kamen in den Flur gerannt. Einige hatten Pistolen, andere sogar Pumpguns dabei.

Die Umgebung verschwamm mir vor den Augen, mein Gesichtsfeld wechselte zwischen Grautönen und der kompletten Farbpalette, und das Adrenalin ließ alle meine Nerven prickeln. Die Wirkung des Tranks klang eindeutig ab. Die meisten Tränke hielten sowieso nur einige Minuten.

Zeit für eine Bestandsaufnahme. Die Zähne des Loup-Garou hatten durch den Stiefel meinen Fuß erwischt. Es tat höllisch weh, der Strumpf war mit Blut getränkt. Wenn ich lief, hinterließ ich rote Fußabdrücke auf dem Boden. Im Mund sammelte sich Blut, nachdem ich mir auf die Zunge gebissen hatte. Ich musste es ausspucken oder herunterschlucken. Ich schluckte. Sparen Sie sich bitte jeglichen Kommentar. Mein Rücken fühlte sich überwiegend taub an, und was nicht taub war, tat ebenfalls höllisch weh. Die verletzte Schulter pochte so heftig, dass ich vor Schmerzen kaum noch aufrecht stehen konnte.

»Der Schweinehund hat meinen schönen Stiefel gefressen«, murmelte ich.

Carmichael zog mich weg. Sein rundes Gesicht war rot vor Anstrengung und Anspannung, und sein mit Essensresten bekleckerter Schlips saß locker. Er überantwortete mich einem jungen, gut aussehenden Detective, den ich nicht kannte. Wahrscheinlich ein Neuzugang bei der Sondereinheit. Ich stützte mich auf den jungen Mann.

»Bringen Sie ihn ins Büro, Rudolph«, sagte Carmichael. »Halten Sie ihn da fest, wo er nicht stört. Sobald die Situation hier unter Kontrolle ist, rufen wir ihm einen Arzt.«

»Mein Gott«, sagte Rudolph mit aufgerissenen Augen. Auf seinem kurzen dunklen Haar hatte sich Staub abgesetzt, seine Stimme klang angespannt und fast panisch. Trotz seiner Jugend hechelte er doppelt so schnell wie der Veteran Carmichael. »Sie haben doch auf den Überwachungsbildschirmen gesehen, was dieses Biest mit Sergeant Hampton gemacht hat!«

Carmichael packte Rudolph am Hemd und schüttelte

ihn. »Hör zu, Grünschnabel«, sagte er grob. »Das Biest ist noch da, und es kann uns genauso schnell fertigmachen wie Hampy. Halt endlich den Mund und tu, was ich dir gesagt habe.«

»Ja …«, sagte Rudolph. Er richtete sich auf und zerrte mich den Flur hinunter, fort vom Archiv. »Wer ist dieser Kerl überhaupt?«

Carmichael funkelte mich böse an. »Dresden ist der Kerl, der alles weiß. Wenn er etwas sagt, dann hör auf ihn.«

Dann schnappte er sich eine Pumpgun und stampfte zu Murphy hinüber, die sich gerade bereit machte, eine Truppe durch das Loch zu führen, um den Loup-Garou zu stellen. Sie ging noch einmal die Anweisungen durch und beharrte darauf, dass einer ihrer Männer, falls sie fiel, ihre Pistole nehmen und versuchen sollte, dem Biest in die Augen zu schießen.

Der Grünschnabel zerrte und führte mich um die Ecke und dann den Flur hinunter zu dem Büro der Sondereinheit. Unterwegs starrte ich meine Füße an, die Blutspur, die ich hinterließ. Irgendetwas nagte an mir, irgendwo wartete ein zurückhaltender Teil meines Bewusstseins darauf, dass ich einen wichtigen Gedanken zur Kenntnis nahm, der dort für mich abgelegt war. Er hatte irgendwie mit Blut zu tun.

»Das ist doch alles nicht wahr«, sagte Rudolph unterwegs immer wieder zu sich selbst. »Das ist einfach nicht wahr.« Er stank nach altem Schweiß und Angst und zitterte erbärmlich. Ich spürte es an seinen Fingern, mit denen er mich am Oberarm gepackt hatte.

Er bugsierte mich durch die Tür ins Büro der Sondereinheit und stolperte zu dem ramponierten, durchgesessenen alten Sofa neben dem Eingang. Während der Grünschnabel die Tür zuknallte und mit weit aufgerissenen Augen nervös hin und her marschierte, schnappte ich nach Luft. »Das ist nicht wahr«, wiederholte er. »Mein Gott, das ist einfach nicht wahr.«

»He«, sagte ich nach einer Weile, als ich allmählich begann, alles zu verarbeiten, was gerade mit mir los war – Prellungen, ein oder zwei Zerrungen, ein leichtes Frösteln vom Blutverlust, alles Mögliche eben. Der Neuling hörte es nicht. »He, Rudy«, sagte ich lauter.

Er starrte mich an, als sei er schockiert, dass ich überhaupt reden konnte.

»Wasser«, bat ich. »Ich könnte etwas Wasser gebrauchen.«

»Wasser, gern.« Rudolph drehte sich um und eilte fast im Laufschritt zum Wasserspender. Seine Hände zitterten so heftig, dass er die beiden ersten Pappbecher versehentlich zerquetschte, ehe er den dritten füllen konnte. »Sie sind dieser Kerl, dieser Hochstapler.«

»Magier«, gab ich zurück. »Harry Dresden.«

»Dresden, na gut«, sagte der Bursche und brachte mir den Plastikbecher. Ich nahm ihn und spritzte mir den Inhalt ins Gesicht, dann gab ich ihm den Becher zurück. »Bitte noch einen zur innerlichen Anwendung.«

Er starrte mich an, als wäre ich verrückt, was mich nicht sonderlich wunderte, und holte mir einen weiteren Becher, den ich sofort austrank. Dann war es an der Zeit, meine Gedanken zu ordnen.

»Blut, Rudy«, sagte ich. »Es hat mit Blut zu tun.«

»Gott«, keuchte der Grünschnabel, und ich konnte das Weiße in seinen Augen sehen. »Das Biest hat Hampton zerfetzt, überall im Raum war Blut, es ist auf die Glasscheibe und die Überwachungskamera gespritzt. Was, zum Teufel, ist das für ein Biest?«

»Einfach nur ein ziemlich harter, böser Junge. Aber er blutet«, sagte ich. Ich kreiste den Gedanken ein, bis mein Gehirn schwerfällig zu einer Schlussfolgerung gekommen war. »Er blutet. Murphy hat ihn angeschossen, und sein Blut ist auf den Boden getropft. Er blutet, und ich kann ihn festnageln.«

Damit marschierte ich am verblüfften Rudolph vorbei.

»He«, sagte er unsicher. »Vielleicht sollten Sie lieber sitzen bleiben. Sie sehen nicht besonders gut aus. Und Sie stehen wohl auch immer noch unter Arrest.«

»Ich kann jetzt nicht unter Arrest stehen«, erklärte ich. »Dazu habe ich keine Zeit.«

Ich humpelte an den Schreibtischen und Trennwänden vorbei zu Murphys Büro.

Es ist ein kleiner, vom Großraumbüro abgetrennter Bereich mit billigen Holzwänden und einer alten Holztür, aber immer noch besser als die Arbeitsplätze aller anderen Mitarbeiter dieser ungeliebten Abteilung. An der Tür klebte eine Karte, wo jedes andere Büro im Präsidium ein ordentliches Namensschild gehabt hätte. Darauf stand in ordentlichen schwarzen Blockbuchstaben: LT. KARRIN MURPHY, SONDEREINHEIT. Die behördlichen Machthaber hatten es noch nie für nötig gehalten, dem jeweiligen Leiter der Sondereinheit ein geprägtes Namensschild zu gönnen – eine beständige Erinnerung daran, dass der

Betreffende, der auf diesen Posten versetzt war, sowieso nicht lange bleiben würde. Unter der Karte war schräg ein roter und purpurner Aufkleber angebracht: UNBEFUGTE WERDEN GETÖTET UND GEFRÜHSTÜCKT.

Hoffentlich hat sie nicht den Computer laufen lassen, dachte ich, als ich Murphys Büro betrat und Rudy mir folgte.

Ich sah mich kurz in dem aufgeräumten, gut organisierten kleinen Büro um und nahm meinen Sprengstock, das Armband, das Amulett, den Revolver und meine anderen Habseligkeiten, die sie mir bei der Verhaftung abgenommen hatten, vom Tisch neben dem Computer. Der Rechner lief. Als ich mit der Hand in seine Nähe kam, gab der Monitor eine Art Husten von sich und stieß eine kleine Rauchwolke aus, dann blitzte es im Rechnergehäuse.

Ich zuckte zusammen und sammelte schnell meine Siebensachen ein, legte mit fliegenden Fingern das Schildarmband an, zog mir die Kette mit dem Drudenfuß über den Kopf, stopfte den Revolver in die Tasche meines Overalls und nahm den Sprengstock fest in die rechte Hand – die rechte Körperseite strahlt nämlich Energie ab. »Sie haben das nicht gesehen, Rudy, okay?«

Der Grünschnabel blickte wie betäubt zwischen mir, dem rauchenden Computer und dem Monitor hin und her. »Was haben Sie da gerade gemacht?«

»Nichts. Ich hab ihn nicht einmal angefasst, ich hab nichts gemacht, und bei dieser Aussage bleibe ich auch«, murrte ich. »Haben Sie den Pappbecher noch? Gut. Jetzt brauchen wir nur noch ein Stofftier.«

Er starrte mich an. »W…was wollen Sie?«

»Ein Stofftier, Carmichael hat doch immer ein paar

Spielsachen in seinem Schreibtisch, oder? Für Kinder, die auf ihre Eltern warten müssen.«

»Äh«, sagte der Grünschnabel. »Äh … ich …«

Ich schwenkte meinen Sprengstock. »Los, sehen Sie nach!«

Vielleicht hätte er sich an dieser Stelle gern verdrückt, aber er schien immerhin bereit, meinen Anweisungen Folge zu leisten. Er machte kehrt und rannte in das Großraumbüro hinaus, wo er aufgeregt einige Schreibtischschubladen öffnete.

Ich humpelte hinterher und betrachtete die Fußabdrücke, die ich mit meinem blutgetränkten Strumpf auf dem kotzgrauen Teppich hinterließ. Die Verletzung war nicht schwer, befand sich aber am unteren Ende meines recht großen Körpers, und wenn ich die Blutung nicht bald stillte, würde ich in ernstliche Schwierigkeiten geraten.

Ich wollte mich vorbeugen, um den verwundeten Fuß genauer in Augenschein zu nehmen, doch die Bewegung ließ mich gefährlich schwanken und taumeln. Es war wohl besser zu warten, bis jemand anders nachsehen konnte. Also richtete ich mich wieder auf und atmete einige Male tief durch.

Irgendetwas nagte immer noch in mir, irgendetwas übersah ich. Leider wollte mir beim besten Willen nicht einfallen, was es war.

»Rudy«, rief ich, »haben Sie das Stofftier?«

Der Grünschnabel zog einen ramponierten Snoopy aus einem Schreibtisch. »Geht das?«

»Perfekt!«, jubelte ich benommen.

Im selben Moment brach die Hölle los.

19. Kapitel

Auf dem Flur ertönte ein Schrei, wie ihn keine menschliche Kehle je hervorbringen könnte – ein Laut voll Wut und irrer Raserei, dass mein Magen hüpfte und mein Bauch bebte. Schüsse waren zu hören, allerdings keine knatternde Reihe einzelner Entladungen, sondern ein beständiges Donnergrollen. Einige Kugeln schlugen ganz in meiner Nähe durch die Wand und zerstörten im Büro der Sondereinheit ein paar Fenster.

Trotz meiner Erschöpfung und meiner Angst war ich im Nu auf den Beinen. Inzwischen taten mir sämtliche Knochen weh. Ich hatte nicht mehr die nötige Konzentration und Kraft, um gegen das Ungeheuer anzugehen. Es wäre besser gewesen, in Ruhe einen Plan auszuhecken und zurückzukehren, wenn ich stärker war. Das Rückspiel konnte ich durchaus gewinnen. Es ist schwer, einen Magier zu besiegen, der seinen Feind kennt und gut vorbereitet in die Schlacht zieht. Das wäre das Klügste gewesen.

Kluge Entscheidungen zu treffen, war jedoch noch nie meine Stärke. Ich schnappte mir den Sprengstock und sammelte alle Kraft, die irgendwo noch greifbar war. Dann kratzte ich den ganzen Mut zusammen, den ich noch hatte, und steckte alles zusammen in einen Topf. Die Macht durchströmte mich, die Reinheit der Emotionen, die komplexen Energien des Willens, dazu eine gehörige

Portion reine Sturköpfigkeit – alles verband sich zu einem Feld, zu einer Aura von kribbelnder, unsichtbarer Energie, die sich auf meiner Haut ausbreitete.

Ein Schauder lief durch meinen Körper und löschte die Schmerzen meiner Verletzungen. Die Ekstase der Macht überdeckte all meine Empfindungen. Ich hatte mich vollgesogen, war aufgeladen. Nun war ich mehr als ein Mensch, und Gott sei jedem gnädig, der sich mir in den Weg stellte, weil er jede Menge göttliche Gnade brauchen würde.

Ich holte tief Luft und sammelte mich. Dann drehte ich mich einfach zur Wand um, zielte mit dem Stab darauf und knurrte: »*Fuego!*«

Die Kraft schoss in einer Flut roten Lichts aus dem Stab und brannte ein zwei Meter großes Loch in die Wand.

Asche rieselte herab, als ich hindurchstieg. Ich sehnte mich nach meinem Mantel, der die Hitze zumindest etwas hätte abschirmen können.

Die Situation auf dem Flur erinnerte an eine Szene aus der Hölle. Zwei Beamte schleppten einen dritten durch den Gang in meine Richtung, während drei weitere wild um sich ballerten. Ich glaube, die Retter hatten noch nicht bemerkt, dass der Körper, den sie aus der Kampfzone schleppten, keinen Kopf mehr hatte.

Einer der Cops schrie auf, als er sein Magazin leer geschossen hatte, und irgendetwas, was ich nicht sehen konnte, packte zu und zog ihn um die Ecke. Er verschwand, ein entsetzliches Kreischen ertönte, Blut spritzte, und die beiden noch lebenden Schützen gerieten in Panik und flohen in meine Richtung.

Der Loup-Garou verfolgte sie, warf einen von ihnen zu Boden und zog ihm mit einer einzigen raschen, wilden Bewegung die Krallen über den Rücken. Der Mann blieb bebend auf den blutverschmierten Fliesen liegen, und das Biest lief einfach weiter, ohne auch nur einen Moment zu zögern.

Es richtete den Blick auf den nächsten Gegner, einen Zivilbeamten der Sondereinheit, und setzte ihn mit einem Biss in die Kniekehlen außer Gefecht. Das Ungeheuer ließ ihn heulend auf dem Boden liegen und rannte den beiden Männern hinterher, die sich nun hastig zurückzogen und immer noch die Leiche mitschleppten.

Ich trat zwischen die fliehenden Männer und das Ungeheuer und hob den Sprengstock. »Das lässt du mal lieber bleiben, Bürschchen.«

Der Loup-Garou duckte sich, sein massiger Körper bewegte sich mit überirdischer Anmut. Kopf und Vorderbeine waren voller Blut. Er riss die Augen auf, unter dem braunen Pelz spannten sich die Muskeln.

Die Kraft strömte in meine Hand, rote, lodernde Energie, und mein ganzer Sprengstock glühte strahlend weiß. Die Energie brandete durch mich hindurch, als ich mich bereit machte, das Biest in die Hölle zu schicken. Die Zähne taten mir weh, und mir standen die Haare zu Berge.

Ich spannte alle Muskeln an, hielt die Energie zurück und konzentrierte sie, um sie auf einen Schlag loszulassen.

Da hörte ich Murphys Übungspistole knallen, der Loup-Garou zuckte auf der linken Seite, und ich sah Blut spritzen. Er schaute sich um, blickte den kurzen Gang hinunter, und dann machte er kehrt und setzte sich in Bewegung, fließend und schneller als eine Schlange. Die starken Muskeln spannten sich, er heulte vor Wut und war in Windeseile verschwunden.

Ich fluchte heftig und rannte den Flur hinunter. Der gelähmte Beamte lag kreischend am Boden, und der andere Mann, dem das Untier das Rückgrat zerfetzt hatte, keuchte und wand sich, kaum noch fähig zu atmen.

Heiße Wut überkam mich, und im hintersten Winkel meines Bewusstseins war mir klar, dass diese Wut dem Blutrausch des Ungeheuers gar nicht so unähnlich war.

Ich erreichte die Ecke gerade rechtzeitig, um Murphy zu sehen, die vor einem Berg von Leichen stand und zielte, um den letzten Schuss auf den Loup-Garou abzugeben. Das Biest knurrte, und sie verschwand unter seinem mächtigen Körper.

»Nein!«, schrie ich und rannte los.

Carmichael war schneller. Sein runder Bauch war aufgerissen, sein billiger Anzug war voller Blut. Nur der mit Essensresten verschmierte Schlips hatte sich aus irgendeinem Grund nicht verändert. Er war leichenblass, und seine Miene zeigte jenen eigenartigen Ausdruck, den man nur im Gesicht eines Sterbenden sieht.

Er hatte ein verbogenes, kaputtes Gewehr in der Hand und sprang auf den Rücken des Loup-Garou, als hätte er keine sechzig Pfund Übergewicht, geschweige denn seine besten Jahre längst hinter sich. Er stieß dem Loup-Garou den Gewehrlauf zwischen die Zähne, doch das Biest drehte sich nur um und quetschte Carmichael gegen die Wand. Mit einem Übelkeit erregenden Knacken brachen seine Knochen, und ein Blutschwall sprudelte aus seinem Mund.

Murphy rutschte auf dem Rücken zwischen den Pfoten des Ungeheuers hervor, ihr niedliches kleines Cheerleader-Gesicht war vor Wut verzerrt. Sie setzte dem Biest die Mündung ihrer kleinen Waffe unters Kinn und zog ab, doch es knallte nicht, und der Loup-Garou fiel nicht tot um. Stattdessen hörte ich nur die Sirene und sah Murphys entsetztes Gesicht. Ihr Magazin war leer geschossen.

»Murphy!«, rief ich. »Abrollen!«

Sie sah mich mit dem Sprengstock herbeistürzen und riss die Augen auf.

Das Untier schüttelte den toten Carmichael ab, biss das Gewehr durch und warf außer sich den Kopf hin und her. Murphy kroch seitlich über den Boden und wollte gerade durch das Loch verschwinden, das der Loup-Garou vorher in die Wand gerissen hatte.

Er schnappte einmal kurz nach ihr, dann drehte er sich wieder um und knurrte mich an. Ich bemerkte die Spiegelung des roten Lichts in seinen Augen, während ich jedes Quäntchen Zorn auf dieser Welt in der Spitze meines Stabes bündelte und »*Fuego!*« rief.

Das Spiegelbild in den Augen des Untiers wurde hell wie bei einer Atombombenexplosion, dahinter stand ein schlanker schwarzer Schatten. Der Energiestrom, der so breit war wie meine Hüften, raste als roter Blitz durch den Flur und traf das Biest mit der Gewalt eines Vorschlaghammers. Gleichzeitig ertönte ein Dröhnen, neben dem die Gewehrschüsse und die Schreie wie das Flüstern eines Kindes erschienen.

Die Energie hob den Loup-Garou hoch, schleuderte ihn über die Verletzten hinweg, die noch immer stöhnend am Boden lagen, durch den Vorraum und die Sicherheitstür, durch die Zellentür direkt gegenüber, durch die aus Ziegelsteinen gemauerte Außenwand des Gebäudes in die Nacht von Chicago hinaus.

Doch damit nicht genug. Der Energiestoß wirbelte die Bestie quer über die Straße, durch die Fenster des Gebäudes auf der anderen Straßenseite, durch mehrere Zwischenwände im Innern, die in Wolken von rotem Ziegelstaub zu Bruch gingen. Bevor das rote Feuer erstarb, sah ich durch das Loch, das der Loup-Garou geschlagen hatte, noch die Rückwand des Gebäudes auf der anderen Straßenseite und dahinter die Lichter des nächsten Blocks.

Ich stand im blutverschmierten Gang, hörte das Stöhnen der Verletzten und die Alarmanlage, und durch das Loch in der Mauer drang das Sirenengeheul von Krankenwagen herein. Ein schlanker junger Farbiger rappelte sich vom Boden der Zelle auf, deren Wand der Loup-Garou zerstört hatte. Er gaffte das Loch an und verfolgte den Weg der Zerstörung den Flur hinunter bis zu mir. »Verdammt«, sagte er, und es klang beinahe, als habe er ein heiliges Wort ausgesprochen.

Murphy krabbelte aus dem Loch in der Wand wieder heraus und brach keuchend zusammen. Im Unterarm wölbte sich ein Knochen hervor. Sie hatte sich beim Sturz anscheinend den Arm gebrochen. Kreidebleich und keuchend lag sie da und starrte Carmichaels zerquetschten Körper an.

Einen Moment lang konnte ich nichts tun, außer herumzustehen und zu glotzen. In der Wand klaffte ein weiteres Loch. Wahrscheinlich war der Loup-Garou dort auf den Gang zurückgekehrt und hatte sich zwischen die beiden Gruppen von Polizisten geschoben, sodass diese nicht mehr auf das Untier hatten schießen können, ohne Gefahr zu laufen, sich gegenseitig zu treffen. Einige der Toten sahen tatsächlich so aus, als hätten sie Schusswunden.

Von draußen, lauter als die Sirenen, das Stöhnen und die Geräusche der Stadt, hörte ich ein gedehntes, wütendes Heulen.

»Du machst wohl Witze«, schnaufte ich.

Meine Knochen fühlten sich an wie Matsch, aber ich raffte mich auf und humpelte um die Ecke zurück. Dort traf ich auf Rudy, der benommen ins Leere starrte, den Pappbecher in einer und den Snoopy in der anderen Hand.

Ich nahm ihm beides ab und schlurfte über den Flur zurück bis zu dem zweiten Loch.

Ich fand dort sofort, was ich suchte – Blut an der Innenseite der Wand, wo das Biest durchgebrochen war. Das Blut des Loup-Garou war dicker und dunkler als menschliches. Ich fing es in dem Pappbecher auf und kehrte in den Gang zurück.

Dort wischte ich ein Stück mit dem Fuß sauber, legte den Sprengstock ab, zückte die Kreide und malte einen Kreis auf den Boden.

Rudolph kam zu mir, sah zwischen den grässlich verunstalteten Leichen und dem Blut hin und her. »Sie. Mein Gott! Was machen Sie denn da?«

Ich warf den Snoopy mitten in den Kreis und schmierte

das Blut des Ungeheuers über Augen, Mund und Nase des Stofftiers. »Thaumaturgie«, sagte ich.

»Was?«

»Magie«, erklärte ich grimmig. »Ich stelle eine symbolische Verbindung zwischen etwas Kleinem«, ich nickte zu dem Snoopy hin, »und etwas Großem her. Was auf der kleineren Ebene passiert, geschieht auch auf der größeren.«

»Magie«, wiederholte Rudolph.

Ich schaute zu ihm auf. »Gehen Sie nach unten. Schicken Sie die Sanitäter hier rauf, Rudy. Nun machen Sie schon. Schicken Sie die Leute herauf, damit den Verwundeten geholfen wird.«

Der Bursche riss sich vom Anblick des blutigen Stofftiers los, sah mich an und nickte. Dann drehte er sich um und rannte den Gang hinunter.

Unterdessen konzentrierte ich mich wieder auf den Spruch, den ich wirken wollte. Ich musste den Zorn, den ich empfand, aus dem Spruch heraushalten. Ich konnte es mir nicht erlauben, mich von Kummer, Wut und den Gedanken an Rache für die Toten und für das Leid ihrer Angehörigen ablenken zu lassen. Aber bei Gott, ich wollte nichts lieber tun, als dieses Biest in Brand zu stecken und irgendwo da draußen verkohlen zu lassen.

Andererseits musste ich auch daran denken, dass es nicht MacFinns Schuld war. Er stand unter einem Fluch, er konnte nichts dafür. Ihn zu töten, würde die Toten auf diesen blutigen Fluren nicht wieder zum Leben erwecken. Allerdings konnte ich dafür sorgen, dass in dieser Nacht nicht noch mehr Menschen starben.

Dazu war ich sogar in der Lage, ohne ihn zu töten.

Im Nachhinein betrachtet, war es nur gut, dass ich nicht versucht habe, MacFinn umzubringen. Diese Art von Magie erfordert viel Kraft – mehr Kraft, als ich noch hatte. Wahrscheinlich hätte ich mich bei dem Versuch, den Loup-Garou zu erledigen, auch gleich selbst erledigt. Ganz zu schweigen davon, dass es dem Weißen Rat gegen den Strich gegangen wäre – obwohl natürlich MacFinn in diesem Augenblick im Grunde kein Mensch war. Ungeheuer auszuschalten, ist für den Rat normalerweise kein Thema. Dort hält man nicht viel von Chancengleichheit.

Jedenfalls versuchte ich etwas anderes. Meine Wahrnehmung für die Umgebung schwand, als ich einen leisen Singsang unsinniger Silben anstimmte und die Energie bündelte, die ich in dem Kreis brauchte, den ich um mich gezogen hatte. Erst später erinnerte ich mich, dass ich »*Ubriacha, ubrius, ubrium*« zur Titelmusik der »Peanuts« gesungen habe.

Ich riss einen Streifen von meinem blutigen Overall ab und wickelte ihn um Snoopys Augen und seine Ohren. Die andere Seite band ich an seinen niedlichen kleinen Fellpfoten fest und stopfte ihm das Ende ins Maul, als wollte ich ihn knebeln.

Der Spruch baute sich auf und war fast bereit, schließlich gab ich die Energie frei und löste den Kreis wieder auf, damit die Magie in die Nacht entweichen und über das Blut den Loup-Garou finden konnte. Sie würde sich um das Wesen wickeln, seine Augen blenden, seine Ohren verdecken, ihm das Maul stopfen und knebeln und die Pfoten mit den Krallen blockieren. Der Spruch würde das Untier behindern und verwirren und es hoffentlich irgendwohin treiben, wo niemand es finden konnte und wo es seine rasende Wut nicht mehr an den Menschen der Stadt auslassen konnte. Der Spruch würde sich bis zum Morgengrauen halten.

Ich spürte, wie die Energie aus mir herausströmte und mich leer, erschöpft und benommen zurückließ.

Plötzlich war ich von Menschen umgeben – Sanitäter, Cops, Notärzte und Feuerwehrleute, du meine Güte. Ich erhob mich, verließ meinen Kreis, packte den Sprengstock und torkelte halb blind davon.

Wie betäubt schlurfte ich an Carmichaels Leiche vorbei. Murphy wiegte sich weinend und zitternd davor hin und her, während ein Mann versuchte, ihr eine Decke über die Schultern zu legen. Sie nahm keinerlei Notiz von mir.

Carmichael wirkte im Tod entspannt. Einen Moment lang fragte ich mich, ob er Familie hatte. Eine Frau, die ihn vermisste. Er war gestorben, als er Murphy vor dem Biest hatte retten wollen. Er war als Held von uns gegangen.

In diesem Augenblick kam mir alles so sinnlos vor. Es war sinnlos, ein Held zu sein. Ich fühlte mich ausgelaugt, als hätte das Feuer, dass ich dem Wesen entgegengeschleudert hatte, auch alle sanften Gefühle verbrannt, die ich vorher gekannt hatte, und als wäre ein Ödland zurückgeblieben, auf dem nur noch feuerrote Emotionen existieren konnten.

Ich stolperte an Murphy und Carmichael vorbei in Richtung Ausgang und überlegte, dass ich in dieser Verwirrung vielleicht die Chance hatte, ungehindert nach draußen zu gelangen, wo Tera und Susan im Auto warteten. Tatsächlich versuchte niemand, mich aufzuhalten.

Das Treppensteigen fiel mir so schwer, dass ich mir vorstellte, ich würde mich einfach auf den ersten Treppenabsatz legen und sterben. Ein hilfsbereiter alter Feuerwehrmann stützte mich jedoch und half mir bis ins Erdgeschoss hinunter. Unterwegs fragte er mich mehrmals, ob ich einen Arzt brauchte. Ich versicherte ihm, dass es mir gut gehe, und hoffte, dass er die Handschellen nicht bemerkte, die noch immer an meinen Handgelenken baumelten.

Glücklicherweise fielen sie ihm nicht auf. Er war wie alle anderen völlig benommen.

Auch draußen herrschte Chaos. Die Polizei bemühte sich, zumindest einen Anschein von Ordnung zu wahren. Mehrere Mannschaftswagen fuhren die Straße herauf, wo sich bereits Gaffer versammelt hatten. Ich blieb verstört in der Tür stehen und versuchte, mich zu erinnern, wie man es anstellte, eine Treppe hinunterzulaufen.

Auf einmal war ein warmer, sanfter Mensch bei mir und stützte mich. Ich nahm die Hilfe gern an, schloss die Augen und atmete den Duft von Susans Haaren tief ein. Am liebsten hätte ich mich an ihr festgeklammert und ihr zu erklären versucht, was ich gesehen hatte, um die widerlichen Eindrücke zu verarbeiten.

Ich hörte Susan mit jemandem reden, dann hakte sich noch jemand auf der anderen Seite unter und stützte mich auf der Treppe. Tera, dachte ich. Ich erinnere mich, dass die beiden mich irgendwie durch den hektischen Bereich vor dem Revier bugsierten, um Krankenwagen und rufende Polizisten herum, die versuchten, die Gaffer zum Weitergehen zu bewegen. Ich hörte Susan jemandem erklären, ich wäre betrunken.

Schließlich wurde es ruhig, und wir gingen zwischen Autos entlang über einen Parkplatz. Kühles Licht schimmerte auf kühlen Metallgehäusen, erfrischender Regen fiel auf uns herab und benetzte meine Haare. Ich legte den Kopf in den Nacken, um die Tropfen zu spüren, und alles verschwamm.

»Ich hab dich, Harry«, murmelte Susan dicht an meinem Ohr. »Entspann dich einfach. Ich hab dich. Entspann dich.«

Das tat ich dann auch.

20. Kapitel

Ich erwachte in einem dunklen Raum. Er kam mir vor wie ein Kaufhaus oder eine große Tiefgarage. Es war stockfinster, der Boden war eben, und in der Mitte machte ich eine strahlende, sterile Lichtquelle aus, die ich weder genau sehen noch zuordnen konnte. Ich fühlte mich erbärmlich, blickte an mir hinab und sah mich von Kratzern, Prellungen, Schwellungen, Blut, Verbänden und schlecht sitzender Kleidung bedeckt.

Meine üblichen Gerätschaften und Hilfsmittel hatte ich nicht bei mir, und irgendwie hatte ich das Gefühl, zwischen den schmerzhaften Verletzungen und mir liege unerklärlicherweise eine große Distanz. Sie waren mir sehr deutlich bewusst, schienen aber etwas zu sein, was ich nur flüchtig zur Kenntnis nahm, weil es in meinem Leben keine große Bedeutung hatte.

Ich stand knapp außerhalb des Lichtkegels und trat vor, und als ich im Licht stand, kam auf der anderen Seite des Kreises ... *ich* zum Vorschein. Ich selbst. Nur besser gekleidet, in einem guten Mantel aus schwarzem Leder und nicht dem robusten, aber unschönen Segeltuchding, das ich sonst trug.

Hose, Stiefel und Hemd meines Doppelgängers waren ebenfalls schwarz und passten ihm, als wären sie maßgeschneidert und nicht von der Stange gekauft. Seine Augen lagen tief in den Höhlen und wurden von dichten Augenbrauen beschattet. Eine dunkle Intelligenz glomm darin. Sein Haar war ordentlich geschnitten, der kurze Bart betonte die feinen Gesichtszüge, die hohen Wangenknochen, den schmalen, geraden Mund und das markante Kinn.

Er war so groß und langgliedrig wie ich, besaß aber ein deutlich ausgeprägteres Selbstvertrauen, viel mehr Wissen und Kraft. Ein feiner Hauch Eau de Cologne wehte zu mir herüber und kämpfte gegen meinen alten Schweiß und den Blutgeruch an.

Mein Doppelgänger legte den Kopf schief, musterte mich eine Weile von oben bis unten und sagte schließlich: »Harry, du siehst beschissen aus.«

»Und du siehst aus wie ich.« Humpelnd näherte ich mich ihm und betrachtete ihn aus der Nähe.

Mein Doppelgänger verdrehte die Augen und schüttelte den Kopf. »Bei den Toren der Hölle, manchmal wird mir fast übel, wenn ich merke, wie begriffsstutzig du bist.« Er kam mir einige Meter entgegen, ein Spiegelbild meiner eigenen Schritte. »Ich sehe nicht wie du aus. Ich *bin* du.«

Verständnislos blinzelte ich einige Sekunden. »Du bist ich? Wie geht das?«

»Du bist bewusstlos, du Trottel«, erklärte mein Doppelgänger. »Endlich können wir mal miteinander reden.«

»Aha, jetzt verstehe ich. Du bist der böse Harry, der irgendwo tief im guten Harry schlummert, richtig? Und du kommst nur nachts raus?«

»Ach, hör doch auf«, sagte mein Doppelgänger. »Wenn du so einfach gestrickt wärst, dann wärst du unendlich langweilig und hättest dich vermutlich längst erschossen. Ich bin nicht der böse Harry. Ich bin der unterbewusste Harry. Ich bin deine innere Stimme, Mann. Deine Intuition, dein Instinkt, deine urtümlichen animalischen Reaktionen. Ich erschaffe deine Träume und entscheide, welche Albträume du nachts im Schlafkino zu sehen bekommst. Ich habe viele gute Einfälle und reiche sie dir durch, wenn du wach wirst.«

»Willst du damit behaupten, dass du weiser bist als ich? Klüger?«

»In vielerlei Hinsicht bin ich das wohl wirklich«, sagte mein Doppelgänger, »aber das ist nicht meine Aufgabe und auch nicht der Grund, warum ich hier bin.«

»Ich verstehe. Aber was tust du dann hier? Du willst mir doch nicht etwa mitteilen, dass ich die drei Geister namens Harry Gestern, Harry Heute und Harry Morgen kennenlernen soll?«

Mein Doppelgänger schnaubte. »Der war gut. Wirklich originell, dieses Geplänkel. Ich kann so was nicht. Vielleicht hast du deshalb die Oberhand. Andererseits, wenn ich öfter die Oberhand hätte, hättest du erheblich öfter eine Frau im Bett. Aber nein, darum geht es auch nicht.«

»Könnten wir das etwas beschleunigen? Ich bin zu müde für Ratespiele«, klagte ich.

»Was du nicht sagst, Kumpel. Genau deshalb schläfst du ja. Aber wir haben wirklich nicht viel Zeit zum Reden, und es gibt einiges zu besprechen.« Auf einmal hatte er einen britischen Akzent.

»Es gibt etwas zu besprechen? Was denn, soll ich mich jetzt auch noch selbst therapieren?« Ich kehrte meinem

Doppelgänger den Rücken und machte Anstalten, den beleuchteten Kreis zu verlassen. »Ich hatte wirklich schon verrückte Träume, aber das hier ist der dümmste.«

Mein Doppelgänger huschte um mich herum und baute sich vor mir auf, ehe ich aus dem Lichtkreis treten konnte. »Warte mal. Es wäre wirklich nicht gut, wenn du jetzt gehst.«

»Ich bin müde. Ich fühle mich beschissen. Ich bin verletzt. Was ich jetzt überhaupt nicht gebrauchen kann, ist ein Traum mit dir als Hauptdarsteller.« Mit zusammengekniffenen Augen starrte ich meinen Doppelgänger an. »Und jetzt geh mir aus dem Weg.« Ich wandte mich nach rechts und wollte zum Rand des Lichtscheins ausweichen.

Wieder huschte mein Doppelgänger herum, bis er vor mir stand. Anscheinend konnte er die Position wechseln, ohne den jeweils dazwischenliegenden Raum überwinden zu müssen. »Ganz so einfach ist das nicht, Harry. Ganz egal wohin du gehst, du bist schon da.«

»Hör mal, ich habe eine lange Nacht hinter mir.«

»Ich weiß«, sagte mein Doppelgänger. »Glaub mir, ich weiß es ganz genau. Deshalb ist es ja so wichtig, einige Dinge zu klären, bevor dir eine Sicherung durchbrennt, Mann.«

»Was das angeht, mach ich mir keine Sorgen«, log ich. »Ich bin so stabil wie eine Ziegelmauer.«

Mein Doppelgänger schnaubte. »Würdest du denn mit dir selbst sprechen, wenn du nicht kurz davor wärst, den Verstand zu verlieren?«

Ich öffnete den Mund und schloss ihn gleich wieder, dann zuckte ich mit den Achseln. »Okay, gutes Argument.«

»Ich habe noch mehr anzubieten«, sagte mein Doppelgänger. »Die Dinge sind so schnell geschehen, dass du keine Zeit zum Nachdenken hattest. Du musst eine Menge verarbeiten, und du musst ziemlich schnell sehr intensiv nachdenken.«

Ich seufzte. »Na schön, fang an.«

Mein Doppelgänger machte eine Geste, und ich erblickte Murphy, wie ich sie auf dem Flur der Wache gesehen hatte, die gewölbte Haut am Unterarm über dem Knochenbruch, ihr bleiches Gesicht mit den Blutspritzern, tränenüberströmt, hoffnungslos, gequält.

»Murph«, sagte ich leise und kniete vor dem Bild nieder. »Bei den Sternen am Himmel, was habe ich Ihnen nur getan?«

Die Erinnerung hörte mich natürlich nicht. Sie weinte stumme, bittere Tränen.

Mein Doppelgänger kniete sich auf die andere Seite der Erscheinung. »Nichts, Harry«, sagte er. »Was auf dem Polizeirevier geschehen ist, war nicht deine Schuld.«

»O doch«, knurrte ich. »Wäre ich schneller und eher dort gewesen, wenn ich ihr von Anfang an reinen Wein eingeschenkt hätte …«

»Aber das hast du nicht getan«, fiel mir mein Doppelgänger ins Wort, »und du hattest einige verdammt gute Gründe dafür. Mach dir nicht so viele Vorwürfe, Mann. Was geschehen ist, kannst du nicht rückgängig machen.«

»Du hast gut reden«, erwiderte ich.

»Nein, hab ich nicht«, erwiderte mein Doppelgänger ruhig. »Konzentrier dich auf das, was du tun willst, und nicht auf das, was du hättest tun sollen. Du hast die ganze

Zeit versucht, Murphy zu beschützen, statt sie in die Lage zu versetzen, sich selbst zu schützen. Sie wird immer wieder gegen solche Bestien kämpfen müssen, Harry, und du bist nicht immer da, um auf sie aufzupassen. Statt den Ritter zu spielen, musst du ihr Lehrer werden und sie befähigen, das zu tun, was sie tun muss.«

»Aber das bedeutet doch ...«

»Dass du ihr alles erzählen musst«, ergänzte mein Doppelgänger. »Über den Weißen Rat, das Niemalsland, alles.«

»Das wird dem Rat nicht gefallen. Wenn ich es ihr sage und der Rat erfährt davon, hält man sie vielleicht für ein Sicherheitsrisiko.«

»Wenn du ihr nicht erklärst, wogegen sie kämpft, wird in einer dunklen Nacht irgendetwas ihr Gesicht auffressen. Murphy ist ein großes Mädchen. Der Rat sollte lieber aufpassen, ehe er sich mit ihr anlegt.« Mein Doppelgänger betrachtete Murphy. »Vielleicht solltest du auch mal mit ihr ausgehen.«

»*Was* sollte ich tun?«, fragte ich.

»Du hast mich schon verstanden. Du unterdrückst da eine Menge Gefühle, Mann.«

»Das wird mir hier so langsam etwas zu freudianisch«, erwiderte ich. Wieder machte ich Anstalten, mich zu entfernen.

Jetzt sah ich Susan vor mir, wie sie mir auf der Treppe der Polizeiwache entgegengekommen war, recht groß in ihren hochhackigen Schuhen und ihrem Hosenanzug, elegant und schön, mit besorgter Miene.

»Glaubst du, sie wird eine gute Story daraus machen?«, fragte mein Doppelgänger.

»Oh, das ging aber unter die Gürtellinie. Das ist doch nicht ihre einzige Motivation, sich mit mir zu verabreden.«

»Vielleicht, vielleicht auch nicht. Aber du stellst dir diese Frage selbst, nicht wahr?« Mein Doppelgänger deutete erst auf sich und dann auf mich. »Sollte das hier nicht einige weitere Fragen aufwerfen?«

»Welche denn?«, fragte ich.

»Beispielsweise die, woher es kommt, dass du niemandem traust«, sagte mein Doppelgänger. »Nicht einmal jemandem wie Susan, die sich heute Abend ein Bein ausgerissen hat, um dir zu helfen.« Er hob eine schmale, lange Hand und strich sich mit den Fingerspitzen durch den Bart. »Ich glaube, es hat mit Elaine zu tun. Was meinst du?«

Da war es, das elegante, schlanke Mädchen von achtzehn oder neunzehn Jahren – ungelenk und unfertig, zu lange Arme und Beine, aber man sah die Verheißung einer verblüffenden Schönheit, eine Andeutung der anmutigen Kurven, die ihr schlanker Körper einmal haben würde. Sie trug meine Jeans, die halb abgeschnitten waren, und mein T-Shirt, das sie vor dem Bauch verknotet hatte. Ein Drudenfuß, meinem eigenen ähnlich, aber nicht ganz so verkratzt, lag über ihrem Herzen zwischen den kleinen Brüsten. Ihre Haut war hell, fast durchscheinend, ihre Haare schimmerten zwischen Braun und Gold wie reifer Weizen, dazu bildeten ihre hinreißenden wolkengrauen Augen einen interessanten Kontrast. Das Lächeln ließ ihr Gesicht strahlen und weckte ein geheimes Feuer in ihren Augen, das mich auch heute noch, nach so vielen Jahren, scharf einatmen ließ. Elaine. Schön, lebendig und giftig wie eine Schlange.

Ich kehrte dem Bild bewusst den Rücken, bevor ich beobachtete, wie es sich in Elaine verwandelte, wie ich sie zum letzten Mal gesehen hatte – nackt und mit einem Gewirr von Farben bemalt, die ihrer Haut eine wilde Aura verliehen. Ihre Lippen glänzten hellrot und feucht und formten Phrasen, mit denen sie Schmerzen und Zorn in eine greifbare Kraft verwandelte, um einen dummen jungen Mann hilflos zu halten, während sein Mentor ihm zum letzten Mal anbot, aus einem Kelch frischen, warmen Blutes zu trinken.

»Das ist lange vorbei«, erwiderte ich mit bebender Stimme.

»Es ist nicht vorbei«, widersprach mein Doppelgänger leise. »Solange du dich für Justins Tod und Elaines Fall verantwortlich fühlst, beeinflussen diese Erinnerungen alles, was du sagst und tust.«

Ich antwortete mir nicht.

»Sie lebt noch«, fuhr mein Doppelgänger fort. »Du weißt das.«

»Sie ist im Feuer gestorben«, entgegnete ich. »Sie war bewusstlos. Das hätte sie unmöglich überleben können.«

»Du hättest es gespürt, wenn sie gestorben wäre. Außerdem haben sie nur die Knochen eines einzigen Menschen gefunden.«

»Sie ist im Feuer umgekommen!«, kreischte ich. »Sie ist tot.«

»Solange du nicht aufhörst, dir etwas vorzumachen«, sagte mein Doppelgänger, indem er wieder vor mir erschien, »und dich der Realität nicht stellst, werden diese Wunden nicht heilen. Du wirst niemandem vertrauen können. Was mich daran erinnert, dass …« Er machte eine

Geste, und Tera West erschien, wie ich ihr an der Tankstelle hinter der Mülltonne begegnet war – nackt und schlank, wild und mit Blättern und Farn in den Haaren, in den Augen eine kalte, fremde Intelligenz. »Warum, zum Teufel, vertraust du ausgerechnet ihr?«

»Mir ist nichts anderes übrig geblieben«, fauchte ich. »Falls du es nicht bemerkst hast, ich war in einer ziemlich verzweifelten Situation.«

»Du weißt, dass sie kein Mensch ist«, fuhr mein Doppelgänger fort. »Du weißt, dass sie am Tatort war, in Marcones Restaurant, wo dieser Stachelkopf zerfetzt wurde. Du weißt, dass sie eine Gruppe Jugendlicher um sich geschart hat – die bevorzugten Opfer der Geschöpfe des Niemalslandes. Du kannst verdammt sicher sein, dass sie eine Art von Gestaltwandlerin ist und dir nicht die volle Wahrheit sagt, obwohl sie dich immer wieder um Hilfe bittet.«

»Als ob ausgerechnet ich jemandem vorwerfen könnte, nicht die ganze Wahrheit zu sagen«, entgegnete ich.

»Aber du hast sie nicht zur Rede gestellt, weil sie dir etwas verschweigt. Was ist mit diesen Jugendlichen? Wer sind sie, und was haben sie getan? In was zieht sie diese Menschen hinein, und warum hat sie das MacFinn verschwiegen? Er hat die Namen nicht erkannt, als du sie genannt hast.«

»Also gut, also gut«, sagte ich. »Ich wollte sowieso mit ihr reden. Sobald ich wieder aufwache.«

Mein Doppelgänger kicherte. »Falls du die Muße dazu hast. Es geschehen immer noch Morde, und bisher ist kein einziger aufgeklärt. Ist es dir ernst damit, dass du dagegen etwas unternehmen willst?«

»Das weißt du doch.«

Mein Doppelgänger nickte energisch. »Ich bin froh, dass wir mal einer Meinung sind. Lass uns die Fakten betrachten. MacFinn kann unmöglich alle Morde begangen haben. Vor allem nicht den wichtigsten, den an dem Industriellen, an Marcones Geschäftspartner. Der Unternehmer und sein Leibwächter wurden in der Nacht nach Vollmond getötet. Stachelkopf kam in der Nacht vor Vollmond um. MacFinn hat keine Kontrolle über seine Verwandlungen. Er kann diese Morde nicht begangen haben.«

»Wer dann?«, fragte ich.

»Seine Verlobte. Die Männer wurden von einem Tier zerfleischt.«

»Aber das FBI-Labor meint, es sei kein echter Wolf gewesen.«

»Es gibt gewisse Unterschiede zwischen Werwölfen und echten Wölfen.«

»Woher weißt du das?«, fragte ich.

»Ich bin deine Intuition, schon vergessen?«, antwortete mein Doppelgänger. »Denk drüber nach. Wenn du dich in einen Wolf verwandeln wolltest, könntest du dann ein perfektes Bild in deinem Kopf bewahren? Glaubst du, du könntest all die Millionen feiner, winziger Veränderungen im Skelett und in den Muskeln überwachen? So funktioniert die Magie nicht. Das Bewusstsein lenkt und formt die Erscheinung, aber deine Emotionen und deine Gefühle zu Wölfen beeinflussen das Ergebnis und verändern das Bild und die Gestalt. Frag gelegentlich Bob danach. Er wird dir sicher bestätigen, dass ich recht habe.«

»Okay, okay«, sagte ich. »Ich glaub's ja. Aber das FBI

meint, es habe mehrere Arten von Bissspuren und Abdrücken gegeben.«

»Einige stammen von MacFinn. Beim letzten Vollmond hat er vermutlich mehrere Menschen umgebracht, als sein Kreis zerstört worden war.«

»Und Teras Gruppe – sie nennen sich Alphas – könnten die übrigen Spuren verursacht haben, falls sie Gestaltwandler sind.«

»So langsam kommst du in die Gänge«, lobte mich mein Doppelgänger. »Du bist gar nicht so dumm, wie du aussiehst.«

»Glaubst du, sie haben auch MacFinns Sperrkreis zerstört? Den schönen Ring mit den silbernen Symbolen?«

»Dank Tera wussten sie jedenfalls genug darüber. Tera kann sie eingelassen und ihnen die Möglichkeit dazu gegeben haben.«

»Allerdings hatten die Alphas kein Motiv«, überlegte ich. »Warum hätten sie das tun sollen?«

»Vielleicht, weil Tera es ihnen aufgetragen hat.«

Ich runzelte die Stirn und nickte. »Sie ist ein Geschöpf aus dem Niemalsland. Was sie tut, muss für die menschliche Logik nicht unbedingt nachvollziehbar sein.«

Mein Doppelgänger schüttelte den Kopf. »Das glaube ich nicht. Ich habe beobachtet, wie sie MacFinn angeschaut hat – und wie sie sich opfern wollte, um das FBI und die Polizei abzulenken, damit er fliehen konnte. Deine Instinkte sagen dir, dass sie MacFinn liebt und sich nicht gegen ihn wenden würde.«

»Ja, das hast du mir auch über Elaine erzählt«, entgegnete ich, als die Erinnerungen wieder hochstiegen.

»Das ist lange her«, wehrte mein Doppelgänger etwas pikiert ab. »Ich hatte inzwischen genug Zeit, meine Urteilskraft zu schulen.«

»Na gut«, seufzte ich. »Wohin führt uns das?«

»Ich glaube, wir sind den wahren Mördern noch gar nicht begegnet. Denjenigen, die MacFinns Kreis zerstört und in den Vollmondnächten die Gangster um die Ecke gebracht haben.«

Skeptisch schielte ich meinen Doppelgänger an. »Meinst du wirklich?«

Er nickte und kraulte wieder seinen Bart. »Jedenfalls unter der Voraussetzung, dass die Alphas nichts ohne Teras Wissen tun. Ehrlich gesagt kommen sie mir etwas zu jung und unbedarft vor, um solche Morde zu begehen. Ich glaube, jemand anders steckt dahinter. Jemand, der versucht, MacFinn ans Messer zu liefern und abzuservieren.«

»Aber warum?«

»Vielleicht, weil er etwas gegen das Projekt Nordwestpassage hat. Mann, vielleicht auch einfach nur, weil MacFinn ein Werwolf ist, Harry, und weil irgendjemand es erfahren hat und ihn zur Strecke bringen will. Du weißt doch, dass es Organisationen gibt, die so etwas tun. Venatori Umbrorum, Mitglieder des Weißen Rates oder andere Leute, die Bescheid wissen.«

»Aber du glaubst, wir sind ihnen noch nicht begegnet?«

»Ich glaube, du hast sie noch nicht im Visier«, sagte mein Doppelgänger. »Halt die Augen offen, ja? Und damit wären wir auch gleich beim nächsten Punkt der Tagesordnung.«

»Ach ja?«

Mein Doppelgänger nickte. »Die Einschätzung der Gefahrenlage. Dir starren alle möglichen Dinge ins Gesicht, aber du bemerkst sie nicht. Ich will nicht, dass du dein Leben verlierst, bloß weil du zerstreut bist.« Er sah sich um, runzelte die Stirn und sagte: »Wir haben kaum noch Zeit.«

»Wir hätten mehr gehabt, wenn du nicht so ein Klugscheißer wärst.«

»Verklag mich doch«, sagte mein Doppelgänger. »Vergiss Marcone nicht. Er ist sauer, weil du sein Angebot nicht angenommen hast. Er glaubt, die Mörder hätten es als Nächstes auf ihn abgesehen, und damit hat er vielleicht sogar recht. Er hat panische Angst, und Menschen, die Angst haben, machen Dummheiten – sie legen etwa den einzigen Mann in der Stadt um, der fähig ist, alldem ein Ende zu setzen.«

»Lass Marcone mal meine Sorge sein«, sagte ich.

»Ich bin du, und deine Sorgen sind auch meine Sorgen. Dann die Cops. Einige von Murphys Leuten sind tot. Es gibt Rechnungen zu begleichen, sobald sie ihren Arm hat behandeln lassen, und irgendjemand wird sich erinnern, dass du in der Nähe warst. Bei deinem Glück werden sie jedoch vergessen, dass ohne dich noch viel mehr Menschen gestorben wären. Wenn du Murphy oder irgendwelchen Polizisten das nächste Mal über dem Weg läufst, solltest du sehr vorsichtig sein, weil du sonst erschossen wirst, während du dich einer Festnahme widersetzt.«

»Ich werde aufpassen«, versprach ich mir.

»Noch eins«, fuhr mein Doppelgänger fort. »Du hast Parker und die Straßenwölfe völlig vergessen. Parker muss dich umbringen, wenn er die Kontrolle über seine Leute behalten will. Er hat gewusst, was zwischen dir und Marcone vorgefallen ist, und er ist ein kleiner Gangster aus Chicago. Vermutlich besteht eine Verbindung zwischen den beiden, aber du warst zu dumm, das zu bedenken.«

»Bei den Sternen am Himmel«, murmelte ich, »ist die Situation nicht schon kompliziert genug? Mach es mir nicht noch schwerer, ja?«

»Wenigstens bist du jetzt bereit, dich damit zu befassen, statt dass du die Augen zukneifst und so tust, als könnte dich dann niemand sehen. Sei vorsichtig, Harry. Es ist ein ziemlicher Schlamassel, und du bist der Einzige, der das alles wieder ins Lot bringen kann.«

»Wer bist du?«, fragte ich ihn. »Meine Mutter?«

Mein Doppelgänger schnippte mit den Fingern. »Da fällt mir gerade was ein. Deine Mutter ...« Er unterbrach sich, schaute auf und sah sich um, dann verzog er frustriert das Gesicht. »O verdammt!«

Plötzlich schüttelte mich jemand an der unverletzten Schulter und weckte mich unsanft. Ich blinzelte und riss erschrocken die Augen auf.

All die Schmerzen am ganzen Körper waren auf einen Schlag mit erneuerter Kraft und Bosheit wieder da. Einen Moment lang war ich völlig orientierungslos und versuchte, mich auf die neue Situation einzustellen.

Ich saß auf dem Beifahrersitz von Susans Wagen. Wir fuhren irgendwo auf einem Highway, aber der Regen und die Wolken ließen mich nicht erkennen, wo wir waren. Die von hinten beleuchtete Uhr im Armaturenbrett verriet mir, dass es erst kurz nach neun war. Ich hatte weniger als eine halbe Stunde geschlafen.

Um meinen verletzten Fuß war ein Badetuch gewickelt, und mein Gesicht fühlte sich kühl an, als hätte es jemand abgewischt.

»Ist er wach?«, fragte Susan. Ihre Stimme klang ein wenig schrill, beinahe panisch. »Ist er wach?«

»Ich bin wach«, sagte ich benommen und blinzelte noch einmal. »Mehr oder weniger. Was gibt's? Ich hoffe, etwas Gutes.«

»Leider nein«, sagte Tera von hinten. »Wenn Sie noch einen Rest an Kraft haben, Magier, dann sollten Sie sich darauf vorbereiten, sie einzusetzen. Wir werden verfolgt.«

21. Kapitel

Ich murmelte eine vage Verwünschung an die Adresse derjenigen, die uns auf den Fersen waren. »Okay, okay, lasst mir eine Minute Zeit.«

»Harry«, wandte Susan ein, »der Tank ist fast leer. Ich weiß nicht, ob uns die Minute noch bleibt.«

»Vom Regen in die Traufe«, stöhnte ich.

Tera musterte mich mit gerunzelter Stirn. »Es regnet doch noch immer.« Sie wandte sich an Susan. »Ich glaube, er ist schwer verwirrt.«

Darauf schnaubte ich wütend und drehte mich mit glasigen Augen zu ihr um. »Das ist eine Redensart. Bei den Toren der Hölle, Sie wissen wirklich nicht viel über Menschen, was? Sind Sie sicher, dass uns jemand folgt?«

Tera sah sich um. »Zwei Wagen hinter uns. Dann noch einmal drei Wagen hinter diesem. Also zwei Fahrzeuge, die uns beschatten.«

»Wie können Sie das wissen?«, fragte ich.

Tera richtete ihre eigenartigen bernsteingelben Augen auf mich. »Sie verhalten sich wie Raubtiere. Sie bewegen sich geschickt. Und ich kann sie spüren.«

Ich kniff die Augen zusammen. »Sie können sie spüren? Auf instinktive Weise?«

Tera zuckte mit den Achseln. »Ich spüre sie«, wiederholte sie. »Sie sind gefährlich.«

Immer noch hatte ich diesen Blutgeschmack im Mund. Es war nervig wie ein Knistern in der Telefonleitung. Unter allen Menschen, die mich mit dem Auto verfolgen konnten, vermochte ich mir nur wenige vorzustellen, die fähig waren, die übernatürlichen Sinne eines nichtmenschlichen Wesens anzusprechen. Vielleicht war es gar keine so schlechte Idee, auf meinen schnieken Doppelgänger zu hören. »Susan«, sagte ich. »Verlass den Highway.«

Ihre dunklen Augen blitzten in der Straßenbeleuchtung, als sie mich ansah, dann kontrollierte sie noch einmal die Benzinanzeige. »Ich muss sowieso gleich runter. Was soll ich tun?«

»Halt an einer Tankstelle.«

Sie warf mir einen weiteren nervösen Blick zu, was mir die Gelegenheit gab, einmal mehr zu bemerken, wie wundervoll sie aussah. Wie eine südamerikanische Göttin. Andererseits war ich vielleicht nicht ganz objektiv.

»Und was dann?«, wollte sie wissen.

Ich überprüfte meinen Fuß und zog langsam meinen zweiten Stiefel aus, wobei ich mich fast mit dem Rücken zur Beifahrertür drehte. »Dann rufst du die Polizei an.«

»Was?«, rief Susan, während sie in die Ausfahrt einbog.

Unterdessen tastete ich in der Werkzeugtasche des Overalls herum, bis ich die kleine Sportflasche mit dem zweiten Trank gefunden hatte. »Tu es einfach«, sagte ich. »Vertrau mir.«

»Magier«, sagte Tera, immer noch mit gefährlich ruhiger Stimme, »niemand außer Ihnen kann meinem Verlobten helfen.«

Gereizt erwiderte ich ihren Blick. »Wir treffen uns dort,

wo Sie die Versammlungen Ihrer Jugendgruppe abhalten.«

»Harry?«, fragte Susan. »Was meinst du damit?«

Wir hatten das Ende der Ausfahrt erreicht, hinter der eine Einbahnstraße begann, und ich packte meinen Sprengstock und den Trank, öffnete die Wagentür, löste meinen Sicherheitsgurt und ließ mich auf die Böschung neben der Straße fallen.

Ich weiß, ich weiß. Im Rückblick kommt die Aktion sogar mir ziemlich dumm vor. Aber in jenem Augenblick fand ich es irgendwie ritterlich, auch wenn ich es selbst nicht ganz begriff. Ich war sicher, dass Parker und seine Freunde, die Straßenwölfe, uns verfolgten, und ich hatte eine recht gute Vorstellung davon, wie gefährlich sie waren. Ich musste davon ausgehen, dass sie bei Vollmond sogar noch stärker waren als sonst. Susan hatte keine Ahnung, in welcher Gefahr sie schwebte, und solange ich in ihrer Nähe blieb, zog ich sie nur noch tiefer hinein. Und was Tera anging – ich traute ihr immer noch nicht. Ich war nicht sicher, ob ich mit ihr als Rückendeckung kämpfen wollte.

Nein, ich wollte mich allein mit den Verfolgern herumschlagen, für meine Fehler selbst geradestehen und keine Unschuldigen wie Susan dafür büßen lassen.

Also, nun ja, ich sprang aus einem fahrenden Auto. Ich sagte ja schon, in diesem Augenblick kam es mir ganz vernünftig vor.

Ich umschlang die Beine mit beiden Armen, als wollte ich ein Fass umarmen, und dann rollte und holperte ich durchs Gelände. Eine Weile drehte sich die ganze Welt um mich, dennoch schaffte ich es irgendwie, die Übersicht zu behalten und meinen Schwung vor allem in rollende Bewegungen umzusetzen, bis mich die zweifelhafte Behaglichkeit des hohen Unkrauts neben der Ausfahrt auffing. Als ich endlich reglos dalag, war ich von frisch zerdrückten Pflanzen umgeben, die nach dem Regen feucht und kalt waren. Es roch nach Erde und Benzin, nach Teer und Auspuffgasen.

Überall hatte ich Schmerzen, die vor allem von der Schulter und dem verletzten Fuß ausstrahlten. Ich war benommen, mir war schwindlig, die Schwärze schien auf meine Augenlider zu drücken und wollte sie zwingen, sich zu schließen. Mühsam rief ich mir in Erinnerung, was ich hatte tun wollen, als ich die Tür von Susans Auto geöffnet hatte.

Mit den Zähnen riss ich den Verschluss der Sportflasche auf, drückte die Plastikflasche zusammen und spritzte mir den Trank aus der schmalen Öffnung in den Mund. Drei Tassen kalter Kaffee, dachte ich dabei. Lecker.

Es schmeckte nach feuchter Pappe, alter Pizza und verbrannten Kaffeebohnen. Doch als der Trank durch meine Kehle rann, entfaltete er sofort seine Wirkung, und ich fühlte mich energiegeladen und lebendig, als hätte ich den Nachbrenner eingeschaltet. Meine Müdigkeit war wie weggeblasen, und frische Kraft baute sich in mir auf, wie es manchmal am Ende eines Konzerts geschieht. Die Schmerzen waren nun so weit gedämpft, dass sie gut zu ertragen waren, die Erschöpfung wich aus meinen Muskeln, und meine umwölkten, trägen Gedanken waren mit einem Mal klar und scharf, als hätte jemand meine Nerven mit Chilipulver eingerieben. Mein Herzschlag beschleunigte und stabilisierte sich, und ich kam sofort zu der Schlussfolgerung, dass die Lage wohl doch nicht so schlimm war, wie ich befürchtet hatte.

Aus reinem Trotz gegenüber der Verletzung, die Agentin Benn mir zugefügt hatte, drückte ich mich mit dem verwundeten Arm hoch und klopfte mich ab. Mein Overall war zerrissen, und ich entdeckte frisches Blut – Abschürfungen vom Asphalt. Durch die Löcher im Stoff sah ich auch eine Reihe dunkel verfärbter Prellungen auf Armen und Beinen. Verächtlich starrte ich sie an.

Ich schüttelte den linken Arm, bis das Armband locker am Handgelenk lag, nahm den Sprengstock in die Rechte und atmete noch einmal den Duft des Regens auf dem Asphalt und den frischen, sauberen Herbstgeruch ein, der im Gestank Chicagos fast unterging. Ich musste daran denken, wie sehr ich den Herbst liebte, während ich beobachtete, wie Susans Wagen im Verkehrsstrom weiterschwamm.

Als ich mich umdrehte, sah ich zwei Autos in gewagten Manövern quer über mehrere Spuren wechseln und in die Ausfahrt einbiegen. Das vordere Fahrzeug war ein zwei Tonnen schwerer Pick-up, ein ziemlich großes Ding. Parker saß am Steuer und sah sich wild um, bis sein Blick auf mich fiel, wie ich da neben der Straße im hohen Gras stand.

Ich lächelte ihn an und betrachtete voller Genugtuung sein schockiertes Gesicht.

Dann holte ich tief Luft, sammelte meine erneuerte Willenskraft, hob den Stock mit der rechten Hand, murmelte einen Satz in einer Sprache, die ich nicht kannte, und zerlegte die Reifen seines verdammten Wagens.

Mit einem lauten Knall platzten sie alle gleichzeitig – viermal Totalausfall aufgrund schlagartig erhitzter Luft im Innern der Reifen. Ein ziemlich komplizierter Spruch, wenn man ihn aus dem Handgelenk auf ein fahrendes Auto anwenden will.

Der Pick-up schleuderte, Parker kurbelte heftig am Lenkrad, um den Wagen wieder unter Kontrolle zu bringen. Zwei Leute saßen bei ihm im Führerhaus, die Gesichter konnte ich von meinem Standort aus allerdings nicht ausmachen.

Der Wagen kam von der Straße ab, Kies spritzte hoch, er rutschte an mir vorbei ins Unkraut, landete im Graben und kippte um.

Ein mächtiges Knirschen ertönte. Echte Autounfälle sind im Gegensatz zu den Darstellungen im Fernsehen ausgesprochen laute Ereignisse. Es klingt, als will jemand mit einem Hammer leere Mülltonnen zurechtbiegen, nur lauter.

Parkers Pick-up überschlug sich zweimal, prallte gegen einen kleinen Hügel und blieb auf der Beifahrerseite liegen.

»Na gut«, sagte ich nicht ohne Stolz auf meine Fähigkeiten, »damit wäre das wohl erledigt.«

Ich hatte mich zu früh gefreut. Nach einem spröden, knirschenden Geräusch bekam die Windschutzscheibe des Pick-ups Sprünge wie ein Spinnennetz. Das Geräusch wiederholte sich, dann flog das Sicherheitsglas aus der Verankerung, und ein Fuß mit einem Springerstiefel kam zum Vorschein. Noch mehr Glas folgte, bis schließlich die reichlich mitgenommenen, blutenden Insassen herauskrochen.

Außer Parker erkannte ich den Lümmel mit dem breiten Kinn, dessen Nase ich vor ein paar Tagen platt gehauen hatte. Inzwischen war sie vermutlich angeschwollen und ziemlich blau. Außerdem die blutrünstige Frau, die den Trupp zu einem Blutrausch aufgestachelt hatte. Sie trugen ähnliche Kleidung aus Drillich und Leder und hatten bei dem Unfall Schnittwunden und Prellungen davongetragen.

Parker führte sie an, sah sich noch einmal erstaunt zu seinem Pick-up um und starrte mich an. Ein ängstliches Flackern in seinen Augen ließ mein Herz schneller schlagen. Das geschah ihm recht, dem Trottel. Ich drehte den Sprengstock einmal in den Fingern herum, pfiff ein Stück aus der Ouvertüre von *Carmen* und marschierte ihnen durchs hohe Gras entgegen. Es passte mir nicht, dass ich humpelte und mit meinem blauen Overall, der an Armen und Beinen größere Löcher hatte, etwas lächerlich wirkte.

Plattnase bemerkte mich als Erster und stieß einige überraschte Laute aus, die zu einem Neandertaler gepasst hätten. Er zog eine Pistole aus der Jacke, die in seiner Pranke winzig wirkte. Ohne Vorwarnung begann er auf mich zu schießen.

Ich hob die linke Hand, lenkte einen Teil meiner unerschöpflichen Energie in das Schildarmband und sang einige Phrasen, die mir irgendwie italienisch vorkamen, um den Spruch zu verstärken. Während die Kugeln von meinem Schild abprallten, dass die Funken nur so sprühten, schritt ich dahin und hatte sogar noch genug Luft, um weiter *Carmen* zu pfeifen.

Parker knurrte und schlug mit einer Art Kampfsporthieb auf Plattnases Handgelenk. Ich hörte deutlich den Knochen brechen, doch Plattnase zog nur die Hand zurück und funkelte Parker böse an.

»Vergiss nicht, warum wir hier sind!«, sagte der kleinere Mann. »Er gehört mir!«

»Hallo, Mister Parker!«, rief ich fröhlich. Das Bild, das ich ihnen bot, als ich mich ihnen näherte, war vermutlich eher komisch – abgesehen natürlich von all dem Blut und dem breiten Lächeln, das ich aufgesetzt hatte. Irgendwie schien ich die Straßenwölfe tatsächlich einzuschüchtern.

Die Frau knurrte mich an, und einen Moment lang spürte ich eine wilde, unbändige Energie. Es war die gleiche Kraft, die ich in der Full Moon Garage bei den rasenden Lykanthropen bemerkt hatte. Auch jetzt baute sie sich um uns in der Luft auf.

Ich warf dem Miststück einen gereizten Blick zu und zog meine Hand quer durch die Luft.

»*Disperdorus!*«, murmelte ich und sandte einen Impuls meines Willens hinterher, den ich bei anderen Gelegenheiten, wenn ich mich nicht ganz so allmächtig fühlte, als erschreckend stark betrachtet hätte.

Die Energie, die sie gesammelt hatte, löste sich auf und zerstreute sich, als hätte sie nie existiert. Angespannt und nervös starrte die Frau mich an und griff nach einem Messer, das sie in einer Scheide an der Hüfte trug.

»Hallo, Mister Parker«, wiederholte ich. »Ich weiß,

warum Sie hier sind. Sie haben sicher den Polizeifunk mitgehört und sind zum Revier gekommen, um mich zu suchen, nicht wahr? Tut mir leid, dass ich Sie enttäuschen muss, aber ich werde mich nicht so einfach von Ihnen umbringen lassen.«

Plattnase machte eine finstere Miene. »Woher wissen Sie, dass …«

Parker versetzte ihm einen harten Schlag auf den Mund, und der große Kerl verstummte. »Mister Dresden«, grollte Parker. Er sah mich von oben bis unten an. »Wie kommen Sie auf die Idee, Sie könnten mich davon abhalten, Sie umzubringen?«

Ich musste einfach lächeln. Ich meine, wenn man mit Idioten und Kindern spricht, dann lächelt man eben. »Ach, ich weiß auch nicht. Das Problem ist nur, ich könnte erheblich mehr zertrümmern als nur euren Wagen, wenn einer von euch auch nur einen Augenblick aus der Reihe tanzt. Zudem wird in wenigen Minuten die Polizei hier eintreffen und Sie zur Räson bringen.«

Auf einmal wurde die Welt um uns herum trüb, die Straßenlaternen schienen zu verblassen, und der Regen war eiskalt, dann war es auch schon wieder vorbei. Blinzelnd wischte ich mir etwas Blut aus den Augen und setzte wieder das Lächeln auf. Vor diesen Kindern durfte ich keine Schwäche zeigen.

Parker verzog die schmalen Lippen zu einem schiefen Grinsen. Er hatte schlechte Zähne. »Die Cops sind auch hinter Ihnen her, Dresden. Außerdem glaube ich Ihnen kein Wort.«

»Sobald sie hier sind, werde ich auf unerklärliche Weise

verschwinden«, kündigte ich an. »Genau wie ... nun ja, wie man es von einem Magier erwarten darf. Aber ihr seid ...«

Vorübergehend vergaß ich, was ich sagen wollte. Irgendwo im Hinterkopf regte sich etwas. Irgendein Detail, das ich vergessen hatte.

»Ich kann Ihr Blut riechen, Magier«, sagte Parker leise. »Bei Gott, Sie haben keine Ahnung, wie gut es riecht.« Er bewegte sich nicht, aber die Frau stieß einen kleinen klagenden Laut aus und schmiegte sich an Plattnase, ohne mich aus den Augen zu lassen.

»Dann schnüffeln Sie noch mal«, sagte ich. »Es wird das letzte Mal sein, dass Sie es riechen.«

Doch das Lächeln war mir vergangen. Eine Ranke der Unsicherheit kroch über die Mauer des Selbstvertrauens, das ich so genossen hatte. Der Regen wurde wieder kälter, das Licht verdüsterte sich erneut. Mein vorgestreckter linker Arm tat höllisch weh, es begann in der verletzten Schulter, und meine Hand zitterte sichtlich. In allen Teilen meines geschundenen Körpers erwachten wieder die Schmerzen.

Auf einen Schlag setzte nun auch die Vernunft wieder ein. Die Wirkung des Tranks ließ nach. Ich hatte mich in der ersten Begeisterung überanstrengt. Wäre ich bei Verstand gewesen, wäre ich nie auf die Idee gekommen, die Aura von Wut und Lust zu zerstören, die um die Frau entstanden war. Es gab dabei zu viele Unbekannte.

Mein Herzschlag beschleunigte sich, und ich begann zu keuchen.

Parker und seine beiden Begleiter merkten gleichzeitig auf, ohne ein sichtbares Zeichen ausgetauscht zu haben.

Wieder spürte ich die wilde Energie, die aus den Regenwolken zu den Lykanthropen hinabströmte. Ich schwöre Ihnen, ich konnte deutlich sehen, wie sich die Schnittwunden, die sie beim Unfall erlitten hatten, wieder schlossen.

Plattnase ließ die Hand kreisen, deren Gelenk gerade vorher gebrochen war, spannte die Finger und musterte mich mit einem grimmigen Lächeln.

Okay, Harry, sagte ich mir. *Bleib ruhig. Nur keine Panik. Du musst sie bloß hier festhalten, bis die Cops kommen, dann kannst du in Frieden verbluten. Oder zum Arzt gehen. Je nachdem, was weniger schmerzhaft ist.*

»Wissen Sie, Parker«, sagte ich mit bebender Stimme, die jetzt eindeutig verzweifelt klang. »Ich wollte wirklich nicht in Ihre Werkstatt eindringen. Mann, ich wäre nie dort aufgetaucht, wenn Dentons Affe mich nicht auf diese Idee gebracht hätte.«

»Das ist jetzt egal.« Parker sprach leise und sehr selbstsicher, offenbar hatte er sich wieder gefangen. Er lächelte und zeigte noch mehr seiner faulen Zähne. »Das ist Schnee von gestern.« Dann kam er einen Schritt auf mich zu.

Ich stieß den Stab in seine Richtung vor und rief: »*Fuego!*«

Ich wollte meinen gebündelten Willen mitschicken und pfiff auf die Meinung des Rats, was das Töten mit Magie betraf.

Nichts geschah.

Ungläubig starrte ich in die Runde, zuerst zu Parker und danach auf den Sprengstock. Meine Finger wurden taub, als ich sie betrachtete, dann fiel der mit Runen geschmückte Eschenstab zu Boden, obwohl ich noch ungeschickt versuchte, ihn aufzufangen.

Statt ihn zu erwischen, belastete ich den verletzten Fuß, und die angeschlagene Muskulatur reagierte mit einem heftigen Krampf, der eine neue Schmerzwelle durch meinen Körper jagte. Das Bein gab nach, und ich fiel ins Unkraut und in den Schlamm.

Bei dem Sturz lösten sich die letzten Überreste meines Schildes auf. Meine magischen Fähigkeiten hatten mich im Stich gelassen.

Parker lachte, es war ein hässlicher Laut. »Hübscher Trick. Haben Sie noch mehr davon auf Lager?«

»Einen noch«, keuchte ich und nestelte in der Werkzeugtasche meines Overalls.

Parker kam langsam auf mich zu, selbstbewusst und entspannt, mit den Bewegungen eines dreißig Jahre jüngeren Mannes.

Meine Finger schmerzten vor Kälte, ich hatte sie mir auf dem Asphalt aufgeschürft, und sie waren taub von all den Schmerzen, Kratzern und Prellungen. Doch der Kolben meines Chiefs Special war leicht zu finden.

Ich zog den Revolver, spannte den Hahn und zielte auf Parker.

Er riss die Augen auf und blieb abrupt stehen. Er floh nicht, aber er kam auch nicht näher. Aus einem Meter Entfernung war er kaum zu verfehlen, auch wenn ich im Dreck lag, und das wusste er.

»Ich hätte nicht gedacht, dass Sie eine Schusswaffe bei sich tragen«, sagte er. Der Regen schwemmte ihm die fettigen Haare über die Augen.

»Nur bei besonderen Gelegenheiten.« Ich musste ihn unbedingt aufhalten. Wenn ich ihn festsetzen konnte, und sei es nur noch für einige Minuten, wären die Cops da. Daran musste ich felsenfest glauben, denn wenn sie nicht kamen, war ich im Eimer. Mausetot. »Bleiben Sie, wo Sie sind.«

Das tat er nicht. Er kam einen Schritt auf mich zu.

Also schoss ich.

Die Waffe brüllte, und die Kugel traf seine rechte Kniescheibe. Das Gelenk explodierte förmlich, Blut und Knochensplitter flogen durch die Gegend, das Bein knickte ein, und er ging im Dreck zu Boden.

Er blinzelte überrascht, schien aber die Schmerzen überhaupt nicht zu bemerken, krabbelte einen Meter zurück und starrte mich prüfend an.

Auf einmal zog Parker die Beine an, ohne sich weiter um das zertrümmerte Kniegelenk zu kümmern, hockte sich auf die Hacken und stützte die Ellenbogen auf die Oberschenkel, als wären wir alte Freunde, die ein Weilchen plaudern wollten. Dabei achtete er darauf, dass ich seine Hände gut sehen konnte.

»Sie sind härter im Nehmen, als es den Anschein hat. Wir haben übrigens auch versucht, Sie in Ihrer Wohnung zu erwischen«, erklärte er mir, als hätte ich nicht gerade auf ihn geschossen. »Allerdings waren dort massenhaft Cops. Im Polizeifunk hörten wir, man hätte Sie verhaftet, aber Sie sind wohl entkommen.« Er grinste mich mit seinen schlechten Zähnen an und wirkte auf einmal beinahe freundlich. »Mann, wir haben uns fast zwei Tage in einer Bar in der Nähe des Reviers herumgetrieben, nur weil wir zur Stelle sein wollten, wenn man Sie die Treppe runterführen würde.« Er zielte mit dem Finger auf mich und bewegte den Daumen auf und ab. »Ein paar schnelle Kugeln im Vorbeifahren.«

»Tut mir leid, dass ich Sie enttäuscht habe«, murmelte ich. Ich hatte große Mühe, mein Zittern zu unterdrücken und in der Kälte und Dunkelheit nicht einfach ohnmächtig zu werden. Er wollte offenbar auf irgendetwas hinaus.

Ich spähte an ihm vorbei zu Plattnase und der Frau, die sich nicht vom Fleck gerührt hatten. Beide beobachteten mich mit dem aufmerksamen Blick hungriger Tiere.

Parker kicherte. »Und dann herrscht auf dem Revier plötzlich Chaos. Schüsse, Explosionen. Ein Lärm, als wär da drinnen ein Krieg ausgebrochen. Es war spannend zu verfolgen. Dann sahen wir Sie mitten in dem Durcheinander aus dem Gebäude stolpern, direkt aus dem Haupteingang, und zwei hübsche Dinger haben Sie auf der Treppe gestützt. Da haben wir uns drangehängt.«

»Hoffentlich sind Sie gut versichert.«

Parker zuckte mit den Schultern. »Der Pick-up gehört mir nicht.« Er zupfte einen langen Grashalm ab, zog ihn über sein zerstörtes Knie und färbte ihn rot, ehe er ihn zerbröselte. »Die meisten meiner Leute sind heute Abend am See. Sie müssen bei Vollmond immer etwas Dampf ablassen. Verdammt, ich würde Sie gern zu den anderen bringen. Sie genießen einen höllischen Ruf, Mann.«

»Man kann nicht alles haben«, sagte ich. Ich blinzelte, um den Regen oder das Blut aus den Augen zu bekommen.

Parkers Lächeln wurde breiter. »Es gibt da übrigens etwas, was Sie noch nicht wissen.«

In der Ferne hörte ich Sirenen, die über den Freeway in

unsere Richtung kamen. Na bitte, dachte ich. Endlich hatte ich mal was richtig gemacht. »Oh, tatsächlich?«, fragte ich und gestattete mir ein leises Siegesgefühl.

Parker nickte und sah sich zur Seite um. »Sie wurden nicht von einem, sondern von zwei Wagen verfolgt.«

Irgendetwas knallte auf meine rechte Hand und betäubte sie augenblicklich. Der Revolver fiel zu Boden. Ich schaute auf und hatte gerade noch genug Zeit, einen weiteren Lykanthropen aus der Werkstatt zu erkennen, der ein mit Isolierband umwickeltes Bleirohr hob und erneut auf mich niedersausen ließ.

Die Frau kreischte und ging auf mich los. Sie trug Stiefel mit Stahlkappen. Plattnase schlurfte hinterher, gab sich aber damit zufrieden, den Pistolengriff als Keule zu benutzen.

Parker saß nur da, er hockte auf den Hacken und beobachtete seine Leute. Ich sah ihm in die Augen. Mein Blut spritzte auf seine Wange.

Ich denke nicht gern über das nach, was sie taten. Umbringen wollten sie mich nicht, aber sie wollten mir wehtun, und das gelang ihnen. Denn ich war völlig wehrlos. Ich konnte mich nicht einmal zusammenrollen. Mein Kampfgeist war dahin, ich gab erstickte Laute von mir, würgte an meinem eigenen Blut, schluchzte und übergab mich im gleichen Atemzug. Wenn ich gekonnt hätte, ich hätte geschrien. Man hört ja manchmal Geschichten über Männer, die bei allen Qualen und Schmerzen, die jemand ihnen zufügt, stumm bleiben, aber so stark bin ich nicht. Sie brachen mich.

Irgendwann sagt das Bewusstsein »es reicht« und bringt

sich vor den Schmerzen in Sicherheit. Ich war bereits zu diesem Zufluchtsort unterwegs, und es tat mir überhaupt nicht leid.

Aus der Ferne hörte ich noch, wie Parker seine Leute von mir wegstieß, als ich mich nicht mehr bewegte. Er musste ihnen einige Knochen brechen, bis sie sich, vor Wut knurrend, zurückzogen. Inzwischen konnte er mit dem verletzten Bein schon wieder laufen, obwohl mein Schuss das Kniegelenk zerfetzt hatte.

Auf seinen Befehl hin hoben sie mich auf und trugen mich zu dem anderen Wagen. Sie schleiften mich wie einen Sack Kartoffeln, wickelten mir Klebeband um Hand- und Fußgelenke, Knie und Ellenbogen und auf den Mund.

Hinter dem Steuer eines Wagens, der auf der Zufahrtsstraße vorbeikam, erkannte ich ein Gesicht – es war eine neutrale Limousine, die inmitten all der anderen Autos in der Stadt nicht weiter auffiel. Das Gesicht war jung, angespannt und voller Sommersprossen, die Haare waren rot und die Ohren groß.

Roger Harris vom FBI. Dentons Lakai.

Die Limousine rollte vorbei, ohne abzubremsen, und Harris schaute nicht mal zu uns herüber, war voll und ganz auf die Straße vor ihm konzentriert. Anscheinend war ich nicht der Einzige, der in dieser Nacht beschattet wurde.

Dann warfen sie mich in den Kofferraum, Parker knallte den Deckel zu, und ich lag im Dunklen.

Gerade als die Sirenen auf der Zufahrtsstraße zu hören waren, setzte sich der Wagen in Bewegung. Das Auto holperte einige Male und konnte dann gemächlich entkommen. Derweil lag ich in meiner Übelkeit und meinem

Schmerz im Kofferraum, und es ging mir schlechter als je zuvor.

Dennoch musste ich unter dem Knebel lachen, ich konnte nicht anders. Ich lachte, und es klang, als hätte ich Abwasser geschluckt.

Auf einmal passte alles zusammen.

22. Kapitel

Wenn man einen bestimmten Punkt überschritten hat, ist man nicht mehr in der Lage, komplizierte Dinge zu tun wie etwa zu denken oder die Augen offen zu halten. Schwärze umhüllt einen, und alles setzt aus, bis der Körper oder das Bewusstsein die Tätigkeit wieder aufnehmen kann. Die Schwärze umfing mich, und ich begrüßte sie.

Als ich erwachte, roch ich Motorenöl.

Allein das war schon ein schlechtes Vorzeichen. Ich saß aufrecht, ein gerader Metallträger drückte gegen meinen Rücken, und irgendetwas hielt meine Handgelenke und Füße zusammen. Wahrscheinlich das Klebeband. Unter mir spürte ich den Betonboden.

Mir tat alles weh, sämtliche Glieder waren steif. Ich war jedoch mit etwas Weichem zugedeckt, vielleicht mit einer Decke. Mir war nicht so kalt, wie es hätte sein können.

Das erste Gefühl, das ich bewusst wahrnahm, war die vage Überraschung, dass ich überhaupt noch lebte.

Das zweite war ein kalter, hässlicher kleiner Schauder. Ich war ein Gefangener, und solange das zutraf, war mein Überleben keinesfalls gesichert. Also das Wichtigste zuerst. Mein Überleben sichern. Herausfinden, wo ich war, und dann einen Plan aushecken, um meinen schmalen Magierhintern in Sicherheit zu bringen.

Denn es wäre doch wirklich schade gewesen, wenn

ich hätte sterben müssen, nachdem ich endlich begriffen hatte, wer mir diese Chose eingebrockt hatte, wer für die jüngsten Morde verantwortlich war und wer versucht hatte, MacFinn ans Messer zu liefern.

So öffnete ich die Augen und sah mich um.

Ich befand mich in der Festung des Feindes, in der »Vollmondwerkstatt«. Drinnen war es düster, und nach den Geräuschen, die ich von draußen hörte, regnete es noch.

Tatsächlich hatte irgendwer eine schmutzige, aber warme Decke über mich gebreitet, was mich sehr verwunderte. Außerdem entdeckte ich einen kleinen Ständer mit einem fast leeren Plastikbeutel, in dem sich vermutlich Blut befand. Es tropfte in einen Plastikschlauch, dessen anderes Ende unter der Decke verschwand, wahrscheinlich war es mit meinem Arm verbunden.

Ich wand mich, bis meine Füße unter der Decke hervorragten. Meine Beine waren über und unter dem Knie und rund um das Fußgelenk mit Klebeband fixiert. Die Bisswunde am Fuß war mit einem sauberen Verband versorgt worden. Auf verschiedenen Rissen und Kratzern entdeckte ich noch eine Reihe weiterer frischer Verbände, und dann bemerkte ich auch einen leichten, aber scharfen Geruch nach Desinfektionsmittel, als hätte meine Nase eine Weile gebraucht, um sich daran zu gewöhnen.

Murphys durchgesägte Handschellen spürte ich nicht mehr an den Handgelenken. Irgendwie vermisste ich sie beinahe. Wenigstens waren sie mir vertraut gewesen, wenngleich nicht unbedingt bequem.

Offenbar war ich am Leben, noch dazu in einer erheblich besseren Verfassung, nachdem ich vermutlich mehrere Stunden geschlafen hatte und medizinisch versorgt worden war.

Andererseits wusste ich nicht, wem ich dies zu verdanken hatte und aus welchen Gründen es geschehen war.

Ich sah mich in der düsteren Werkstatt um. Inzwischen hatten sich meine Augen an das Zwielicht gewöhnt, aber es gab immer noch dunkle Ecken, in denen ich nichts ausmachen konnte. Unter der Tür des Büros drang ein gelber Lichtschein hervor, der Regen fiel mit leisem, eintönigem Prasseln auf das Blechdach.

Ich schloss die Augen, um mich zu orientieren und nach meinem Gefühl und den Geräuschen des Regens zu bestimmen, wie spät es war. Spätnachmittag? Früher Abend? Ich war mir nicht sicher.

Meine Hände waren gefesselt, also konnte ich keinen Kreis zeichnen. Ohne Kreis konnte ich keine komplizierte Magie wirken, um mich zu befreien. So brachte ich nur eher explosionsartige Energieausbrüche zustande, die gegen hässliche Loup-Garous und andere Ungeheuer hervorragend wirken, die aber nutzlos sind, wenn es darum geht, mehrere Schichten Klebeband zu entfernen, das direkt auf der zarten Haut pappt. Magie kam also nicht infrage.

Habe ich Ihnen schon von meinem Dad erzählt? Er war Zauberer – kein echter Magier, sondern ein Bühnenzauberer. Die Sorte, die man früher in Varietés gesehen hat. Er hatte einen schwarzen Zylinder, ein weißes Kaninchen, einen Korb mit Schwertern und was man sonst so braucht. Er ist umhergereist, vor Kindern und Senioren aufgetreten und hat damit kaum genug für unseren Lebensunterhalt verdient. Nachdem Mom bei meiner Geburt gestorben war, musste sich Dad allein um meine Erziehung kümmern, und er hat sich wohl bemüht, seine Sache so gut wie möglich zu machen.

Ich war noch klein, als er an einem Aneurysma starb. (Ich weigerte mich, Chaunzaggoroths Andeutungen zu glauben, solange ich die Sache nicht selbst überprüft hatte.) Allerdings habe ich vorher einige Dinge von ihm gelernt. Schließlich hat er mich nach drei Zauberern benannt, und der erste war niemand anders als Houdini. Eine der wichtigsten Regeln, an die sich Houdini stets hielt, lautet, dass sich das Mittel zur Flucht immer in Reichweite befindet. Positives Denken. Ein Mensch kann aus fast jeder Klemme entkommen, wenn er nur genug Zeit hat.

Die Frage war, wie viel Zeit mir noch blieb.

Das Klebeband war fest und eng gewickelt, aber es war auch billig. Sie hatten es in mehreren Schichten um mich gewickelt, doch so ein Klebeband ist keinesfalls die beste Methode, einen Menschen festzusetzen, sonst würden die Cops ja Klebeband statt Handschellen und Fußfesseln benutzen. Damit konnte ich durchaus fertigwerden.

Ein paar Dehnungsübungen zeigten mir, dass sie meine Hände nicht ganz so fest umwickelt hatten. Ich verspürte einen Stich im Unterarm, der vermutlich von der Nadel herrührte. Anscheinend hatten sie das Klebeband an den Armen lockern müssen, um die Infusion zu setzen. Ich ließ die Schultern kreisen, was auf der verletzten Seite heftige Schmerzen auslöste. Das Klebeband schnitt mir in die Handgelenke und riss mir mit hörbarem Ratschen die Behaarung vom Arm. Angesichts dieser neuen Folter biss ich mannhaft die Zähne zusammen.

Es tat weh, und ich brauchte beinahe zehn Minuten, aber schließlich bekam ich Handgelenke und Hände frei. Da ich schon einmal dabei war, riss ich auch gleich die Infusionsnadel heraus, weil ich fürchtete, dass durch den Schlauch allerhand tödliche Flüssigkeiten in meine Adern gelangten. Dann beugte ich mehrmals die Arme, bis ich sie ganz befreit hatte.

Meine Finger waren taub und steif und wollten nicht richtig gehorchen, doch ich nestelte, so gut ich konnte, am Klebeband an meinen Beinen, bis mir die Tränen in den Augen standen. Es brauchte mehr Mühe, als ich vermutet hatte, aber schließlich konnte ich die Beine bewegen. Ich war dankbar für den Overall, der verhinderte, dass ich mir auch an den Schenkeln und Unterschenkeln massenhaft Haare ausriss. Da meine Beine erheblich stärker sind als meine Arme, fiel es mir leicht, auch die restlichen Klebestreifen zu lockern.

Leider war ich nicht schnell genug.

Bevor ich die letzte Schlinge Klebeband abstreifen konnte, hörte ich ein Klappern, und die Bürotür wurde geöffnet. Gleichzeitig waren leise Stimmen und blecherner alter Rock 'n' Roll zu hören.

Ich geriet in Panik. Weglaufen konnte ich nicht, denn meine Fußgelenke waren noch zusammengeklebt. Bis ich sie befreit hätte und aufgestanden wäre, hätten sie mich locker erreicht. Also entschied ich mich für die zweitbeste Lösung. Ich zog die Decke wieder über mich, schlang die Arme um den Träger, packte die Infusionsnadel und verbarg sie in meiner Hand. Dann ließ ich den Kopf nach vorn sinken, als würde ich noch schlafen.

»Ich verstehe immer noch nicht, warum wir ihm nicht einfach 'ne Kugel in den Kopf jagen und ihn wegschaffen können«, sagte eine harte Stimme ohne Nasallaute – Plattnase.

»Dummkopf!«, knurrte Parker mit einer Stimme wie
Schmirgelpapier. »Zuerst einmal machen wir das nicht,
solange die anderen nicht hier sind und zusehen können.
Zweitens tun wir es nicht, solange Marcone keine Gelegenheit hatte, mit ihm zu reden.«

»Marcone«, erwiderte Plattnase höhnisch. »Was will der
denn von ihm?«

Gute Frage, dachte ich, ließ aber den Kopf gesenkt, entspannte mich so weit wie möglich und versuchte Schäf-
chen zu zählen. Marcone wollte herkommen?

»Ist doch egal«, antwortete Parker. »Ich habe dafür gesorgt, dass er den Tag überlebt hat. So oder so, ich wollte
ihn heute Abend hier haben, und er *ist* hier.«

Plattnase grunzte. »Es gibt eine Menge Gangster in Chicago, Marcone ist nur einer von vielen. Aber ein Anruf
von ihm, und der Magier wird verschont. Wer ist der Kerl
eigentlich? Ist er der Gouverneur, oder was?«

»Marcone ist nicht irgendein Gangster«, erklärte Parker
ruhig. »Die Geschäfte in Chicago sind nur ein Nebenjob. Er
ist im ganzen Land aktiv und hat von hier bis Washington
Leute im Sack, außerdem hat er Geld wie Heu. Er kann uns
jederzeit drankriegen, ausschalten oder uns die Polizei
auf den Hals hetzen. Mit so jemandem legt man sich nicht
ohne Weiteres an.«

Es gab eine kurze Pause, dann sagte Plattnase: »Mag ja
sein. Aber vielleicht hat auch Lana recht. Vielleicht wirst
du zu nachgiebig. Marcone ist keiner von uns, er hat uns

keine Befehle zu erteilen. Der Parker, den ich vor zehn Jahren kannte, hätte keine Sekunde gezögert, Marcone zu sagen, dass er sich verpissen soll.«

Parkers Antwort klang resigniert. »Du denkst zu viel, Mann. Darin warst du noch nie gut. Nicht einmal, als wir noch jung waren. Der Parker, den du vor zehn Jahren kanntest, hätte uns inzwischen alle umgebracht. Ich habe dafür gesorgt, dass ihr Geld und Drogen habt, und was immer ihr sonst wolltet, also mach mal halblang.«

»Ich sage dir, wir sollten diesen dürren Hundesohn auf der Stelle erledigen«, entgegnete Plattnase. »Und genau das werde ich jetzt tun!«

Ich spannte die Muskeln an und bereitete mich innerlich darauf vor, um mein Leben zu kämpfen, so hoffnungslos es auch schien. Jedenfalls wollte ich lieber auf der Flucht sterben als bei dem Versuch, mich schlafend zu stellen.

»Zurück!«, befahl Parker, dann war das Kratzen von Stiefeln auf dem alten Beton zu hören, jemand grunzte einige Male, ein erschrockenes Japsen folgte, und ich roch Schweiß und schales Bier, als Plattnase weniger als einen Meter vor mir in die Knie gezwungen wurde. Er gab leise Schmerzlaute von sich, und mit einem Mal lag eine starke Spannung in der Luft.

Es fiel mir schwer, ruhig zu bleiben, am liebsten wäre ich aufgesprungen und losgerannt. Schweiß lief über mein Gesicht.

Parker knurrte den wimmernden Plattnase an. »Fordere mich noch einmal heraus, ob öffentlich oder unter vier Augen, und ich reiß dir das Herz raus!«

Die Drohung klang gespenstisch – sie war frei von

jeder zischenden, giftigen Bösartigkeit, die man bei solchen Worten erwartet hätte, sondern eine ruhige, gemessene und fast gleichgültige Erklärung, als spräche er nur darüber, den Vergaser seines Wagens auszubauen oder eine Glühbirne zu wechseln.

Schließlich hörte ich eine Art Schleifen, und dann heulte Plattnase vor Schmerzen laut auf, wurde leiser und wimmerte wie ein Hund, während Parker sich einige Schritte entfernte.

»Steh auf!«, befahl er. »Ruf bei Tully an und sag den anderen, sie sollen hier sein, ehe der Mond aufgeht. Heute Nacht ist mit Blut zu rechnen. Und wenn Marcone nicht höflich ist, wird sogar eine ganze Menge fließen.«

Plattnase kam wieder auf die Beine und schlurfte langsam und offenbar hinkend davon. Er verschwand im Büro und schloss die Tür hinter sich.

Ich wartete einige Augenblicke, weil ich hoffte, Parker würde sich ebenfalls entfernen und mir die Gelegenheit zur Flucht bieten, aber den Gefallen tat er mir nicht. Verdammt auch.

Die Zeit wurde allmählich knapp. Wenn ich wartete, bis die anderen Lykanthropen in der Werkstatt auftauchten, würde ich überhaupt nicht mehr davonkommen, denn mit so vielen Gegnern konnte ich es unmöglich aufnehmen. Falls ich also wirklich fliehen wollte, war jetzt der richtige Augenblick.

Andererseits war ich immer noch gefesselt. Bis ich meine Beine befreit hätte, wäre Parker schon bei mir. Gerade eben hatte ich mit anhören dürfen, wie er einen doppelt so schweren Mann ausgeschaltet und ihm angedroht hatte, ihm das Herz herauszureißen. Er hatte es ernst gemeint.

Als ich in ihn hineingeschaut hatte, war ich auf einen zornigen, dunklen Ort gestoßen, die Quelle seiner Macht und Willenskraft. Er konnte mich buchstäblich mit bloßen Händen in Stücke reißen – und was noch schlimmer war, er würde es auch tun. Falls ich vor ihm weglaufen wollte, brauchte ich einen ordentlichen Vorsprung.

Vielleicht konnte ich ihn wütend machen. Ihn provozieren, bis er sich einen Baseballschläger oder eine Rolle Klebeband für meinen Mund holte. Dann könnte ich weglaufen und würde ihm womöglich entkommen. Das einzige Problem bei diesem Plan war, dass er sich genauso gut entschließen konnte, mir statt Plattnase das Herz herauszureißen. Aber wer nicht wagt, der nicht gewinnt, und ich hatte keine Zeit.

Also hob ich den Kopf gerade weit genug, um ihn im Zwielicht anschauen zu können, und sagte: »Sie haben schon eine interessante Art, mit Menschen umzugehen. Haben Sie mal ein Buch darüber gelesen oder so?«

Er erschrak, als er mich sprechen hörte, und wirbelte mit den Reflexen einer nervösen Katze herum. Einige Sekunden lang starrte er mich an, dann entspannte er sich wieder. »Sie leben also noch. Sie sollten mir dankbar sein.«

»Vor allem war ich müde. Danke für die Gelegenheit, mich ein wenig ausruhen zu dürfen.«

Er zeigte mir die Zähne. »Keine Ursache. In einigen Stunden müssen Sie allerdings das Zimmer räumen.«

Das jagte mir schon Angst ein, doch äußerlich blieb ich cool und zuckte nur mit den Schultern. »Kein Problem.

Nur gut, dass Ihre Leute nicht wissen, wie man zuschlägt, sonst wäre es noch ungemütlich geworden.«

Parker stieß ein grobes Lachen aus. »Sie haben Mumm, Junge, das muss ich Ihnen lassen. Das könnte sich aber schnell ändern, wenn Lana sich über Sie hermacht.«

Es lief überhaupt nicht gut. Ich wollte ihn reizen und nicht zum Lachen bringen. »Was macht das Knie?«

Parker kniff die Augen zusammen. »Schon viel besser. Es wird ganz abheilen, sobald der Mond aufgeht.«

»Ich hätte höher zielen sollen.«

»Dazu ist es jetzt zu spät, Junge. Das Spiel ist aus.«

»Genießen Sie es, so lange Sie es noch können. Fürchten Sie nicht, Lana könnte sich eines Tages auch über *Sie* hermachen, wenn Ihr Nachwuchs Sie abserviert?«

Sein Stiefel kam aus dem Nichts und traf mich seitlich am Kopf. Die Wucht warf mich abrupt nach rechts, und hätte ich nicht im letzten Augenblick die Arme um den Pfosten geklammert, wäre ich auf den Boden gefallen und hätte zu erkennen gegeben, dass ich nicht mehr gefesselt war. »Sie wissen einfach nicht, wann Sie den Mund halten müssen, was, Magier?«

»Was habe ich denn schon zu verlieren?«, entgegnete ich. »Ich meine, was soll's, es ist doch nicht so, dass alle Leute, die mal zu mir aufgeschaut haben, sich auf einmal gegen mich wenden, oder? Und ich bin auch nicht zu alt, um damit klarzukommen, wenn ...«

»Schnauze!«, knurrte Parker. Seine Augen bekamen im Zwielicht einen gespenstischen grünlichen Schimmer, doch es war nur ein Lichtreflex.

Wieder trat er mich, dieses Mal in den Magen. Ich

schnaufte und hatte Mühe weiterzusprechen. »Jeden Morgen etwas steifer aufwachen. Weniger essen. Sie sind doch sicher nicht mehr so stark, wie Sie mal waren, oder? Nicht mehr so schnell. Jetzt müssen Sie arme Hunde wie den alten Plattnase hier verprügeln, denn wenn Sie das mit einem Stärkeren machen, sind Sie erledigt.«

Mein Plan funktionierte perfekt. Jetzt musste er nur noch aus dem Raum stolzieren, um sich abzuregen, oder irgendein Objekt zum Zuschlagen oder frisches Klebeband holen, egal was.

Doch Parker drehte sich nur auf dem Absatz um, schnappte sich ein Reifeneisen und wandte sich wieder zu mir um. Er hob es in die Luft. »Scheiß auf Marcone!«, knurrte er. »Und scheiß auf dich, Magier!«

Er spannte die Muskeln unter dem alten T-Shirt und hob das Eisen über den Kopf. In seinen Augen glomm genau die animalische Wildheit, die ich am Abend zuvor auch bei den anderen Lykanthropen gesehen hatte. Sein Mund war zu einem wölfischen Grinsen verzerrt, die Sehnen am Hals traten hervor, als er weit ausholte, um mir den tödlichen Schlag zu versetzen.

Ich hasse es, wenn meine Pläne scheitern.

23. Kapitel

Ich biss die Zähne zusammen und trat um mich. Das Klebeband um meine Fußgelenke gab nach, aber es war zu spät und nützte mir nichts mehr. Ich hatte keine Zeit mehr, mich hochzudrücken und wegzurennen, versuchte es aber trotzdem. So was macht man eben, wenn man drauf und dran ist zu sterben.

»Mister Hendricks«, ließ sich eine harte, sehr ruhige Stimme vernehmen, »wenn Mister Parker das Reifeneisen nicht augenblicklich weglegt, dann erschießen Sie ihn bitte.«

»Ja, Sir, Mister Marcone«, antwortete Hendricks mit grollendem Bass.

Ich blickte nach rechts, wo Gentleman Johnny Marcone in einem grauen italienischen Anzug in der Tür stand. Hendricks hatte sich etwas seitlich vor ihm aufgebaut. Er trug einen erheblich billigeren Anzug und hielt eine kurzläufige Pumpgun, deren Lauf zu einem Pistolengriff umgearbeitet war, in den fleischigen Pranken. Das schwarze Mündungsloch zeigte direkt auf Parkers Kopf.

Mein Peiniger fuhr zu Marcone herum. Parker presste die Lippen zusammen, seine Augen verengten sich zu schmalen Schlitzen, und er trampelte von einem Fuß auf den anderen, als wollte er gleich das Reifeneisen werfen.

»Das ist eine Pumpgun Kaliber 12, Mister Parker«, erklärte Marcone. »Ihre besondere Widerstandsfähigkeit in dieser Zeit des Monats ist mir durchaus bekannt. Mister Hendricks hat seine Waffe jedoch mit Bleipatronen geladen, und wenn nach einigen Kugeln mehrere Pfund Fleisch aus Ihrem Körper gerissen und die inneren Organe zerstört sind, dürften vermutlich sogar Sie sterben.« Marcone lächelte sehr höflich, während Hendricks die Waffe durchlud und sich breitbeinig aufstellte, als rechnete er damit, von dem Rückschlag umgeworfen zu werden. »Bitte«, sagte Marcone, »legen Sie das weg.«

Parker drehte sich zu mir um, ich sah das Tier in seinen Augen wüten, das aufheulen und ein Blutbad anrichten wollte, und mir wurde heiß und kalt, der Schreck fuhr mir durch den Bauch bis in den Unterleib. In Parker steckten mehr Wut und Zorn, als ich es bei jedem anderen Angehörigen der Straßenwölfe bisher gespürt hatte. Ihr Kontrollverlust war gegenüber dem, was ich in Parkers Augen sah, nicht mehr als der Wutanfall eines kleinen Kindes.

Doch er hatte sich im Griff. Langsam ließ er den Arm sinken und zog sich zwei Schritte von mir zurück.

Ich atmete erleichtert aus. Ich war nicht tot. Noch nicht.

Meine Tritte hatten die Decke nicht ganz heruntergeworfen, und ich saß noch immer mit dem Rücken am Stahlträger. Sie wussten nicht, dass ich mich unter der groben Wolle längst befreit hatte. Das war kein großer Vorteil, aber es war alles, was ich hatte. Jetzt musste ich möglichst schnell einen Weg finden, diesen Vorteil zu nutzen.

»Meine Leute sind schon unterwegs«, knurrte Parker.

»Sie kommen«, sagte Marcone völlig gelassen, »aber sie sind noch nicht hier. Aus irgendeinem unerklärlichen

Grund haben alle ihre Motorräder platte Reifen. Nun haben wir genug Zeit, uns um das Geschäftliche zu kümmern.«

Seine Schuhe knirschten auf dem Betonboden, als er näher kam. Ich schaute zu ihm auf, und Marcone erwiderte furchtlos meinen Blick. Er war ein Mann in den besten Jahren, das Haar an den Schläfen leicht ergraut, unter dem maßgeschneiderten Anzug steckte ein Körper, der trotz des fortschreitenden Alters gut in Form war. Seine Augen hatten die Farbe von verblichenen Dollarnoten und waren undurchsichtig wie Spiegel.

»Hallo, John«, sagte ich. »Das war perfektes Timing.«

Marcone lächelte. »Sie haben so eine Art, es sich mit allen Leuten zu verscherzen.« Er betrachtete den stummen Parker mit unverhohlener Belustigung. »Ich bin, was Ihre Antwort angeht, schon jetzt relativ sicher, aber ich dachte, ich gebe Ihnen noch eine Chance.«

»Eine Chance? Wozu?«

»Ich habe heute einen Anruf erhalten«, erklärte Marcone. »Ein gewisser Harley MacFinn hat irgendwie meine Privatnummer herausgefunden. Er war außer sich vor Wut und sagte, er wisse genau, dass ich seinen Kreis zerstört hätte und ihn ans Messer liefern wollte. Dann drohte er noch, sich heute Abend mit mir zu befassen.«

»Ich würde sagen, da sollten Sie lieber aufpassen, John. Harley kann ziemlich bösartig werden.«

»Ich weiß. Ich habe gestern Abend in den Nachrichten den Bericht über die Ereignisse auf dem Hauptrevier gesehen. Er ist ein Loup-Garou, nicht wahr?«

Ich blinzelte. »Woher wissen Sie …?«

Marcone winkte ab. »Aus dem Bericht, den Sie Lieutenant Murphy vorgelegt haben. Solche Arbeiten müssen bezahlt und daher kopiert und abgelegt, kopiert und noch einmal abgelegt werden. Es war nicht schwer, mir so eine Kopie zu beschaffen.«

Ich schüttelte den Kopf. »Mit Geld können Sie Harley MacFinn allerdings nicht kaufen.«

»Das ist mir klar«, sagte Marcone. »Meine Eltern, Gott habe sie selig, waren leider nicht in der Lage, mir irgendwelches Tafelsilber zu vermachen, sonst würde ich mich selbst um ihn kümmern. Ich habe keine Ahnung, wer ihm aus welchem Grund erzählt hat, ich hätte ihm Unrecht getan, aber er ist offensichtlich davon überzeugt. Womit wir wieder zu Ihnen kämen, Mister Dresden.« Er langte in die Tasche seines teuren italienischen Jacketts und zog ein paar zusammengefaltete Seiten heraus – der Vertrag, den ich schon einmal gesehen hatte. »Ich möchte mich mit Ihnen einigen.«

Ich starrte ihn schweigend an.

»Die Bedingungen sind die gleichen wie zuvor«, fuhr Marcone fort. »Zusätzlich verspreche ich Ihnen – nein, ich gebe Ihnen mein Ehrenwort –, dafür zu sorgen, dass auf Lieutenant Murphy kein Druck mehr ausgeübt wird. Ich habe Freunde im Büro des Bürgermeisters, und ich bin sicher, dass sich da etwas machen lässt.«

Ich wollte ihm sagen, er solle zur Hölle fahren, verkniff mir aber die Bemerkung. Im Augenblick saß ich in der Falle. Wenn ich jetzt versuchte zu türmen, würde Parker vermutlich durchdrehen und mich in Stücke reißen. Und wenn nicht, würde Marcone einfach mit dem Finger auf mich zeigen, worauf mich der kräftige Mister Hendricks mit seinem großkalibrigen Gewehr kurzerhand erledigen würde.

Trotz aller Missverständnisse war Murphy meine Freundin. Oder vielleicht sollte ich besser sagen, dass ich mich trotz der jüngsten Ereignisse immer noch als Murphys Freund betrachtete. Ihr den Job retten, den Druck der Politiker von ihr nehmen – hatte ich mich nicht genau deshalb überhaupt eingemischt? Wäre Murphy nicht dankbar für mein Einschreiten?

Nein, dachte ich. So nicht. Diese Art von Unterstützung würde sie ablehnen. Magie, das konnte sie akzeptieren. Hilfe, die auf Geld beruhte, das Marcone durch menschliches Leid, Bestechung und Täuschung verdient hatte, war eine ganz andere Sache. Marcone sah in seinem grauen Anzug, mit dem perfekten Haarschnitt und den manikürten Händen zwar gut aus, aber er war kein guter Mensch.

Meine Hände waren frei. Die Lage war aussichtslos, und es konnte nur schlimmer werden, je länger ich wartete. Vielleicht gelang es mir, genug magische Energie zusammenzukratzen, um mich zu befreien.

Ich holte tief Luft, konzentrierte mich auf einen losen Stapel von Werkzeug und Metallteilen, die etwa fünf Meter entfernt auf einer Werkbank lagen, sammelte die Fäden meines Willens, spürte den steigenden Druck, der sich gegen eine Art unsichtbare Verzerrung oder Verwerfung durchsetzen musste, wie ich es noch nie zuvor erlebt hatte, und konzentrierte mich auf mein Ziel, auf den Luftstrom, der das Werkzeug in die Luft reißen und wie Geschosse auf Marcone, Parker und Hendricks schleudern sollte. Dabei betete ich, dass ich nicht versehentlich selbst getroffen und getötet wurde. Wenn einer von ihnen umkam, hätte ich das Erste Gesetz der Magie gebrochen und müsste mich später vor dem Weißen Rat verantworten, aber bei den Toren der Hölle, ich wollte nicht in dieser Werkstatt sterben.

Meine Schläfen pochten, aber ich schob die Schmerzen beiseite, riss ich zusammen und sprach die Worte: »*Vento servitas!*«

Die Energie, die ich aufgebaut hatte, strömte aus mir heraus, die Werkzeuge ruckelten und wackelten, und dann … wurde es wieder still.

Hinter meinen Augen brach ein Feuer aus. Der Schmerz blendete mich, ich holte erschrocken Luft und neigte den Kopf nach vorn. Ich musste aufpassen, dass ich nicht zur Seite kippte und verriet, dass ich nicht mehr mit dem Klebeband gefesselt war. Es schmerzte höllisch, und ich biss die Zähne zusammen, sonst hätte ich laut aufgeschrien. Meine Brust bebte, ich konnte kaum noch atmen.

Blinzelnd vertrieb ich die Tränen aus den Augen, richtete mich auf und sah Marcone an. Er sollte meine Schwäche nicht bemerken. Er sollte nicht wissen, dass meine Magie versagt hatte.

»Interessant«, sagte Marcone mit einem Blick zur Werkbank, dann wandte er sich wieder an mich. »Vielleicht sind Sie überarbeitet«, meinte er. »Dennoch halte ich mein Angebot weiter aufrecht, Mister Dresden. Falls Sie ablehnen, das müssen Sie verstehen, hätte ich kein großes Interesse mehr an Ihrem Wohlbefinden, und dann wäre ich gezwungen, Sie hier bei Mister Parker und seinen Freunden zu lassen. Wenn Sie nicht für mich arbeiten, müssen Sie sterben.«

Ich starrte Marcone an und holte tief Luft, um ihm einen Fluch entgegenzuschleudern. Zur Hölle mit ihm und seiner ganzen stinkenden Ganovenbrut. Höflich lächelnde Bastarde, denen es egal war, wie viele Menschenleben sie vernichteten und wie viele Leute sie umbrachten, solange sie nur ungestört ihren Geschäften nachgehen konnten. Wenn ich schon hier sterben sollte, dann wollte ich Marcone einen Fluch auferlegen, neben dem die grausamsten alten Märchen, die Sie je gehört haben, zu angenehmen Tagträumen verblasst wären.

Da bemerkte ich Parker, der Marcone misstrauisch beäugte, und schluckte den Fluch wieder herunter. Ich ließ den Kopf sinken, um meinen Gesichtsausdruck vor Marcone zu verbergen. Ich hatte eine Idee.

»Er gehört mir«, knurrte Parker. »Sie haben nichts davon gesagt, dass Sie ihn haben wollen.«

Marcone stand da, sein Gesicht war zu einem angespannten Lächeln verzogen. »Legen Sie sich lieber nicht mit mir an, Parker. Ich nehme mir, was ich haben will. Dies ist Ihre letzte Gelegenheit, Mister Dresden.«

»So war das nicht abgemacht«, wandte Parker ein. »Ich brauche ihn. Eher töte ich Sie, als dass ich Sie ihn mitnehmen lasse.« Er griff mit einer Hand hinter sich, als würde er sich kratzen wollen.

Ich sah zur Bürotür hinter ihm, und dort hockte Plattnase, größtenteils durch die Tür verdeckt und bislang unbemerkt. Perfekt.

»Sie brauchen sich keine Sorgen zu machen, Parker«,

beruhigte ihn Marcone. »Er wird mein Angebot sowieso nicht annehmen. Lieber würde er sterben.«

Ich hob den Kopf und versuchte, mir nichts anmerken zu lassen. »Geben Sie mir einen Stift«, sagte ich.

Marcone sperrte den Mund auf und schien sich ehrlich zu freuen. »Wie bitte?«

Ich sprach jedes Wort betont sorgfältig aus. »Geben Sie mir einen Stift, ich will Ihren Vertrag unterschreiben.« Ich warf einen Seitenblick zu Parker und sagte noch etwas lauter: »Ich würde alles tun, um von diesen Tieren hier fortzukommen.«

Marcone starrte mich einen Augenblick an, dann griff er in die Tasche. Ich bemerkte seinen forschenden Blick. Es arbeitete in ihm, er dachte angestrengt nach und versuchte, mich zu durchschauen.

Auf einmal stieß Parker einen Wutschrei aus und warf mit dem Reifeneisen nach Hendricks, der seitlich auswich, übrigens viel zu schnell für einen Mann seiner Größe, und die Waffe hob.

Die Bürotür flog auf, und Plattnase stürzte sich auf den groß gewachsenen Mann. Sie gingen zu Boden und rangen um das Gewehr.

»Der Magier gehört mir!«, heulte Parker und attackierte Marcone.

Dieser bewegte sich in seinem sündhaft teuren Anzug anmutig wie eine Schlange und zückte ein gekrümmtes Messer, beschrieb damit einen Halbkreis, und von Parkers Handgelenk spritzte Blut, der Lykanthrop heulte auf.

Ich sprang auf und rannte, so schnell ich konnte, zur Tür. Meine Beine waren wacklig, mein Gleichgewichtssinn war gestört, aber ich konnte fliehen und hatte eine echte Chance zu entkommen.

Links von mir ertönte ein ohrenbetäubender Schuss, und eine rote Fontäne spritzte an die Wand und hinauf bis zur Decke. Ich blieb nicht stehen, um herauszufinden, wer getötet worden war, sondern riss die Außentür auf.

Agent Phillip Denton stand zwei Meter vor mir im Nebel. Die Adern auf seiner Stirn pochten, sein kurzes Haar glänzte feucht im Herbstregen. Neben ihm standen der schmerbäuchige Agent Wilson mit seinem verknitterten Anzug und dem fast kahlen Kopf und die schlanke, wild dreinschauende Benn, deren dunkle Haut in der Abenddämmerung und im Schein der Straßenlaternen sogar noch dunkler wirkte. Ihr sinnlicher Mund öffnete sich zu einem höhnischen Grinsen.

Denton blinzelte überrascht, dann verengten sich seine strahlenden grauen Augen. »Der Magier darf nicht entkommen«, sagte er ruhig. »Tötet ihn.«

Benns Augen funkelten, sie zischte leise und griff mit der Hand unter die Jacke. Wilson folgte ihrem Beispiel.

Ich blieb abrupt stehen, fiel hin und wollte ins Gebäude zurückkrabbeln.

Doch statt Waffen unter den Jacken hervorzuziehen, verwandelten sie sich. Es geschah rasend schnell, ganz anders, als man es im Kino sieht. In einem Moment standen dort noch zwei Menschen, im nächsten sah ich flackernde Schatten, und schon hatten sie sich in zwei riesige, hagere Wölfe verwandelt. Einer war so grau wie Benns Mähne, der andere so braun wie Wilsons spärliche Haare.

Sie waren groß und fast zwei Meter lang, ihre Schultern reichten mir etwa bis zum Bauchnabel. Die durch und durch menschlichen Augen leuchteten, die gebleckten Zähne schimmerten.

Denton stand zwischen ihnen, auch in seinen Augen glomm nun eine düstere Freude. Dann zischte er, deutete mit beiden Händen auf mich, und als hätte er sie mir entgegengeschleudert, sprangen mich die beiden Wölfe an.

Ich hechtete durch die Tür zurück und knallte sie zu. Die Wölfe prallten draußen schwer gegen das Tor, drinnen bemerkte ich rechts neben mir eine Bewegung und konnte im letzten Augenblick in Deckung gehen, ehe Hendricks abzog.

Das Gewehr spuckte Flammen, knallte ohrenbetäubend laut und stanzte hinter mir ein Loch von der Größe meines Gesichts ins Tor. Irgendwo im Dunklen hörte ich Parker wütend knurren.

Ich kroch eilig weiter und verzog mich hinter ein Auto, dann lief ich geduckt zum hinteren Teil der Werkstatt.

Draußen waren auf einmal mindestens ein Dutzend Motoren und ein heftiger Schusswechsel zu hören. Anscheinend waren die Straßenwölfe zurückgekehrt.

Ich stolperte in der Dunkelheit herum und versuchte, möglichst wenig Lärm zu machen, damit niemand auf mich schoss. Dann öffnete jemand die Vordertür der Werkstatt. Trübes Licht drang herein, das mir allerdings kaum weiterhalf. Leute schrien.

In der hinteren Ecke ließ ich mich zu Boden sinken und stieß gegen etwas, das sich als Werkzeugkiste entpuppte. Ich bekam einen schweren Schraubenschlüssel zu fassen und hielt ihn fest umklammert.

Ich war allein. Nach dem Aufputschtrank hatte ich mich völlig verausgabt und dadurch selbst verletzt, und jetzt hatte ich keine magischen Energien mehr übrig. Abgesehen von dem Schraubenschlüssel, war ich wehrlos.

Ringsherum in der Werkstatt ertönten Schüsse, Schreie und dumpfe Einschläge, als die Tiere um die Vorherrschaft im Dschungel kämpften. Es war nur eine Frage der Zeit, bis einer von ihnen auf einen geschwächten und erschöpften Magier namens Harry Dresden stoßen würde.

Aber man soll die Hoffnung bekanntlich nie aufgeben.

24. Kapitel

Schlimmer konnte es eigentlich nicht mehr kommen, dachte ich mir.

Ich kauerte in der Ecke, hielt mich an dem eroberten Schraubenschlüssel fest wie ein Kind an seinem Teddybären, der Ausgang war viel zu weit entfernt, und meine Magie hatte mich im Stich gelassen.

So seltsam es war, aber Letzteres machte mir sogar noch größere Sorgen als mein möglicher Tod. Viel größere Sorgen. Der Tod steht schließlich jedem bevor, nur der Zeitpunkt ist ungewiss. Mir ist klar, dass auch ich irgendwann sterben muss. Ach, im Grunde weiß ich sogar, dass ich auf schreckliche Weise sterben muss. Ich hätte jedoch nie gedacht, dass mich eines Tages die Magie im Stich lassen könnte. Genauer gesagt wäre ich nie auf die Idee gekommen, dass *ich* dabei versagen könnte. Ich hatte mich überanstrengt, und jetzt wollte mein Körper nicht mehr die Energien leiten, die ich brauchte, um jene Kräfte zu dirigieren, an deren Gebrauch ich mich so sehr gewöhnt hatte.

Nun ja, vielleicht hätte ich es mit etwas Einfacherem als einem großen, gewalttätigen Einsatz von Telekinese versuchen sollen. Jedenfalls sah es sehr danach aus, als wäre mir eine innere Sicherung durchgebrannt. Vielleicht hatte ich meine Fähigkeiten für immer verloren.

Es war ein Identitätsverlust. Ich bin Magier, und das ist

mehr als einfach nur ein Beruf und ein Titel. Die Magie ist der Kern meines Wesens. Meine Beziehung zur Magie, die Art und Weise, wie ich sie einsetze und was ich mit ihr tun kann – das alles definiert mich, formt mich und gibt mir ein Ziel.

Über derlei dachte ich nach, während in der Werkstatt der Tod umging. Ich klammerte mich an diese Gedanken wie ein Schiffbrüchiger an ein Wrackteil und versuchte, den Sturm auszublenden, der alles in Stücke schlug.

Von meinem armseligen Versteck aus fielen mir mehrere Dinge auf. Marcone brachte sich in Richtung einer Tür in Sicherheit, wurde aber von einem der Straßenwölfe unter Beschuss genommen und saß hinter einem verrosteten Truck fest. Hendricks gesellte sich zu ihm, kurz darauf erwachte der Truck zum Leben und brach durch die Tür der Werkstatt auf den Parkplatz durch. Hendricks, der auf die Ladefläche gestiegen war, gab aus seiner Pumpgun noch mehrere Schüsse auf das Gebäude ab, und die Straßenwölfe erwiderten das Feuer.

Die wichtigste Schlacht fand jedoch zwischen den Straßenwölfen und dem FBI statt.

Der Kampf wurde hauptsächlich mit Schusswaffen ausgefochten. Denton war mit der beim FBI üblichen Automatik und einer handlichen MPi bewaffnet, ein Ding wie eine Uzi. Mit einem Feuerstoß aus der Maschinenpistole mähte er drei Straßenwölfe um, bevor er hereinkam, dann verschwanden die beiden großen FBI-Wölfe in der Werkstatt.

Schreie und wildes Knurren waren in der Dunkelheit zu hören. Lykantropen starben, zerfetzt von den großen Wölfen, die einmal die Agenten Benn und Wilson gewesen waren. Parker rief irgendwo im Dunkeln Befehle, konnte aber vor Wut kaum noch zusammenhängend sprechen. Als Denton in die Tasche griff, um ein neues Magazin für die Uzi herauszuholen, bemerkte ich etwas auf seinem Bauch, das ich mir für später einprägte. Falls es für mich überhaupt ein Später gab.

Ich beobachtete das Gemetzel, blieb in meinem Versteck und betete, irgendwann möge sich eine Gelegenheit ergeben, durch die offenen Tore der Werkstatt zu fliehen, ehe Denton oder Parker mich bemerkten. Es dauerte eine Ewigkeit. Oh, sicher, in dem rationalen Bereich meines Gehirns wusste ich, dass in Wirklichkeit nur einige Sekunden vergingen, doch mir kam es vor, als wären es mehrere Tage. Mein Kopf, der ganze Körper taten mir weh, und ich konnte nicht einmal mehr Magie einsetzen, um mich zu schützen.

Neben meinem Fuß ertönte ein Geräusch. Das Herz schlug mir bis zum Hals. Ich fuhr heftig zurück. Das Geräusch wiederholte sich, es war ein beständiges Scharren. In dieser Ecke bestand der Boden aus nackter Erde und geborstenem Beton, das Fundament der Werkstatt war zerstört. Das Kratzen kam von draußen, vom Fuß der Mauer, und dort bewegte sich auch das Erdreich.

Irgendetwas versuchte, sich unter der Mauer hindurch in die Garage zu graben, sozusagen direkt unter meinem Hintern.

Mir war plötzlich eiskalt, dann wurde ich wütend auf das Biest, das meinen ohnehin schon großzügigen Adrenalinausstoß noch weiter angeheizt hatte. Ich packte die improvisierte Waffe und kroch hinüber zur Quelle der Störung. In der Hocke saß ich schließlich da und hob den Schraubenschlüssel, um sofort auf alles einzuschlagen, was dort hervorkriechen mochte.

Im Zwielicht konnte ich es schließlich erkennen, es war unverwechselbar. Eine Pfote, eine große Hundepfote, kratzte in der Erde herum und scharrte einen flachen Tunnel unter der Wand hindurch, immer wieder aufgehalten von Betonbrocken, die im Weg waren.

Zwischen den Schüssen hörte ich die Laute des Tiers, ein Keuchen und ein eifriges Winseln, wie es schien. Was auch immer da draußen war, es wollte sich mit höchster Eile einen Weg in die Werkstatt bahnen.

»Nimm das«, murmelte ich und knallte den Schraubenschlüssel auf die Pfote.

Sofort hörte ich ein erschrockenes Kläffen, und die Pfote verschwand. Darauf folgte ein Knurren, und die Pfote erschien wieder.

Ich schlug ein zweites Mal zu, mit ähnlichem Ergebnis. Erneut ertönte draußen ein wildes Knurren, und ich ließ meiner Rachsucht ein wenig freien Lauf, indem ich mich zum Loch hinunterbeugte. »Ha, streck ruhig noch einmal die Pfote herein, dann kriegst du wieder was ab!«

Draußen waren einige Geräusche zu hören, dann knirschte Kies, und ich hörte Tera Wests gleichmütige, unverwechselbare Stimme. »Magier«, zischte sie, »lassen Sie das.«

Erschrocken blinzelte ich und beugte mich zu dem Loch hinunter. »Tera? Sind Sie das? Woher wissen Sie, dass ich hier bin?«

»Sie sind der einzige Mann, der mir je begegnet ist«, knurrte Tera, »der auf die Pfoten einschlägt, die ihn vor dem sicheren Tod retten wollen.« Ich zuckte zusammen, als auf der anderen Seite der Garage wieder eine Salve von Schüssen abgefeuert wurde. »Ich sage ihnen jetzt, dass sie weitergraben sollen. Schlagen Sie ihnen bloß nicht wieder auf die Pfoten.«

»Ihnen?«, fragte ich. »Wen meinen Sie?«

Doch sie antwortete nicht, und das Kratzen setzte wieder ein.

Ich sah mich über die Schulter um. Mehrere Straßenwölfe liefen rasch durch die Tür und das große Loch, das Marcone aufgebrochen hatte, hinaus. Dort stand Denton über die schlanke Gestalt einer Frau gebeugt, und feuerte aus kurzer Entfernung auf sie, um sicherzustellen, dass sie nie wieder aufstehen würde.

Ich hatte genug Zeit, um Lanas Gesicht zu erkennen, das jedoch nicht vor Schmerzen, sondern eher im Blutrausch verzerrt war. Ihr Körper zuckte und wand sich, während Denton sein Magazin leer schoss. Dann wurde es wieder dunkel.

Vor meinen Füßen ging das Scharren weiter, schließlich brach es ab, und ich hörte ein Kläffen und ein böses Knurren. Ich fluchte.

»Tera«, flüsterte ich, so laut ich es wagte, »was ist los?«

Die Antwort bestand in einem weiteren Knurren und einem lauten Kläffen, das durch die ganze Werkstatt hallte.

Ich verzog mich hinter die Werkzeugkiste und einen Haufen Schrott, kurz bevor der Strahl einer Taschenlampe über die Ecke glitt, in der ich mich versteckt hatte. »Das war dieses Miststück«, hörte ich Denton knurren. »Roger hat sie draußen erwischt.«

Ich hörte ein Flüstern, und ich bekam eine Gänsehaut. Kurz darauf schnurrte eine heisere, sinnliche Frauenstimme: »Parker ist noch hier drinnen, der Magier auch. Ich kann sie riechen.«

»Verdammt«, knurrte Denton, »der Magier weiß zu viel. Wilson, geh und hilf Roger!«

»Und ich, Liebster?«, sagte die Frauenstimme und beendete die Frage mit einem heiseren Lachen. Agent Benn redete, als hätte sie viel zu viel Sex, Drogen und Rock 'n' Roll genossen und als gierte sie nach mehr.

»Wir bleiben hier drin. Ich sichere die Türen, du treibst sie auf mich zu!«

Die Frau gab eine Art erfreutes Wimmern von sich. »Komm doch«, sagte sie. »Verwandle dich. Du weißt doch, wie schön das ist und wie gut es sich anfühlt.«

Vor meinem inneren Auge sah ich Dentons Adern pochen. »Es ist besser, wenn einer von uns die Türen mit der Waffe sichert.« Seine Stimme klang, als fiele es ihm schwer.

»Lass das doch«, lockte Benn. »Mach mit und verwandle dich.«

»Wir haben es nicht aus diesem Grund getan, und auch unser Abkommen haben wir nicht deshalb geschlossen.«

Wieder gab Benn einen äußerst sinnlichen Laut von sich. »Das ist jetzt egal. Koste es aus«, drängte sie ihn. »Koste das Blut.«

Der Lichtkegel schwankte und wanderte weiter.

Ich wagte es aufzuschauen. Die über und über mit Blut

besprizte Agentin Benn stand vor Denton im Schein der Taschenlampe, die jetzt auf dem Boden lag, und schob ihm drei zusammengepresste Finger in den Mund. Denton zitterte, er hatte die Augen fest geschlossen und lutschte an ihren Fingern. Es war entsetzlich und erotisch zugleich. Einer der riesigen Wölfe, ich nahm an, es war Wilson, stand in der Nähe und beobachtete die beiden mit glänzenden Augen.

Denton gab ein Knurren von sich und packte Benns graue Mähne, riss ihr den Kopf zurück, um den Hals freizulegen, und leckte das Blut ab, das darauf gespritzt war.

Sie lachte, bot sich ihm mit durchgedrücktem Rücken an und stieß die Hüften rhythmisch gegen seinen Körper. »Verwandle dich«, stöhnte sie. »Verwandle dich, tu es.«

Ein wütendes Heulen, einige blitzschnelle Bewegungen, und Parker taumelte aus der Dunkelheit herbei. Ein Arm hing kraftlos herab, in der anderen Hand hielt er ein großes Messer. Trotz und Raserei funkelten in seinen Augen.

Denton und Benn schauten auf, griffen zu den Hüften, flackerten kurz und verwandelten sich in albtraumhafte Wölfe. Ihre Augen glühten im schwachen Licht, aus den offenen Mäulern hingen lange Zungen, ihre Reißzähne schimmerten.

Parker sprang, sein schmieriges Haar wippte, die drei Wölfe fielen über ihn her.

Fasziniert und angewidert zugleich schaute ich zu.

Die Wölfe verdeckten Parker vollständig, ich sah nur noch Zähne, Fell, Blut und blinde Raserei. Er schrie und hackte um sich, dann wurde ihm das Messer aus der Hand geschlagen und landete nicht weit von mir entfernt auf dem Boden.

Parker kämpfte weiter, er wollte sich aufrichten und zutreten, doch er hatte keine Chance. Blut spritzte, er kreischte ein letztes Mal und verstummte.

Dann fraßen die Wölfe ihn auf. Sie bissen große Brocken Muskelfleisch heraus, schlangen es herunter, zerrissen ihm die Kleider, um das nackte Fleisch freizulegen. Sie knurrten und schnappten drohend nacheinander, einer der Rüden bestieg das Weibchen, während es gierig am leblosen Körper zerrte und die Schnauze tief in den Bauch stieß, um an die Eingeweide zu gelangen.

Mir wurde übel, und wenn ich etwas im Magen gehabt hätte, ich hätte mich direkt auf den Betonboden übergeben.

Hektisch drehte ich mich zu dem halb gegrabenen Loch um und grub mit meinem Schraubenschlüssel weiter. Ich wollte nicht als Nächster auf der Speisekarte landen.

Draußen hörte ich wieder ein Kläffen und Knurren, und schließlich hatte ich das Loch ausreichend erweitert, um nach draußen zu kriechen. Ich machte mich flach, wand mich durch den Dreck, rostige Eisenträger kratzten über meinen Rücken, meine verletzte Schulter begann wieder zu schmerzen.

Mit einem letzten Ruck befreite ich mich aus dem Loch.

Ich befand mich in einer Gasse hinter der Werkstatt, die von einer fernen Straßenlaterne schwach beleuchtet wurde.

Überall waren Wölfe.

Drei von ihnen, kleiner als diejenigen, die ich vorher

gesehen hatte, umringten einen größeren mit rostfarbenem Pelz und Fledermausohren, dessen Fell mit Blut bespritzt war. Zwei kleinere lagen in der Nähe, winselten vor Schmerzen und regten sich nur noch schwach, und auch sie waren voller Blut.

Tera hatte sich den kleineren Wölfen angeschlossen, die den großen in Schach hielten. Nackt und schlank, wie sie war, hielt sie in jeder Hand ein Bleirohr. Wann immer der große Wolf einen der kleineren angreifen wollte, rückten die anderen dichter an ihn heran, und er fuhr wieder herum, schnappte zu und versuchte, wenigstens einen seiner Gegner zu erwischen.

»Das hat aber gedauert, Magier«, knurrte Tera, ohne sich nach mir umzudrehen.

Mit dem Schraubenschlüssel in der Hand rappelte ich mich auf. »Tera, wir müssen hier verschwinden. Denton und die anderen werden gleich auftauchen.«

»Gehen Sie!«, fauchte sie. »Helfen Sie MacFinn! Wir halten sie auf.«

Der große rostbraune Wolf sprang sie an, doch sie wich behände zurück und entging um Haaresbreite seinen Zähnen. Schneller, als ich es für möglich gehalten hätte, verpasste sie ihm einen Schlag auf die Nase, und ich glaubte sogar ein verächtliches Schnauben zu hören.

Die drei kleineren Wölfe rannten dem großen Tier sofort hinterher, das sich umdrehte und sie zurücktrieb. Eines, das den schnappenden Kiefern nicht schnell genug entkam, kläffte vor Schmerzen.

»Sie können die nicht alle aufhalten«, sagte ich. »Es sind noch drei von denen da.«

»Die hier gehören zum Rudel«, knurrte sie und blickte kurz zu den verwundeten Wölfen hinüber. »Wir lassen unsere Brüder nicht im Stich.«

Ich stieß einen bitterbösen Fluch aus. Ich brauchte Tera. Sie konnte alles bestätigen und mir helfen, die Fakten zu sortieren, bis ich wirklich begriff, was hier vor sich ging. Sie war bereit, ihr Leben für mich zu opfern, zu bleiben und Denton und die anderen in Schach zu halten, so lange sie und ihre Gefährten es konnten, aber ich hatte an diesem Abend schon genug Leichen gesehen. Ich wollte nicht, dass meinetwegen noch jemand umkam.

Auf einmal überwog meine Wut die Angst. Ich war lange genug herumgestoßen worden. Ich war viel zu lange hilflos und ohnmächtig im Dunklen umhergestolpert. Zu viele Menschen waren zu Schaden gekommen, die Geschöpfe der Magie und der Nacht hatten schon mehr als genug Leid verursacht. Darum hätte ich mich kümmern müssen.

In diesem Augenblick war mir egal, dass ich keinen einzigen Spruch mehr gegen sie wirken konnte. Mir stand im Augenblick vielleicht nicht mehr die Magie zur Verfügung, aber ich war immer noch ein Magier, ein Wissender, ein Weiser. Das ist die wahre Macht des Magiers.

Ich weiß viele Dinge.

Wissen ist Macht.

Und aus der Macht entsteht Verantwortung.

Auf einmal war die ganze Angelegenheit sehr einfach. Ich hielt den Schraubenschlüssel fest in einer Hand, holte tief Luft und sprang auf den Rücken des großen Wolfs.

Das riesige Tier ahnte es jedoch, drehte sich abrupt um

und erwartete mich schon, während ich noch durch die Luft flog, drückte mich auf den Boden und wollte mir an die Kehle gehen. Ich hörte Tera schreien, und sie und die anderen Wölfe kamen näher. Aber sie hätten mich nicht erreichen können, bevor das Biest mich tötete. Das war jedoch unwichtig.

Ich stieß dem Wolf den Schraubenschlüssel ins Maul und schlitzte mir an einem Zahn einen Finger auf. Der Wolf knurrte und riss mir mit einem Ruck den Schraubenschlüssel aus der Hand, und er überschlug sich und landete ein Stück von mir entfernt, dann drehte sich das riesige Tier mit glühenden Augen wieder zu mir um.

Ich hatte Zeit, es genau zu betrachten. Die Kraft und Wendigkeit des Wolfs waren erschreckend. Er war riesig und unglaublich schnell, und ich hatte nicht den Hauch einer Chance gegen ihn.

Im Licht der fernen Laterne schimmerten die vom Blut geröteten Reißzähne.

25. Kapitel

Das Fell des Wolfs war mit Blutstropfen besprenkelt, die Schnauze des Wolfs, ein wenig kürzer und breiter, als ich es in »Wild Kingdom« gesehen hatte, war weit aufgerissen, und die schwarzen Lefzen entblößten die Reißzähne. Die Augen waren blau und sahen überhaupt nicht nach Wolf aus, und in ihnen flackerten Wahnsinn und Schläue.

Ich hatte Zeit, all diese Details wahrzunehmen, weil ich für das, was ich vorhatte, keine Augen brauchte.

Ich stieß die Hände ins Fell des Tiers, als es nach meiner Kehle schnappen wollte, zog mich zwischen seinen Vorderpfoten hindurch nach unten und rutschte auf dem Hintern weiter, während ich mit den Fingern wühlte, bis ich gefunden hatte, was ich suchte – die scharfe Metallkante eines Gürtels, der sich eng an die Haut schmiegte.

Sofort fummelte ich hektisch an dem Gürtel herum und riss und zerrte am Wolfspelz, während ich die Schnalle öffnete. Schließlich warf ich mich zur Seite und zog fest an dem Gürtel.

Auf einmal verschwand der Wolfspelz unter der grauen Anzugjacke von Roger Harris, dem Spurensicherungsexperten der örtlichen FBI-Dienststelle. Der Bursche mit dem roten Haar und den großen Ohren kauerte verdutzt über mir und starrte mich an, Mund und Lippen waren blutverschmiert.

»Verpiss dich, Hexenwolf!«, knurrte ich und rammte ihm das Knie in den Unterleib. Der Tritt saß.

Keuchend rollte Harris von mir herunter. Er wollte unter die Jacke greifen, doch ich wartete nicht, bis er seine Waffe gezogen hatte. Ich setzte ihm nach und blieb so dicht bei ihm, dass er die Arme nicht frei bewegen konnte, packte ihn an seinen großen Ohren und drückte seinen Kopf mehrmals in den Kies. Einige Sekunden lang wehrte er sich, aber ich hatte ihn überrumpelt. Immer wieder prallte sein Kopf auf die Steine, und nach einem halben Dutzend kräftiger Schläge gab er auf.

Mit einem kleinen Ruck ließ ich seine Ohren los und schaute zu Tera und den Wölfen hoch. Sie näherten sich aus allen Richtungen, und ich erkannte den Blutdurst in ihren Augen. Zudem sah ich es an ihren gebleckten Zähnen und an Teras weiß hervortretenden Knöcheln, als sie das Bleirohr fester packte.

Ich war unendlich frustriert. Schlimm genug, dass sich blutrünstige Tiere in der ganzen Stadt herumtrieben, aber auf meiner Seite wollte ich sie nun wirklich nicht haben.

»Zurück!«, knurrte ich sie aufgebracht an.

»Er gehört uns!«, antwortete Tera ähnlich aggressiv. »Er hat mehrere aus dem Rudel verletzt!«

»Dann kümmern Sie sich gefälligst um Hilfe, statt Ihre Zeit mit diesem Kerl zu verschwenden!«

»Sein Blut gehört uns«, beharrte sie, und die Wölfe bestätigten ihre Forderung mit drohendem Knurren.

»Er kann Ihnen jetzt nichts mehr tun. Wenn Sie ihn töten, wird es Ihren Freunden dadurch nicht besser gehen. Aber die vergeudete Zeit könnte sie das Leben kosten.«

»Sie verstehen das nicht, Magier«, knurrte Tera, und die Wölfe stimmten im Chor und mit blitzenden weißen Zähnen ein. »So ist das eben bei uns.«

Langsam richtete ich mich zu meiner vollen Größe auf. »Ich denke«, sagte ich leise und gleichmütig, »dass Sie mich nicht noch wütender machen wollen, als ich es schon bin.« Entschlossen erwiderte ich Teras Blick. Meine Zähne taten weh, so fest biss ich sie zusammen. »Es hat schon genug Tote gegeben. Wenn Sie ihn jetzt umbringen, sind Sie nicht anders als er.«

»Falsch«, erwiderte Tera. »Ich bin dann am Leben, und er ist tot.«

»Nicht wenn Sie an mir vorbeigehen, dann nicht.«

Wir starrten einander an.

Unsicherheit zuckte in ihrer Miene. Sie wusste nicht, dass ich meine Reserven an magischer Energie aufgebraucht hatte, und sie hatte mich mit meinen Kräften viel zu viele beeindruckende Dinge tun sehen, um sich mir ohne Weiteres zu widersetzen. Sie blinzelte als Erste und wandte mit einem mürrischen, kehligen Laut den Blick ab.

»Wie Sie wünschen, Magier«, sagte sie. »Wir haben Wichtigeres zu tun, als uns zu gegenseitig bekämpfen. Der Rest seines Rudels ist bald hier, und wir müssen uns um die Verwundeten kümmern.«

Ich nickte und ließ den Blick über die drei Wölfe schweifen, die mich umringten. »Sonst noch jemand?«, forderte ich sie heraus.

Sie wichen zurück und mieden die Konfrontation.

»Also gut«, sagte ich und bückte mich, um Harris' Pistole und den Wolfsgürtel an mich zu bringen. »Haben Sie ein Auto hier?«

»Ja«, sagte Tera. »Georgia?«

Eine der Wölfinnen, ein langbeiniges, schlankes hellbraunes Tier, schauderte und lief im Kreis herum, während sie leise, wimmernde Laute von sich gab. Einen Augenblick später waren geflüsterte Kraftworte zu hören, dann schauderte die Wölfin erneut und blieb mit gesenktem Kopf stehen, schüttelte sich, das hellbraune Haar verschwand, helle Haut kam zum Vorschein, und vor mir hockte das schlaksige dunkelblonde Mädchen, das ich im Supermarkt gesehen hatte. Sie trug allerdings kein schwarzes Leder.

Georgia richtete sich auf und sagte: »Ich lasse sie mit dem Van in die nächste Straße bringen. Schafft ihr es bis dorthin?« Ihre Miene war angespannt, die Augen geweitet.

»Ja«, sagte Tera. »Ihr beide, kommt wieder zu euch.«

Auch die anderen Wölfe liefen jetzt in kleinen Kreisen herum, sammelten sich und begannen mit ihrer Verwandlung, bis zwei nackte junge Männer vor mir standen.

Einer war der kleine, stämmige Bursche, der mit Georgia gestritten hatte – er hieß Billy –, und auch den zweiten, dessen Namen ich nicht wusste, erkannte ich wieder.

Tera übernahm das Kommando, während ich mit Harris' Waffe in der Hand die Gasse sicherte. Sie und die beiden jungen Männer machten aus Harris' Jacke eine Trage für einen der Wölfe, den anderen schulterte Tera scheinbar mühelos, obwohl er gut hundertfünfzig Pfund wiegen musste. Die verletzten Wölfe winselten erbärmlich, und Tera und die beiden jungen Männer warfen dem am Boden liegenden Harris finstere Blicke zu, bevor sie sich durch die Gasse entfernten und in Richtung See liefen. Schließlich war ich mit dem Burschen allein.

Ich hockte mich neben ihn und versetzte ihm einige Ohrfeigen. Er blinzelte und zuckte zusammen, als wollte er sich aufrichten. Ich setzte ihm die Halbautomatik an den Hals. »Schön ruhig bleiben.«

Er hielt inne und starrte mich aus großen Augen an.

»Ich werde Ihnen jetzt einige Fragen stellen. Ich glaube, ich kenne die Antworten schon, aber Sie werden mir trotzdem ruhig und aufrichtig alles erklären. Sonst werde ich Ihnen nämlich zeigen, was ein aufgesetzter Schuss mit Ihrem Hals anrichten kann. Haben wir uns verstanden?«

Harris' Mund zuckte einige Male, ehe er etwas erwidern konnte. »Wenn Sie mich abknallen«, sagte er, »wird Denton nicht ruhen, bis auch Sie tot sind.«

»Ach, hören Sie auf, Roger«, entgegnete ich gelassen. »Denton will mich bereits umbringen. Wenn ich Sie erschießen, würde das nichts an dem ändern, was er sowieso schon vorhat.«

Roger leckte sich über die Lippen, sein Blick irrte umher, als würde er auf seine Retter warten. »Woher wussten Sie das? Das mit dem Gürtel?«

»Ich hab Dentons Gürtel in der Werkstatt bemerkt. Und ich hab Sie gesehen, bevor Sie sich verwandelt haben. Sie haben alle unter Ihre Jacken gegriffen und an jenem ersten Abend hat auch Agent Benn gezuckt, um den Gürtel zu berühren. Sie wollte Murphy den Kopf abreißen, weil sie ausgeflippt ist. Es fiel ihr gerade noch rechtzeitig ein, dass es keine gute Idee wäre, und deshalb hat sie ihre Waffe gezogen. Richtig?«

Harris nickte leicht.

»Ihr seid Hexenwölfe, also habt ihr mit jemandem eine Abmachung, der euch die Macht der Verwandlung und die Gürtel gegeben hat. Wer ist es?«

»Keine Ahnung«, sagte Harris. »Bei Gott, ich weiß es nicht. Denton hat sich um all das gekümmert.«

Ich spannte den Hahn der Waffe.

»Ich weiß es wirklich nicht, ich schwöre bei Gott, Denton hat das alles ganz allein gemacht. Er kam zu uns und fragte, ob wir ihm helfen wollten, einige Gangster zu schnappen, die sich immer wieder ihrer gerechten Strafe entziehen, und ich sagte ihm, das wolle ich. Bei Gott, ich konnte doch nicht ahnen, dass so was dabei herauskommen würde.«

»Was ist denn dabei herausgekommen, Roger?« Mein Tonfall war kalt. »Beginnen Sie von vorn, aber machen Sie schnell.«

»Marcone«, sagte er, den Blick auf die Waffe gerichtet. »Es ging doch nur um Marcone. Denton wollte ihn erledigen.«

»Was so viel heißt wie ihn umzubringen.«

Er heftete seinen unsteten Blick auf mich. »Denton sagte uns, es gebe keine andere Möglichkeit, ihn zu erwischen. Er hat die Stadt mehr als jeder andere vergiftet und genügend Macht, um von der Polizei nicht belangt zu werden. Er genießt sogar im ganzen Land einen gewissen Einfluss. Beim FBI hat man schon mehrere Ermittlungen gegen ihn ganz plötzlich wieder eingestellt. Niemand kann ihm etwas anhaben.«

»Also wollten Sie die Gürtel benutzen, um ihn zu töten.«

Er nickte. »Aber es würde Spuren geben, und niemand hätte geglaubt, dass ihn ein Rudel wilder Hunde verstümmelt hat. Es hätte eine gründliche Untersuchung gegeben, Gerichtsmedizin und so weiter.«

Jetzt begriff ich es. »Deshalb brauchten Sie jemanden, den Sie ans Messer liefern konnten. Lassen Sie mich raten. Die Straßenwölfe.«

Harris bleckte die Zähne. »Eine Bande von Straftätern und Unruhestiftern, deren Symbol ein Wolf ist. Mord an einem Kriminellen, bei dem das Motiv des Wolfs eine Rolle spielt. Niemand hätte da nach weiteren Einzelheiten geforscht, weil es so gut passte. Gleichzeitig hätten wir dadurch noch eine andere gefährliche Gruppe beseitigt.«

»Ja, Roger. Nur dass die Straßenwölfe mit diesem Verbrechen überhaupt nichts zu tun gehabt hätten. Ist Ihnen das nicht in den Sinn gekommen? Sie sind genauso unschuldig wie die anderen Menschen, die im letzten Monat kurz vor und nach Vollmond gestorben sind. Sie haben sie getötet. Sie und die anderen aus Dentons Team.«

Er schloss die Augen und wurde bleich im Gesicht. »Die Verwandlung. Wenn … wenn Sie verwandelt sind, wenn Sie ein Tier sind … Es ist unglaublich. So schnell sind Sie, so stark. Ihr Körper singt vor Freude. Ich habe auf dem College mal Koks probiert, aber das war nichts dagegen. Das Blut …« Er leckte sich wieder über die blutverschmierten Lippen, doch diesmal sah es durstig und nicht nervös aus.

»Ich glaube, so langsam verstehe ich es. Denton hat Ihnen nichts davon erzählt. Sie wussten nicht, wie es Ihr Denken verändern würde. Wahrscheinlich hat er es selbst nicht mal geahnt. Und wenn man es einmal probiert hat …«

Harris nickte eifrig. »Sie können nicht mehr aufhören, Mann. Es kommt so weit, dass Sie nachts rastlos im Zimmer umherlaufen. Es ist besser als schlafen, denn sobald die Jagd beendet ist, fühlen Sie sich unglaublich lebendig.« Flehend schaute er zu mir auf. »Ich wollte die Leute nicht töten. Wir haben mit Kriminellen begonnen. Ein paar Gangster, die Drogen verkauft haben. Wir wollten ihnen nur Angst einjagen, und auf einmal ging alles so schnell. Sie sind schreiend davongelaufen, wir haben sie verfolgt und … getötet. Und bei Gott, Dresden, es war wundervoll.«

»Dann ist es wieder passiert«, sagte ich. »Mehrmals. Unschuldige Menschen. Arme Teufel, die zur falschen Zeit am falschen Ort waren.«

Harris wandte den Blick ab und nickte. »Denton sagte, wir könnten das wieder in Ordnung bringen. Wir könnten auch diese Morde den Straßenwölfen anhängen und alle anderen überzeugen, dass sie es getan haben. Und wir haben einfach mitgemacht.«

Ich schüttelte den Kopf. »Das erklärt noch nicht, warum Sie MacFinn in die Sache hineingezogen haben.«

»Denton«, sagte der Bursche. »Er hat das in Gang gebracht. Er sagte, es gebe noch jemanden, dem wir alles in die Schuhe schieben könnten, um ganz sicherzugehen, dass uns nichts passiert. Er hätte auch schon den richtigen Mann dafür gefunden. Wir sind in MacFinns Haus eingebrochen, haben all diese okkulten Sachen gesehen und einige zerstört, und danach gingen wir wieder weg. Am nächsten Abend waren noch mehr Leute tot. Und noch einmal einige in der folgenden Nacht. Dann haben wir uns Marcones schmierigen Geschäftspartner vorgenommen und ihn und seinen Schläger erledigt.«

»Anschließend haben Sie sich einen Monat lang zurückgehalten.«

Harris schluckte und nickte. »Denton nahm uns die Gürtel ab und hat sie vor uns versteckt. Er hat es besser ausgehalten als wir anderen. Mein Gott, die arme Benn war so verrückt, sie war überhaupt kein Mensch mehr. Wilson ging es nicht viel besser. Aber irgendwie haben wir den Monat überstanden.«

»Schließlich haben Sie Marcones Leibwächter im Varsity umgebracht.«

Es flackerte in Harris' Augen. »Ja. Sie hätten mal sein Vorstrafenregister sehen sollen. Wir wussten, was er getan hatte, konnten ihn aber nicht vor Gericht bringen. Mein Gott, Dresden, er hatte es verdient.«

»Vielleicht, vielleicht auch nicht. Wer sind Sie, dass Sie darüber richten?«

»Warum sollten wir's nicht?«, gab Harris zurück. »Wir hatten die Macht. Wir hatten die Verantwortung, die Macht zum Guten zu benutzen. Um unseren Job zu erledigen. Zur Hölle, Dresden, wenn Sie so ein guter Mensch sind, sollten Sie uns helfen, statt uns in die Quere zu kommen. Diese Männer sind nicht anders zu packen, das wissen Sie selbst.«

Seine Ansichten behagten mir nicht. »Ich kann Ihre Methoden nicht billigen. Sie haben anderen die Morde angehängt, die Sie selbst begangen haben.«

Harris grinste höhnisch. »Als ob MacFinn noch nie jemanden umgebracht hätte. Mann, er ist doch auch ein Mörder, oder? Nach diesem Auftritt auf dem Polizeirevier ist jeder davon überzeugt, dass er einer ist.«

»Das sehe ich anders«, widersprach ich. »MacFinn wäre nie dort eingesperrt worden, wenn Sie nicht den Kreis zerstört hätten, der ihn festgehalten hat.«

Harris' Antwort klang ausgesprochen trotzig und frustriert. »Sie sehen das einfach nicht ein. Sie mussten ja auch Ihre Nase in unsere Angelegenheiten stecken. Meine Güte, in Ihrem verrückten Bericht für Murphy haben Sie sogar die Gürtel erwähnt. Ab diesem Augenblick hat Denton Sie ernst genommen. Wenn Sie auch nur ein bisschen Verstand hätten, würden Sie jetzt Leine ziehen und verschwinden, bevor Denton und die anderen wieder zu sich kommen und Ihnen ans Leder gehen. Sie wissen einfach zu viel.«

»Warum die Straßenwölfe?«, fragte ich. »Warum haben Sie mich zu ihnen geschickt?«

»Denton dachte, die würden Sie umbringen«, fauchte Harris. »Damit wären wir Sie losgewesen.«

Es klang einleuchtend. Jemand hatte die ganze Zeit versucht, mich umzubringen, und ich hatte es nicht einmal gemerkt. »Er wusste, dass sie hinter mir her waren, nachdem ich ihnen beim ersten Mal entkommen war.«

»Ja, und er hat mir den Auftrag gegeben, um sicher zu sein, dass Sie auch wirklich draufgehen. Als ich sah, wie man Sie in den Kofferraum bugsieren wollte, dachte ich, Sie wären tatsächlich schon so gut wie tot. Deshalb wollten wir uns heute Nacht die Straßenwölfe vornehmen, bevor MacFinn sich Marcone vornimmt.«

»Woher wollen Sie das wieder wissen?«

Harris schnaubte. »Marcone hat es uns selbst verraten. Die Schlange hat um Polizeischutz gebeten.«

Beinahe hätte ich laut gelacht. »Hat er den bekommen?«

»Teufel, nein«, antwortete Harris. Er hob den Kopf und ballte die Hände zu Fäusten, und ich spürte, wie sich sein Körper unter mir spannte. »Ich hab genug geredet«, sagte er. »Wenn Sie sich nicht auf unsere Seite schlagen wollen, dann verschwinden Sie jetzt hier. Oder erschießen Sie mich. Aber hören Sie auf, meine Zeit zu verschwenden.«

»Ich bin allerdings noch nicht fertig.« Ich presste dem Burschen die Pistolenmündung fester gegen den Hals. »Sie werden Denton etwas von mir ausrichten. Ich bin es leid, herumgestoßen zu werden. Sagen Sie ihm, er darf bei Mondaufgang in Marcones Haus ausprobieren, ob er mich umbringen kann.«

Harris wand sich unter mir und gab keuchende, würgende Laute von sich, riss die Augen auf.

»Er wird ebenfalls dort sein, sobald MacFinn auftaucht«, fuhr ich fort. »Sagen Sie ihm, ich werde auch dort sein, weil ich ihm das alles nicht durchgehen lasse. Haben Sie das verstanden?«

Ich nahm ein wenig Druck von seinem Hals, und Harris krächzte etwas Zustimmendes.

Schließlich stand ich auf, behielt aber die Waffe in einer und den Gürtel in der anderen Hand. Sein flackernder, gieriger Blick blieb an dem Gürtel hängen.

»Warum sagen Sie mir das alles?«, fragte er. »Warum warnen Sie uns?«

Ich starrte ihn einige lange Sekunden an, ehe ich ihm

leise antwortete. »Weil mir nicht gefällt, was Sie tun und wer Sie sind. Sie sind nicht fähig, die Macht zu benutzen, die man Ihnen gegeben hat. Die Macht benutzt Sie. Sie verwandeln sich in Tiere. Sie setzen Raserei und Angst ein, um angeblich den Frieden zu erhalten. Jetzt ist es an Ihnen zu lernen, was Furcht bedeutet.«

Harris stand auf, sein rotes Haar war zerzaust, auf dem Mund trocknete Blut. Er wich mehrere Schritte vor mir zurück und sah sich nervös um. »Mein Gürtel«, sagte er. »Ich will ihn zurückhaben.«

»Vergessen Sie's, Junge. Das Klügste, was Sie jetzt tun können, ist, sich zu Hause einzuschließen und zu warten, bis alles vorbei ist. So oder so, diesen Gürtel werden Sie nie wieder benutzen.«

Darauf kam er wieder einen Schritt näher. Doch als ich die Pistole auf ihn richtete, blieb er wie angewurzelt stehen. »Damit kommen Sie nicht durch!«

»Bei Mondaufgang«, sagte ich noch einmal, dann drehte ich mich um und verließ die Gasse.

Nach etwa dreißig Schritten tauchte Tera aus dem Schatten auf und ging neben mir, nahe genug, um mich zu stützen, falls ich straucheln sollte. »Sie haben sich geirrt, Magier«, sagte sie.

Ich schaute auf sie hinab, und sie erwiderte meinen Blick mit ihren seelenlosen Bernsteinaugen. »Inwiefern?«

»Sie sind nicht zu Tieren geworden.« Mit schmalen Augen sah sie sich über die Schulter um. »Tiere tun nicht, was sie getan haben. Tiere töten, um zu fressen, um sich oder ihre Jungen zu schützen und ihr Revier zu verteidigen. Nicht aus Freude am Töten, nicht zum Lustgewinn.«

Sie musterte mich eindringlich. »Das tun nur Menschen, Magier.«

Ich schnitt eine Grimasse, konnte aber nichts dagegen einwenden. »Sie haben wohl recht.«

»Natürlich habe ich recht«, bekräftigte Tera. Eine Weile gingen wir schweigend weiter. »Werden Sie versuchen, meinem Verlobten zu helfen?«

»Versuchen werd ich's. Aber ich kann nicht zulassen, dass sein Fluch noch mehr Menschenleben kostet.«

Düster nickte sie. »Das will er auch nicht. Er denkt eher an andere als an sich selbst.«

»Das klingt, als sei er ein guter Mensch.«

Sie zuckte mit den Achseln. »Diese anderen, die vom FBI ... Die werden versuchen, Sie aufzuhalten.«

»Ja.«

»Und wenn es ihnen gelingt?«

»Ich kann sie nicht so weitermachen lassen wie bisher. Sie sind völlig außer Kontrolle. Ich glaube nicht, dass sie sich noch beherrschen können und mit dem Töten aufhören.« Ich sah Tera nicht an, sondern konzentrierte mich darauf, einen Fuß vor den anderen zu setzen. »Wenn es dazu kommt ...«, begann ich. »Wenn es dazu kommt, dann ... dann muss ich möglicherweise sehr menschlich werden.«

26. Kapitel

Tera und ich liefen zum Ufer des Lake Michigan. Dort, an der Neunundvierzigsten, wartete ein großer alter Van im Leerlauf. Die Scheinwerfer flammten auf, als wir uns ihm näherten, dann stieg die Fahrerin aus und öffnete uns die Seitentür.

»Harry?«, sagte sie. »O Gott, was haben sie dir nur angetan?« Sie eilte auf mich zu, und ich spürte Susans Wärme, als sie sich einen meiner Arme über die Schultern legte und sich an mich schmiegte.

Sie trug Jeans, in denen ihre langen Beine zur Geltung kamen, und eine dunkelrote Jacke, die gut zu ihrer dunklen Haut passte. Das Haar hatte sie sich zu einem Pferdeschwanz gebunden, sodass ihr schlanker Hals freilag und verletzlich wirkte.

Susan fühlte sich unglaublich weich und warm an, sie roch sauber und entzückend weiblich, und ich stützte mich liebend gern auf sie, zumal all die Schmerzen, die ich mühsam verdrängt hatte, auf einmal wieder da waren.

»Sie haben ihn verprügelt«, erklärte Tera, »aber sie haben ihn leben lassen, wie ich vermutet habe.«

»Dein Kopf sieht aus wie ein Sack purpurner Kartoffeln«, meinte Susan, während sie mich mit dunklen Augen musterte. Besorgt verzog sie das Gesicht.

»Du sagst immer so reizende Dinge«, murmelte ich.

Sie verfrachteten mich in den Van, in dem schon Georgia, Billy und die anderen Alphas hockten. Zwei der Jugendlichen, ein junger Kerl mit blinzelnden, wässrigen blauen Augen, und ein Mädchen mit glattem braunem Haar, lagen auf dem Rücken und keuchten leise. Ihre Verletzungen waren mit sauberen weißen Verbänden versorgt. Anscheinend hatte Georgia Erste Hilfe geleistet.

Alle Alphas trugen schlichte dunkle Bademäntel statt ihrer Adamskostüme, wofür ich einigermaßen dankbar war. Die ganze Angelegenheit war schon verwirrend genug, auch ohne dass ein Haufen nackter und etwas ungelenker Menschen während der Fahrt in meiner Nähe war.

Als ich den Sicherheitsgurt anlegte, bemerkte ich die Prellungen auf Händen und Unterarmen – hässliche dunkle, purpurne und braune Flecken, so großzügig über meine Haut verteilt, dass man kaum sagen konnte, wo einer aufhörte und der nächste begann. Ich setzte mich zurecht, lehnte mich an die Scheibe und benutzte die rechte Hand als Kopfkissen.

»Was machst du eigentlich mit all den Leuten hier?«, fragte ich Susan, als sie wieder hinterm Lenkrad Platz genommen hatte.

»Ich war als Einzige alt genug, den Van zu mieten«, sagte sie, während sie den Motor startete. »Nachdem du aus dem Auto gesprungen bist und ich meinen Herzinfarkt überwunden hatte, haben wir die Polizei gerufen, wie du uns gesagt hast. Tera ging dich suchen und berichtete mir, die Polizei sei zu spät gekommen, und die Straßenwölfe hätten dich schon geschnappt. Wie kam es eigentlich zu diesem Unfall mit dem Pick-up?«

»Die haben Pech gehabt. Irgendjemand hat dafür gesorgt, dass alle vier Reifen im gleichen Augenblick geplatzt sind.«

Susan sah mich mit hochgezogenen Augenbrauen an. »Harry, du siehst aus, als wärst du unter einen Zug gekommen. Wir bringen dich an ein ruhiges Plätzchen.«

»Essen«, sagte ich. »Ich bin am Verhungern. Tera, wissen Sie, wann der Mond aufgeht?«

»Ich passe auf«, sagte sie. »Die Wolken verziehen sich, ich kann die Sterne sehen.«

»Wundervoll«, murmelte ich.

Dann wollte ich nur noch schlafen und bekam nichts mehr von der holprigen Fahrt im Van mit.

Erst der Geruch nach Bratfett und verkohltem Fleisch weckte mich wieder, und als ich den Kopf hob, sah ich vor mir den Autoschalter eines Schnellimbisses. Susan bezahlte bar und verteilte die Papiertüten an uns. Ich schnappte mir eine goldene Papierkrone aus dem Beutel, bog sie zurecht und setzte sie mir auf den Kopf. Susan musste lachen.

»Mensch, das ist ein Ding«, sang ich mit königlich herablassend zusammengekniffenen Augen, »ich bin der Burger King.«

Susan lachte wieder und schüttelte den Kopf, während Tera mich ernst und gleichmütig anschaute. Die Jugendlichen hinten im Van, auch die Verletzten, waren wach und schlangen gierig das Essen hinunter.

Tera bemerkte meinen Blick und beugte sich zu mir herüber. »Welpen«, sagte sie, als könnte das eine Wort alles erklären. »Die Verletzungen sind nicht so schlimm, wie sie dachten. Es werden nicht einmal Narben zurückbleiben.«

»Gut zu wissen.« Ich probierte meine Cola und stopfte dann die dampfend heißen Fritten in mich hinein. »Aber vor allem interessiert mich, wie in der Nacht vor Vollmond Ihr Blut in Marcones Restaurant gekommen ist.«

Tera zog den Hamburger aus dem Brötchen, hielt ihn mit zwei Fingern fest und knabberte daran. »Fragen Sie ein andermal.«

»Ich will Ihnen ja nicht zu nahe treten«, wandte ich ein, »aber ich bin nicht sicher, ob es noch ein anderes Mal geben wird. Also, erzählen Sie's mir.«

Tera biss vom Fleisch ab und zuckte mit den Schultern. »Ich wusste, dass das Rudel, das meinen Verlobten belästigt hat, in der Nähe war. Ich hab mir überlegt, wo sie zuschlagen könnten, und ging hin, um sie aufzuhalten.«

»Ganz allein?«

»Die meisten Wesen, die sich in Wölfe verwandeln, wissen nur wenig darüber, wie es ist, ein Wolf *zu sein*. Aber die dort hatten eindeutig zu viel von dem Tier in sich. Ich habe mit ihnen gekämpft, aber sie waren in der Überzahl. Bevor sie mich töten konnten, hab ich mich zurückgezogen.«

»Was ist mit diesen Jugendlichen hier?« Ich nickte zum Laderaum.

Auch sie drehte sich kurz um, und als sie mich wieder anblickte, überlagerten einen kleinen Moment lang Wärme und Stolz die distanzierte, fremde Ausstrahlung ihrer Miene. »Sie sind Kinder, aber sie haben ein starkes Herz. Sie wollen lernen, und ich lehre sie. Das können sie Ihnen aber selbst erzählen.«

»Später vielleicht.« Ich aß die letzten Pommes frites. »Wohin fahren wir?«

»An einen sicheren Ort, wo wir uns bewaffnen und vorbereiten können.«

»Ich«, widersprach ich ihr. »Ich kann mich dort vorbereiten. Sie kommen nicht mit.«

»Da irren Sie sich«, widersprach Tera. »Ich komme sehr wohl mit.«

»Nein.«

Sie richtete ihre Bernsteinaugen auf mich. »Sie sind stark, Magier. Aber Sie haben mein Tier noch nicht gesehen. Die Männer, gegen die Sie kämpfen werden, wollen mir meinen Verlobten nehmen. Das werde ich nicht zulassen. Ich werde Sie begleiten. Sie würden mich töten müssen, um mich daran zu hindern.«

Dieses Mal wandte ich als Erster den Blick ab. Finster trank ich, während sich Tera den Hamburger einverleibte. »Wer sind Sie?«, fragte ich schließlich.

»Eine, die schon viel zu viele Angehörige verloren hat«, erwiderte sie. Dann lehnte sie sich zurück und schwieg. Offenbar wollte sie die Unterhaltung nicht fortsetzen.

Ich drehte mich wieder nach vorn und beschäftigte mich mit meinem Hamburger. »Ziehen Sie sich was an, Sie verrückte, gelbäugige, tanzende, Werwölfe ausbildende, geheimnisvolle, meinen Blick aushaltende Frau.«

Ich hörte ein Zischen hinter mir und sah mich kurz um.

Tera kaute an ihrem Fleisch, ihre Augen glänzten, ihre Mundwinkel waren hochgezogen, und sie schnaufte, während sie aß und durch die Nase lachte.

Der sichere Ort, zu dem wir fuhren, entpuppte sich als großes Haus in der Nähe von Gold Coast, nicht weit von Marcones kleinem Palast entfernt. Nach den Maßstäben der Gegend war es kein großes Haus, aber das wäre ungefähr so, als wollte man sagen, ein Ballen Heu sei nach den Maßstäben eines Elefanten nicht viel zu essen.

Susan lenkte den Van durch eine Lücke in der hohen Hecke, dann ging es eine lange Zufahrt aus weißem Beton hinauf, bis wir eine Garage mit sechs Stellplätzen erreichten, deren Tore sich majestätisch vor uns öffneten.

In der Garage stieg ich aus und betrachtete den Mercedes und den Suburban, die schon dort standen. »Wo sind wir?«

Tera öffnete die Seitentür, worauf Georgia, Billy und der andere junge Mann auftauchten und den beiden verletzten Werwölfen halfen. Georgia streckte sich, was mir interessante Einblicke in ihren Bademantel gewährte, und warf mit einer Hand die braune Mähne aus dem schmalen Gesicht zurück. »Das ist das Haus meiner Eltern. Sie sind noch eine Woche in Italien.«

»Haben die nichts dagegen, wenn du hier eine Party veranstaltest?«

Sie musterte mich gereizt. »Nicht wenn wir danach das Blut wegwischen. Los jetzt, Billy! Lass uns die beiden ins Bett bringen.«

»Geh schon vor«, sagte er, indem er sich an mich wandte. »Ich komme gleich nach.«

Georgia sah aus, als wollte sie ihm widersprechen, doch sie schüttelte nur den Kopf und brachte die beiden Verletzten mithilfe des zweiten jungen Mannes nach drinnen. Tera, immer noch nackt und anscheinend ohne jede Scham, folgte ihnen, nicht ohne mir noch einen Blick über die Schulter zuzuwerfen.

Susan stellte sich prompt vor mich und versperrte mir die Aussicht. »Fünf Minuten, Dresden. Dann kommst du rein und suchst mich.«

»Äh«, sagte ich geistreich, dann verschwand auch Susan im Haus.

So blieb ich allein mit Billy draußen im Dunklen stehen.

Der stämmige, kleine Bursche hatte die Hände tief in den Taschen des Bademantels vergraben und betrachtete mich neugierig.

»Sie sehen ziemlich fertig aus, Mister Dresden«, sagte er. »Sind Sie sicher, dass Sie heute Nacht überhaupt noch irgendwas geregelt kriegen?«

»Nein«, antwortete ich in einem Anflug von brutaler Ehrlichkeit.

Billy nickte. »Dann brauchen Sie unsere Hilfe.«

Ach du meine Güte. Der Werwolf-Micky-Maus-Club schlägt sich auf meine Seite. Alle Mickywölfe angetreten: Billy, Georgia, Tommy, Cindy. Oje.

»Kommt nicht infrage«, sagte ich. »Auf gar keinen Fall.«

»Und warum nicht?«, wollte er wissen.

»Hör mal, Junge. Du weißt nicht, wie diese Hexenwölfe sein können. Du weißt nicht, wie Marcone sein kann, und du hast so etwas wie MacFinn mit Sicherheit noch nie außerhalb eines Kinos gesehen. Selbst wenn du die Fähigkeiten hättest, damit zurechtzukommen – wie kommst du eigentlich darauf, du hättest das Recht, mich zu begleiten?«

Billy dachte ernsthaft über meine Frage nach. »Es ist der gleiche Grund, aus dem Sie es tun, Mister Dresden«, sagte er schließlich.

Ich öffnete den Mund, schloss ihn jedoch gleich wieder.

»Mir ist klar, dass ich im Vergleich zu Ihnen nicht viel Ahnung hab«, fuhr Billy fort. »Aber ich bin nicht dumm. Ich habe zwei Augen, und ich sehe einige Dinge, von denen viele Menschen behaupten, sie existierten nicht. Diese Vampirgeschichten, die überall erzählt werden … Warum, zum Teufel, sollte es nicht auch echte Vampire geben? Wussten Sie, dass die Gewaltverbrechen in den letzten drei Jahren um fast vierzig Prozent zugenommen haben, Mister Dresden? Die Mordrate hat sich verdoppelt, besonders in dicht besiedelten Stadtvierteln und in isolierten ländlichen Gegenden. Entführungen und Vermisstenfälle sind um fast dreihundert Prozent gestiegen.«

Die Zahlen waren mir nicht bekannt gewesen. Murphy und einige andere Cops hatten mir allerdings erzählt, dass es immer schlimmer wurde. Irgendwie wusste ich auch instinktiv, dass es zunehmend dunkler in der Welt wurde. Mann, das war doch einer der Gründe dafür, dass ich so verrückte Dinge tat wie beispielsweise an diesem Abend. Es war ein Versuch, im Dunklen eine Fackel zu entfachen.

»Ich bin eher pessimistisch, Mister Dresden. Beinahe glaube ich, die Menschen sind zu dumm, um sich gegenseitig ernsthaft zu verletzen. Ich meine, wenn sich die Kriminellen wirklich Mühe geben würden, könnten sie ihre Quote mühelos um dreihundert Prozent steigern. Ich höre auch Geschichten und lese manchmal Berichte in den Illustrierten. Was ist, wenn die übernatürliche Welt gerade einen neuen Aufschwung erlebt? Wenn das einiges von dem erklärt, was gerade vor sich geht?«

»Ja, was wäre dann?«, fragte ich ihn.

Billy betrachtete mich gelassen, ohne mir in die Augen zu sehen. »Jemand muss etwas unternehmen. Ich bin dazu in der Lage. Also sollte ich mich einschalten. Dazu sind wir Alphas da. Tera hat uns die Möglichkeit gegeben, etwas zu tun, als wir uns über das Projekt Nordwestpassage kennengelernt haben, und wir haben die Gelegenheit ergriffen.«

Ich starrte den Burschen an. Natürlich hätte ich ihm widersprechen können, doch es wäre sinnlos gewesen. Ich kannte seine Argumente auswendig, vorwärts und rückwärts, weil ich sie auch selbst schon benutzt hatte. Wäre ich zehn Jahre jünger, einen Kopf kleiner und ein paar Pfund schwerer gewesen, hätte ich selbst vor mir stehen und auf diese Weise reden können. Außerdem musste ich zugeben, dass der Kerl tatsächlich Kraft hatte. Ich meine, es ist kein billiger Varietétrick, sich in einen Wolf zu verwandeln.

Ein Gegenargument hatte ich allerdings noch, das ich jetzt vorbrachte. Ich wollte nicht sein Blut an meinen Händen haben.

»Ich glaube, du bist noch nicht bereit für die große Arena, Billy.«

»Kann sein«, gab er zu. »Aber sonst ist ja niemand da.«

Der Junge war wild entschlossen, das musste man ihm lassen. »Vielleicht solltest du dich in diesem Fall noch zurückhalten und lange genug leben, um später mal in Aktion zu treten. Es könnte schiefgehen, und wenn es schiefgeht, werden die Hexenwölfe, gegen die wir am Strand gekämpft haben, deine Fährte aufnehmen. Irgendjemand muss bei den Verletzten bleiben und sie beschützen.«

»Es ist wohl eher so – wenn die stärker sind als Sie, sind sie auf jeden Fall stärker als wir. Da wäre es doch klüger, wir werfen ihnen auf einen Schlag alles entgegen, was wir haben.«

Ich kicherte. »Alles oder nichts, was?«

Er schüttelte den Kopf. »Eher die ganze Summe auf den wahrscheinlichsten Sieger setzen.«

Eine Weile betrachtete ich ihn schweigend. An seiner Aufrichtigkeit gab es keinen Zweifel, er strahlte sie auf eine Weise aus, wie es nur einem wirklich naiven, idealistischen Menschen möglich ist. Das war beruhigend und zugleich das Schrecklichste an ihm – seine Ignoranz.

Nein, es war keine Ignoranz. Unschuld. Er wusste nicht, was ihm blühte. Wenn ich ihn mitkommen ließ, würde ich ihn mit mir in den Abgrund reißen. Auch wenn er an diesem Abend einiges gesehen hatte, ich würde ihn einer völlig unbekannten, gewalttätigen, blutigen und gefährlichen Welt aussetzen. Auf die eine oder andere Weise würden die Kinder den nächsten Sonnenaufgang nicht erleben, wenn ich Billy Borden und seine Freunde mitnahm.

Aber Gott steh mir bei, in einem Punkt hatte er völlig recht. Ich brauchte Hilfe.

»Ich nehme nur diejenigen mit, die bereit sind, meine Anweisungen zu befolgen«, sagte ich. Mit glänzenden Augen holte er tief Luft. »Meine und nicht Teras Anweisungen. Du machst, was ich sage und sobald ich es sage. Wenn ich dir sage, du sollst verschwinden, dann verschwindest du. Keine Fragen. Verstanden?«

»Verstanden«, sagte Billy und setzte ein freches Grinsen auf, das überhaupt nicht zu diesem Kindskopf in dem schwarzen Bademantel passen wollte. »Sie sind ein kluger Mann, Mister Dresden.«

Ich schnaubte nur als Antwort.

In diesem Augenblick ging das automatisch gesteuerte Licht des Garagentors aus, und wir standen im Dunkeln. Von der Tür her drang ein empörtes Grunzen herüber, dann ging das Licht wieder an.

Georgia tauchte in ihrer ganzen gertenschlanken, genervten Schönheit an der Garagentür auf.

»Billy Borden«, sagte sie, »hast du denn nichts Besseres zu tun, als hier draußen herumzuhängen?« Mit finsterer Miene stolzierte sie auf ihn zu.

Er sah sie ruhig an. »Sag den anderen, dass wir mitkommen können. Dresden ist der Boss. Wenn sie das akzeptieren, sind sie dabei, wenn nicht, bleiben sie hier und passen auf Cindy und Alex auf.«

Georgia riss die Augen auf und stieß einen leisen, aufgeregten Laut aus. Sie drehte sich zu mir um und nahm mich einen Augenblick so fest in die Arme, dass meine Schulter vor Schmerzen kreischte, dann drehte sie sich wieder zu Billy um und umarmte auch ihn.

Er zuckte zusammen, woraufhin sie sich aufrichtete und ihm an einer Seite den schwarzen Bademantel von der Brust riss. Eins musste ich ihm lassen, seine Beleibtheit beruhte zu einem nicht geringen Teil auf kräftigen Muskeln. Auf seiner Brust prangte eine dick verkrustete Wunde, aus der stellenweise noch Tropfen quollen.

»Was ist das denn?«, sagte Georgia. »Du Idiot. Du hast mir nicht gesagt, dass du verletzt bist.«

Billy zuckte mit den Schultern und zog den Bademantel

zurecht. »Die Wunde hat sich schon geschlossen. Wenn ich mich verwandle, kannst du sie sowieso nicht mehr verbinden.«

Georgia kicherte nervös. »Du hättest diesem Wolf nicht an die Kniekehle gehen sollen. Er war zu schnell für dich.«

Billy grinste sie an. »Aber ich hätte ihn beinahe erwischt.«

»Du hättest dich beinahe selbst umgebracht«, sagte sie, doch ihre Stimme klang ein wenig weicher. Sie hatte die Hand nicht von Billys Brust genommen, und er schaute erwartungsvoll zu ihr auf. Sie verstummte, die beiden starrten einander an. Ich sah sie schlucken.

Hilfe! Verliebte junge Werwölfe! Ich drehte mich leise um und ging ins Haus.

An Gott habe ich noch nie geglaubt. Nein, das stimmt nicht ganz. Ich glaube, dass es einen Gott gibt oder etwas, das es nahezu verdient hat, diesen Namen zu tragen. Denn wenn es Dämonen gibt, muss es doch auch Engel geben, oder? Aber er und ich haben eben unterschiedliche Ansichten.

Egal. Ich verdrehte die Augen zur Decke. Dabei sprach oder dachte ich nicht laut, aber falls Gott zuhörte, so verstand er hoffentlich meine Botschaft. Ich wollte nicht, dass diese Jugendlichen starben.

27. Kapitel

Susans Parfüm führte mich zu ihr. Sie erwartete mich in einem Schlafzimmer im Erdgeschoss. In ihren Jeans und einem weißen T-Shirt stand sie in dem schlicht möblierten Zimmer. Das T-Shirt gehörte mir und trug die Aufschrift MUSTER OHNE WERT. Sie hob den Kopf, als wollte sie die Tränen daran hindern, über ihre Wangen zu rollen.

Unsere Blicke trafen sich, und wir hielten den Blick. Wir hatten schon vor einer ganzen Weile, mehr als ein Jahr zuvor, einander in die Seelen geschaut, und sie war ohnmächtig geworden, als sie beim Seelenblick erkannt hatte, was in mir verborgen war. Ich weiß nicht, was sie dort entdeckt hat. Ich sehe nicht sehr aufmerksam in den Spiegel.

In ihr hatte ich allerdings eine Leidenschaft wahrgenommen, die ich bei anderen Menschen außer mir selbst nur selten bemerkte. Es war der Wunsch, nach vorn zu gehen, etwas zu tun und zu handeln. Das trieb sie an, wenn sie für ein unfreiwillig komisches Blatt wie das *Arcane* Geschichten über das Übernatürliche ausgrub. Sie grub und wühlte in jenem Sumpf, den die meisten Menschen am liebsten vergessen wollten, und stieß dabei auf Dinge, die man nicht so leicht erklären kann. Sie brachte die Leute zum Nachdenken, und das war ihr ein persönliches Anliegen. So viel wusste ich, auch wenn ich den Grund dafür nicht kannte. Susan war entschlossen, den Leuten die Wahrheit zu zeigen.

Ich drückte hinter mir die Tür zu und humpelte auf sie zu.

»Sie werden dich umbringen«, sagte sie. »Bitte geh nicht.«

Als ich vor ihr stand, legte sie die Hände erst auf meine Brust und dann auf ihre Wangen.

»Ich muss. Denton kann es sich nicht erlauben, mich noch weiterleben zu lassen. Ich muss diese Sache zu Ende bringen, bevor sie völlig außer Kontrolle gerät und noch mehr Menschen sterben. Wenn ich heute Nacht nicht eingreife, wird Denton sowohl Marcone als auch MacFinn töten und Letzterem alle Morde anhängen. Er wird mit weißer Weste davonkommen und sich dann auf mich konzentrieren. Vielleicht auch auf dich.«

»Wir könnten einfach verschwinden«, sagte sie leise. »Wir könnten uns verstecken.«

Ich schloss die Augen. *Wir*, hatte sie gesagt. So weit war sie bisher noch nie gegangen. Auch ich hatte nicht in diesen Dimensionen gedacht. Jedenfalls nicht mehr seit dem letzten Mal.

Ich hätte etwas dazu sagen sollen. Anerkennen, was sie mir damit offenbarte. Ich wusste, dass es da war, und sie wusste, dass ich es erkannt hatte.

Stattdessen sagte ich: »Ich bin nicht gut darin, mich zu verstecken. Du auch nicht.«

Sie atmete leise aus und schmiegte sich an mich. Ich wusste, dass Tränen auf mein Hemd fielen, dennoch sah ich sie nicht an.

»Du hast recht«, sagte sie gleich darauf mit bebender

Stimme. »Ja, du hast recht. Ich fürchte nur, Harry ... Ich meine, wir waren uns noch nie wirklich nahe. Freunde und Geliebte waren wir, aber ...«

»Die Arbeit«, sagte ich und schloss die Augen.

Sie nickte. »Ja, die Arbeit.« Ihre Finger gruben sich in mein Hemd, und sie schaute mit feuchten Augen zu mir auf. Tränenspuren glänzten auf ihren Wangen. »Ich will dich nicht verlieren. Ich will nicht, dass irgendwann nur noch die Arbeit übrig ist.«

Wie gern hätte ich darauf etwas Kluges erwidert. Etwas, das ihr Sicherheit gab, sie beruhigte und ihr half, sich besser zu fühlen. Etwas, damit sie verstand, was ich für sie empfand. Aber ich konnte nicht einmal sicher sagen, was ich fühlte.

So küsste ich sie. Zuerst verkrampfte sie sich, dann versank sie mit einer köstlichen weiblichen Bereitwilligkeit im Kuss, schmolz selbstvergessen dahin und lehnte ihren dunklen, schönen Körper an mich.

Der Kuss wurde leidenschaftlicher und behutsamer zugleich, gefühlvoll, erotisch und elektrisierend. Die Bewegungen unserer Lippen, die eng aneinandergeschmiegten Körper. Meine Fingerspitzen auf ihrem Gesicht, leicht wie eine Feder. Die kleinen Stiche ihrer Fingernägel, die mein Hemd durchdrangen. Mein Herz schlug schwer, und ich spürte auch ihres rasen.

Sie löste sich als Erste aus dem Kuss, und ich stand schwankend und atemlos da. Ohne ein Wort führte sie mich zum Bett und drückte mich hinunter, bis ich saß. Dann verschwand sie im Bad und kehrte mit einer Schüssel warmen Wassers, Seife und einem Handtuch zurück.

Sie zog mich aus. Langsam und zärtlich. Wechselte die Verbände, küsste mich auf Augen und Stirn. Reinigte mich mit dem Wasser, wischte den getrockneten Schweiß, das Blut und einen Teil der Schmerzen weg. Langsam und sanfter als der Regen säuberte sie mich, während ich mich mit geschlossenen Augen treiben ließ. Hin und wieder gab ich als Reaktion auf ihre Berührungen einen leisen Laut von mir.

Dann kam sie zu mir. Ich spürte ihre nackte Haut auf meiner, warm und glatt.

Als ich die Augen öffnete, sah ich den silbernen, dunstigen Mond am Horizont über dem See. Susan zeichnete sich als dunkle Silhouette davor ab, ganz weibliche Kurven und Linien, ein wundervoller Schatten.

Wieder küsste sie mich, und ich erwiderte den Kuss. Fließend und geschmeidig bewegten wir uns wie auf der glatten Oberfläche eines gemächlichen Flusses, in dessen Tiefe es unsichtbare, stärkere Strömungen gibt. Ihre Lippen wanderten von den meinen über die Haut, die sie gerade gereinigt hatte. Als ich sie berühren wollte, drückte sie mir mit sanfter Gewalt die Arme aufs Bett und sagte mir ohne Worte, ich solle stillhalten.

So ging es eine Weile, weiche Haut, leichte Berührungen, leises Seufzen, pochende Herzen, bis sie sich auf mich setzte und ihr Gewicht mit Beinen und Händen abstützte, um mir nicht wehzutun. Wir bewegten uns im Einklang, jeder spürte die Begierde im anderen, den Hunger aufeinander. Begehren, Wärme und Zuneigung wurden eins, und die unglaubliche Nähe berührte unsere Herzen.

Still endete es, und das Gefühl war umso stärker. Dicht

nebeneinander ruhten unsere Münder, unser Atem vermischte sich.

Sie lag neben mir, bis sich unsere rasenden Herzen beruhigt hatten. Dann stand sie auf und sagte: »Ich weiß nicht, ob ich mich in dich verlieben will, Harry. Ich kann nicht sagen, ob ich das aushalten würde.«

Ich öffnete die Augen und antwortete leise: »Ich wollte dir niemals wehtun. Ich habe keine Ahnung, was richtig ist.«

»Ich weiß, was sich richtig anfühlt«, sagte sie und küsste mich wieder. Dann streichelte sie meine Stirn und hob den Kopf, um mich mit sanftem, gefühlvollem Blick zu betrachten. »Du siehst so viel Schmerz. Ich wollte dich nur erinnern, dass es auch noch etwas anderes in der Welt gibt.«

Eigentlich bin ich ein hartgesottener Kerl. Ich meine, sehen Sie mich doch an, ich halte schon einiges aus. Aber bei manchen Dingen bin ich alles andere als hart im Nehmen. Ich begann heftig zu weinen, und Susan hielt mich fest und wiegte mich sanft, bis die Tränen versiegten.

Ich wollte für immer dort bleiben, sauber und im warmen Zimmer, wo niemand starb. Hier gab es weder Blut noch knurrende Tiere, niemand wollte mich hier umbringen. Es gefiel mir, mit Susan zusammen zu sein und in ihren Armen zu liegen. Das war viel besser, als in die silberne Nacht hinauszugehen, während am Horizont gerade der Vollmond in seinem dunstigen Hof heranwuchs.

Dennoch zog ich mich ein wenig von ihr zurück und setzte mich auf.

Sie stand auf und holte eine Reisetasche, aus der sie meine schwarzen Jeans, schwarze Halbschuhe, Strümpfe, ein dickes dunkelgraues Hemd und eine Unterhose zog – und, gesegnet sei ihre Voraussicht, eine Packung Schmerzmittel.

Ich wollte sofort aufstehen und mich anziehen, doch sie hielt mich fest und bedeutete mir, mich wieder zu setzen. Langsam, behutsam und mit voller Konzentration kleidete sie mich an. Keiner von uns sprach ein Wort.

Haben Sie sich schon mal von einer attraktiven nackten Frau anziehen lassen? So gürtet der Held seine Lenden für die Schlacht. Es hatte etwas unbeschreiblich Beruhigendes und zugleich auch Erregendes. Einerseits entspannte ich mich, andererseits schärften sich meine Sinne, und ich nahm viel intensiver wahr, was in meiner Umgebung vor sich ging.

Ich hörte Schritte auf dem Flur, dann klopfte es. »Magier, es wird Zeit!«, rief Tera.

Ich stand auf, doch Susan umfasste noch einmal mein Handgelenk. »Harry«, sagte sie, »einen Moment noch.« Sie kniete sich vor die Tasche und nahm eine schwere Schachtel heraus, flach und recht breit. »Eigentlich sollte es ein Geburtstagsgeschenk werden, aber ich dachte, du kannst es vielleicht jetzt schon brauchen.«

Ich legte den Kopf schief und nahm die Schachtel. Sie war schwer. »Was ist das?«, fragte ich sie.

»Mach's doch einfach auf, du Idiot«, antwortete sie lächelnd.

Ich tat es und roch weiches, bearbeitetes Leder, sinnlich und dick, das in durchsichtige Folie gehüllt war. Ich zog es heraus, und es entfaltete sich zu einem schweren, langen Mantel, vom Schnitt her meinem alten Staubmantel ähnlich bis auf die Umschläge am Kragen und auf den Ärmeln, aber aus viel besserem Material.

Ich sah den Mantel blinzelnd an. »Der muss doch ein Vermögen gekostet haben.«

Sie lachte verschlagen. »Schon, aber ich mag es, ihn nackt zu tragen und auf der Haut zu spüren.« Sie wurde wieder ernst. »Er soll dir gehören, Harry. Ein Geschenk von mir. Er soll dir Glück bringen.« Sie ging auf mich zu und half mir in den Mantel.

Angenehm schwer und auf eine eigenartige Weise vertraut, lag er auf meinen Schultern. Er fühlte sich genau richtig an.

Ich holte den Drudenfuß meiner Mutter an der Kette unter dem Hemd hervor, um ihn offen zu tragen. Dann zog ich die Pistole, die ich Harris abgenommen hatte, aus der Tasche meines Overalls und steckte sie in die Manteltasche. Magische Hilfsmittel hatte ich nicht, und vielleicht auch keine Magie mehr. Die Pistole war bestenfalls eine höchst unzuverlässige Unterstützung.

Damit war ich so bereit, wie ich es nur sein konnte.

Ich drehte mich um und wollte mich von Susan verabschieden, die sich gerade eilig ankleidete. »Was machst du da?«

»Ich ziehe mich an«, sagte sie.

»Warum?«

»Irgendjemand muss doch den Van fahren, Dresden.« Sie zupfte ihr T-Shirt zurecht, schlüpfte in die Jacke und ging an mir vorbei. Dann blieb sie noch einmal stehen, um mich mit zusammengekniffenen Augen anzusehen. »Außerdem könnte dies das größte paranormale Ereignis werden, das ich jemals miterlebt habe. Glaubst du wirklich, das lasse ich mir entgehen?«

Sie stieß die Tür auf und sah mich erwartungsvoll an.

Verdammt, dachte ich. Zweimal verdammt. Noch jemand, um den ich mich sorgen musste. Noch jemand, den ich beschützen musste. Susan war weder eine Werwölfin noch Magierin. Sie hatte nicht einmal eine Waffe. Es war verrückt, dass sie mitkommen wollte. Andererseits wollte ich sie immer in meiner Nähe wissen.

»Na gut«, sagte ich. »Aber für dich gelten die gleichen Regeln wie für die Kinder. Ich hab das Kommando. Du machst, was ich sage, wenn ich es sage, oder du bleibst hier.«

Susan schürzte die Lippen. »Ich mag es, wenn du so dominant bist«, neckte sie mich. »Mir gefällt auch, wie du aussiehst. Hast du mal daran gedacht, dir 'nen Bart stehen zu lassen?« Lächelnd trat sie in den Flur hinaus.

Ich schaute ihr finster hinterher. Irgendwie musste ich dafür sorgen, dass ihr das Schlimmste erspart blieb, und wenn ich sie persönlich an den Van fesselte.

Ich murmelte irgendetwas Grantiges, legte den Kopf schief und atmete den Duft des neuen Leders, der frischen Kleidung und der Seife tief ein. Sogar nach *Eau de Susan* roch es noch ein wenig. Das gefiel mir.

Der Mantel quietschte leise, als ich losging. Dann sah ich mich im Spiegel über der Kommode.

Aus dem Spiegel starrte mich mein Doppelgänger aus dem Traum an. Nur der ungleichmäßige Dreitagebart und die Prellungen passten nicht zu dem im Unterbewusstsein verschönerten Ebenbild. Alles andere war exakt so wie in meinem Traum.

Ich wandte mich entschlossen ab und verließ das Zimmer. Draußen am Van warteten schon die anderen.

Showtime.

28. Kapitel

Silbern und prächtig ging der Mond am Oktoberhimmel auf, der sich mit bleichen Wolken und strahlenden Sternen geschmückt hatte. Die Wolken brodelten wie das Meer im Sturm, und der Mond war ein riesiger, anmutiger Klipper, dessen Segel sich im bleichen Licht blähten, während er vor dem starken und kalten Herbstwind lief.

Ein fahler Schein lag auf der drei Meter hohen Natursteinmauer, die Gentleman Johnny Marcones Anwesen umgab. Das Mondlicht ließ die Kanten schärfer hervortreten und vertiefte die Schatten, die Mauer sah aus wie eine Barriere aus hohlen bleichen Totenschädeln. Dahinter standen die Bäume dicht an dicht und versperrten den Blick nach drinnen. Allerdings ragte kein Ast weit genug herüber, um einen Ansatzpunkt für eine Kletterpartie zu bieten.

»Wir müssen über die Mauer«, sagte ich zur riesigen dunklen Wölfin, die neben mir stand. Ich sprach so leise wie möglich, während wir im Schatten der Büsche auf der anderen Straßenseite vor Marcones Haus kauerten. »Da drüben erwartet uns jede Menge Sicherheitstechnik, vielleicht Überwachungskameras, Infrarotsensoren, vielleicht sogar noch andere Dinge. Sie müssen für uns einen Weg finden, wie wir allem ausweichen können.«

Die Wölfin richtete die bernsteinfarbenen Augen auf

mich und knurrte leise und zustimmend. Dann drehte sie sich einfach um, verschwand und ließ fünf pelzige, kauernde Schatten und mich zurück.

Die Alphas strahlten nicht gerade viel Zuversicht aus, doch sie beherrschten die Grundlagen der Magie immerhin so weit, sich in Wesen zu verwandeln, die echten Wölfen täuschend ähnlich sahen. Das war doch schon mal was.

Susan hatte den Van auf der abschüssigen Straße abgestellt, die zu Marcones Anwesen führte, und war im Wagen sitzen geblieben, falls wir unvermittelt fliehen mussten. Die nackte Tera West und fünf Jugendliche, drei Mädchen und zwei Jungen, waren aus dem Wagen gesprungen und hatten sich schnell ihrer Bademäntel entledigt.

»Bei den Toren der Hölle«, hatte ich mich beschwert, »wir sind auf einer öffentlichen Straße. Müsst ihr hier nackt herumspringen, Leute?«

Tera hatte daraufhin das Gesicht verzogen und sich blitzschnell in einen hageren dunklen Wolf verwandelt, mindestens so groß wie Denton und seine Handlanger, aber mit einer schmaleren Schnauze und besseren Proportionen. Wie bei Denton und seinen Hexenwölfen behielten auch ihre Augen, wenn sie die Wolfsgestalt annahm, ihre Farbe.

»Nun macht schon«, hatte ich die anderen gedrängt.

Georgia hatte den dunklen Bademantel von ihren schlanken Schultern gestreift und war binnen weniger Sekunden zu einem Wolf geworden, um an mir vorbei zu Tera zu huschen.

Billy hatte sich im Bademantel verfangen, als er sich verwandelte, war gestolpert und mit einem unterdrückten Kläffen und einem leisen Wimmern hingefallen.

Ich hatte die Augen verdreht, während sich Billy-Wolf knurrend aus dem Bademantel befreite, und eins der anderen Mädchen, eine Rothaarige, die ihren Bademantel recht gut ausfüllte, hatte entschuldigend gesagt: »Das ist für uns noch recht neu.«

Sie hatte sich verlegen mit den Händen bedeckt, nachdem der Mantel von ihren Schultern geglitten war, und einen kleinen Singsang intoniert. Danach war sie eine ziemlich runde, kräftige Wölfin mit kastanienbraunem Pelz, und trotz ihres Gewichts hatte sie sich geschmeidig und elegant über die Straße bewegt.

Die anderen beiden, ein schlaksiger dunkelhaariger Bursche und ein dürres Mädchen mit braunem Haar, hatten sich ebenfalls verwandelt und waren hinter Tera den Hügel hinaufgelaufen, und schließlich hatten wir alle so leise wie möglich hinter Marcones Anwesen Posten bezogen.

Das von einer hohen Mauer geschützte Grundstück nahm einen ganzen Block ein und war an allen vier Seiten von Straßen umgeben. Keiner von uns hatte bisher Marcones Haus gesehen, deshalb hatten wir beschlossen, uns von hinten zu nähern, um möglichst unauffällig vorgehen zu können. Ich war der Ansicht, es sei nicht klug, an der Vordertür zu läuten, und hatte Tera vorausgeschickt, um nach einem Eingang für uns zu suchen, während ich mit den Alphas zurückblieb.

Ungeduldig tippte ich mir mit den Fingern auf die Schenkel, während wir warteten. Die Werwolflehrlinge waren mindestens doppelt so nervös. Billy, der das dunkelste Fell hatte, hob den Kopf und machte sich in die entgegengesetzte Richtung auf, nachdem Tera verschwunden war. Georgia knurrte ihm hinterher, Billy knurrte zurück, und der zweite Rüde erhob sich und wollte ihm folgen.

Na wundervoll, dachte ich. Ich konnte nicht zulassen, dass die Alphas planlos in der Gegend herumstreunten, ganz egal wie unruhig sie waren.

»He«, sagte ich daher leise, »ihr könnt jetzt keine Kaninchen jagen. Wenn es einen Eingang für uns gibt, wird Tera ihn entdecken.«

Die Wölfe drehten die Köpfe und richteten die sehr menschlichen Augen auf mich. Billy stemmte die Pfoten störrisch auf den Boden und knurrte.

Ich starrte ihn an, ohne seinen Blick zu erwidern. »Du hast versprochen, dich an meine Anweisungen zu halten, Billy. Das ist nicht der richtige Augenblick, dich mit mir anzulegen.«

Billys Haltung war auf einmal nicht mehr ganz so selbstsicher.

Ich winkte sie alle zu mir. Wenn ich dafür sorgen konnte, dass sie mir zuhörten, bis Tera zurückkehrte, waren sie wenigstens in der Nähe, wenn ich sie brauchte. »Kommt alle mal her«, sagte ich, »und legt euch hin. Ich muss euch einige Dinge erklären, bevor wir reingehen.«

Die schweren pelzigen Körper drängten sich um mich, und feuchte Nasen schnüffelten. Zehn Ohren wurden aufgestellt und zu mir gedreht und zehn Augen auf mich gerichtet. Beinahe hätte ich gesagt: »Guten Abend, liebe Kinder, ich bin euer neuer Lehrer, Mister Dresden.« Ich machte ein besonders ernstes Gesicht.

»Ihr wisst, was heute Nacht auf dem Spiel steht«, sagte ich. »Wir können alle dabei umkommen. Wir wollen eine Truppe Gesetzeshüter angreifen, die Zugang zu einer Magie gefunden haben, die schwärzer ist als alles, was ich bisher kennengelernt habe. Diese Magie benutzen sie, um sich in Wölfe zu verwandeln. Sie haben jedoch die Kontrolle verloren, töten Menschen, und wenn wir sie nicht aufhalten, wird das sinnlose Morden weitergehen. An erster Stelle stehe ich, weil ich zu viel weiß. Das will ich natürlich verhindern. Ich will nicht, dass noch jemand umkommt, wir nicht und sie auch nicht. Vielleicht haben sie den Tod verdient, vielleicht auch nicht. Jedenfalls hat sich die Macht, die sie erlangt haben, in eine Art Droge verwandelt. Ich glaube nicht, dass wir anders wären als sie, wenn wir sie jetzt umbringen wollen. Es reicht nicht aus, sich einfach nur zu erheben, um die Dunkelheit zu bekämpfen. Wir müssen uns auch deutlich von ihr absetzen. Wir müssen anders sein.«

Ich räusperte mich. »Mensch, ich bin kein guter Redner. Versucht, ihre Gürtel zu packen, genau wie ich es in der Gasse getan habe. Sobald sie ihre Gürtel verloren haben, sind sie nicht mehr so von Sinnen, und dann können wir vielleicht sogar mit ihnen verhandeln.« Ich blickte zur Mauer des Grundstücks hinüber. »Aber setzt nicht alles aufs Spiel, Leute. Tut, was immer ihr tun müsst, um am Leben zu bleiben. Das hat Vorrang vor allem anderen. Falls ihr sie *dafür* töten müsst, dann tut es, ohne zu zögern.«

Zustimmendes Knurren erklang in ihren Kehlen. Das war das Schöne daran, der einzige Mensch in dieser Runde zu sein – ich war damit auch der Einzige, der reden konnte. Es gab keine Diskussion, selbst wenn sie anderer Meinung waren. Ihre Begeisterung fand ich allerdings etwas erschreckend.

»Wenn Sie noch lauter sprechen, Magier«, hörte ich auf einmal Teras leise Stimme hinter mir, »können wir auch gleich durch die Vordertür reinspazieren.«

Ich fuhr auf. Tera, nackt und wieder menschlich, kauerte einige Schritte hinter mir.

»Ich wünschte wirklich, Sie könnten sich das verkneifen«, zischte ich sie an. »Haben Sie einen Zugang gefunden?«

»Ja«, sagte sie. »Eine Stelle, wo die Mauer zerfallen ist. Aber wir müssen ein Stück an der Ostseite entlang und in Richtung des Vordereingangs. Und wir müssen rennen, wenn wir rechtzeitig hineinwollen.«

Ich schnitt eine Grimasse. »Ich bin nicht gut genug in Form, um zu rennen.«

»Ihnen bleibt wohl nichts anderes übrig. Ich hab vor dem Haupteingang viele Lichtquellen gesehen, und auf dem Gelände sind alle siebzig oder achtzig Schritte verglaste schwarze Kästen angebracht. Die Stelle, wo die Mauer eingefallen ist, liegt in einer günstigen Position.«

»Kameras«, murmelte ich. »Teufel auch.«

»Nun machen Sie schon, Magier«, sagte Tera und hockte sich wieder auf alle viere. »Wir dürfen keine Zeit verlieren. Das Rudel kann die Entfernung in wenigen Augenblicken überwinden, aber Sie müssen sich beeilen.«

»Tera, ich würde in zwei Minuten umkippen, wenn ich versuchte, irgendwohin zu rennen.«

Leidenschaftslos richtete die Frau ihre Bernsteinaugen auf mich. »Was wollen Sie damit sagen?«

»Ich steige gleich hier rüber«, erklärte ich.

Tera betrachtete die Mauer und schüttelte den Kopf. »Da kann ich das Rudel nicht rüberbringen. Sie sind nicht stark genug, um sich ständig hin und her zu verwandeln, und als Wölfe haben sie keine Hände zum Klettern.«

»Dann kletter nur ich hier rüber. Ich nehme doch an, ihr könnt mich drüben leicht finden?«

Tera schnaubte. »Natürlich. Aber es ist dumm, allein rüberzusteigen. Was ist, wenn die Kameras Sie erfassen?«

»Lassen Sie die Kameras mal meine Sorge sein. Helfen Sie mir nur auf die Mauerkrone, dann gehen Sie mit den Alphas hinten herum und stoßen auf der anderen Seite wieder zu mir.«

Tera sah mich mit finsterer Miene an. »Ich halte das für dumm, Magier. Wenn Sie zu schwer verletzt sind, um zu rennen, sind Sie auch zu schwer verletzt, um allein hineinzugehen.«

»Wir haben jetzt keine Zeit, um darüber zu streiten«, sagte ich mit Blick zum Vollmond. »Wollt ihr nun meine Hilfe oder nicht?«

Tera gab einen Laut von sich, das zwischen einem Schnauben und einem Knurren lag, und spannte die Muskeln an, die sich hart unter ihrer Haut abzeichneten. Einer der Alphas wimmerte leise und zog sich ein wenig zurück.

»Na gut, Magier«, sagte Tera. »Ich zeige Ihnen die nächste Kamera und helfe Ihnen über die Mauer. Bewegen Sie sich dann aber nicht weiter. Wir wissen nicht, wer oder was auf der anderen Seite der Mauer ist.«

»Machen Sie sich meinetwegen keine Sorgen«, sagte ich. »Kümmern Sie sich lieber um sich selbst. Wenn es ein gutes Schlupfloch durch die Mauer gibt, wird auch Denton dort auftauchen. Oder MacFinn.«

»MacFinn«, sagte Tera mit Stolz in der Stimme und Furcht im Blick, »wird nicht einmal bemerken, dass ihm die Mauer im Weg ist.«

Ich verzog das Gesicht. »Zeigen Sie mir die Kamera.«

Schweigend und nackt führte mich Tera durch die Dunkelheit. Es schien, als würde sie die abendliche Kälte überhaupt nicht stören. Das Gras war feucht, dicht und hoch.

Tera deutete auf den kleinen, stummen Kasten mit der Videokamera, der in die Mauer eingelassen war, im Schatten der Bäume fast völlig verborgen.

Von den Büschen geschützt, beugte ich mich vor und kniff die Augen zusammen, visierte die Kamera an, bündelte meinen Willen und konzentrierte mich. Sofort begann mein Kopf zu pochen, und ich schwitzte unter den Achselhöhlen und auf der Stirn. Normalerweise ist es recht einfach, Geräte jeder Art zu verhexen. Allein das magische Feld, das einen Jünger der Magie umgibt, reicht gewöhnlich aus, um technische Geräte zu ruinieren. Ein flüchtiger Gedanke am richtigen Tag kann ein Handy oder einen Kopierer zerstören.

Dies war offenbar nicht der richtige Tag. Mein Energiefeld war gründlich erschöpft, und die metaphysischen »Muskeln«, mit denen ich normalerweise die Energien bewegte, protestierten heftig und jagten mir Schmerzschauer durch den ganzen Körper.

Dennoch musste ich dort hinein, und ich hielt mich

wirklich für unfähig, zu Fuß das gesamte Anwesen zu umrunden. Ich war jetzt schon völlig ausgelaugt, und wenn ich mich noch weiter verausgabte, würde ich bald nach Luft schnappen wie ein Fisch auf dem Trockenen und nur noch wünschen, ich wäre daheim im Bett.

Mühsam beruhigte ich meine Gedanken und konzentrierte die ganze Energie, die ich noch hatte. Es tat höllisch weh, die Schmerzen setzten im Kopf ein und fanden ihr Echo in den Knien und Ellenbogen. Doch die Energie baute sich zusammen mit den Schmerzen immer weiter auf, bis ich sie nicht mehr halten konnte.

»*Malivaso!*«, flüsterte ich und stieß die Hand zum rechteckigen Kasten vor wie eine Schülerin, die ungeschickt einen Baseball wirft.

Ich fühlte mich, als würde ich gleich platzen, doch heraus kam nichts weiter als ein lächerlicher magischer Schluckauf, der trunken zur Überwachungskamera flatterte.

Eine Minute lang geschah überhaupt nichts. Dann gab es einen Lichtblitz, ein winziger Funkenregen prasselte aus dem Kasten, und eine schwankende Rauchwolke stieg von der Kamera auf. Ich gestattete mir ein leises Triumphgefühl. Offenbar steckte doch noch etwas in mir drin, auch wenn ich mir bei der Anstrengung, selbst die allereinfachsten Aufgaben zu vollbringen, beinahe ein Aneurysma einbrockte.

»Also gut«, sagte ich gleich darauf mit etwas belegter Stimme. »Lass uns gehen.«

Wir sahen uns um, ob keine Autos in der Nähe waren, danach eilten Tera und ich durch einige Ziersträucher über die Straße hinweg bis zu der hohen Mauer. Tera flocht die Finger ineinander, um eine Art Steigbügel zu schaffen, in den ich meinen unverletzten Fuß setzte. Ich drückte mich hoch, sie half nach und warf mich dabei halb über die Mauer. Oben stützte ich mich ab, sah den Lichtkegel eines Scheinwerfers auf mich zukommen und rollte mich auf die andere Seite, wo ich schwer auf den feuchten lehmigen Boden schlug.

Es war dunkel. Stockfinster sogar. Ich kauerte an der Mauer unter dem dichten Dach der Zweige und Blätter einer Platane. Hier und dort drang etwas Mondlicht hindurch, das aber nur die dunklen Stellen noch finsterer erscheinen ließ. Mein schwarzer Ledermantel machte mich fast unsichtbar.

Ich erinnerte mich, irgendwo mal gelesen zu haben, dass mich womöglich meine glänzenden Augen und das Schimmern meiner Zähne verrieten, doch da ich keine Lust hatte, mit geschlossenen Augen im Dunklen herumzusitzen, kümmerte es mich nicht weiter. So kauerte ich dort, die beschlagnahmte Pistole in einer Manteltasche, meine Trumpfkarte in der anderen, und war bereit.

Ich wartete auf meine Verbündeten. Und wartete und wartete. Die Zeit verging, und da ich wusste, dass einem eine Minute manchmal wie eine Stunde vorkommt, fing ich an zu zählen, eine Zahl für jeden betont langsamen Atemzug.

Ein frischer, kühler Wind wehte durch die Bäume. Blätter raschelten, Regentropfen fielen herab und trafen mit leisem Prasseln meinen neuen Mantel. Auf dem Leder sammelten sie sich zu kleinen Perlenketten, in denen sich das Mondlicht fing, strahlend hell auf dem schwarzen Untergrund. Der Wind trug den Geruch des Mutterbodens und der feuchten Steine heran, und einen Augenblick lang fühlte ich mich eher, als wäre ich im Wald und nicht auf dem Grundstück eines Verbrecherbarons im Norden von Chicago. Ein wenig beruhigt durch die Illusion, atmete ich tief durch und zählte weiter.

Ich wartete.

Nichts geschah. Keine Wölfe, keine Geräusche.

Nichts.

Erst als ich bei einhundert war, wurde ich wirklich nervös. Wo blieb Tera? Wo steckten die Alphas? Sie konnten unmöglich so lange brauchen. Das Grundstück war riesig, aber diese Entfernung war für einen rennenden Wolf kein Problem.

Irgendetwas war schiefgegangen. Ich war allein.

29. Kapitel

Allein.

Das ist eins dieser kleinen Wörter, die ungeheuer viel bedeuten können. Angst zum Beispiel. Oder Vertrauen. Ich bin daran gewöhnt, allein zu arbeiten. Das bringt der Beruf so mit sich. Es gibt nicht viele Magier mit meinen Fähigkeiten und Kräften (jedenfalls, wenn man von meinem Normalzustand ausgeht), wahrscheinlich nicht mehr als zwei Dutzend in den Vereinigten Staaten. In Europa, Afrika und Asien sind es wohl ein paar mehr.

Es ist jedoch ein Unterschied, ob man allein arbeitet oder ob man sich in einer kalten Nacht, verletzt und im Dunklen und praktisch hilflos, einer Gruppe hasserfüllter Feinde gegenübersieht. Ich brauchte keine zehn Sekunden, um mir diesen Unterschied in aller Schärfe bewusst zu machen.

Angst breitete sich in mir aus. Doch an dieses Gefühl war ich gewöhnt. Es störte mich nicht beim Denken, und ich konnte trotz meiner Angst über meine missliche Lage sinnieren. Wie schön für mich. Mein Körper reagierte wie gewohnt – er wollte kämpfen oder fliehen. Unterdessen bemühte ich mich, ruhig zu atmen.

Das Klügste wäre es gewesen, einfach wegzulaufen, mich umzudrehen und zum Van zurückzukehren, damit Susan mich wer weiß wohin brachte. Na ja, ich konnte vermutlich nicht allein über die Mauer klettern, aber ich hätte es wenigstens versuchen sollen.

Allerdings war ich eine Verpflichtung eingegangen. Ich war hier, um gegen alle Mächte des Bösen zu kämpfen, auf die ich stoßen mochte. Ich hatte sie herausgefordert, nicht umgekehrt. Außerdem, wenn Tera und die Jugendlichen in Schwierigkeiten steckten, war ich der Einzige, der ihnen helfen konnte.

So stand ich auf, zog die Pistole und schlich durch den Wald, wobei ich mich ungefähr im rechten Winkel von der Mauer hinter mir entfernte. Die dicht stehenden Platanen und Pappeln wichen nach einer Weile immergrünen Pflanzen mit dornigen, niedrigen Ästen. Ich schlängelte mich hindurch, so gut ich konnte, und bewegte mich so leise wie möglich. Ich glaube nicht, dass ich mehr Lärm machte als der Wind, der an den Zweigen rüttelte und im Laub auf dem Boden raschelte. Schließlich, nach etwa drei oder vier Minuten, erreichte ich den Rand des Gehölzes und konnte Johnny Marcones Anwesen überblicken.

Es war prächtig und hätte sich gewiss hervorragend in einer Lifestyle-Reportage gemacht. In Marcones Hinterhof hätte man einen kleinen Golfplatz unterbringen können. Weit entfernt, am vorderen Ende des Grundstücks, stand das riesige weiße Wohnhaus, erhaben und makellos, wundervoll beleuchtet von Dutzenden Lichtern und mit einer Veranda oder einem Patio, so groß wie ein Ballsaal. Drei große, nebeneinanderliegende quadratische Flächen bargen beleuchtete, schöne Gärten, die in meine Richtung leicht abschüssig auf einem kleinen Hügel angelegt waren.

Am Fuß des Hügels befand sich eine kleine Senke mit

einem Teich, der, wie ich nach einem Augenblick erkannte, in Wirklichkeit ein riesiger, betonierter und von unten beleuchteter Swimmingpool war. Er war unregelmäßig geformt, und in einer Ecke des Pools, nahe an der Oberfläche, sprudelte das Wasser. Dampf lag in dichten Schwaden darüber.

Am Rand des Tals wachte ein Ring immergrüner Bäume. Dicke, kräftige Stämme behinderten die Sicht auf das Innere des Rings. Links neben dem Tal erhoben sich zwei sanfte Hügel, von denen einer mit der Nachbildung einer kleinen, alten Tempelruine oder eines Schreins gekrönt war. Rissiger Marmor, verfallene Säulen.

Das ganze Gelände war sowohl vom silbernen Mondlicht als auch von strategisch gesetzten Lichtquellen gut ausgeleuchtet. Der Rasen war makellos gepflegt, die Bäume standen scheinbar willkürlich und waren doch perfekt verteilt. Nur eine wahre Armada von Gärtnern konnte diese Landschaft angemessen pflegen.

Da sage mal einer, dass Verbrechen sich nicht lohnt.

Ich ging hinter einem Baum in Deckung und sah mich vorsichtig und wachsam um. Ich musste nicht lange warten.

Zwischen den Bäumen auf der anderen Seite des Geländes raschelte es, dann brach ein Wolf mit dunklem Fell, vermutlich Billy, hervor und rannte zu einer kaum fünf Meter entfernten dunklen Stelle auf dem Rasen.

Ich wollte schon mein Versteck verlassen, um den Wolf zu mir zu rufen, doch auf einmal erschien ein hellroter Lichtpunkt auf dem Pelz des Wolfs. Ein hohles Geräusch erklang, das ich kaum hörte, wie ein höflich unterdrücktes

Husten. Der Wolf zuckte zusammen, stolperte und stürzte, als ein kleiner blauer Blitz seine Flanke traf.

Mühsam kam er wieder auf die Beine und wollte den Pfeil mit den Zähnen packen. Er schwankte, taumelte und fiel benommen zu Boden. Ich konnte sehen, wie sich seine Brust hob, eins seiner Beine zuckte krampfartig. Ich glaubte sogar die Augen des Tiers, Billys Augen, einen Moment lang sehen zu können, als sich deren Blick auf mich richtete. Dann wurden sie trüb und leer.

»Guter Schuss!«, rief eine tiefe, angespannte Stimme.

Im Kreis der immergrünen Pflanzen bewegte sich etwas, dann tauchte Denton auf und marschierte über den Rasen zu dem Wolf. Sein kurzes Haar war wie immer makellos frisiert. Trotz des guten Lichts konnte ich die Adern auf seiner Stirn nicht erkennen. Das war nur eine von mehreren kleinen Veränderungen. Außerdem war sein Schlips gelockert. Sein Jackett war aufgeknöpft. Er bewegte sich nicht mehr, als hätte er Knochen aus Stahl, sondern eher, als hätte er Feuer im Bauch. Er hatte auf einmal eine animalische Ausstrahlung, eine Selbstsicherheit und eine wilde Zielstrebigkeit, wo vorher nichts als Unsicherheit gewesen war. Dieser innere Wandel war erheblich wichtiger als die äußeren Veränderungen.

Seine Zurückhaltung war dahin. Die letzten Reste von Zweifel oder Bedauern, die ihn in die Lage versetzt hatten, seine Selbstbeherrschung zu wahren, die letzte Spur von Kontrolle über die anderen Hexenwölfe – alles war untergegangen im Blutrausch in der Vollmondwerkstatt. Sein ganzes Gesicht strahlte es aus, ebenso jeder Schritt und das Flackern seiner Augen.

Der Mann hatte sich in ein Raubtier verwandelt.

Aus den Büschen hinter ihm tauchten die anderen Hexenwölfe auf. Benn, jetzt in weißer Bluse und einem grauen Rock. Ihre muskulösen Beine schimmerten im Mondlicht. Harris mit den abstehenden Ohren und den dunklen Sommersprossen auf der hellen Haut, ganz offenbar rastlos und hungrig. Wilson, der noch immer seinen verknitterten Anzug trug, hatte inzwischen zumindest das Hemd aufgeknöpft. Sein Schmerbauch quoll über den Hosenbund, und er tätschelte und streichelte ihn mit dicken Fingern. Sein Mund war zu einem eigenartigen gefährlichen Grinsen verzerrt.

Denton stieß den Wolf mit der Fußspitze an. »Sechs«, sagte er. »Ihr hattet sechs gezählt, richtig?«

»Sechs«, bestätigte Benn heiser. »Können wir ihn jetzt haben?« Sie trat neben Denton, schmiegte sich an seinen Leib, hob ein Bein und rieb sich an ihm. Dabei entblößte sie den Oberschenkel bis zur Hüfte.

»Noch nicht«, entschied Denton. Er schaute sich nachdenklich um, und ich folgte seinem Blick.

Im Umkreis von etwa fünfzig Metern lagen mehrere dunkle Umrisse im Gras, die ich vorher für Erdhügel gehalten hatte. Jetzt sah ich genauer hin und erkannte voller Schrecken, dass es die Wölfe waren, meine Verbündeten.

Der dunkle Fleck, der Billy hieß, gab ein leises Winseln von sich, und ich glaubte den Mond auf Georgias hellem Pelz schimmern zu sehen. Rasch zählte ich die Gefallenen.

Sechs. Zwar kannte ich sie nicht gut genug, um sie voneinander zu unterscheiden, und ich wusste auch nicht, welche von ihnen Tera war, aber ich kam auf sechs gefallene Wölfe und geriet beinahe in Panik. Sie waren alle erwischt worden.

»Ach, nun komm schon«, sagte Harris mit angespannter, belegter Stimme. »Zur Hölle mit MacFinn, er wird nicht mehr hier auftauchen. Lass sie uns erledigen, und dann wollen wir Dresden suchen.«

»Wir werden uns schon noch um deinen Gürtel kümmern, Mann«, schnaubte Wilson. Wieder streichelte er seinen eigenen Gürtel aus Fell, den er über dem Bauch trug. »Wenn du nicht so dumm gewesen wärst, ihn zu verlieren …«

Harris knurrte, und Denton befreite sich von Benn, um zwischen die beiden Männer zu treten. »Hört sofort auf damit! Wir haben keine Zeit dafür! Harris, wir nehmen uns den Magier vor, sobald wir können. Wilson, halt endlich den Mund, wenn du willst, dass deine Zunge bleibt, wo sie ist. Lasst es gut sein, ihr beiden!«

Die Männer gaben ein leises Knurren von sich, wichen aber ein Stück zurück.

Die Pistole lag schwer in meiner Hand. Sie waren nur zu viert, überlegte ich, kaum mehr als zehn Meter entfernt. Ich konnte auf sie schießen, und wenn ich Glück hatte, erledigte ich sie alle. Sie waren Werwölfe, aber unbesiegbar waren sie nicht.

Ich legte den Sicherungshebel um und holte tief Luft, um mich zu beruhigen. Es wäre eine verdammte Dummheit gewesen, das wusste ich. Das Leben ist leider nicht wie im Film. Es war kaum anzunehmen, dass ich sie alle erschießen konnte, ehe sie ihre eigenen Waffen gezogen hatten und das Feuer erwiderten.

Denton wandte sich zu dem vorderen Hügel mit dem künstlerisch zerstörten Tempel um und winkte. »Also gut!«, rief er. »Das sind alle!«

Zwei Schatten erschienen im Licht, das den Tempel beleuchtete, und kamen zu Denton und den Hexenwölfen herunter.

Marcone trug ein Flanellhemd, Jeans und eine Jägerweste und war mit einem schimmernden Gewehr bewaffnet, auf das ein riesiges Zielfernrohr geschraubt war. Hendricks, der ihn muskelbepackt und schweigend begleitete, trug militärische Tarnkleidung, hatte die Waffe dabei, die ich schon vorher bei ihm gesehen hatte, außerdem ein Messer und verschiedene andere Ausrüstungsgegenstände. Er ließ Denton und dessen Gefährten nicht aus den Augen.

Schockiert starrte ich Marcone an. Ich brauchte eine Weile, um meinen Unterkiefer vom Boden aufzuheben und mir zusammenzureimen, was dort gerade ablief. Marcone wusste es nicht. Er wusste nicht, dass Denton und seine Begleiter ihn zur Strecke bringen wollten. Anscheinend hatten sie die Morde MacFinn und den Alphas in die Schuhe geschoben.

Also hatte Denton jetzt Marcone und die Alphas hier zusammen auf dem Präsentierteller, und sobald MacFinn eintraf, konnte er alle aus dem Weg räumen, die er beseitigen wollte, und sich daraufhin irgendeine Geschichte ausdenken. Allerdings hatte er mich bisher noch nicht geschnappt.

»Das sind alle, die wir auf den Monitoren gesehen haben«, korrigierte Marcone ihn. »Kamera sechs auf der hinteren

Mauer hat eine Fehlfunktion, und wo es technische Fehlfunktionen gibt, ist Mister Dresden normalerweise nicht weit.«

Verdammt.

»Sind Sie sicher, dass der Magier nicht einer von denen hier ist?«, fragte Denton. »Einer der Wölfe?«

»Ich glaube nicht«, antwortete Marcone, »aber man kann es nicht ausschließen.«

Denton sah ihn finster an. »Dann ist er also nicht hier.«

»Wenn er Sie herausgefordert hat, dann kommt er«, widersprach Marcone, der seiner Sache absolut sicher war, »daran habe ich keinen Zweifel.«

»Und wenn er nun verfolgt hat, wie wir seine Werwolffreunde niedergeschossen haben?«, fragte Denton.

»Wölfe laufen schneller als Menschen«, erklärte Marcone. »Möglicherweise ist es ihm nicht gelungen, sie einzuholen. Es könnte allerdings sein, dass er uns gerade jetzt beobachtet.«

»Sie überschätzen ihn«, wiegelte Denton ab. Allerdings sah ich seinen Blick unwillkürlich zum schattenschwarzen Unterholz wandern. Hätte ich in diesem Moment gerührt, hätte er mich bemerken müssen. Doch ich erstarrte und hielt den Atem an.

Marcone lächelte und pflückte den gefiederten Pfeil aus Billys Fell. »Die Beruhigungsmittel halten nicht lange vor. Wir müssen eine Entscheidung treffen, meine Herren. Wenn Sie Ihren Teil der Abmachung einhalten wollen, sollten Sie allmählich etwas vorweisen.«

Ich weiß nicht, ob Marcone bemerkte, wie Benn sich auf einmal anspannte und die Hände auf den Bauch presste.

Mir entging es jedenfalls nicht. »Töten Sie diese Tiere jetzt«, sagte sie mit leiser, erregter Stimme. »Das erspart uns im weiteren Verlauf des Abends einige Komplikationen.«

»Ts-ts«, machte Marcone. »Wie kurzsichtig. MacFinn soll sie in Stücke reißen, wenn er kommt. In den Resten wird kein Arzt mehr nach irgendwelchen Beruhigungsmitteln suchen. Falls einer von Ihnen sie umbringt, wird man unbequeme Fragen stellen, und die Spurensicherung wird überall herumschnüffeln. Ich dachte, genau das war der Grund, dass Sie sich mit Ihrem Angebot an mich gewandt haben. Damit später möglichst wenig Fragen gestellt werden.«

Benn bleckte die Zähne. »Ich hasse schleimigen Abschaum wie Sie, Marcone«, brummte sie, während ihre Hand über ihren Schenkel, die Hüfte und unter die Bluse wanderte.

Marcones Augen verengten sich, als er es sah, und als würde Hendricks mit dem Verbrecherbaron in telepathischer Verbindung stehen, machte dieser eine schnelle Bewegung und lud mit einem kalten, leisen Klicken eine Patrone in den Lauf.

Denton warf Marcone einen finsteren Blick zu und packte Benns Handgelenk. Die Frau zeigte sich zunächst widerspenstig, doch dann ließ sie zu, dass Denton ihre Hand vom Gürtel wegzog, den sie unter dem Hemd trug. Denton gab ihre Hand frei, und Benn ließ sie tatsächlich sinken und gab nach.

Marcone und Hendricks verzogen die ganze Zeit über keine Miene und gerieten anscheinend nicht einmal ins Schwitzen. Gefährliche Situationen wie diese gehörten für sie zum Alltag.

Ich atmete endlich wieder aus, nachdem ich lange die Luft angehalten hatte. Sechs gegen einen, und die sechs waren noch dazu auf den Kampf vorbereitet. Wenn ich sie jetzt angriff, hatte ich keine Chance. Sobald ich mich bewegte, um mich zwischen die Bäume zurückzuziehen, würden sie mich bemerken. Verdammt!

Denton blickte noch einmal zu den Bäumen hinüber, und ich hielt abermals den Atem an. »Keine Sorge, Marcone«, sagte er. »Wir übergeben Ihnen den Magier, sobald wir ihn gefunden haben. Es wird keine lästigen Fragen geben.«

»Wenn das so ist«, erwiderte Marcone, »sollten Sie ihn jetzt besser suchen, während ich mich auf MacFinn vorbereite. Bitte vergessen Sie nicht, dass ich Dresden nach Möglichkeit lebendig haben will.«

Die Kehle schnürte sich mir zu. Was, um alles in der Welt, konnte Marcone nach dem Zwischenfall in der Werkstatt noch von mir wollen? Sicher nichts, über das ich weiter nachdenken wollte. Verdammt, verdammt! Diese Nacht wurde mit jeder Sekunde ungemütlicher.

»Selbstverständlich, Mister Marcone«, sagte Denton eine Spur zu höflich. »Haben Sie Vorschläge, wo wir mit der Suche beginnen sollen?«

Marcone ignorierte den Sarkasmus, legte am Zielfernrohr seines Gewehrs einen Schalter um und deutete lässig auf die Bäume. »Dort drüben, würde ich sagen.«

Der rote Punkt des Laserstrahls traf zwanzig Zentimeter neben meinem Kopf auf ein Blatt, und das heftige Pochen der Angst in meiner Brust verwandelte sich in eiskaltes weißes Entsetzen.

Verdammt, verdammt, verdammt!

30. Kapitel

Wenn ich fortlief, würden sie mich sehen, verfolgen und in Stücke reißen. Wenn ich in meinem Versteck blieb, würden sie mich finden und mich ebenfalls zerfetzen, erschießen oder betäuben und an Johnny Marcone übergeben. Keine guten Aussichten, aber ich würde meine Lage sicher nicht verbessern, indem ich einfach sitzen blieb, wo ich war. Also machte ich mich auf, um mich in den Wald zurückzuziehen. Die beschlagnahmte Halbautomatik hatte ich noch immer in der Hand.

»Still!«, gebot Denton. »Habt ihr das gehört?«

»Was ist?«, fragte Benn. Ich bemerkte die Anspannung in ihrer Stimme und bemühte mich, möglichst geräuschlos in den Schutz der dicht stehenden Bäume zurückzukehren.

»Still!«, knurrte Denton noch einmal, und ich blieb wie angewurzelt stehen. Ein paar Augenblicke lang waren in der kalten Herbstnacht nur der Wind und der Regen zu hören. »Da drüben«, sagte Denton nach kurzem Schweigen. »Ich glaube, da drüben war etwas.«

»Könnte ein Waschbär gewesen sein«, meinte Wilson. »Oder ein Eichhörnchen. Oder eine Katze.«

»Seien Sie nicht so dumm«, höhnte Marcone. »Das ist er.«

Ich hörte, wie der Ladeschlitten einer Pistole bewegt

wurde, der eine Kugel in den Lauf beförderte. »Los jetzt!«, befahl Denton. »Schwärmt aus, wir schnappen ihn uns! Aber passt auf euch auf. Wir wissen nicht, wozu er fähig ist. Geht kein Risiko ein!« Seine Stimme kam näher, während er sprach, und ich wäre am liebsten sofort losgerannt.

Ich vernahm ein zustimmendes Grunzen und abermals metallisches Ratschen, mit dem Automatikpistolen durchgeladen wurden. Schritte näherten sich im Gras.

Nun lief ich tatsächlich davon. Ich stand einfach auf und rannte los, so tief gebückt, wie ich konnte. Hinter mir rief jemand, ein Schuss knallte.

Ich zielte mit der Halbautomatik in den Himmel und schoss zweimal. Ich wollte nicht auf die Verfolger schießen, weil ich nicht versehentlich Tera oder einen der Alphas treffen wollte. Die Schüsse überraschten die Meute offenbar. Denton und die anderen gingen hinter den Bäumen in Deckung.

Ich zog mich in den Wald zurück und dachte angestrengt nach. Zwar hatte ich ein wenig Zeit gewonnen, aber wie wollte ich sie nutzen? Wenn ich weiterlief, würde ich irgendwann vor einer Steinmauer stehen, die ich mit meinem kaputten Fuß und der verletzten Schulter unmöglich überwinden konnte. Allerdings durfte ich in diesem Wäldchen nicht beliebig lange das Kaninchen spielen. Früher oder später würden sie mich entdecken.

Verdammt, dachte ich, ich *bin* kein Kaninchen!

Es war an der Zeit, dass die Jäger zu Gejagten wurden.

Leise und aufmerksam ging ich weiter und sah mich um, suchte nach der richtigen Stelle. Fast sofort fand ich, was ich brauchte. Es war eine Auskehlung im Stamm eines mächtigen Baums. Ich drückte mich hinein und schmiegte mich ans Holz, senkte den Kopf und verbarg mein bleiches Gesicht und das Weiß meiner Augen. Und dann lauschte ich.

Sie kamen leise näher, doch am Rande meines Gesichtsfeldes flackerte kein Licht. Vielleicht gewöhnten sich Dentons Augen und die seiner Kumpane allmählich an die Dunkelheit. In einer unregelmäßigen Linie rückten sie vor, jeweils zwanzig oder dreißig Meter voneinander entfernt, und schafften es sogar, weitgehend auf gleicher Höhe zu bleiben. Sie gingen nach wie vor auf zwei Beinen, wie mir ihre Schritte verrieten. Ich dankte meinem Glücksstern. Hätten sie sich schon in Wölfe verwandelt, hätten sie mich im Handumdrehen erwischt. Andererseits konnten sie als Zweibeiner natürlich ihre Pistolen abfeuern. Es hat eben alles seine Vor- und Nachteile.

Ich hielt die Luft an, als einer bis auf drei Meter herankam. Dann zwei. Dann spürte ich den Lufthauch, als jemand weniger als einen halben Meter vor mir vorbeiging. Blätter streiften über mich hinweg. Er blieb direkt vor mir stehen, und ich hörte ein leises Schnauben oder Schniefen. Mir fiel der Geruch meines nagelneuen Ledermantels ein, und ich biss die Zähne zusammen. Die Anspannung ließ meine Beine zittern.

Ungefähr zehn Milliarden Jahre vergingen. Dann ging der Betreffende, wer es auch war, langsam weiter. Beinahe hätte ich erleichtert aufgeseufzt, auch wenn der gefährlichste Teil meines Plans noch vor mir lag.

Ich verließ mein Versteck, machte einen raschen Schritt und drückte dem Betreffenden die Mündung meiner Halbautomatik in den Nacken. Es war Denton. Er fuhr erschrocken zusammen und atmete scharf ein.

»Still«, flüsterte ich. »Keine Bewegung.«

Denton zischte wütend, blieb aber stehen. »Dresden. Ich sollte Sie auf der Stelle umbringen.«

»Versuchen Sie's doch«, sagte ich. »Aber denken Sie daran, nach dem lauten Knall den Tunnel möglichst schnell zu verlassen und sich in Richtung des Lichts zu begeben.«

Dentons Schultern hoben sich ein wenig, und ich fügte hinzu: »Halten Sie Ihre Arme still. Wenn Sie nach dem Gürtel greifen, bring ich Sie um, bevor Sie auch nur 'nen halben Pelz haben. Lassen Sie die Waffe fallen.«

Denton bewegte sich leicht, legte den Sicherungshebel seiner Waffe um und ließ sie los. »Nicht schlecht, Dresden«, sagte er. »Aber das wird Ihnen nichts nützen. Lassen Sie die Waffe sinken, und dann können wir über alles reden.«

»Immer souverän, höflich und freundlich«, sagte ich. »Lernt man das beim FBI?«

»Machen Sie's sich doch nicht schwerer, als es ohnehin schon ist, Dresden«, sagte Denton tonlos. »Sie kommen hier nicht mehr weg.«

»Die Sprüche kenn ich.« Obwohl meine Schulter pochte, packte ich ihn mit der freien Hand am Kragen und hielt ihn fest. »Mein Arm ist ein wenig geschwächt. Tun Sie ja nichts, das einen Krampf auslöst.«

Er spannte sich, als er das hörte. »Was haben Sie vor, Dresden?«

»Wir werden uns jetzt zusammen umdrehen«, sagte ich und versetzte ihm einen kleinen Stoß mit der Pistole, um meine Worte zu unterstreichen. »Dann werden Sie Ihren Leuten befehlen, aus dem Wald rauszukommen und ins Licht zu treten. Sie sollen von dort aus rufen, damit ich weiß, dass sie vor mir sind, und dann gehen wir hinaus, damit ich sie sehen kann.«

»Was wollen Sie damit erreichen, Dresden?«

Ich ließ seinen Kragen los, trat näher heran und kassierte seinen Wolfsgürtel ein. Seine Kiefer spannten sich, als ich ihm den Gürtel abnahm, aber er blieb ruhig und hielt die Hände oben. »Das Gleiche wollte ich Sie eigentlich fragen, Denton. Jetzt rufen Sie Ihre Kumpane aus den Bäumen heraus.«

Denton war ein abgebrühter Hund, ein verräterischer Bastard und vielleicht sogar ein Mörder, aber er war ganz sicher kein Dummkopf. Er rief nach den anderen drei Agenten und befahl ihnen, den Wald zu verlassen.

»Dent?«, rief Wilson herüber. »Alles in Ordnung?«

»Tu einfach, was ich sage«, antwortete Denton. »Es wird sich gleich klären.«

Sie gehorchten. Ich hörte sie durch den Wald laufen.

»Jetzt!«, befahl ich. »Gehen Sie! Stolpern Sie nicht, denn ich schwöre bei Gott, ich würde Ihnen lieber wegen eines Missverständnisses ein Loch in den Kopf schießen, als mich durch einen Trick reinlegen und umbringen zu lassen.«

»Vielleicht sollten Sie die Waffe besser sichern«, mahnte Denton. »Denn wenn Sie mich töten, kommen Sie garantiert nicht lebend hier weg.«

Ich hasse es, wenn die bösen Jungs recht haben, entschied mich aber, im Zweifelsfall lieber Denton zu erschießen. Also ließ ich den Sicherungshebel, wie er war, legte mir den Wolfsgürtel über die Schulter und packte Denton wieder am Kragen. »Los jetzt!«

Er gehorchte. Wir traten aus dem finsteren Wald ins Licht.

Ich blieb am Rand des erhellten Bereichs stehen und sorgte dafür, dass ich einen Baumstamm im Rücken hatte und Denton zwischen mir und den bösen Jungs anhielt. Die drei waren ausgeschwärmt, sie standen etwa zehn Meter entfernt im Halbkreis, die Schusswaffen in den Händen, doch nur ein Meisterschütze hätte mich treffen können, wie ich da hinter dem breiten, kräftigen Denton im Schatten stand. Aber ich wollte nichts riskieren und ging hinter ihm halb in die Hocke, bis nur eine Ecke meiner Stirn und ein Auge hervorschauten.

»Äh, hallo, Leute!«, sagte ich etwas lahm. »Ich hab hier euren Boss. Legt die Waffen weg, und nehmt die Gürtel ab, und dann entfernt ihr euch schön langsam, oder ich töte ihn!«

Ein Teil von mir, vermutlich der klügere, stöhnte über den Verlauf, den diese Begegnung nahm, und begann mit einer Bestandsaufnahme der Bundes- und Staatsgesetze, gegen die ich verstieß, indem ich einen Mitarbeiter des FBI als Geisel genommen hatte und ihn zu töten drohte, damit ich drei weitere Beamte in meine Gewalt bringen konnte. Als ich bei Nummer zehn angelangt war, hörte ich auf, die von mir gebrochenen Gesetze zu zählen, und wartete auf die Reaktionen der Hexenwölfe.

»Zur Hölle mit Ihnen!«, knurrte Benn. Die silberhaarige junge Frau ließ die Waffe fallen, riss ihre Bluse auf und entblößte einen Oberkörper, der in vielerlei Hinsicht bemerkenswert war – und einen weiteren Wolfsgürtel. »Ich reiß Ihnen höchstpersönlich den Kopf ab.«

»Deborah«, sagte Denton mühsam beherrscht, »bitte nicht.«

»Ja, tu's, Bitch!«, sagte Harris. Seine großen Ohren warfen seitlich halbmondförmige Schatten auf seinen Kopf. »Denton wird erledigt, und wir werden alle befördert. Mann, wahrscheinlich wird der Magier dich gleich mit erschießen, wenn er schon mal dabei ist.«

Benn fuhr zu Harris herum und hob die Hände, als wollte sie ihn erwürgen. Ihre Finger waren wie Krallen gespreizt.

»Schnauze!«, rief ich. »Alle beide! Legen Sie die Waffen weg. Sofort!«

»Sie trauen sich ja doch nicht, Dresden«, höhnte Harris. »Dazu fehlt Ihnen der Mumm!«

»Roger«, sagte Denton leise, »du bist ein Idiot. Der Mann steht mit dem Rücken zur Wand. Also tu, was er sagt.«

Die unvermutete Unterstützung überraschte mich, doch sie machte mich auch auf der Stelle misstrauisch. Und dass Marcone momentan aus den Augen war, hieß noch lange nicht, dass er auch aus dem Sinn war. Wo steckte er? Hockte er irgendwo im Hinterhalt und zielte mit dem Gewehr auf mich? Ich musste auf hellrote Lichtpunkte achten.

»So ist es«, bestätigte ich Dentons Feststellung. »Sie sind wirklich ein Idiot. Lassen Sie die Waffe fallen. Sie auch, Wilson«, fügte ich mit einem Blick zu dem übergewichtigen Agenten hinzu. »Sie und Benn nehmen ebenfalls die Gürtel ab. Legen Sie sie auf den Boden.«

»Macht schon!«, bekräftigte Denton, und ich wurde noch etwas nervöser. Der Mann wirkte verdächtig locker und wehrte sich gar nicht mehr gegen mich. Seine Stimme klang fest, selbstbewusst und unerschrocken. Das war schlecht.

Dentons Rudel gehorchte, wenngleich widerstrebend. Benn ließ mit ähnlichem Widerwillen, wie wenn Onkel Dagobert ein Diamanthalsband aufgibt, den Gürtel auf den Boden fallen. Wilson grunzte, nachdem er seinen Gürtel gelöst hatte, wodurch sein Bauch noch etwas weiter vorquoll, und legte den Gürtel neben seiner Waffe auf den Boden. Harris sah mich böse an, dann ließ auch er die Pistole sinken.

»Jetzt tretet zurück. Alle.«

»Ja«, sagte Denton. »Harris, Wilson. Weicht bis zu den Bäumen zurück und holt, was wir dort gelassen haben.«

»He«, sagte ich, »was reden Sie da? Keiner bewegt sich, keiner von euch!« Harris und Wilson grinsten mich an und marschierten zu den Bäumen. »Kommt sofort wieder zurück!«

»Wenn Sie auf meine Leute schießen, Mister Dresden«, sagte Denton, »können Sie nicht mehr mich bedrohen. Ich glaube, ich kann Ihre Waffe packen, wenn Sie schießen, und dann müssen Sie gegen mich kämpfen. Sie sind entschlossen und intelligent, aber auch verwundet. Ich glaube nicht, dass Sie mich im Nahkampf besiegen können.«

»Verdammt«, sagte ich, »was haben Sie vor, Denton? Wenn Sie irgendwas Komisches versuchen, egal was, werden Sie nicht mehr lange genug leben, um es zu bedauern.«

»Ich bin beim FBI. Ich tue nichts, was man irgendwie als *komisch* betrachten könnte, Mister Dresden.«

Ich spürte, dass er lächelte. »Warum?«, fragte ich ihn. »Warum haben Sie sich diese Gürtel besorgt? Warum machen Sie das?«

Denton wollte mit den Achseln zucken, beherrschte sich aber. »Ich musste zu viele Jahre zuschauen, wie Männer wie Marcone über das Gesetz gelacht haben. Ich habe gesehen, wie er und seinesgleichen unschuldige Menschen ins Elend gestürzt, sie verletzt und kaltblütig getötet haben. Ich war es müde, ohnmächtig zuschauen zu müssen. Ich habe beschlossen, ihn aufzuhalten. Ihn und andere wie ihn.«

»Indem Sie sie töten!«

»Ich habe die Macht dazu bekommen, und ich habe sie genutzt.«

»Was gibt Ihnen das Recht, über Leben und Tod zu entscheiden?«

»Was gibt denen das Recht dazu?«, entgegnete Denton. »Soll ich tatenlos zusehen, wie sie immer weitermorden, Dresden, obwohl ich sie aufhalten könnte? Ich habe die Macht und damit auch die Verantwortung, sie einzusetzen.«

»Und die anderen? All die Unschuldigen, die dabei gestorben sind?«

Denton zögerte, bevor er leise antwortete. »Das war unglücklich. Ein Unfall. Es lag nie in meiner Absicht.«

»Die Gürtel tun mehr, als Sie nur äußerlich zu verwandeln, Denton. Sie verändern die Art und Weise, wie Sie denken und handeln.«

»Ich kann meine Leute jederzeit kontrollieren«, behauptete er.

»So, wie Sie es im letzten Monat getan haben?«

Er schluckte und schwieg.

»Sie haben es gewusst, nicht wahr? Sie haben gewusst, dass ich es herausfinde. Deshalb haben Sie mich zur Full Moon Garage geschickt.«

Die Ader auf seiner Stirn pochte. »Nachdem die Leute gestorben waren, habe ich eine Warnung von einer Regierungsbehörde bekommen. Eine Art magische Polizei. Der Weiße Rat. Es hieß, Sie arbeiten für ihn.«

»Da hat Ihnen anscheinend jemand nur einen Teil der Geschichte erzählt, Denton. Aus dem Grund haben Sie auch MacFinns Kreis zerstört, was? Sie brauchten einen Sündenbock, und deshalb haben Sie MacFinn von der Leine gelassen, weil Sie dachten, der Rat würde sich auf ihn konzentrieren. Die Straßenwölfe für die Cops und MacFinn für den Rat.«

»Das waren unvermeidliche Opfer«, knurrte er. »Wir hatten eine Aufgabe zu erledigen.«

»Oh, tatsächlich? Als eines der gerade erwähnten unvermeidlichen Opfer bin ich eindeutig anderer Meinung. Zum Teufel mit Recht und Gesetz, was? Das sagen Sie doch im Grunde – dass Sie über dem Gesetz stehen. Genau wie Marcone.«

Denton spannte sich wieder und drehte den Kopf ein wenig, um mich anzusehen. Ich bohrte sofort nach, weil ich unbedingt zu ihm durchdringen wollte. Wenn mir das gelang, kam ich vielleicht doch noch aus dieser Situation heraus. »Diese Gürtel, diese Macht, die Sie bekommen haben – sie ist böse. Sie können nicht damit umgehen. Sie ist Ihnen zu Kopf gestiegen, und Sie können nicht mehr klar denken. Geben Sie auf. Sie können immer noch heil davonkommen und das tun, was richtig ist. Ich bitte Sie, Denton, werfen Sie nicht all das weg, wofür Sie in all den vielen Jahren gekämpft haben. Es gibt bessere Wege als diesen.«

Denton schwieg eine lange Zeit.

Harris und Wilson verschwanden im Dickicht der Fichten. Benn beobachtete uns mit glänzenden Augen, stand muskulös und aufrecht im Mondlicht, und ihre wohl geformten Brüste hoben und senkten sich, wenn sie atmete.

»Sehen Sie sie an«, sagte ich. »Die Gürtel sind wie eine Droge. Ist sie noch die Frau, die sie einmal war? Ist sie der Mensch, der sie sein sollte? Wilson und Harris, waren die schon immer so wie jetzt? Sie verwandeln sich in Ungeheuer. Sie müssen damit aufhören, bevor Sie ganz verloren sind!«

Denton schüttelte den Kopf. »Sie sind ein anständiger Mann, Mister Dresden. Aber Sie haben keine Ahnung, wie die Welt funktioniert. Es tut mir leid, dass Sie uns in die Quere gekommen sind.« Erneut ein leichtes Kopfschütteln. »Unvermeidliche Opfer.«

»Verdammt«, sagte ich. »Sehen Sie denn nicht, dass es Ihnen überhaupt nichts nützt? Selbst wenn es Ihnen gelingen sollte, alle auszulöschen, die heute Abend hier sind – Murphy wird sich zusammenreimen, was passiert ist.«

Denton wiederholte seine Worte, als sei es ein Mantra: »Unvermeidliche Opfer.«

Ich schluckte, mir war auf einen Schlag viel kälter. Ge-

spenstisch, wie Denton es ausgesprochen hatte – so beiläufig, so ruhig und sachlich. Für ihn gab es keinen Zweifel, obwohl er sich durchaus hätte fürchten müssen. Nur
Narren und Irre kennen diese Art von Sicherheit, und mir
war längst klar, dass Denton kein Narr war.

Harris und Wilson tauchten wieder zwischen den Bäumen wieder auf und schleppten etwas mit sich. Ein Gefangener mit einer Haube auf dem Kopf und gefesselten
Armen und Beinen. Willen hatte die Beine gepackt, Harris
die Schultern, sodass der Gefesselte quer zwischen ihnen
hing. In einer Hand hielt Harris ein Messer, das er gegen
den unteren Rand der Haube drückte, die offenbar ein
Kopfkissenbezug war. Seine großen Ohren und die Sommersprossen passten nicht zu der überheblichen Selbst-
verständlichkeit, mit der er das Messer hielt.

Denton schwieg, und Benns Augen glänzten im Mondlicht, bar jeden Gefühls bis auf Lust und Hunger.

Die beiden Agenten trugen den Gefangenen herbei,
und schließlich ließ Wilson dessen Beine los. Harris hielt
das Messer in Position, während der übergewichtige Mann
der Geisel die Haube abnahm. Ich hatte jedoch schon den
eingegipsten Arm bemerkt.

Murphys Gesicht war bleich, der Mond färbte ihr blondes Haar silbern, sein Licht fiel ihr in die Augen. Ihr Mund
war mit einem Tuch oder Klebeband verschlossen, unter
einem Nasenloch klebte verkrustetes Blut. Sie blinzelte
einen Moment, dann fiel ihr Blick auf mich, und sie riss
die blauen Augen weit auf.

»Wenn Sie mich töten, Mister Dresden«, sagte Denton leise, »wird Harris ihr die Kehle durchschneiden, und

Benn und Wilson werden ihre Waffen ziehen und höchstwahrscheinlich auch Sie töten. Danach werden sie sich die Wölfe vornehmen, die Sie mitgebracht haben, Ihre Verbündeten. Aber selbst wenn Sie uns alle zuerst erledigen, wird auch Murphy tot sein, und dann werden Sie eine Waffe halten, mit der vier FBI-Agenten erschossen wurden.«

»Sie Schwein«, sagte ich. »Sie sind ein kaltblütiger Schweinehund.«

»Unvermeidliche Opfer, Mister Dresden«, wiederholte Denton, doch das war keine abgebrühte Phrase mehr. Es klang auf einmal begierig, und eine gewisse Wärme legte sich um die Worte wie die Hände einer Geliebten. »Lassen Sie die Waffe fallen.«

»Nein«, sagte ich, »das werde ich nicht tun!« Er würde doch keine Polizistin töten. Oder?

»Dann wird Murphy sterben«, sagte Denton. »Harris.« Der Rothaarige bückte sich, und Murphy versuchte, trotz des Knebels zu schreien. Ich brüllte etwas und richtete die Pistole auf Harris.

Denton rammte mir den Ellenbogen in den Bauch und die Faust auf die Nase. Ich sah Sterne. Die Waffe ging los, ich weiß nicht, wohin die Kugel flog, jedenfalls hieb Denton sie mir aus der Hand und versetzte mir einen weiteren Schlag auf die Kehle, der mich zu Boden schickte. Ich konnte weder atmen noch mich bewegen.

Denton hob die Pistole auf. »Statt mir eine Moralpredigt zu halten, hätten Sie mich erschießen sollen, solange Sie die Gelegenheit dazu hatten, Mister Dresden!« Er zielte auf mich und verzog das Gesicht zu einem gierigen Lächeln. »Eine schöne Mondnacht«, sagte er. »Da fällt mir doch ein Gedicht ein ... wie ging es noch gleich?«

Ich wollte ihm sagen, dass er sich den Mond und seine Gedichte sonst wohin stecken sollte, brachte aber nur ein ersticktes Keuchen zustande. Ich konnte mich auch immer noch nicht bewegen. Es tat einfach zu weh.

Denton spannte den Abzug, zielte auf mein linkes Auge und sagte: »Ah, ja: ›Das Mondschaf liegt am Morgen tot. Sein Leib ist weiß, die Sonn' ist rot. Das Mondschaf.‹ Auf Wiedersehen, Magier.«

Ein poetischer Tod. Bei den Toren der Hölle.

31. Kapitel

Die Mündung von Dentons Pistole, die auf mein Gesicht zielte, kam mir größer und abgründiger vor als die Staatsverschuldung. Seine grauen Augen blickten mich über Kimme und Korn hinweg an, und ich sah, wie die Entscheidung fiel, den Abzug zu betätigen.

Bevor er dazu kam, erwiderte ich seinen Blick, warf mich ihm trotz der kreischenden Kopfschmerzen innerlich entgegen und zwang ihn zu einem Seelenblick.

Wie immer hatte ich das Gefühl, als würde ich fallen, es war eine Art innere Bewegung nach vorn und dann hinab, als würde ich in einen Strudel gezogen. Von diesem Gefühl getragen, schoss ich mit voller Wucht in Dentons Kopf und dachte im letzten Moment, dass es vielleicht besser wäre, mich erschießen zu lassen, als Denton in die Seele zu blicken.

Ich kann nicht sehr gut beschreiben, was mich dort erwartete. Stellen Sie sich ein Bauwerk vor, ein wunderschön angelegtes Gebäude wie den Parthenon oder das Monticello. Stellen Sie sich vor, alles befindet sich im Gleichgewicht und hat die richtigen Proportionen, alles passt wundervoll zusammen. Spannen Sie einen blauen Himmel darüber und legen Sie einen Teppich aus grünem Gras ringsherum, tupfen Sie weiße Wolken in den Himmel, und fügen Sie Blumen und spielende Kinder hinzu.

Dann stellen Sie sich vor, wie das Ganze ein paar Jahrhunderte später aussieht. Die Konturen sind stumpf geworden, die Kanten verwittert. Stellen Sie sich Wasserflecken und vom Wind abgeschliffene Stellen vor. Der Himmel ist schmutzig braun vom Smog. Ersetzen Sie das Gras durch hohes, hässliches Unkraut, rupfen Sie die Blumen raus, und lassen Sie nur noch verdorrte, skelettartige Rosenstöcke stehen. Die kleinen Jungen von damals sind alte Säufer geworden, mit geröteten Gesichtern vom Trinken. Die Mädchen sind müde, ausgezehrte Dirnen mit harten Mienen und kalten, berechnenden Augen. Verleihen Sie dem einst so schönen Ort eine Aura von Zorn und Verwilderung, wo die Menschen im Schatten herumstreunen wie hungrige Katzen, die auf ihre Beute lauern.

Und dann, nach all den Sorgen, Prüfungen und Schwierigkeiten jener Welt, in der ein Cop lebt, kippen Sie einen dicken, klebrigen schwarzen Kleister darüber, der nach Sumpf und all den anderen Dingen riecht, zu denen sich Aasfliegen hingezogen fühlen. Legen Sie einen Überzug darüber, der den Dreck und den Verfall noch unterstreicht, die Aura von Verzweiflung angesichts eines tragischen Niedergangs. Der Kleister hebt alles nur noch stärker hervor, es ist trostlos, verkommen, widerlich.

So sah Denton von innen aus. Im Grunde ein guter Mensch, aber verbraucht von den Jahren und vergiftet von der Macht, die ihn inzwischen kontrollierte, bis der gute Mensch verschüttet war und nur noch Dreck und Unrat blieben. Bis der Mensch von damals nur noch eine bittere Erinnerung war, die den Menschen von heute umso erbärmlicher dastehen ließ.

Ich erkannte Dentons Schmerzen und seine Wut, ich begriff, wie die dunkle Macht ihn in den Abgrund gezogen hatte. Ich empfing ein Bild, wie er vor jemandes Füßen kniete und den Gürtel aus Wolfsfell entgegennahm, dann verschwand es wieder. Als ich den Menschen sah, der er einst gewesen war, offenbarte sich mir umso deutlicher das Tier, in das er sich verwandelt hatte – voller Gewalt, Hunger und Gier.

Ein heftiger Schauder lief mir über den Rücken. Ich konnte Denton und seine Kumpane bemitleiden, aber in diesem Augenblick hatte ich vor allem eine Heidenangst vor ihnen. Mit dem Seelenblick hatte ich mir einige Sekunden erkauft, aber würde es ausreichen, um Denton daran zu hindern, mir ein Loch in den Kopf zu blasen?

Denton starrte mich an, als der Seelenblick abbrach und uns wieder freigab. Offenbar war er auch nicht gerade begeistert über das, was er in mir gesehen hatte. Er war bleich geworden, seine Hand zitterte, und der Lauf der Waffe schwankte hin und her. Mit der anderen Hand wischte er sich den kalten Schweiß aus dem Gesicht.

»Nein«, sagte Denton mit großen Augen. »Nein, Magier.« Er hob die Waffe wieder. »Ich glaube nicht an die Hölle. Und Sie mache ich fertig.« Dann brüllte er mit voller Lautstärke. »Ich mach Sie fertig!«

Ich spannte mich und raffte mich auf, um mich im letzten Augenblick aus der Schussbahn zu rollen.

»Nein«, sagte eine ruhige Stimme, »das werden Sie nicht.«

Mitten auf Dentons Brust erschien ein hellroter Punkt, fröhlich wie eine Christbaumkugel. Ich drehte den Kopf und sah Marcone über den Rasen kommen. Er hielt die

Waffe auf Denton gerichtet, und Hendricks folgte ihm wie ein Schatten.

Dentons Lakaien beobachteten Marcone mit glänzenden, ruhigen Blicken. Murphy lag mit den Füßen zu mir und dem Kopf auf der abgewandten Seite im Gras. Ich konnte nicht erkennen, in welcher Verfassung sie war. Ich hatte Angst um sie und war verzweifelt.

»Marcone«, sagte Denton. Er richtete sich auf und kniff die Augen zusammen. »Sie verräterischer Mistkerl.«

Marcone schnalzte mit der Zunge. »Wir hatten doch abgemacht, dass Sie ihn mir lebend bringen. Es war nicht die Rede davon, dass Sie ihn hinrichten. Übrigens sollten Sie bedenken, wie unklug es wäre, dafür Ihre eigenen Waffen zu benutzen. Lassen Sie ihn von MacFinn töten, wenn er kommt.«

»*Falls* er kommt«, knurrte Denton.

»Meine Späher berichten mir, ihre Spürhunde seien gerade eben fünf Kilometer weiter westlich ausgerastet«, sagte Marcone. »Ich glaube, es wird nicht mehr lange dauern, bis er hier auftaucht, Mister Denton.« Sein Lächeln wurde breiter, aber seine dollarfarbenen Augen blickten umso härter. »Sollten wir nicht aufhören, uns gegenseitig auf die Nerven zu gehen, und unser Geschäft endlich zum Abschluss bringen?« Er ließ das Gewehr sinken und schaltete das Laserzielvisier aus.

Denton sah zwischen Marcone und mir hin und her. Etwas Schwarzes stieg in seinen Augen auf, sammelte sich dort und war bereit, jederzeit auszubrechen.

»Marcone«, sagte ich, »erschießen Sie ihn doch!«

»Ich glaube, wir haben genug von Ihren Versuchen, zu

teilen und zu herrschen, Mister Dresden«, erwiderte Marcone gelangweilt. »Sie sind erledigt. Nehmen Sie es in Würde hin.«

Denton lächelte leicht und zielte weiter auf meinen Kopf. Meine Stimme klang sogar in meinen eigenen Ohren etwas schrill. »Ich meine es ernst, John. Ich meine es wirklich ernst, ich verscheißere Sie nicht. Er will in erster Linie Sie umbringen.«

»Was für eine vulgäre Ausdrucksweise«, tadelte Marcone. »Agent Denton, wir müssen uns um einige Einzelheiten kümmern. Lassen Sie die Waffe sinken, damit wir uns unterhalten können.«

»Ich denke nicht«, entgegnete Danton.

Und damit richtete er die Waffe auf Hendricks und drückte ab!

Die Schüsse fielen so schnell nacheinander und in so großer Zahl, dass ich beim besten Willen nicht sagen kann, wie oft Denton feuerte.

Hendricks kippte zurück und wurde durch die Wucht der Einschläge auf den Rücken geworfen. Er hatte nicht einmal mehr Zeit, zu zucken, von schreien ganz zu schweigen. Wie ein gefällter Baum ging er zu Boden.

Marcone wollte seine Waffe heben, doch Wilson und Harris kamen von hinten herbeigerannt, warfen ihn zu Boden und schlugen auf ihn ein. Marcone wand sich wie ein Aal und wollte sich ihnen entziehen, doch Denton trat ihm in den Weg und hielt ihm die Pistole vors Gesicht.

»Das reicht«, sagte er heiser. »Sammelt sie alle ein und bringt sie zur Grube. MacFinn wird jeden Moment hier sein.«

Ich ergriff die Gelegenheit, mich zu drehen und auf Händen und Füßen davonzuschleichen, sah mich aber auf einmal zwei nackten, kräftigen Frauenbeinen gegenüber.

Mein Blick wanderte die Beine entlang nach oben, am Rock vorbei zu einem prächtigen barbusigen Rumpf, um den ein Wolfsgürtel geschlungen war, und weiter zu einem Gesicht mit gespenstischen Augen, in denen nichts Menschliches mehr war.

Benn lächelte mich an, stellte den Fuß auf meine verletzte Schulter, drehte ihn herum und stieß mit dem muskulösen Bein kraftvoll zu. Ein entsetzlicher Schmerz fuhr durch meinen ganzen Körper, und ich brach beinahe besinnungslos zusammen.

Ich weiß noch, dass sie mich übers Gelände schleppten. Wir drangen in den Ring der immergrünen Bäume ein, und ich dachte noch, dass jedes Geräusch, das innerhalb dieses Rings aus Fichten entstand, durch die Äste und Nadeln, durch die Bäume am Rand des Grundstücks und die hohe Mauer stark gedämpft wurde. Schüsse waren außerhalb des Grundstücks möglicherweise überhaupt nicht mehr zu hören. Das war mein klarster Gedanke, während meine Schulter explodierte.

Als Nächstes erinnere ich mich daran, dass jemand mich grob vorwärtsstieß. Ich stürzte, als die Schwerkraft mich unerbittlich und leidenschaftslos packte. Es dauerte lange genug, um vor Angst die Luft anzuhalten, dann schlug ich auf einer Wasserfläche auf. Der Tümpel war höchstens zwanzig oder dreißig Zentimeter tief, und am Grund befand sich glitschiger, weicher Lehm. Ich bedauerte kurz, dass mein Mantel auf diese Weise verschandelt wurde, dann ging ich fast unter, weil meine Hände im Schlamm einsackten. Kaltes Wasser blubberte vor meinem Gesicht und fühlte sich, endlich einmal, angenehm für die schmerzende Schulter an.

Irgendjemand packte mich am Kragen und zog mich hoch, bis ich auf dem Hintern im Wasser saß. Mehrere Hände hielten mich fest, und dann saß ich mit schmerzender Schulter und einem Karussell im Kopf eine Weile da, bis ich aufschauen konnte.

Murphy kniete neben mir im Wasser und strich mir über das nasse Haar. »Dresden«, sagte sie. »Alles klar?«

Ich sah mich um. Wir befanden uns am Grund einer großen Grube, die mehr als sechs Meter tief und etwa doppelt so breit war. Schlammiges Wasser, vielleicht vom Regen, bedeckte den Boden, und der Mond ließ dessen Oberfläche silbrig und braun erscheinen. Direkt über der Mitte der Grube, gut zehn Meter über mir, befand sich eine hölzerne Plattform von etwa zwei Metern Breite. Es war eine Art Hochsitz, frei hängend von Seilen gehalten, die ringsherum an den immergrünen Bäumen befestigt waren. Vor dem Mond und den Wolken konnte ich noch einige Baumwipfel erkennen.

»Dresden«, sagte Murphy noch einmal, »alles klar?«

»Ich lebe noch.« Ich blinzelte sie eine Sekunde lang an. »Ich dachte, die hätten Sie umgebracht.«

In ihren blauen Augen blitzte etwas auf. Ihre Frisur war im Eimer, ihre Jeans und das Flanellhemd zerknittert und von dem schmutzigen Wasser völlig verdreckt. »Das hatten sie auch vor. Sie haben aber aufgehört, als Denton

Sie niedergeschlagen hat, und mich hier hineingeworfen. Irgendwie verstehe ich nicht, warum sie es nicht gleich selbst erledigt haben, statt auf MacFinn zu warten.«

Ich schnitt eine Grimasse. »Sie wollen verhindern, dass ihnen der Weiße Rat auf die Schliche kommt. Denton will MacFinn alle Morde in die Schuhe schieben. Ich glaube, er ist völlig durchgedreht.«

»Wenn ich mit Ihnen zu tun habe, landen wir immer an interessanten Orten, Dresden.«

»Sie waren doch gefesselt«, sagte ich. »Wie konnten Sie sich befreien?«

»Jemand hat ihr geholfen«, sagte eine undeutliche, schwere Stimme hinter mir. »Auch wenn es ihr nicht mehr viel nützen wird.«

Ich drehte mich um und sah die nackte, schmutzige Tera West mit dem Rücken an einem Schlammhaufen sitzen. Fünf nasse, reglose Körper lagen vor und neben ihr. Die Alphas in ihren Wolfsgestalten. Tera hatte die Köpfe der Tiere auf ihren Schoß gezogen, damit sie außerhalb des Wassers lagen. Sie wirkte benommen und verzweifelt, berührte zärtlich nacheinander die jungen Wölfe. Ihre Bernsteinaugen waren stumpf.

»Ich verstehe das alles nicht«, gestand ich. »Warum haben sie uns hier reingesteckt? Und warum hat sich Marcone in seinem Garten so eine Grube ausheben lassen?«

»Er wollte MacFinn bis zum Morgen hier unten festsetzen«, sagte Tera. »Am Morgen wäre er wieder verletzlich gewesen.«

»O Mann«, stöhnte Murphy. »Wollen Sie mir etwa sagen, Denton sei für die Morde verantwortlich? Für alle?«

»Auf die eine oder andere Weise schon, ja.« Ich klärte sie über Denton auf und erzählte ihr von den Gürteln, die er für sich und seine Leute bekommen hatte, dass sie die Kontrolle über die Macht verloren hatten, die ihnen die Gürtel verliehen, und wie Danton den Straßenwölfen und MacFinn die Morde in die Schuhe hatte schieben wollen.

»Das war der Aspekt, auf den ich nicht gekommen bin, verdammt«, fluchte Murphy. »Kein Wunder, dass Denton so scharf darauf war, Sie aus der Sache rauszuhalten. Sie sollten ihm nicht in die Quere kommen. Jetzt ist mir auch klar, warum er Sie nach dem Vorfall in MacFinns Haus unbedingt finden wollte und warum er überall so schnell aufgetaucht ist. Er wusste jedes Mal schon vorher, dass jemand gestorben war.«

Über uns erklangen Rufe, und wir schauten hoch. Marcone pendelte an einem Seil über der Grube, die Augen geschlossen. Mit einer Reihe kurzer Rucke wurde er hochgezogen, bis sein gesenkter Kopf unter den Hochsitz prallte. Dort ließen sie ihn hängen.

»Was zum Teufel …?«, keuchte Murphy.

»Ein Köder«, erklärte ich. »Denton hängt ihn da oben als Köder für MacFinn auf. Der Loup-Garou kommt, springt rauf, um sich Marcone zu schnappen, und dann schneidet Denton die Seile durch und lässt MacFinn hier reinfallen.«

»Runter zu uns«, sagte Murphy leise. »Sie wollen das Biest zu uns in die Grube werfen. O Gott, Harry.«

»Denton oder einer seiner Leute dürfte silberne Kugeln gegossen haben«, war ich überzeugt. »Sie warten, bis MacFinn uns abgeschlachtet hat, danach erschießen sie ihn von da oben.« Ich schielte zum Rand der Grube hinauf. »Ein ziemlich guter Plan.«

»Was können wir tun?« Murphy schlang die Arme um die Knie.

»Keine Ahnung.«

»Nichts«, ergänzte Tera leise.

Murphy und ich drehten uns zu ihr um. Einer der Alphas regte sich, möglicherweise Billy, kam schwankend hoch und kippte wieder um, als er sich aufsetzen wollte. Wenigstens konnte er jetzt den Kopf allein über Wasser halten.

»Nichts«, wiederholte Tera. »Wir sind erledigt.«

Ich schloss die Augen und versuchte, meine Gedanken zu ordnen. Ich musste die Schmerzen und die Müdigkeit beiseiteschieben und mir einen Plan ausdenken.

Murphy ließ sich neben mir nieder, ein schaudernder Körper an meiner Seite. Der eingegipste Arm drückte gegen meine Hüfte. Ich öffnete den Mantel und schob ihr einen Zipfel über die Schultern. Sie warf mir einen empörten Blick zu, doch dann kroch sie so weit unter den Mantel, wie sie nur konnte.

Es dauerte eine Weile, bis sie wieder etwas sagte. Leise und unsicher klang ihre Stimme – ganz anders, als es ihre gewohnte energische Art war. »Ich habe nachgedacht, Dresden. Ich gehe davon aus, dass Sie höchstwahrscheinlich nichts mit den Morden zu tun haben.«

Ich musste lächeln. »Das ist aber nett von Ihnen, Murph. Beweist nicht auch all das, was Denton Ihnen angetan hat, dass ich nichts damit zu tun habe?«

Sie verzog den Mund und schüttelte den Kopf. »Nein,

Harry. Es bedeutet nur, dass er uns beide töten will. Das heißt aber noch lange nicht, dass ich alles glaube, was Sie mir erzählen.«

»Er will mich umbringen, Murph. Das sollte doch für mich sprechen, oder?«

»Eigentlich nicht«, entgegnete sie mit einem raschen Blick zum Rand der Grube. »Sieht so aus, als will Denton so ziemlich *alle* umbringen. Trotzdem könnten Sie mich anlügen.«

»Ich lüge nicht, Murph«, antwortete ich leise. »Bei meiner Ehre.«

»Ich kann mich nicht einfach nur auf Ihr Wort verlassen, Harry«, flüsterte sie. »Es sind zu viele Menschen gestorben. Auch meine Leute. Meine Mitarbeiter. Und Zivilisten, die ich eigentlich hätte beschützen sollen. Ich kann nur sicher sein, wenn ich euch alle, sämtliche Beteiligten, verhafte und die Sache kläre, während ihr hinter Gittern sitzt.«

»Nein«, widersprach ich. »Es steckt mehr dahinter, als Sie beweisen können, Murph. Mehr, als man vor Gericht vortragen kann. Sie und ich, wir kennen uns doch seit Jahren. Sie sollten inzwischen wissen, dass Sie mir vertrauen können.«

»Ich sollte Ihnen vertrauen können«, stimmte Murphy zu, »aber nach allem, was ich gesehen habe, nach dem vielen Blut und den Toten …« Sie schüttelte den Kopf. »Nein, Harry, ich kann niemandem mehr trauen.« Sie lächelte wehmütig. »Ich mag Sie immer noch, Dresden. Aber vertrauen kann ich Ihnen nicht.«

Ich versuchte, ebenfalls zu lächeln, doch in meinen Gefühlen herrschte ein zu großes Durcheinander. Vor allem hatte ich Schmerzen. Körperliche Schmerzen und einen tieferen Schmerz, bei dem es um Murphy und unsere Freundschaft ging.

Aufmerksam sah ich mich in der Grube um. Auch die anderen Alphas erholten sich allmählich und hoben die Köpfe. Anscheinend waren sie aber noch nicht fähig aufzustehen. Tera lehnte geschlagen und erschöpft an der Wand. Marcone pendelte über uns an der Plattform. Er rührte sich nicht, aber einmal glaubte ich ein Stöhnen zu hören. Ich empfand sogar Mitgefühl für ihn. Er mochte ein herzloser Bastard sein, aber auch er verdiente es nicht, als Köder an der Angel zu hängen.

Die Alphas, Tera, Marcone, Murphy … Alle waren hier, weil ich sie in diese Lage gebracht hatte. Es war meine Schuld, dass wir hier waren. Ich hatte dafür gesorgt, dass wir jetzt alle sterben mussten. Carmichael, der arme Kerl, war schon tot, und das ebenfalls meinetwegen. Genauso die anderen guten Cops. Und Hendricks.

Ich musste etwas unternehmen.

»Ich muss hier raus«, sagte ich zu Murphy. »Schaffen Sie mich hier raus, dann kann ich vielleicht etwas tun.«

»Sie meinen …« Mit dem unverletzten Arm machte sie eine vage Geste.

Ich nickte. Ich hatte immer noch ein Ass im Ärmel. »Etwas in der Art.«

»Na gut. Aber wie bekommen wir Sie hier raus?«

Ich stand auf und tappte im Wasser umher. »Vielleicht könnten wir Löcher in die Wände graben und hochklettern.«

»Wahrscheinlich werden Sie erschossen, wenn Sie oben ankommen.«

»Nein«, antwortete ich. »Ich glaube nicht, dass sie noch hier sein wollen, wenn MacFinn eintrifft. Sie sind blutrünstig, aber nicht dumm.«

»Also«, sagte Murphy, »müssen wir Sie nur rauf zum Rand der Grube bringen, und dann wollen Sie allein gegen vier bewaffnete FBI-Agenten oder Werwölfe kämpfen und sie rechtzeitig besiegen, um gegen den Loup-Garou anzutreten, der sich beim ersten Zusammentreffen von all Ihren magischen Tricks und einem Gebäude voller Polizisten nicht hat aufhalten lassen?«

»So ungefähr«, bestätigte ich.

Murphy sah mich groß an, zuckte mit den Schultern und stieß ein leises, trotziges Lachen aus. Auch sie stand auf und schleuderte sich mit einem Nicken die Haare aus dem Gesicht. »Es könnte wohl alles noch viel schlimmer sein.«

Über und hinter mir ertönte ein leises Geräusch. Murphy blieb abrupt stehen, starrte nach oben und riss die Augen weit auf.

Auch ich hob langsam den Kopf.

Der Loup-Garou hockte am Rand der Grube, riesig und knorrig, muskulös und tödlich. Er hatte Schaum vor dem Maul, ich sah die Reihen der mörderischen Zähne. In seinen Augen, die wie gebannt auf Gentleman Johnny Marcone gerichtet waren, schimmerte ein rotes Feuer. Dann sah das Biest nach unten, und als es mich bemerkte, verengten sich seine Augen zu glühenden Schlitzen. Es stieß ein böses, leises Knurren aus. Die Krallen scharrten am Rand der Grube.

Es erinnerte sich an mich.

Mein Herz schlug wie rasend in der Brust. Die alte, schreckliche, urtümliche Angst, zerfetzt und gefressen zu werden, erwachte mit voller Kraft und fegte alle Gedanken und Pläne beiseite.

»Das mussten Sie ja unbedingt sagen«, antwortete ich Murphy mit belegter, schwacher Stimme. »Sind Sie jetzt zufrieden? Es ist tatsächlich alles noch viel schlimmer.«

32. Kapitel

»Okay«, sagte ich, und die Angst ließ meine Stimme beben, »das ist übel. Das ist sogar mehr als übel.«

»Ich wünschte, ich hätte meine Pistole«, meinte Murphy. »Ich wünschte, wir hätten etwas mehr Zeit, alles in Ruhe zu besprechen, Harry.«

Ich warf einen Blick zu Tera hinüber. Eine der Alphas, das braunhaarige Mädchen in Wolfsgestalt, lehnte sich wimmernd an sie. »Ruhig«, sagte Tera und legte der kleinen Wölfin die Hand auf die Augen. Ihr Bernsteinblick traf mich, ohne Hoffnung, ohne Lebensfunken.

Sie würden meinetwegen sterben. Verdammt auch, das war doch unfair! Dabei hatte ich nicht einmal etwas besonders Dummes getan. Es war einfach nicht fair, dass wir so weit gekommen waren und so viel geopfert hatten, um hier im Schlamm zu sterben. Verzweifelt suchte ich nach einem Ausweg, doch es war eine schrecklich simple, perfekte Falle. Keine Möglichkeit, herauszukommen.

Wieder sah ich nach oben, diesmal direkt über mir, und rief: »John Marcone! Können Sie mich hören?«

Die schlaffe über mir hängende Gestalt regte sich schwach. »Was wollen Sie, Mister Dresden?«

»Können Sie sich bewegen?«, fragte ich.

Der Loup-Garou knurrte leise und lief am Rand der Grube auf und ab. Die glühenden Augen fixierten abwech-

selnd uns am Grund der Grube und Marcone. Anscheinend überlegte er noch, wen er zuerst zerfetzen wollte.

»Einen Arm«, gab Marcone ein paar Sekunden später
zurück.

»Haben Sie noch das Messer? Das aus der Werkstatt?«

»Ich fürchte, Denton und seine Handlanger haben mich
durchsucht und es gefunden!«

»Sie sind ein furchtbarer Dummkopf, so eine Abmachung mit Denton einzugehen, Marcone. Glauben Sie mir
jetzt, dass er Sie die ganze Zeit schon umbringen wollte?«

Die Gestalt über mir wand und drehte sich und pendelte an den Seilen. »Das müssen Sie mir mit Ihrem letzten Atemzug unter die Nase reiben, Mister Dresden, was?
Als ob ich das nicht längst kapiert hätte! Aber vielleicht
bekomme ich eine Chance, meinen Fehler wiedergutzu-
machen.«

»Was haben Sie vor?« Ich beobachtete den Loup-Garou,
der nach wie vor die Grube umkreiste, und blieb jeweils
auf der anderen Seite, wo ich das Biest beobachten konnte.

»Ich hol jetzt das Messer heraus, das sie *nicht* gefunden
haben«, erwiderte Marcone. Er grunzte, und dann sah ich
oben das Mondlicht auf Metall schimmern.

»Vergessen Sie's«, sagte Murphy leise. Sie trat zu mir
und beobachtete Marcone nun ebenfalls. »Er wird sich befreien und uns hier unten verrecken lassen.«

»Wir werden nicht genug Zeit zum Verrecken haben«,
wandte ich ein. Aber sie hatte natürlich recht.

Marcone drehte sich langsam am Seil um sich selbst
und wand sich, bis er etwas schneller rotierte. Unterdessen
sagte er mit ruhiger Stimme: »Ist das nicht komisch? Ich

wollte auf dem Hochsitz dem Ungeheuer auflauern und es in die Grube locken. Hier liegen einige Netze bereit, die ich fallen lassen wollte. Das hätte das Biest bis morgen festgehalten.«

»Sie wissen, dass es jetzt unter Ihnen lauert, John?«, fragte ich.

»Mister Dresden«, entgegnete Marcone pikiert, »ich habe Sie schon mehrfach gebeten, mich nicht so zu nennen.«

»Meinetwegen«, antwortete ich. Immerhin musste ich den Mut des Mannes bewundern, der locker mit mir plauderte, während er da oben hing wie ein reifer Pfirsich.

»Ich benutze die Grube, um Dinge zu erledigen, die Lärm verursachen«, sagte Marcone. »Die Bäume dämpfen alle Geräusche. Jenseits der Mauer kann man kaum noch einen Gewehrschuss hören.« Träge drehte er sich weiter, ein dunkler Schatten vor dem Mond und den Sternen.

»Ja, das ist schön«, sagte ich. »Und abscheulich.« Der Loup-Garou schaute auf mich herab und knurrte. Unwillkürlich wich ich einen Schritt zurück. Die Lehmwand der Grube hielt mich auf.

»Oh, unbedingt«, stimmte Marcone zu. »Aber notwendig.«

»Gibt es eigentlich überhaupt etwas, für das Sie sich schämen, Marcone?«, fragte ich ihn.

»Gewiss. Sie glauben aber doch nicht, ich würde es Ihnen verraten, oder? Jetzt seien Sie bitte still, und lenken Sie mich nicht weiter ab.« Marcone bog den Arm und streckte ihn nach außen. Metall blitzte, und eins der Seile, das in einer Schlinge bis zur Kiefer und wieder zurück gespannt war, zerriss, woraufhin die Plattform und mit ihr Marcone gefährlich schwankte.

Marcone grunzte erneut und verhedderte sich mehrmals in den Tauen, dann kam das durchtrennte Seil mit einem Ruck frei. Es schnellte zu Marcone hinüber, wurde langsamer und fiel herab.

Es hing nun direkt vor mir. Das andere Ende war noch an der Plattform über mir befestigt, die sich jetzt nicht mehr in der Mitte der Grube befand und schräg stand.

Ich blinzelte verdutzt, und Murphy sagte: »Du meine Güte, er hat es wirklich getan.«

»Ich würde empfehlen, dass Sie nicht mehr lange zögern, Mister Dresden!« Marcone verdrehte den Kopf und betrachtete den Loup-Garou. Das Biest trottete um die Grube bis zu der Stelle, die Marcone am nächsten war. Es war nicht zu erkennen, ob es das Seil bemerkt hatte, das von der Plattform herunterbaumelte.

Neue Hoffnung durchfuhr mich wie ein Donnerschlag. Ich packte das Seil mit beiden Händen und kletterte wie ein Affe hinauf, indem ich mich mit den Beinen abdrückte und mit dem unverletzten Arm festhielt, während ich die Beine nachzog und neu ansetzte.

Als ich den Rand der Grube erreichte, schaukelte ich am Seil hin und her, um Schwung zu sammeln, bis ich loslassen konnte und nach draußen auf den Boden oberhalb der Grube getragen wurde. Über mir knirschte das Seil bedenklich, während ich schaukelte, und auch Marcone schwankte, immer noch um die eigene Achse rotierend, heftig hin und her.

»Dresden!«, rief er. »Passen Sie auf!«

Ich hatte mich völlig auf meine Flucht konzentriert und den Loup-Garou nicht mehr weiter beachtet. Jetzt drehte ich den Kopf und sah ihn durch die Luft fliegen. Er war gesprungen, ich erblickte die schimmernden Augen und war sicher, seine Zähne zählen zu können, wenn ich nur lange genug gewartet hätte.

Natürlich wartete ich nicht. Ich stieß einen erschrockenen Schrei aus und ließ das Seil los, worauf ich mehrere Meter gerade nach unten fiel, bevor ich es wieder umklammerte.

Der Loup-Garou flog wie eine riesige, garstige Fledermaus über mich hinweg und landete fast lautlos auf der anderen Seite der Grube.

Meine Finger wollten mir kaum gehorchen, so schockiert war ich. Trotzdem zog ich mich wieder hinauf, wobei ich stark ins Pendeln geriet.

Der Loup-Garou drehte sich um und heftete den Blick wieder auf mich, doch Marcone stieß einen lauten Pfiff aus, worauf sich das Biest auf ihn konzentrierte und wie ein Hund die unförmigen Ohren aufstellte, bevor es knurrte und hochsprang.

Mein Seil federte, und auch Marcone hüpfte auf und ab. Der Loup-Garou verfehlte ihn um wenige Zentimeter, doch ich hatte keine Zeit, die beiden länger zu beobachten. Ich stieß einen Schrei aus und ließ mich zum Rand der Grube tragen, wobei das Seil den höchsten Punkt seiner Pendelbewegung erreichte.

Leider verpasste ich den richtigen Zeitpunkt und prallte mit dem Bauch hart auf den Rand der Grube, doch ich krallte mich in der Erde fest und schaffte es, nicht wieder hinunterzufallen. Ich wand mich und strampelte, hampelte wild herum, wimmerte vor Verzweiflung und kroch langsam hinauf, bis ich endlich aufstehen konnte.

Der Loup-Garou drehte sich auf der anderen Seite der Grube zu mir um und stieß einen Laut aus, der sich am besten als wildes Brüllen beschreiben lässt. Irgendwo auf dem Gelände rief jemand. Denton und seine Lakaien beobachteten vermutlich die Grube, doch sie waren in diesem Augenblick nicht mein dringlichstes Problem. Ich hatte mich um wichtigere Dinge zu kümmern.

Ein besonders wichtiges Ding wollte mich gerade anspringen, und mir blieben nur noch wenige Augenblicke, um dafür zu sorgen, dass bei seiner Landung abermals die Grube zwischen ihm und mir war. Es gelang mir nur teilweise. Der Loup-Garou wühlte die Erde auf, wo ich gerade noch gestanden hatte, und wandte sich erneut zu mir um, inzwischen gerade noch drei Meter entfernt, von einer Seite der Grube schräg hinüber zur anderen.

Das Seil hüpfte erneut, und auf einmal schwang sich Tera mit einer anmutigen, kraftvollen Bewegung aus der Grube und landete gebückt neben mir.

»Gehen Sie, Magier«, knurrte sie. »Denton und die anderen werden uns töten, wenn wir sie nicht aufhalten. Um MacFinn kann ich mich kümmern.«

»Kommt nicht infrage«, antwortete ich. »Gegen den können Sie nicht allein kämpfen.«

»Ich kenne ihn«, beruhigte sie mich.

Wenige Sekunden später stand, wo sie gerade noch gewesen war, die riesige Wölfin mit ihrem dunkelgrau gefleckten Fell. Sie knurrte und ging auf den Loup-Garou los, der sich auf den Hinterbeinen aufrichtete und ihr mit unglaublicher Geschwindigkeit entgegensprang.

In diesem Moment sah ich den Unterschied zwischen Tera und den Alphas, Tera und Dentons Hexenwölfen und auch Tera und dem Loup-Garou. Wo sie schnell waren, war Tera schnell und anmutig. Wo sie wendig waren, war Tera wendig und elegant. Im Vergleich zu ihr wirkten die anderen wie Amateure. Sie hatte etwas Urtümliches und war viel besser im Einklang mit der Wildnis, als die anderen es jemals sein konnten.

Als der Loup-Garou sie ansprang, huschte sie blitzschnell zur Seite, drückte die Schulter unter die Vorderpfote des Ungeheuers und brachte es mit einem Ruck aus dem Gleichgewicht, sodass es stolperte. Es fing sich zwar rasch wieder und fuhr zu ihr herum, doch sie hatte sich schon von der Grube entfernt und fauchte das übernatürliche Wesen trotzig an. Es folgte ihr sofort, knurrend vor Wut.

Ich vernahm einen Schuss, hinter mir schlug eine Kugel in einen Baum ein. Dann hörte ich Benn einen leisen, aufgeregten Singsang von sich geben, und ihre Worte verwandelten sich in ein animalisches Knurren.

Denton und die anderen kamen herbeigeeilt. Es war an der Zeit, meinen letzten Trumpf zu spielen, den ich eigentlich nicht hatte einsetzen wollen. Ich war nicht sicher, was nun geschehen würde, doch mir blieb nichts anderes übrig.

Ich schob die Hand unters Hemd und berührte den Wolfsgürtel, den ich in der Gasse hinter der Full Moon Garage Agent Harris abgenommen hatte.

Das Fell vibrierte unter meinen Fingern, es fühlte sich warm an und war von Kraft und Macht erfüllt. Ich schloss die Augen und ließ diese dunkle, wilde Kraft auf mich einwirken und sich mit den Ängsten, den Schmerzen und der Müdigkeit vermischen, die ich verspürte. Es ging leicht. Es war leichter als jede Magie, die ich je gewirkt hatte. Voller Gier und Bereitwilligkeit sprang es mich geradezu an, es drang in mich ein und vertrieb die Schmerzen und die Müdigkeit. Übrig blieben nichts als Stärke und Wildheit.

Macht.

»Lupus«, flüsterte ich, »Lupus, Lupara, luperoso.«

Mehr brauchte es nicht, um die Veränderung auszulösen.

Eigentlich merkte ich es kaum, doch als ich die Augen wieder öffnete, war alles, wie es sein musste. Es war auf eine so grundsätzliche Art richtig, dass ich mich fragte, warum mir bisher noch nie aufgefallen war, was mir fehlte.

Meine Augen waren scharf und gut genug, um die Haare auf dem Kopf der Wölfin zu zählen, die sich ein paar Meter entfernt zu mir umdrehte. Ich hörte ihr Herz schlagen, hörte die unsteten Windböen, das schwere Atmen der Agenten zwischen den Bäumen, die sich mir näherten wie große, ungeschickte Kühe. Selbst wenn plötzlich die Sonne aufgegangen wäre, hätte ich nicht besser sehen können als in diesem Augenblick. Ich betrachtete all die schönen Schattierungen von Blau und Grün, Braun und Purpur, als hätte Gott im Spätsommer seinen Pinsel ins Zwielicht getaucht und die ganze Dunkelheit durch diese Farben ersetzt.

Lautlos lachend öffnete ich den Mund und spürte, wie

meine Zunge über die glänzenden, scharfen Spitzen meiner Reißzähne glitt. Was für eine wundervolle Nacht. Ich roch das Blut in der Luft, ich hörte, wie sehr meine Feinde darauf brannten, mich zu töten, und verspürte auf einmal einen ähnlichen Hunger im Herzen, der mich ganz und gar durchflutete. Es war vollkommen.

Benn kam als Erste hervor, schnell und kraftvoll, aber ungeschickt, ungeduldig und dumm. Ich roch ihre Erregung, die einen sexuellen Unterton hatte. Sie rechnete mit leichter Beute, mit einem überraschenden Angriff auf einen langsamen, unbeholfenen Zweibeiner, auf das spritzende Blut, die Zuckungen im Todeskampf. Den Gefallen konnte ich ihr nicht tun.

Als sie aus den Bäumen trat, sprang ich los und packte ihre Kehle, bevor sie mich überhaupt bemerkte. Ein schneller Ruck, heißes Blut spritzte, sie kläffte vor Schmerzen und Angst und warf sich zur Seite.

Das dumme Stück. Ich hatte die Schlagader verfehlt, aber sie war schwer verletzt.

Zwei Bisse durchtrennten die Sehnen ihrer Beine, als sie fliehen wollte. Sie blieb hilflos und sich windend liegen, voller Angst.

Eine dunkle Erregung übermannte mich. Jetzt gehörte das Miststück mir, sie würde leben oder sterben, ganz wie ich es wollte.

Das Gefühl von Macht und Entzücken, das mich daraufhin durchflutete, hätte mich beinahe von der Erde hinweg und zur silbernen Pracht des Mondes und der Sterne emporgetragen. Der Sieger darf den Sieg genießen. Ihr Blut, ihr Leben, es gehörte mir, ich durfte es mir nehmen, und so musste es sein. Ich näherte mich ihr, um sie zu töten, wie es sich gehörte.

Ein schnaufender Atemzug, und Wilson kam in Wolfsgestalt aus dem Wald gerannt. Ich wich geschickt aus, als er vorbeistürmte. Die verletzte Benn knurrte und schnappte wild nach ihm.

Wilson drehte sich zu ihr um, außer sich vor Wut, und biss sie in die Kehle. Ein berauschender Geruch ging von dem Blut aus, das sich im Mondlicht ausbreitete.

Trunken von dem Duft, schwankte ich, das Wasser lief mir im Maul zusammen, der Speichel tropfte über meine Lefzen. Ich wollte mich auf sie stürzen und sie zerfetzen, während sie schreiend starb.

»Die Wölfe!«, schrie Harris. »Sie sind entkommen! Sie haben Benn erwischt!«

Er stürzte zwischen den Bäumen hervor und hob die Waffe. Die fast nutzlosen Menschenaugen hatte er weit aufgerissen, er starrte die Szene an und geriet in Panik. Wie von Sinnen schrie er Wilson an, der sofort die Kehle der toten Benn losließ.

Die erste Kugel verwandelte seine linke Vorderpfote in eine breiige Masse. Der zweite und dritte Schuss trafen Wilsons Brust. Er taumelte und kläffte vor Schmerzen. Er wand und wehrte sich, als er zu Boden ging, kratzte mit den Pfoten über seinen Bauch, bis auf einmal ein übergewichtiger Mann mit schütterem Haar und offener Jacke neben dem toten Wolf auf dem Boden lag. Sein Hemd war aufgerissen, darunter sah man den gelösten Wolfsgürtel. Wilson war über und über mit Blut bedeckt, das schäumend aus seinem Mund quoll.

»Verdammte …«, keuchte Harris. Mit erhobener Waffe kam er rasch näher, bis er erkennen konnte, was er angerichtet hatte. »George? O mein Gott. O Gott. Ich dachte, du wärst einer von ihnen. Was zum Teufel …?«

Agent Wilson gab dem rothaarigen Burschen keine Antwort. Er zog nur stumm seine Pistole und schoss.

Ich nehme an, dass sie einander mit ihren menschlichen Sinnen nicht sehr gut sehen konnten. Sie zielen einfach auf das Mündungsfeuer des jeweils anderen. Wieder roch die Luft nach frischem Blut, überlagert von dem beißenden Geruch des Schießpulvers. Beide Männer gingen blutend zu Boden.

Unwillkürlich öffnete sich mein Maul zu einem Lächeln oder einem anderen Ausdruck von Zufriedenheit. Diese Idioten. Was glaubten sie eigentlich, mit wem sie es hier zu tun hatten? Sie hatten mir und vielen anderen das Leben schwer gemacht, und jetzt bekamen sie endlich, was sie verdienten. Natürlich wäre es besser gewesen, wenn ich ihnen die Kehlen durchgebissen hätte.

Andererseits, dachte ich, musste ich mich noch um Denton kümmern.

Der Gedanke munterte mich auf. Ich drehte mich um und ging in den Wald, um den Letzten ihrer Gruppe zu finden. Mein Herz schlug aufgeregt, während ich entspannt und doch erwartungsvoll lostrottete und meine Beute suchte.

Denton und ich trafen aufeinander, als ich den Ring der Bäume verließ. Er stand in der richtigen Gestalt, der einzig richtigen Gestalt im Mondlicht, das seinen braunen Pelz bleich färbte und seine Augen glühen ließ. Er war als Wolf so kräftig gebaut wie in seiner zweibeinigen Gestalt, und er war offensichtlich schnell und stark. In seinen Augen brannte die Lust des Mondes und der Nacht, er war voller Blutgier, Wut und wilder Kraft, genau wie ich. Wir standen einander gegenüber, und in der Begegnung lag eine irre Art von Freude. Ich hätte gekichert, wenn ich es gekonnt hätte.

Ein Knurren entstand in meiner Brust, und es klang wie Musik. Ich sprang ihn an. Mit kratzenden Pfoten und schnappenden Kiefern gingen wir aufeinander los. Er war der Stärkere, ich der Schnellere.

Wir kämpften schweigend und verschwendeten keinen Atemzug. Es war ein Duell, unsere Reißzähne waren die Schwerter, das dichte Fell unsere Rüstung und unser Schild.

Ich verletzte ihn am Ohr und schmeckte sein Blut, das Besitz von mir ergriff wie eine Droge und eine nie gekannte Wut und Kraft in mir freisetzte. Wieder stürzte ich mich auf ihn und wurde gleich darauf für meinen Übereifer mit einem stechenden Schmerz im Vorderlauf belohnt. Rotes Blut färbte Dentons Zähne im Mondlicht.

Wir lösten uns voneinander und umkreisten uns langsam, suchten nach einer Schwäche beim Gegner, ohne uns auch nur einen Augenblick aus den Augen zu lassen. Stumm lachte ich ihn aus, und er antwortete auf die gleiche Weise.

Da verstand ich ihn und freute mich mit ihm über die Macht, die er gefunden hatte. In diesem Augenblick liebte ich den Mann, ich sah ihn als Bruder und sehnte mich doch danach, seine Kehle zwischen den Kiefern zu spüren, während sein Blut aus ihm rann. Es war der älteste aller Kämpfe, der tiefste aller Konflikte – das Überleben des Besseren. Einer von uns würde gewinnen und weiterlaufen, jagen und töten und warmes Blut kosten. Der andere würde tot und kalt im Gras liegen.

Es war gut, wie es war.

Wie Partner beim Tanz näherten wir uns einander und bewegten uns durch das Gras. Am Rande bemerkte ich, dass Tera unterdessen mit dem Loup-Garou tanzte, doch das war mir einerlei. Die beiden waren weit entfernt, Dutzende Meter, und ich brauchte nicht weiter auf sie zu achten. Meine ganze Freude war hier.

Wir tanzten unter dem Mond, und dann machte er den ersten Fehler. Ich nutzte die Blöße, die er sich gegeben hatte, und stieß ihn mit der Schulter um. Als er sich abrollte und sich zurückziehen wollte, erwischte ich sein Hinterbein direkt über der großen Sehne. Er schrie seine Wut hinaus, doch ich hörte auch die Angst in seiner Stimme. Mit drei unverletzten Pfoten erhob er sich wieder und wandte sich mir zu, aber in seinen Augen lag bereits die schreckliche Gewissheit, genau wie in meinen. Wir wussten, dass es vorbei war und dass nur das Bluten noch fehlte.

Ich schauderte. Ja, das Bluten.

Er konnte sich immer noch wehren, mich immer noch verletzen, wenn ich mich ungeschickt verhielt. Aber das tat ich nicht. Ich laugte ihn aus, setzte ihn mit kurzen Angriffen und schnellen Rückzügen unter Druck und zwang ihn mehrfach, sein Gewicht zu verlagern, bis er auf drei Beinen zu stolpern begann, weil ihn die Kraft verließ. Als seine Reaktionen langsamer wurden, biss ich einige Male flüchtig zu. Wieder schmeckte ich sein Blut.

Ich brachte ihm ein Dutzend kleinere Wunden bei, und jede Kostprobe von seinem Blut machte meine Raserei nur noch beglückender. Die Nacht, der Tanz, die Gewalt, das Blut – es war überwältigend und stärker als jede andere Macht, mit der ich je in Berührung gekommen war, wirkungsvoller als jede Medizin, die ich je gekostet hatte, sei es im Traum oder im wilden Reich des Niemalslandes. Es war nichts als reine Schönheit, reine Freude, reine Macht. Der Sieg war mein.

Verächtlich beobachtete ich ihn, wie er zu winseln begann und nach einem Fluchtweg suchte. Der Narr. Er hätte nicht gegen mich antreten sollen, hätte nie meine Kraft herausfordern dürfen. Hätte er sich mir sofort unterworfen, wäre ich damit zufrieden gewesen, ihn zu führen, und hätte ihn als Anhänger akzeptiert, ich hätte ihn sogar auf die Jagd mitgenommen. In gewisser Weise war es traurig. Andererseits konnte ich jederzeit Ersatz finden. Es war nicht schwer, solche Gürtel anzufertigen. Ich konnte sie einigen Leuten geben, damit sie es versuchten, und danach würden sie die Gürtel nie wieder ablegen.

Ich lauerte Denton auf, als er strauchelte, und dachte daran, mit Susan gemeinsam zu laufen – warmes, süßes Blut schmecken, sie in der Ekstase der Nacht und des Tötens nehmen. Der Gedanke ließ mich vor Erwartung beben.

Ich stürzte mich auf Denton, warf ihn um und ging ihm an die Kehle. Der Narr kreischte, nahm seinen Gürtel ab und verwandelte sich wieder in einen hässlichen Zweibeiner, dessen Anzug mit Blut bedeckt war.

»Bitte«, krächzte er, »o Gott, bitte. Töten Sie mich nicht. Töten Sie mich nicht.«

Ich knurrte nur und spannte die Kiefer etwas fester um seinen Hals. Unter der Zunge spürte ich seinen Puls. Es war verachtenswert, dass er überhaupt um sein Leben flehte. Er hätte das Gesetz des Dschungels lernen sollen, bevor er den Versuch unternahm, ihn zu beherrschen. Was glaubte er eigentlich, mit wem er es zu tun hatte? Mit jemandem, der gnädig war und ihn leben ließ, verkrüppelt und erbärmlich, wie er war, und sich um ihn kümmerte, wenn er wieder winselte? Beinahe hätte ich gelacht.

Ich packte seine Kehle noch ein bisschen fester. Ich wollte fühlen, wie er starb. Irgendetwas sagte mir, dass alles, was ich vor der Entdeckung meines wahren Selbst erlebt hatte, gegenüber dem Auslöschen eines Lebens nichts als Kinderkram war. Ich bebte vor Begierde.

Doch Denton bettelte weiter, und das ließ mich zögern. Wütend knurrte ich. Nein, keine Schwäche. Keine Gnade. Ich wollte sein Blut, ich wollte sein Leben. Er hatte mich herausgefordert und verloren. Töte ihn. Töte ihn und nimm deinen rechtmäßigen Platz ein.

Was glaubte er eigentlich, wer ich war?

»Harry?«, flüsterte eine verängstigte Stimme.

Ohne seine Kehle loszulassen, schaute ich auf.

Susan stand im Mondlicht, anmutig und schlank auf zwei Beinen. In einer Hand, vergessen an ihrer Seite, hielt sie die Kamera. Ihre Augen waren geweitet vor Begehren, und sie roch nach Parfüm, nach unserem Liebesspiel und nach Angst.

Irgendetwas bedrängte mein Bewusstsein. Ich wollte nicht auf die Frau hören, ich wollte Fleisch zerfetzen und zerreißen. Dennoch richtete sich meine Aufmerksamkeit auf Susan. Auf ihren Gesichtsausdruck.

Ihre Augen. Sie waren geweitet vor Begehren.

Und voller Angst.

Sie hatte Angst vor mir.

»Mein Gott«, sagte Susan. »Harry.« Sie kniete neben mir nieder und starrte mich an, sie blickte mir in die Augen.

Ich spürte Dentons Puls unter der Zunge, spürte sein Wimmern als Vibrieren im Mund. So leicht war es. Eine kleine Bewegung, und ich hätte nie wieder Zweifel, Ängste, Fragen. Nie wieder.

Irgendetwas sagte ruhig in mir: *Und du wirst nie wieder Harry Dresden sein.*

Macht. Ich spürte die Macht des Gürtels in mir, seine Magie, seine Kraft. Jetzt erkannte ich es. Diese dunkle Gewissheit, dieses berauschende, unbekümmerte Entzücken. Auf einmal erkannte ich, warum dies ein Teil von mir war, den ich so sehr mochte.

Ich ließ Dentons Kehle los, wich von ihm zurück und kratzte mit den Pfoten, weil mir auf einmal übel wurde. Mir wurde übel bei dem Gedanken an das, was ich beinahe getan hätte.

Schluchzend zerrte ich mir den Gürtel von der Hüfte und zerriss mir dabei das Hemd. Ich spürte, wie mein Körper unbeholfen, schwer und ungeschickt wurde und wieder voller Schmerzen war. Schmerzen von Verletzungen, die mit meinem wahren Ich – nein, die mit der Wolfsgestalt – nichts zu tun hatten. Sie erwachten wieder und erinnerten mich an die Empfindlichkeit meines menschlichen Körpers.

Ich schleuderte den Gürtel so weit wie möglich von mir. Heiße Tränen liefen mir übers Gesicht, als ich die Freude, die Kraft und die unerschöpfliche Stärke verlor.

»Sie Dreckskerl!«, sagte ich zu Denton. »Zur Hölle mit Ihnen. Sie armes Schwein!«

Er lag verletzt auf der Seite, wimmerte vor Schmerzen, blutete aus mehreren Wunden. Ein Bein lag lahm und nutzlos unter ihm.

Ich kroch zu ihm, nahm ihm den Gürtel ab und warf ihn ebenso weit weg wie den anderen.

Susan eilte zu mir, doch ich hielt sie auf, ehe sie mich umarmen konnte. »Berühr mich nicht«, sagte ich, und jede Zelle meines Körpers meinte es ernst. »Berühr mich jetzt bitte nicht.«

Susan zuckte zusammen, als hätte sie sich an den Worten verbrannt. »Harry«, flüsterte sie. »O Gott, Harry. Wir müssen dich hier wegschaffen.«

Jenseits des Baumringes ertönte ein wildes Bellen, in den Bäumen bewegte sich etwas, und dann kam Murphy, gefolgt von den stolpernden, torkelnden nackten Alphas, aus dem Wald zu uns herüber. Sie lief geduckt und hielt in der unverletzten Hand eine Pistole, die sie vermutlich einem der Toten abgenommen hatte.

»Also gut«, sagte ich, als sie sich näherten. Ich kehrte Susan den Rücken, konnte sie nicht einmal ansehen. »Murphy, Sie und Susan schaffen sofort die Kinder hier weg.«

»Nein«, widersprach Murphy. »Ich bleibe.« Sie warf einen kurzen Blick auf Denton, zornig verengten sich ihre

Augen, und genauso schnell wandte sie sich von ihm ab. Sie machte keine Anstalten, seine Verletzungen zu untersuchen. Vielleicht war es ihr egal, wenn er verblutete.

»Sie können MacFinn nichts anhaben«, sagte ich.

»Aber Sie schon?«, gab sie zurück. Sie beugte sich vor und starrte mich an. »Mein Gott, Dresden, Sie haben ja Blut am Mund.«

»Nehmen Sie die Kinder, und verschwinden Sie, Karrin«, knurrte ich. »Um das hier kümmere ich mich.«

»Ich bin hier der Cop«, sagte sie, »nicht Sie. Dies ist ein Einsatz. Ich bleibe, bis alles vorbei ist.« Sie lächelte mit schmalen Lippen. »Danach überlege ich mir, wer zu den Guten gehört und wer nicht.«

Wieder stieß ich einen Fluch aus. »Ich habe keine Zeit, mit Ihnen zu streiten. Susan, bring endlich die Kinder zum Van.«

»Aber, Harry …«, begann sie.

Wut gewann die Oberhand unter den wilden Emotionen, die mich durchfluteten. »An meinen Händen klebt schon genug Blut«, grollte ich. »Verdammt noch mal, schaff die Kinder hier weg!«

Susans dunkles Gesicht wurde bleich, und sie wandte sich an den nächstbesten nackten, nassen, schaudernden Alpha. Es war Georgia. Sie nahm die Hand der jungen Frau und führte sie fort, und die anderen folgten ihnen benommen und ließen sich wegbringen. Ich sah ihnen nach und wusste nicht, ob ich Zorn, Sorge oder Angst empfinden sollte.

Auf der anderen Seite des Wäldchens ertönte ein weiterer Wutschrei, einer der immergrünen Bäume schwankte, kurz darauf folgte ein schrilles, gequältes Heulen.

Tera!

Das Heulen der Wölfin steigerte sich und brach mit einem tiefen Gurgeln ab, plötzlich war es still.

Murphy und ich starrten die Bäume an. Ich glaubte irgendwo rote Augen flackern zu sehen, dann war es vorbei.

»Er kommt«, sagte Murphy. »Er geht im Kreis herum und will zu uns.«

»Ja«, sagte ich. Nach der wütenden Hetzjagd auf Tera war das Blut des Loup-Garou in Wallung geraten. Jetzt würde er erst recht auf alles losgehen, was ihm in die Quere kam. Verbittert verzog ich den Mund. Ich konnte ihn auf einmal unglaublich gut verstehen.

»Was tun wir jetzt?« Bleich spannten sich Murphys Finger um die Waffe.

»Wir greifen ihn an und versuchen, ihn lange genug aufzuhalten, bis Susan und die Kinder in Sicherheit sind. Was ist mit Marcone?«

»Was soll mit ihm sein?«

»Er hat uns das Leben gerettet«, sagte ich. Murphys Gesichtsausdruck verriet, dass sie nicht begeistert war. »Wir sind ihm etwas schuldig.«

»Wollen Sie ihn etwa da rausholen?«

»Ich will nicht, dass dieses Biest noch jemanden erwischt. Wie sehen Sie das?«

Ergeben schloss sie die Augen und schnaufte. »Na gut. »Aber bei Gott, es kommt mir so vor, als wollten Sie mich reinlegen. Wenn Sie dafür sorgen, dass ich umkomme, ist niemand mehr da, der bezeugen kann, was hier passiert ist, nicht wahr?«

»Wenn Sie sich in Sicherheit bringen wollen, müssen Sie nur Susan folgen«, sagte ich unwirsch. »Wir teilen uns auf. Einer lenkt ihn ab, der andere kommt vielleicht durch.«

»Schön«, knurrte Murphy. »Zur Hölle mit Ihnen, Harry Dresden.«

Berühmte letzte Worte, dachte ich, aber ich sparte mir den Atem.

Es war an der Zeit, den Loup-Garou zu stellen.

33. Kapitel

Ich stieg über Harris' Leiche hinweg und näherte mich den Bäumen. Das Gesicht des Burschen war von zwei Einschüssen zerstört, obwohl er noch seine eigene Halbautomatik in der Hand hatte. Murphy hatte anscheinend Wilsons Waffe an sich genommen. Wilson lag, ebenfalls tot, nicht weit von Harris entfernt. Wunden in der Brust, starke Blutungen.

Neben ihm lag Benn, nackt bis auf einen blutverschmierten Rock. Um die Hüfte hatte sie einen grünlichen Kleister, vermutlich die Reste des Wolfsgürtels. Wahrscheinlich war seine Magie zusammen mit ihr gestorben. Das zerfetzte Fleisch auf der Rückseite ihrer Beine und die Risse am Hals sah ich mir lieber nicht aus der Nähe an, und ich versuchte, auch nicht zu sehr auf den Geruch ihres Bluts zu achten. Den verächtlichen Stolz, der mich überkam, ein Überrest meiner Erfahrungen mit dem Wolfsgürtel, drängte ich zurück.

Schaudernd ging ich an den Toten vorbei. Bis auf den Wind und das Knarren der Seile, die im Zentrum des Kreises immergrüner Bäume die Plattform hielten, war die Nacht völlig still.

Ich konnte Marcone sehen, der noch dort angebunden hing. Es musste eine schreckliche Erfahrung für ihn sein, schließlich wird man nicht jeden Tag als Abendessen für ein Ungeheuer aufgehängt. Dafür kann man seine Muskeln nicht vorher trainieren, und ich konnte an Marcones Gesichtsausdruck seine Schmerzen ablesen.

Ich winkte, als er sich langsam in meine Richtung drehte, und er nickte stumm. Ich deutete auf meine Augen und dann zu den dunklen Bäumen hinüber. Auf diese Weise volle ich in Erfahrung bringen, ob er wusste, wo der Loup-Garou war, doch er schüttelte nur den Kopf. Entweder verstand er mich nicht, oder er wusste es nicht. So oder so, er konnte mir nicht helfen. Ich schnitt eine Grimasse und lief weiter zwischen den Bäumen, um die Grube zu umrunden. Irgendwo dicht über dem Boden musste das Seil befestigt sein, mit dem sie Marcone in seine gegenwärtige Position gezogen hatten. Ich sah mich in der Dunkelheit um, verfolgte das Seil bis zu dem Baum, an dem es befestigt war, und ging hin.

Vielleicht kam ich hier doch noch heil heraus. Vielleicht konnten Murphy und ich mit Marcone fliehen, zu Susan und den anderen stoßen und einfach davonfahren.

Nein, das war ein Wunschtraum. Selbst wenn ich alle hier herausbekam, ich konnte nicht mit mir selbst weiterleben, wenn ich den Loup-Garou an diesem Abend entkommen ließ, damit er weiter morden konnte. Ich musste ihn aufhalten.

Das Seil, an dem Marcone hing, war recht hastig festgeknotet und ließ sich leicht lösen. Ich fummelte daran herum, sah mich gleichzeitig um und lauschte, um den Loup-Garou ausfindig zu machen. Er konnte unmöglich einfach weggelaufen sein und uns am Leben gelassen haben. Oder?

Vorsichtig, um meinen verletzten Arm zu schonen, legte ich eine Seilschlinge um den Baum und ließ Marcone langsam hinunter. Sobald er tief genug war, konnte er pendeln, ich konnte ihn auffangen, festhalten und oben absetzen und dann zurückkehren und das Seil endgültig lösen. Es wäre leichter gewesen, wenn Murphy dabei gewesen wäre, aber ich entdeckte sie nirgends.

Mir kam ein hässlicher Gedanke. Was, wenn Murphy auf den Loup-Garou gestoßen war, und er hatte sie lautlos getötet? Was, wenn er mich in diesem Moment suchte, um auch mich zu erwischen?

Ich sicherte das Seil wieder und kehrte zur Grube zurück. Marcone, der kein Dummkopf war, pendelte schon hin und her, so gut er konnte, und versuchte sich in meine Richtung zu bewegen. Ich ging bis zum Rand der Grube und bückte mich, ohne dem unbefestigten Rand zu nahe zu kommen.

Auf einmal stieß Marcone ein erschrockenes Zischen aus. »Dresden! Die Grube!«

Ich blickte nach unten und sah in der Dunkelheit die Augen des Loup-Garou glühen. Nur einen Herzschlag später stieß das Biest ein wütendes Heulen aus und kam zu mir herauf. Es kletterte einfach an der Wand der Grube hoch, indem es die Krallen in den Lehm schlug. So konnte es sich zu mir hochziehen.

Ich wich zurück, streckte eine Hand vor und rief: »*Fuego!*«

Nichts geschah, nur eine kleine Wolke entstand, als hätte jemand in kalter Nacht ausgeatmet. Gleichzeitig bekam ich rasende Kopfschmerzen.

Der Loup-Garou stieg rasch höher, und ich warf mich zu

Boden und rollte mich ab, um seinen Vorderpfoten zu entgehen, als er über den Rand der Grube kletterte. Er schlug nach mir, erwischte den Saum meines Ledermantels und hielt ihn auf dem Boden fest.

Ich mochte den Mantel zwar, aber so sehr nun auch wieder nicht. Ich schlüpfte heraus, als der Loup-Garou mit den Hinterbeinen scharrte und endgültig über den Grubenrand kletterte. Als er oben ankam, rannte ich bereits.

Ich hörte ihn knurren, er orientierte sich und verfolgte mich.

Ich war tot. Ich war erledigt. Ich hatte die Kinder und Susan gerettet, ich hatte Denton und seine Kumpane aufgehalten, aber jetzt musste ich den Preis dafür bezahlen.

Ich huschte durch die Bäume und lief auf den Rasen hinaus. Ich keuchte, und mir war kalt, nachdem ich den Mantel verloren hatte. Meine Schulter schmerzte vom Rennen, von der ganzen Tortur, und mein Fuß tat entsetzlich weh. Ich konnte nicht mehr, mein Körper machte einfach nicht mehr mit. Ich wurde langsamer, obwohl mein Gehirn ganz andere Befehle gab, ich schwankte und hatte Mühe, mich überhaupt auf den Beinen zu halten.

Ich hatte das Ende der Fahnenstange erreicht. Es war vorbei.

Ich drehte mich zu den Bäumen um und blickte dem Loup-Garou entgegen. Wenigstens wollte ich ihn kommen sehen. Wenn ich schon sterben sollte, wollte ich aufrecht und erhobenen Hauptes in den Tod gehen. Mit ein wenig Würde.

Ich entdeckte die roten Augen zwischen den Bäumen. Er näherte sich langsam und schlich geduckt, weil er fürchtete, es wäre nur ein Trick. Ich hatte ihn schon vorher getroffen, auch wenn ich ihn nicht ernstlich verletzt hatte. Er wollte sich wohl nicht noch einmal angreifen lassen. Er wollte völlig sichergehen.

Ich holte tief Luft und richtete mich auf. Trotzig reckte ich das Kinn vor. Wenn ich schon sterben sollte, dann so, wie es sich für einen Magier gehörte – stolz und bereit für das, was danach kam.

Ich konnte meinen Todesfluch ausstoßen, eine mächtige Magie, falls ich noch Zeit hatte, sie zu wirken. Vielleicht konnte ich MacFinns Fluch damit aufheben und ihm die schrecklichen Verwandlungen ersparen, die angeblich der heilige Patrick seiner Familie auferlegt hatte. Vielleicht konnte ich damit auch Marcones Verbrechensimperium zu Fall bringen.

Über all diese Dinge dachte ich nach, während ich den silbernen Drudenfuß hervorzog, den ich von meiner Mutter geerbt habe, um ihn mir offen auf die Brust zu legen.

Das Amulett meiner Mutter.

Silber.

Amulett.

Geerbt von meiner Mutter.

Geerbtes Silber.

Ich riss die Augen auf, meine Hände zitterten. Ein Ertrinkender greift nach jedem Strohhalm. Der Gedanke war ein solcher Strohhalm – wenn ich nur einen Weg fand, ihn in die Tat umzusetzen. Wenn doch nur meine Gedankenlosigkeit mich nicht so lange daran gehindert hätte, zu erkennen, was ich besaß.

Ich nahm den silbernen Drudenfuß ab und zerriss dabei

in meiner Hast die Kette, packte die Enden mit der Faust und richtete die Augen auf den Loup-Garou. Dann ließ ich mit dem gesunden Arm das Amulett über meinem Kopf kreisen. Es drehte sich über mir, und ich gab ein wenig Willenskraft in diesen Kreis, ein wenig Magie. Mein Kopf pochte. Ich spürte, wie sich der Kreis um mich schloss, wie er magische Energien aufnahm und bündelte.

Es tat weh. Ich war müde. Ich fühlte mich, als hätte ich mich selbst verraten und mich mit dem Anlegen des bösen verzauberten Wolfsgürtels genau der Dunkelheit überlassen, der ich mich immer widersetzt hatte. Es bestand kein Zweifel daran, dass dies wirklich etwas Böses war. Alles, was so viel Macht und so wenig Kontrolle bedeutet, dazu dieser Mangel an Mitgefühl für alles außer einem selbst, ist böse im allerschlimmsten Sinne des Wortes.

Ich hatte mich völlig verausgabt.

Doch ich musste irgendwie noch etwas Kraft mobilisieren. Ich musste genügend Magie aufbringen, um diesem Blutvergießen ein für alle Mal ein Ende zu bereiten.

Ich suchte in mir, wo alles taub und leer und müde war. Die Magie kommt aus dem Herzen und den Gefühlen, aus den tiefsten Begierden. Deshalb ist auch die Schwarze Magie so einfach – sie entsteht aus Lust, aus Furcht und Zorn, also aus Empfindungen, die man sehr leicht nähren und heranzüchten kann. Die Art Magie, die ich praktiziere, ist viel schwieriger. Sie kommt aus etwas Tieferem, aus einer wahren und reinen Quelle, die deutlich schwieriger anzuzapfen und zu benutzen, die letzten Endes aber eleganter und mächtiger ist.

Meine Magie. Sie war mein Innerstes. Sie war eine Manifestation von allem, was ich glaubte und wofür ich lebte. Sie entstand aus meinem Wunsch, eine Barriere zwischen der Dunkelheit und den Menschen zu schaffen, die sie verschlingen wollte. Sie entstand aus meiner Vorliebe für gute Steaks und aus meinen Tränen, die ich bei einem guten Film oder einer bewegenden Symphonie vergießen konnte. Sie kam aus meinem Leben und aus meiner Hoffnung, dass ich für andere, wenn schon nicht immer für mich selbst, das Leben etwas besser machen konnte.

Irgendwo in alledem stieß ich auf etwas, was trotz der entsetzlichen letzten Tage noch nicht erschöpft war. Etwas, was in mir noch nicht kalt und taub geworden war. Ich griff danach, hütete es wie den ersten Funken eines Feuers im Wind und zog die Energie heraus in den Ring, den ich mit dem kreisenden Amulett erzeugte.

Das Amulett begann zu glühen, blau wie das Innere einer Kerzenflamme. Das Licht breitete sich über die Kette bis ins Amulett hinein aus, und als es den Talisman erreichte, erstrahlte der Drudenfuß so hell, dass ringsherum Funken ins Gras stoben wie fallende Sterne.

»Vento«, flüsterte ich, und dann rief ich lauter: »Vento servitas. Ventas, vento servitas!«

Der Loup-Garou knurrte leise in den Büschen, und seine Augen wurden heller, rote Wut brannte in ihnen. Er kam näher.

Ohne Vorwarnung trat Murphy zwischen mich und den Loup-Garou. Sie hielt die Pistole mit beiden Händen und stellte sich zum Schuss auf, auch wenn das mit dem Gipsverband etwas linkisch wirkte. Sie zielte direkt auf mich. »Harry«, sagte sie ruhig. »Legen Sie sich auf den Boden. Sofort.«

Ich riss die Augen auf. Ich konnte über Murphy hinwegschauen. Ich sah den Loup-Garou, der sich ihr durch die Bäume rasch näherte. Ich sah, wie er sich auf sie konzentrierte, sah seine Bösartigkeit und seine Gier, ich sah ihn schneller laufen, weil sich sein Hunger jetzt auf Murphy konzentrierte.

Ich konnte nicht sprechen. Ich konnte die Beschwörung nicht unterbrechen und das kreisende Amulett nicht herunternehmen. Damit hätte ich die Energie freigesetzt, die ich so mühsam aufgeboten hatte, die allerletzten Kräfte, die ich noch in mir hatte.

Mein Herz hämmerte vor Schmerzen, ich ließ das Amulett weiter kreisen. Lichtfunken sprühten, der strahlend weiße Drudenfuß drehte sich am Ende einer Schnur aus blauem Licht.

»Ich meine es ernst, Harry«, sagte Murphy. »Ich weiß nicht, was Sie da tun, aber *legen Sie sich sofort hin.*« Ihre Augen blitzten, sie hob die Waffe und spannte den Hahn.

Vertrauen. Das Vertrauen, das sie früher zu mir gehabt hatte, war fort. Sie hatte irgendetwas gesehen oder gehört, das sie auf den Gedanken brachte, ich wollte sie hintergehen.

Der Loup-Garou kam näher, und mit einem Schwindelgefühl wurde mir bewusst, dass Susan und die Alphas wahrscheinlich noch nicht einmal das Grundstück verlassen hatten, ganz zu schweigen davon, dass sie in den Wagen gestiegen und geflohen waren. Wenn der Loup-

Garou an mir vorbeikam, würde er sie alle töten, er würde ihrer Fährte folgen wie ein Jagdhund und sie zerfetzen.

»Harry«, sagte Murphy flehend. Ihre Hand zitterte. »Bitte, Harry. Legen Sie sich hin.«

Der Loup-Garou stürmte los, sprang aus dem Wald, und Murphy holte Luft, um zu schießen. Ich ließ das Amulett weiter kreisen und spürte, wie die Kraft zunahm, während mir vor Kopfschmerzen fast der Schädel platzte.

Und dann entschied ich mich. Ich hoffte nur, ich konnte das Nötige tun, bevor Murphy mich niederschoss. Alles, was in den letzten Tagen geschehen war, lief in diesem einen Augenblick zusammen. Wie in Zeitlupe konnte ich alle schrecklichen Einzelheiten noch einmal betrachten.

Der Loup-Garou sprang von hinten auf Murphy los, er war riesig und mächtig und schrecklicher denn je. Er sperrte das Maul weit auf, wollte ihren blonden Kopf packen und mit einem einzigen Biss zermalmen.

Murphy kniff ein Auge zusammen und richtete mit zitternden Händen den Lauf ihrer Waffe genau aus. Flammen leuchteten im Lauf auf und bewegten sich in meine Richtung. Sie war keine sechs Meter entfernt, von dort aus konnte sie mich unmöglich verfehlen. Ich wurde traurig, als ich daran dachte, dass ich gern eine Chance gehabt hätte, mich bei ihr zu entschuldigen, bevor es vorbei war. Für alles.

»*Vento servitas!*«, rief ich und gab den Spruch ebenso wie den Kreis und das Amulett frei, als der Schuss mich traf wie ein Schlag ins Gesicht.

Die gesamte Kraft strömte aus mir heraus – alles, was ich noch in mir hatte, gebündelt und verstärkt durch den Kreis, in dem sich die Energie eine Weile aufgebaut hatte.

Ich schleuderte sie dem Loup-Garou entgegen, während etwas Heißes, Schmerzhaftes auf meine Brust prallte und sich beinahe so anfühlte, als hätte es meinen Rücken getroffen.

Ich kippte nach vorn und war zu schwach, um mir noch über den Aufprall Gedanken zu machen. Allerdings konnte ich sehen, was mit dem Amulett geschah.

Der Drudenfuß flog blendend hell wie ein Komet dem Loup-Garou entgegen und schlug gegen die Brust des Untiers, als wäre ein Blitz in einen alten Baum gefahren. Grellweißes Licht entstand, als die gesamte Energie auf einen Schlag freigesetzt wurde und die Unverletzlichkeit des Loup-Garou aufhob. Der Drudenfuß drang in seinen Körper ein, und blauweiße Funken stoben in alle Richtungen. Blauweißes Feuer entstand in seiner Brust, das schwarze Herzblut entzündete sich und brannte lichterloh.

Das Wesen schrie auf und wich voller Qualen zurück. Es donnerte, wieder blitzte es, jemand kreischte, vielleicht ich selbst.

Der Loup-Garou stürzte und verwandelte sich. Die Schnauze schrumpfte zu einem menschlichen Gesicht, die Reißzähne und Klauen verschwanden. Verzerrte Muskeln glätteten sich und zerliefen zu einem übernatürlichen Brei, der rasch verschwinden würde. Fell löste sich auf, verzerrte Gliedmaßen streckten sich, bis Arme und Beine entstanden – bis Harley MacFinn vor mir lag, halb auf der Seite, eine Hand aufs Herz gepresst.

Die silberne Kette meines Amuletts lag zwischen seinen Fingern und baumelte vor seiner Brust. Er starrte einen Moment lang die Wunde an, dann entspannte er sich.

MacFinn schaute auf, und ich las in seinem Gesicht all den Kummer, die Schmerzen und die ohnmächtige Wut. Alles, was er in den vielen Jahren empfunden hatte, während er unfähig gewesen war, sich zu beherrschen, während er dazu verdammt gewesen war, den Menschen Tod und Vernichtung zu bringen, obwohl er nur einen Park für wilde Tiere hatte einrichten wollen.

Dann strömte alles aus ihm heraus. Seine Augen wurden klar, und er sah mich voller Wärme an. Leise und still lächelte er. Er verzieh mir. Er wollte mich wissen lassen, dass er verstand.

Dann ließ er den Kopf sinken und war tot.

Gleich darauf wurde es auch um mich schwarz.

34. Kapitel

Ich erwachte.

Allein das überraschte mich schon.

Ich erwachte, betrachtete den Mond, der immer noch hoch am Himmel stand, und spürte Murphys Hand auf der Stirn. »Kommen Sie schon, Harry«, flüsterte sie. »Tun Sie mir das nicht an.«

Ich blinzelte einige Male und flüsterte: »Sie haben auf mich geschossen, Murph. Ich kann nicht glauben, dass Sie so etwas getan haben.«

Sie kniff die Augen zusammen, um die Tränen zu unterdrücken. »Sie Trottel«, erwiderte sie sanft. »Sie hätten sich hinlegen sollen, als ich es Ihnen gesagt habe.«

»Ich hatte zu tun.«

Sie sah sich über die Schulter zu dem reglos am Boden liegenden MacFinn um. »Ja, das ist mir danach auch klar geworden.« Sie drehte sich wieder zu mir um und blickte an mir vorbei, irgendwo ins Leere.

»Schon gut«, sagte ich. »Ich verzeihe Ihnen.« Ich hielt das angesichts der Tatsache, dass mein letztes Stündlein geschlagen hatte, für sehr großmütig.

Murphy sah mich verdutzt an, dann fuhr sie auf. »Was haben Sie da gerade gesagt?«

»Ich verzeihe Ihnen, Murphy. Dass Sie auf mich geschossen haben. Sie haben ja nur Ihre Arbeit getan.«

»Sie glauben tatsächlich …«, begann sie. Empört verzog sie das Gesicht und stotterte, dann setzte sie noch einmal an. »Glauben Sie allen Ernstes, ich hätte Sie für einen von den Bösen gehalten und Sie angeschossen, weil Sie nicht aufgeben wollten?«

Ich war zu schwach und benommen, um mich mit ihr zu streiten. »He, das ist doch verständlich. Machen Sie sich deshalb keine Sorgen.« Ich schauderte. »Mir ist furchtbar kalt.«

»Uns ist allen kalt, Sie Trottel!«, fauchte Murphy. »Nachdem sie uns in die verdammte Grube geworfen hatten, ist eine Kaltfront durchgezogen. Es sind höchstens noch fünf Grad, und wir sind pitschnass. Setzen Sie sich auf, El Cid.«

Ich blinzelte sie verständnislos an. »Ich … äh … Was?«

»Setzen Sie sich auf, Sie Trottel«, sagte Murphy, »und drehen Sie sich um.«

Ich setzte mich auf, und es tat nicht mehr weh als früher am Abend, was mich erneut überraschte. Ich sah mich um.

Denton lag hinter mir. Er hatte einen abgebrochenen Ast wie eine Keule in der Hand. Seine Augen waren geweitet, starr und wild, sein Gesicht bleich vom Blutverlust. Mitten in der Stirn hatte er ein sauberes Loch.

Verwundert betrachtete ich den Toten. »Aber … wie … was …«

»Ich habe auf *ihn* geschossen, Sie Trottel. Er kam hinter Ihnen angerannt, genau wie ich herbeigerannt bin, nachdem ich der nackten Frau Erste Hilfe geleistet hatte. Tera West. Ich hab zu sehr gezittert, um an Ihnen vorbeischießen zu können, und ich wusste nicht, dass der Loup-Garou hinter *mir* war.« Murphy stand auf. »Ich kann das nicht glauben!«, sagte sie und drehte sich um. »Sie dachten wirklich, ich hätte auf *Sie* geschossen?«

»Murph«, protestierte ich, »Murph, nun warten Sie doch mal. Ich meine, ich dachte …«

Sie schnaubte, ohne sich umzudrehen. Sie schnaubt gut für jemanden mit einer so niedlichen Stupsnase.

»Sie haben *gar nicht* gedacht, Dresden«, sagte sie und strich sich die Haare aus den Augen. »Eine dramatische Todesszene. Ein edles Opfer, was? Ein tragisches Missverständnis. Ha! Ich verstehe Sie, Kumpel. Sie sind so ein aufgeblasener, überheblicher, anmaßender, chauvinistischer, hoffnungslos altmodischer, starrköpfiger …« Murphy ließ sich ausgiebig darüber aus, was ich ihrer Ansicht nach war, während sie sich entfernte, um die Polizei und einen Krankenwagen zu rufen. Es klang wie Musik in meinen Ohren.

Müde, aber lächelnd lag ich im Gras. Zwischen uns war alles wieder im Lot.

Die Polizei hatte gewisse Schwierigkeiten, das Chaos bei Marcone zu sortieren. Daher sammelte ich vorsichtshalber alle Wolfsgürtel ein, und Murphy half mir dabei. Wir verbrannten sie gleich an Ort und Stelle in einem stinkenden Feuer aus Zweigen.

Es fiel mir schwer, sie hineinzuwerfen. Murphy tat es für mich. Manchmal versteht sie Dinge, die ich ihr mit Worten nicht erklären könnte.

Später ging ich mit Murph zu Carmichaels Beerdigung, und sie begleitete mich zu Kim Delaneys Beerdigung. Solche Dinge tut man eben für Freunde.

Wie sich herausstellte, hatte Mister Hendricks unter seinem schwarzen Anzug eine schusssichere Weste getragen. Sie packten mich an diesem Abend, als ich endlich den Ort des Geschehens verlassen konnte, neben ihm in den Krankenwagen. Die Helfer hatten seine Brust freigelegt, die aus einer einzigen purpurnen Prellung bestand. Wir gaben ein nettes Paar ab. Er starrte mich schweigend an, atmete aber gleichmäßig unter der Sauerstoffmaske weiter. Irgendwie freute ich mich sogar, als ich ihn lebendig sah. Können Sie mir das vorwerfen, wenn Sie es richtig betrachten?

Marcone wurde wegen mehrerer Delikte verhaftet, aber nichts davon führte zu einer Anklage. Zwar hatte sich alles auf seinem Grundstück zugetragen, doch die Verletzungen der FBI-Agenten zeigten, dass sie sich gegenseitig angegriffen hatten oder von einem Tier getötet worden waren – natürlich mit Ausnahme von Denton. Keiner der anwesenden Beamten hatte jedoch einen Durchsuchungsbeschluss gehabt und so weiter und so fort. Ich glaube, Marcones Anwälte hatten ihn nach weniger als drei Stunden wieder draußen.

Ein paar Tage später rief Marcone mich an und sagte: »Sie verdanken mir Ihr Leben, Mister Dresden. Sind Sie sicher, dass wir nicht ins Geschäft kommen?«

»Wie ich es sehe, John«, sagte ich zu ihm, »haben Sie mir *Ihr* Leben zu verdanken. Auch wenn Sie sich selbst befreit hätten, Sie wären einfach nur zu uns in die Grube gefallen und wie alle anderen gefressen worden. Ich denke, Sie haben Ihre besten Überlebenschancen darin gesehen, mich zu befreien – den Magier, der mit solchen Dingen umgehen kann.«

»Natürlich«, sagte Marcone, und seine Stimme klang ein

wenig enttäuscht. »Ich hatte nur gehofft, das wäre Ihnen entgangen. Dennoch, Harry …«

»Nennen Sie mich nicht Harry.« Damit legte ich auf.

Susan hatte den Tod des Loup-Garou aus weniger als fünfzig Metern Entfernung mit einem ziemlich guten Zoomobjektiv und hochempfindlichem Film aufgezeichnet. Mein Amulett hatte ein recht dramatisches Licht auf die Szene geworfen, ohne allzu viele Details zu enthüllen. Man sieht mich von hinten, und es hat den Anschein, als ließe ich einen Leuchtstab kreisen, den ich schließlich auf das Ungeheuer schleuderte, das seinerseits nur als großer, pelziger Schatten auszumachen ist. Von dem Augenblick an, als ich den Spruch losließ, ist aber nur noch weißes Flimmern auf dem Film. Die Magie hat, selbst auf diese Entfernung, Susans Kamera gestört.

Dann wird der Film wieder klar, und man sieht Murphy, die Denton hinter mir erschießt, kurz bevor er mir seine Keule auf den Kopf schlagen kann. Danach dreht sie sich wie Rambo herum, bringt sich mit einem Sprung vor dem Biest in Sicherheit und jagt ihm reflexartig den Rest ihres Magazins in den Bauch.

Murph und ich wussten, dass die Kugeln dem Untier überhaupt nichts hatten anhaben können und dass es eine reine Reflexbewegung war, doch ich konnte die Aufmerksamkeit nicht gebrauchen. Sie war, wie die Aufnahme bewies, eine Heldin, und das sollte mir recht sein.

Susans Film lief am Morgen in den Nachrichten und wurde zwei Tage lang mehrmals wiederholt. Er wurde exklusiv auf WGN Channel Nine gezeigt, und ganz Chicago war gebührend beeindruckt. Die Wähler liebten Murphy, einige Stadträte schlugen sich auf ihre Seite, und die Dienstaufsicht wurde abgezogen. Sie genießt jetzt ein wenig mehr Einfluss als früher. Die Politiker im Rathaus haben sogar die nötige Summe für ein echtes Namensschild an ihrer Bürotür bewilligt.

Verrückt ist nur, dass nach zwei Tagen der Film gestohlen wurde. Niemand weiß, was damit passiert ist, aber der Techniker, der im Studio von WGN dafür verantwortlich war, verschwand spurlos und ließ nur ein paar Kopien von minderer Qualität zurück. Einige Tage später meldeten sich Experten zu Wort, die erklärten, das Band müsse eine Fälschung sein. Sie taten es als Schwindel ab, der von einem Käseblättchen in die Welt gesetzt worden wäre.

Manche Leute können sich einfach nicht damit abfinden, dass das Übernatürliche existiert. Die Bundesregierung ebenso. Selbst wenn jemand in der Regierung tatsächlich daran glaubte, es hat ihnen sicher nicht gepasst, dass die Beweise für die Existenz von Werwölfen und für die Unzuverlässigkeit von Bundesbeamten täglich um fünf, sechs und zehn Uhr in den Nachrichten gezeigt wurden.

Das Verschwinden des Films konnte jedoch nicht verhindern, dass Susan beim *Arcane* befördert wurde. Sie bekam eine ansehnliche Gehaltserhöhung, einen Auftritt bei Larry King und in ein paar anderen Talkshows. Sie machte eine gute Figur dabei und brachte die Leute zum Nachdenken. Außerdem wird ihre Kolumne jetzt landesweit verbreitet. Vielleicht sind die Leute in ein paar hundert Jahren mal bereit, sich offenen Auges der Realität ihrer Welt zu stellen.

Allerdings bezweifelte ich das.

Ich rief Susan eine Weile nicht an, nachdem sie gesehen hatte, wie ich mich beinahe in ein Ungeheuer verwandelt hatte. Sie setzte mich nicht unter Druck, ließ mich aber wissen, dass sie für mich da sei. Sie schickte mir Blumen oder ließ mir eine Pizza ins Büro bringen, wenn sie wusste, dass ich lange arbeitete. Wirklich ein klasse Mädchen.

Tera war schwer verletzt, erholte sich aber bald, nachdem sie ihre Menschengestalt angenommen hatte, nicht zuletzt dank Murphys schneller Erster Hilfe. Einige Wochen später bat sie mich um ein Treffen im Wolf Lake Park, und als ich kam, trug sie nichts als einen langen schwarzen Mantel.

»Ich wollte Ihnen sagen, dass Sie getan haben, was notwendig war. Und ich möchte Ihnen Lebewohl sagen.« Damit streifte sie den Mantel ab. Darunter war sie nackt, und sie hatte ein paar neue, gezackte Narben auf der Haut. »Also, leben Sie wohl.«

»Wohin wollen Sie?«, fragte ich.

Sie richtete die Bernsteinaugen auf mich. »Ich habe Angehörige«, sagte sie. »Ich habe sie lange nicht mehr gesehen. Jetzt werde ich zu ihnen zurückkehren.«

»Vielleicht rufen Sie mal an?«

Ihre Augen funkelten, als sie mich lächelnd und traurig zugleich anschaute. »Nein, Harry Dresden, das ist nicht unsere Art. Kommen Sie irgendwann im Winter in die großen Berge im Nordwesten. Vielleicht bin ich dort.«

Damit verwandelte sie sich in einen großen braunen Wolf und verschwand.

All diese Leute, die zu Wölfen wurden, und ich hatte

noch nie an die Möglichkeit gedacht, dass sich ein Wolf in einen Menschen verwandeln konnte. Ich hob Teras Mantel auf, dachte darüber nach und nahm ihn schließlich als Mahnung mit, in Zukunft noch besser Augen und Ohren für alles offen zu halten, was möglich war.

Die Alphas fanden, ich sei das Allerbeste seit der Erfindung von Schnittbrot, das ich aber eigentlich nicht besonders gern mag. Sie baten mich, eins ihrer Lager zu besuchen, was ich widerstrebend tat. Mehr als ein Dutzend Jugendliche schworen mir dort Freundschaft und Treue, und ich saß blinzelnd da und konnte nichts sagen. Sie sehnen sich danach, von mir auf einen Kreuzzug gegen das Böse geführt zu werden. Mann, dabei hab ich schon genug damit zu tun, überhaupt meine Rechnungen zu bezahlen.

Als ich mir etwas Zeit nahm, über die Ereignisse nachzudenken, kam ich darauf, dass die letzten paar Monate viel zu aufregend verlaufen waren. Das konnte kein Zufall sein. Zuerst ein machtgieriger Hexenmeister, den ich in seiner eigenen Festung erledigt hatte, bevor er mich ermorden konnte. Dann Denton und seine Leute, die uns mit verzauberten Wolfsgürteln einen Vorgeschmack auf die Hölle gegeben hatten.

Ich habe nie herausgefunden, was hinter dem Hexenmeister steckte, der im letzten Frühjahr aufgetaucht war. Schwarze Magier schießen nicht einfach so wie Giftpilze aus dem Boden. Irgendjemand muss sie schwierige Dinge lehren, wie etwa, Dämonen zu beschwören, die Zutaten der rituellen Magie richtig einzusetzen und zu reden, wie es sich für einen echten Schurken gehört. Wer war sein Lehrer gewesen?

Denton und seine Leute waren sechs Monate später aufgetaucht. Irgendjemand hatte ihnen die Gürtel gegeben. Irgendjemand hatte Denton gewarnt, ich sei gefährlich und ich oder jemand vom Rat werde ihm früher oder später auf die Schliche kommen. Dadurch war er auf mich ausgerichtet worden wie eine geladene Waffe und hatte beschlossen, mich zu töten.

Ich glaube nicht an Zufälle. Ob einer meiner Feinde im Weißen Rat dahintersteckte? Eines der Wesen des Niemalslandes, die mich hassen gelernt hatten? Ich hatte mich aus verschiedenen Gründen bei einer ganzen Reihe von Geschöpfen unbeliebt gemacht.

»Weißt du, was?«, sagte ich eines Abends am Kamin zu Mister. »Vielleicht bin ich ja wirklich übergeschnappt, aber so langsam glaube ich, dass jemand mir an den Kragen will.«

Mister schaute zu mir auf, sein Katzengesicht zeigte den üblichen Mangel an Mitgefühl. Dann rollte er sich auf den Rücken, damit ich ihm den Bauch kraulte.

Nachdenklich und behaglich am Feuer sitzend, kam ich seinem Wunsch nach und überlegte mir unterdessen, wer dieser Jemand sein konnte. Schließlich dachte ich, dass ich am Ende vielleicht doch so langsam verrückt wurde. Seit Wochen hatte ich nichts getan, außer zu arbeiten oder zu Hause herumzusitzen. Zu viel Arbeit und kein Vergnügen, das macht Harry mürbe.

So langte ich nach dem Telefon und wählte Susans Nummer. Mister legte mir ermunternd eine Pfote auf die Hand.

»Oder bin ich einfach nur zu blöd, dem Ärger aus dem Weg zu gehen?«

Mister gab ein tiefes, zustimmendes Schnurren von sich.

Ich lud Susan zu mir ein und genoss einstweilen die Wärme des Feuers.

1. Kapitel

Es gibt verschiedene Gründe, weswegen ich nicht gern schnell fahre. Zum einen beginnt mein Käfer gefährlich zu klappern und zu stöhnen, sobald ich auf mehr als neunzig Stundenkilometer beschleunige. Zweitens habe ich gewisse Schwierigkeiten mit der Technik. Alles, was nach dem Zweiten Weltkrieg hergestellt wurde, gibt unvermittelt den Geist auf, sobald ich in der Nähe bin. Daher fahre ich stets äußerst vorsichtig und aufmerksam.

Dieser Abend war allerdings eine jener Ausnahmen, die die Regel bestätigten.

Mit quietschenden Reifen lenkte ich den Käfer um eine Ecke, obwohl ein Schild das Linksabbiegen verbot. Das alte Auto heulte wild auf, als wüsste es, was auf dem Spiel stand, und ratterte, knirschte und klapperte tapfer weiter, während wir die Straße hinunterrasten.

»Können wir nicht schneller fahren?«, brummte Michael. Er wollte sich nicht beklagen, es war nur eine sachliche Frage.

»Leider nur bergab oder mit Rückenwind«, sagte ich. »Wie weit ist es noch bis zum Krankenhaus?«

Der große Mann zuckte mit den Achseln und schüttelte den Kopf. Er wirkte äußerst vertrauenerweckend mit seinem grau melierten Haar und dem dunkelbraunen, fast schwarzen Bart. Das wettergegerbte Gesicht war von Sorgen- und Lachfalten gleichermaßen gezeichnet. Er hatte die kräftigen Arbeiterhände auf die Knie gelegt, die er im engen Käfer etwas anziehen musste. »Ich bin nicht sicher«, antwortete er. »Drei Kilometer vielleicht?«

Ich spähte durchs Fenster in die Dämmerung. »Die Sonne ist schon fast untergegangen. Hoffentlich kommen wir nicht zu spät.«

»Wenn Gott will, werden wir rechtzeitig dort sein«, wollte mich Michael beruhigen. »Bist du sicher, was deine …« Er schnitt eine missmutige Grimasse. »Was deine ›Quelle‹ angeht?«

»Bob ist zwar eine Nervensäge, irrt sich aber nur selten«, antwortete ich, während ich in die Eisen stieg und einem Müllwagen auswich. »Wenn er sagt, der Geist sei dort, dann ist er auch dort.«

»Herr, steh uns bei.« Michael bekreuzigte sich. Irgendetwas regte sich, eine mächtige und unerschütterliche Energie strahlte von ihm aus – die Kraft des Glaubens. »Harry, es gibt da noch etwas, das ich dich fragen möchte.«

»Bitte mich jetzt bloß nicht, wieder zur Messe zu gehen«, wehrte ich ab. »Du weißt genau, dass ich das ablehnen muss.« Ein roter Taurus schnitt uns, ich musste abrupt auf die Abbiegespur ausweichen und setzte mich wieder vor ihn. Dabei hoben sich zwei Räder des Käfers vom Boden ab. »Idiot!«, brüllte ich ihm zu.

»Ich kann dir nicht versprechen, dass ich dich nicht darum bitte«, sagte Michael. »Aber darum geht es nicht. Ich wollte mich erkundigen, wann du Miss Rodriguez heiratest.«

»Bei den Toren der Hölle!«, schimpfte ich. »Wir hetzen

seit zwei Wochen kreuz und quer durch die Stadt, nehmen es mit allen möglichen Geistern und Gespenstern auf, die plötzlich aus ihren Löchern gekrochen kommen, und haben bisher noch keinen blassen Schimmer, was die Geisterwelt veranlasst hat, derart durchzudrehen, und du ...«

»Das weiß ich doch«, unterbrach er mich, »aber ...«

Auch ich ließ ihn nicht zu Ende reden. »Im Augenblick sind wir hinter einer hässlichen alten Hexe im Cook County her, die uns jederzeit umbringen könnte, wenn wir nicht aufpassen. Und du fragst mich nach meinem Liebesleben!«

Michael musterte mich finster. »Aber du schläfst mit ihr, oder nicht?«

»Nicht oft genug«, knurrte ich und wechselte die Spur, um einen Bus zu überholen.

Er seufzte. »Liebst du sie?«

»Michael«, antwortete ich. »Lass mich jetzt bitte damit in Ruhe. Wie kommst du darauf, mir solche Fragen zu stellen?«

»Liebst du sie?«, bohrte er.

»Ich versuche gerade, Auto zu fahren.«

»Harry«, sagte er lächelnd, »liebst du das Mädchen oder nicht? So schwierig ist das doch nicht zu beantworten.«

»Da spricht der Fachmann«, grollte ich. Dreißig Stundenkilometer schneller als erlaubt, überholte ich einen blau-weißen Wagen und bekam gerade noch mit, wie der Polizist hinterm Lenkrad verdutzt blinzelte und seinen Kaffee verschüttete, als er mich vorbeirasen sah. Ein Blick in den Rückspiegel zeigte mir, dass er das Blaulicht eingeschaltet hatte. »Verdammt, die Cops sind hinter uns her!«

»Mach dir ihretwegen keine Sorgen«, sagte Michael erneut beruhigend. »Beantworte nur meine Frage.«

Ich warf ihm einen raschen Blick zu. Er betrachtete mich mit seinem breiten, ehrlichen Gesicht, dem markanten Kinn und den strahlenden grauen Augen. Sein Haar war militärisch kurz geschnitten, und den Bart hatte er ebenfalls kurz getrimmt, sodass er mich an einen Krieger der Antike erinnerte.

»Ich denke schon«, sagte ich nach einem Moment. »Also ja.«

»Dann macht es dir doch auch nichts aus, es auszusprechen, oder?«

»Was soll ich aussprechen?«, sträubte ich mich.

»Harry«, schalt mich Michael. Er musste sich festhalten, als wir durch ein Schlagloch holperten. »Sei nicht so kindisch. Wenn du die Frau liebst, dann musst du es ihr sagen.«

»Warum denn?«

»Also hast du es ihr nicht gesagt. Du hast es ihr nie gesagt.«

Ich sah ihn böse an. »Und wenn schon. Sie weiß es doch. Was soll das Theater?«

»Harry Dresden«, sagte er, »gerade du solltest doch wissen, wie wichtig Worte sind.«

»Hör mal, sie weiß es.« Ich tippte kurz auf die Bremse und gab sofort wieder Gas. »Ich habe ihr 'ne Karte geschickt.«

»Eine Karte?«, fragte Michael.

»Von Hallmark.«

Er seufzte. »Ich will hören, wie du es sagst.«

»Was denn?«

»Sprich die Worte aus«, verlangte er. »Wenn du die Frau liebst, dann kannst du es ihr auch sagen.«

»Ich lauf nicht in der Weltgeschichte rum und sag so was zu allen möglichen Leuten. Das ... ich kann so was einfach nicht, verstehst du?«

»Du liebst sie nicht«, sagte Michael. »Ich verstehe.«

»Du weißt genau, dass das nicht ...«

»Dann sag es!«

»Wenn du mich dann in Ruhe lässt.« Ich trat das Gaspedal des Käfers bis zum Anschlag durch. Der Streifenwagen war zum Glück ein ganzes Stück hinter uns. »Also gut.« Ich warf Michael noch einen unwirschen Magierblick zu und knurrte: »Ich liebe sie. Ist jetzt endlich Ruhe?«

Michael strahlte. »Siehst du? Das ist das Einzige, was zwischen euch beiden steht. Es liegt dir nicht, anderen zu verraten, was du empfindest, und du gestehst dir deine Gefühle auch nur selten dir selbst gegenüber ein. Doch manchmal reicht es, in den Spiegel zu blicken, um zu erkennen, wie es in einem aussieht.«

»Ich mag keine Spiegel«, knurrte ich.

»Egal. Du musstest dir jedenfalls darüber klar werden, dass du die Frau wirklich liebst. Ich dachte schon, du würdest dich nach Elaine zu sehr zurückziehen und nie wieder ...«

Ich platzte beinahe vor Wut. »Über Elaine will ich nicht reden! Niemals! Wenn dir das nicht passt, dann scher dich zum Teufel und lass mich allein arbeiten!«

Michael starrte mich entrüstet an, was aber vermutlich eher an meiner Wortwahl als an irgendetwas anderem lag. »Ich rede über Susan. Wenn du sie liebst, dann solltest du sie heiraten.«

»Ich bin ein Magier. Ich habe keine Zeit für ein Eheleben.«

»Ich bin ein Ritter«, erwiderte Michael. »Und *ich* habe die Zeit dazu. Es ist der Mühe wert. Du bist zu viel allein, und das merkt man dir an.«

Wieder funkelte ich ihn an. »Was meinst du damit?«

»Du bist griesgrämig. Du isolierst dich immer mehr. Du brauchst Kontakte zu anderen Menschen. Du stehst kurz davor, einen dunklen Weg einzuschlagen.«

»Michael«, fauchte ich, »ich kann jetzt keine Vorträge gebrauchen und erst recht keine Predigt, die mich bekehren soll. Ich brauche keine Vorhaltungen, dass ich den dunklen Mächten abschwören soll, ehe sie mich verschlingen. Nicht schon wieder. Gib mir lieber Rückendeckung, während ich mich um dieses Durcheinander kümmere.«

Das Cook County Hospital kam in Sicht, und ich wendete vorschriftswidrig, um den Käfer in die Einfahrt der Notaufnahme zu lenken.

Michael löste seinen Sicherheitsgurt, bevor das Auto stand, und holte sein riesiges Schwert vom Rücksitz. Es war anderthalb Meter lang und steckte in einer schwarzen Scheide. Er stieg aus und gürtete die Waffe. Dann holte er eine weiße Kutte mit einem roten Kreuz auf der linken Brust heraus und warf sie sich mit geübten Bewegungen über die Schultern. Mit einem silbernen Kreuz verschloss er die Uniform vor der Brust. Die Kutte passte nicht recht zu seinem Flanellhemd, den Jeans und den Arbeitsstiefeln mit den Stahlkappen.

»Kannst du nicht wenigstens die Kutte weglassen?«, klagte ich, während ich die Fahrertür öffnete. Ich entfaltete mich, nachdem ich auf dem Fahrersitz eingeklemmt gewesen war, streckte die langen Beine und holte auch meine Ausrüstung vom Rücksitz – meinen neuen Magierstab und den Sprengstock, beide frisch geschnitzt und an den Enden noch leicht grün.

Michael sah mich verletzt an. »Die Kutte ist ebenso ein Symbol für meine Arbeit wie das Schwert. Außerdem ist sie lange nicht so lächerlich wie dein Mantel.«

Ich warf einen Blick an mir hinunter und besah mir kurz den schwarzen Ledermantel mit den großen Aufschlägen, der angenehm schwer auf meinen Schultern lag und um meine Beine wallte. Meine schwarzen Jeans und das dunkle Westernhemd waren um ein paar Jahrtausende modischer als Michaels Aufzug. »Was stimmt damit nicht?«

»So was gehört in Filme wie *Eldorado*«, sagte Michael. »Bist du bereit?«

Seine Frage beantwortete ich mit einem vernichtenden Blick, worauf er milde lächelte.

Nebeneinander gingen wir zur Tür. Hinter uns näherten sich die Polizeisirenen, höchstens noch einen Block entfernt. »Das wird knapp.«

»Dann sollten wir uns beeilen.« Michael zog den rechten Ärmel der Kutte hoch, legte die Hand auf das Heft des mächtigen Breitschwerts, neigte den Kopf und bekreuzigte sich. »Allmächtiger Vater«, murmelte er, »führe uns und beschütze uns im Kampf gegen die Finsternis.« Wieder strahlte eine starke Energie von ihm aus, ähnlich den Schallschwingungen von lauter Musik, die sich durch dicke Mauern fortsetzen.

Kopfschüttelnd zog ich aus der Manteltasche einen Lederbeutel, der so groß war wie meine Hand. Einen Moment musste ich mit Stab, Sprengstock und Beutel jonglieren, bis ich den Stab in der linken Hand hielt, wie es sich gehörte, während ich den Sprengstock in die rechte nahm und der Beutel an der Schnur zwischen meinen Zähnen baumelte. »Die Sonne ist untergegangen«, nuschelte ich. »Lass uns anfangen.«

Damit rannten wir los, der Ritter und der Magier, und stürzten durch die Notaufnahme ins Cook County Hospital. Natürlich erregten wir einiges Aufsehen, als wir eintraten – ich mit dem Mantel, der wie eine schwarze Wolke hinter mir wallte, Michael mit der weißen Kutte, die flatterte wie die Flügel des Racheengels, dessen Namensvetter er war. Wir platzten hinein und blieben an der ersten Kreuzung der kühlen, sterilen, belebten Gänge stehen.

Den ersten Pfleger, der mir über den Weg lief, hielt ich am Arm fest. Er blinzelte, dann musterte er mich von den Spitzen meiner Cowboystiefel bis zum dunklen Haar auf meinem Kopf. Nervös beäugte er auch meinen Stab, den Stock und den silbernen Drudenfuß, der vor meiner Brust baumelte. Er schluckte schwer. Schließlich starrte er den großen, breitschultrigen Michael an, dessen gelassene Miene überhaupt nicht zu der weißen Kutte und dem Breitschwert an der Hüfte passte.

Verunsichert wich der Pfleger einen Schritt zurück.

»K...kann ich Ihnen irgendwie helfen?«

Ich setzte mein finsterstes, wildestes Lächeln auf und sagte mit zusammengebissenen Zähnen mit dem Lederbeutel dazwischen: »Hi. Könnten Sie uns bitte sagen, wo die Entbindungsstation ist?«